U0115760

本书为教育部高校人文社科重点研究基地

安徽师范大学中国诗学研究中心项目

唐詩選注評鑒

十卷本

一

刘学锴 撰

中州古籍出版社
·郑州·

图书在版编目（CIP）数据

唐诗选注评鉴：十卷本 / 刘学锴撰．—郑州 ：中州古籍出版社，2019. 5（2022. 12 重印）

ISBN 978-7-5348-8655-3

Ⅰ.①唐… Ⅱ.①刘… Ⅲ.①唐诗 – 注释②唐诗 – 诗歌欣赏 Ⅳ.① I222.742

中国版本图书馆 CIP 数据核字（2019）第 088246 号

TANGSHI XUANZHU PINGJIAN : SHI JUAN BEN

唐诗选注评鉴：十卷本

策划编辑　卢欣欣
责任编辑　卢欣欣　石　丹
责任校对　李接力
装帧设计　曾晶晶

出 版 社　中州古籍出版社（地址：郑州市郑东新区祥盛街 27 号 6 层
　　　　　　邮编：450016　电话：0371-65788693 ）
发行单位　河南省新华书店发行集团有限公司
承印单位　河南瑞之光印刷股份有限公司
开　　本　960 mm×640 mm　1/16
印　　张　222 印张
字　　数　3130 千字
版　　次　2019 年 5 月第 1 版
印　　次　2022 年 12 月第 3 次印刷
定　　价　648.00 元（全十卷）

本书如有印装质量问题，请联系出版社调换。

作者简介

刘学锴（1933— ），浙江松阳人。1952至1963年就读、执教于北京大学中文系。现为安徽师范大学文学院教授、中国诗学研究中心顾问。曾任中国唐代文学学会常务理事、中国李商隐研究会会长。主要论著有《李商隐诗歌集解》（中华书局2004年增订重排本）、《李商隐文编年校注》（中华书局2010年重印本）、《李商隐传论》（黄山书社2013年增订重排本）、《温庭筠全集校注》（中华书局2012年重印本），分别获国家教委首届人文社会科学研究优秀成果二等奖、第六届国家图书奖、安徽省社科著作一等奖。

王勃

　　王勃（650—676），字子安，绛州龙门（今山西河津）人。王通之孙，王绩之侄孙。幼聪敏博学。九岁读颜师古注《汉书》，撰《指瑕》十卷。十五岁上书右相刘祥道，指陈国政，被目为神童，表荐于朝。麟德三年（666）应举，高科登第，授朝散郎。后为沛王（即章怀太子李贤）府修撰。总章二年（667）因撰《檄英王鸡》为高宗所恶，逐出沛王府。同年游巴蜀，后任虢州参军，因匿杀犯罪官奴获罪，遇赦革职。其父福畤亦受累贬交趾令。上元二年，渡海赴交趾省亲，归途溺水卒。王勃与杨炯、卢照邻、骆宾王齐名，并称"初唐四杰"，其文学成就主要指其骈文。杨炯曾辑其遗文，编为《王勃集》二十卷，已佚。清蒋清翊有《王子安集注》。《全唐诗》编其诗为二卷。五言歌行、五律、五绝均有佳作。

20×20=400（奥凯纸品）

作者手稿

送杜少府之任蜀川[1]

城阙辅三秦[2]，风烟望五津[3]。与君离别意，
同是宦游人。海内存知己，天涯若比邻[4]。无
为在歧路[5]，儿女共沾巾[6]。

校注

1 题首"送"字《全唐诗》原无，据《文苑英华》卷二六六补。少府，唐人对县尉的尊称。杜少府，名不详。之任，赴任。川，《全唐诗》作"州"，校："一作川。"此从一作改。蜀州系唐剑南道州名，武后垂拱二年(686)始分益州四县设置(州治在今四川崇庆县)，见《旧唐书·地理志四》。置蜀州时王勃已下世十年，当以作"川"为是。蜀川，泛指蜀地。

2 城阙，借指京城长安。阙是宫门两侧的高台，台上有楼观。三秦，秦亡以后，项羽三分关中地区，封秦降将章邯为雍王、司马欣为塞王、董翳为翟王，合称三秦，见《史记·秦

作者手稿

出版说明

　　刘学锴先生撰写的《唐诗选注评鉴》（上下卷）自 2013 年 9 月在我社出版以来，至 2018 年 7 月已连续印行 5 次，受到广大读者的欢迎和好评。复旦大学教授、中文系主任、中国唐代文学学会会长陈尚君盛赞此书为"近三十年最好的唐诗大型选本"。应部分读者的要求，本社特推出一种更便于携带展读的十卷本《唐诗选注评鉴》，内容文字与两卷本相同，但增加了数十幅唐人诗意画插页，以供读者观赏。

中州古籍出版社
2019 年 3 月 30 日

前　言

　　中国古典诗歌历经先秦汉魏六朝的长期发展所积累的艺术经验和诗歌本身向更高境界飞跃的内在驱动力，正好遇上了唐代这个在中国历史上最适宜于诗歌生存、发展、繁荣的时代生活土壤和艺术氛围，终于涌现了从四杰、沈宋、陈杜、刘张直至李商隐、杜牧、温庭筠这长达二百余年的层波叠浪式的诗国高潮。群星灿烂，蔚为奇观。诗和生活，在唐代是高度融合的。没有诗化的生活，没有最善于发现现实生活和心灵世界中诗美而又各具鲜明个性的诗人，就没有唐诗。正因为如此，唐诗不但无法复制，而且从整体上说也难以超越。它所独具的那种如乍脱笔砚的新鲜感和扑面而来的浓郁生活气息，也正源于它所植根的社会生态。从唐诗高潮初现之际直至今天，多达近千种的唐诗选本，证明了唐诗永恒的艺术魅力。

　　面对如此光辉灿烂的艺术瑰宝，不免令人稍感遗憾的是，新中国成立六十余年来，真正有影响的唐诗通代选本却只有两三种。与近三十余年来唐诗的整理、考订、研究成果相比，唐诗的普及工作除了《唐诗鉴赏辞典》曾产生过广泛影响外，无疑是滞后了。以致时至今日，各地出版社还在不断翻印孙洙的《唐诗三百首》这部从选目上看显然未能充分反映唐诗艺术成就的两个半世纪前的选本。

　　这部《唐诗选注评鉴》包含了选诗、校注、笺评、鉴赏四个部分。这个总体设计是基于如下的考虑：从选诗的数量和质量上较充分地体现唐诗的艺术成就，从整理的方式上为广大读者提供较为翔实的注释和丰富的资料，并为读者的鉴赏提供一些比较切实的参考。

选诗。总的原则是在注重思想内容的前提下，重视诗的艺术性和可读性。诗可以叙事、议论，但本质上是抒情的，而且在表现情感时应力求精练、富于含蕴。这是中国古代诗歌的显著特色和优良传统。含蓄蕴藉，对于中国诗歌来说，绝不仅仅是诸多风格之一种，而是必备的普遍性艺术品格。它与明快直截并不决然对立，相反，明快与含蓄的统一正是优秀唐诗的突出特点。诗歌在发展过程中必然会吸收其他文体的某些元素和优长，以适应创新的需要。但创新是否成功，则取决于化异体为本体，而不是为异体所化。是诗，就要有诗情、诗味，要有诗的情韵、意境和风神。这一切，又都源于诗人的敏锐诗心和善感心灵。在有真切丰富诗意感受和发现的前提下，诗可以挥洒而就；也可以"改罢自长吟"，以达到"毫发无遗憾"的境界。但如果缺乏诗心诗情而一味苦吟，那就只能写出"独行潭底影，数息树边身"这种"二句三年得"之作。孟郊、李贺和贾岛，都有苦吟的倾向，但孟、李毕竟有诗思和诗才，而贾岛则既乏才思，又硬要作诗，便只能以苦吟自赏自怜了。晚唐贾岛的追随者之众，不但证明不了贾岛的成功，反倒显示出唐诗的衰落。总之，有诗情诗味，是首要的选择原则和标准。不符合这个标准的，即便力大思雄如韩愈的那些刻意追求奇崛险怪之作，也只能屏弃不取，而侧重选他那些"在文从字顺中，自然雄厚博大"（赵翼语）而韵味不乏之作。此外，还必须重视广大读者的可接受性，首先选取那些深入浅出、雅俗共赏而又诗味浓郁的佳制。在这方面，孙洙选《唐诗三百首》的成功经验，值得充分重视并加以吸取。一个诗人刻意追求的艺术风格和境界，未必就是他真正擅长和艺术上真正成功之作。艺术创新是否成功，最终还是要取决于历代广大读者的品读实践，要通过历史的反复淘洗和检验。诗歌创作自有其康庄大道，唐诗更为诗歌创作提供了诗人与读者之间进行双向交流的良性互动经验。当诗歌离生活、离广大的读者群愈来愈远，成为少数人自我封闭的精神生活的自我表现时，诗也就走向了末路，只能以孤芳自赏自命了。唐诗的艺术成就和广远影响，或许可以在这方面给当代诗歌创作提供有益的启示。从可接受性这个方面考虑，这部选本便不可能与唐代诗歌史完全接轨同步，成为与其配套的唐代诗选教材。否则，专务险怪的卢仝，不选他的《月蚀诗》而选其清新明艳而富于情致的《有所思》，便显得有些故意与作者唱反调了。除以上两条基本标准外，诗在艺术上的完整性也是一条重要的取舍标准。尽管诗歌创作中有先得一联一句而后成篇的情形，诗歌评论中更盛行摘名联警句评点之风，但不论篇幅长短，一首诗是一个艺术整体。如果全篇仅有一联一句精警，其余均平庸馁弱，殊不相称，如严维的《酬刘员外见寄》、贾岛的《忆江上吴处士》，虽有"柳塘春水漫，花坞夕阳迟""秋风吹渭水，落叶满长安"这样的佳联，也不得不因此而加以删汰。根据以上三条标准，选入了约六百五十首唐五代诗，数量与马茂元先生的《唐诗选》、中国社科院文研所编选的《唐诗选》大体相当，而具体篇目则各有异同。总的来看，大家名家入选的篇目数量与他们的艺术成就和在诗歌史上的地位还是大体相当的。

校注。文字的校勘力求精简，只择重要异文出校，一般情况下也只据作为底本的清编《全唐诗》所标注的异文来改字，不具体罗列所据版本。一般词语的注释也力求简明。但涉及作诗背景、写作年代、作者归属等问题的考证，语典、事典的注释，则较一般的选本要详细一些，典故出处也多引原文。

笺评。这一部分搜集了历代对所选诗篇的疏解、评论，大体上以时代先后为序加以排列。由于所选多为历代选本所载的名篇，笺评数量较多，有些只能择要载录。这些疏解、评论不但可以为读者提供理解赏鉴方面的参考，而且将它们串连起来，就是一首诗的重要接受史料，这对有兴趣深入研读有关作品的读者来说，参考的价值自然更大一些。

鉴赏。每首诗最后都附有编选者的一篇鉴赏文章。在疏解诗意、再现诗境的同时对全诗的艺术风貌及特色进行一些品评。这部分内容虽亦每有撰写者的一得之见，但殊未敢自必。希望能对读者起到初步的引导作用。

每位诗人都有一篇小传。在文献记载和前人、今人考证成果的基础上，叙述其主要仕历。重要的诗人则对其创作特色和成就略加评介，并择要介绍其诗集的笺注本，以便读者参考。

撰写这部书，历时四载有余。年高力衰，又全凭手自录写，疏误在所难免。希望得到读者的指正。

刘学锴

2011 年 12 月 23 日

于安徽师范大学

中国诗学研究中心

总　目

目　录

虞世南

虞世南（558—638），字伯施，越州余姚（今属浙江）人。少与兄世基受学于顾野王，为文祖述徐陵。又师沙门智永书，妙得其体。历仕陈、隋。曾为窦建德黄门侍郎，建德灭，李世民引为秦王府参军，转记室，掌文翰。太宗即位，转著作郎，兼弘文馆学士。贞观七年（633）转秘书监，封永兴县子。于为政得失每有规讽。太宗曾作宫体诗，世南以"体非雅正"谏阻之。太宗尝称世南有五绝：德行、忠直、博学、文辞、书翰。《全唐诗》编其诗为一卷，其中从军出塞及咏物之作，间有佳制。编《北堂书钞》一百六十卷，今存。

蝉

垂绥饮清露①，流响出疏桐②。居高声自远，非是藉秋风。

[校注]

①绥(ruí)，古代帽带结在颔下的下垂部分。这里借指蝉的针喙。《礼记·檀弓下》："范则冠而蝉有绥。"郑玄注："范，蜂也；蝉，蜩也。绥为蜩喙，长在腹下。"孔颖达疏："绥谓蝉喙长在口下，似冠之绥也。"按：蝉的针喙（针状吸管）平时收藏在胸部，吸食树汁时将尖端伸进树皮。古人观察未细，故有"长在腹下""长在口下"之异。②流响，传出的声响，指蝉鸣声。

[笺评]

钟惺曰：与骆丞"清畏人知"语（骆宾王《在狱咏蝉序》中语），各善言蝉之德。（《唐诗归》卷一）

谭元春曰：于清物当说得如此。（同上）

吴烶曰：此虞以蝉比己之清高，非藉人之吹嘘，赋而比也。（《唐诗选胜直解·五言绝句》）

杨逢春曰：此前虚后实之格。首写蝉，次写蝉声，即含第三句意。三主句，四托笔。此借以自况身份之高，非藉吹嘘而著声誉。古人咏物，每有寄托。知着题诗亦非漫作也。（《唐诗偶评》卷五）

沈德潜曰：咏蝉者每咏其声，此独尊其品格。（《重订唐诗别裁集》卷十九）

余成教曰：虞伯施世南，太宗谓为当代名臣，人伦准的。又称其有五绝：德行、忠直、博学、文辞、书翰也。其《咏蝉》云："居高声自远，非是藉秋风。"隐然自况矣。（《石园诗话》卷一）

宋宗元曰：（后二句）占地步。（《网师园唐诗笺》卷十四）

李锳曰：咏物诗固须确切比物，尤贵遗貌得神。然必有命意寄托之处，方得诗人风旨……此诗三、四句品地甚高，隐然自写怀抱。（《诗法易简录》卷十三）

施补华曰：《三百篇》比兴为多，唐人犹得此意。同一咏蝉，虞世南"居高声自远，端不藉秋风"，是清华人语；骆宾王"露重飞难进，风多响易沉"，是患难人语；李商隐"本以高难饱，徒劳恨费声"，是牢骚人语。比兴不同如此。（《岘佣说诗》）

刘永济曰：三、四句借蝉抒怀，言果能立身高洁者，不待凭藉，自能名声远闻也。（《唐人绝句精华》）

[鉴赏]

这首托物寓怀的小诗，系诗人仕隋时所作。根据隋、唐之际诗人主要仕历及创作活动在唐代者，兼收其入唐前之作的编选体例，故将此诗入选本编。首句表面上是写蝉的形状与食性（古人认为蝉生性高洁，栖高饮露，故说"饮清露"），实则处处含比兴象征。"垂绥"，犹"垂缨"，暗示显宦身份（古代常以冠缨指代贵宦）。这显贵的身份地位，在一般人心目中是和"清"相矛盾甚至不相容的。但在诗人笔下，却把它们统一在"垂緌饮清露"的形象中了。这"贵"与"清"的统一，正是为三、四两句作反铺垫，笔意颇为巧妙。次句写蝉声之远传。梧桐是高树，着一"疏"字，更见其枝干的高挺清疏，且与末句"秋风"相应。"流响"状蝉声传送，如水之长流不已。着一"出"字，将蝉声传送的意态形象化了，仿佛使人感受到蝉声的响度与力度，有绘声之妙。这一句虽只写蝉声，但读者从中自可想见人格化了的蝉清华俊朗的高标逸韵。有了这一句对蝉声远传的生动描写，三、四两句的发挥才字字有根。

"居高声自远，非是藉秋风。"三、四两句是全篇比兴寄托的点眼。它是在上两句描写的基础上引发出来的诗化的议论。蝉声远传，一般人往往以为是借助于风的传送，诗人却别有会心，强调这是由于"居高"而自能致远。这里的"居高"并非指居于高位、地位贵显，而是兼首句之清、次句之高（指疏桐），指立身品格之清高。这种独特的感受蕴含一个真理、一种信念：立身品格高尚的人，并不需要某种外在的凭借（例如权势地位或有力者的帮助揄扬），自能声闻远播（这里巧妙地将蝉声之声与声闻之声自然联系起来，比兴手法运用得浑然无迹）。正像曹丕在《典论·论文》中所说的那样："不假良史之辞，不托飞驰之势，而声名自传于后。"这里突出强调的是人格本身之美的感召力、影响力。两句中的"自"字、"非"字，一正一反，相互呼应，表现出对人的内在品格的热情赞美和高度自信，体现出一种雍容不迫的风范气度。诗评家联系唐太宗对虞世南的赞誉，认为此诗隐然有以蝉自况的寓意，诚然如此。但诗的客观意义却超越了自寓，而给人以追求自身品格高尚完美的启示。

魏　徵

　　魏徵（580—643），字玄成，馆陶（今属河北）人。少孤贫，有大志。好读书，尤属意纵横之说。隋大业末参加李密义军，密奇之而不能用。密败归唐，久不见知，乃自请安辑山东，后为窦建德所获，署起居舍人。建德败擒，徵复归唐。太子建成闻其名，引为洗马。建成败，太宗器之。贞观元年（627）擢拜谏议大夫，使安辑河北。三年，迁秘书监，参与朝政。七年进侍中，加左光禄大夫，封郑国公。十七年卒，谥文贞。徵以忠鲠名世，于太宗一朝政治多所建树匡正。主编《群书治要》及《隋书》。《全唐诗》编其诗为一卷，今存诗三十五首，多为郊庙乐章。下面所选的《述怀》，是初唐五言古诗中的杰出篇章。

述　怀①

中原初逐鹿，投笔事戎轩②。纵横计不就③，慷慨志犹存。杜策谒天子④，驱马出关门⑤。请缨系南粤⑥，凭轼下东藩⑦。郁纡陟高岫⑧，出没望平原⑨。古木鸣寒鸟，空山啼夜猿。既伤千里目⑩，还惊九折魂⑪。岂不惮艰险，深怀国士恩⑫。季布无二诺⑬，侯嬴重一言⑭。人生感意气，功名谁复论⑮！

[校注]

　　①《全唐诗》题下注："一作《出关》。"据《旧唐书·魏徵传》，徵初从李密，密不能用，"及密败，徵随密来降（唐高祖），至京师，久不见知，自请安辑山东，乃授秘书丞，驱传至黎阳"。事在武德元年（618）十一月，见《通鉴》。②《史记·淮阴侯列传》："秦失其鹿，天下共逐之。于是高材疾足者先得焉。"中原逐鹿，喻指隋末天下大乱，

群雄并起，争夺天下的局面。戎轩，兵车。投笔事戎轩，即投笔从戎，用《后汉书·班超传》："（超）家贫，常为官佣书以供养。久劳苦，尝辍业投笔叹曰：'大丈夫无它志略，犹当效傅介子、张骞立功异域，以取封侯，安能久事笔砚间乎！'"后立功西域，封定远侯。此借指"大业末，武阳郡丞元宝藏举兵以应李密，召徵使典书记"之事。③纵横，战国时著名策士苏秦游说山东六国联合抗秦，即所谓"合纵"之谋；张仪则游说六国奉事于秦，即所谓"连横"之谋。南与北合为纵，西与东合为横。魏徵"见天下渐乱，尤属意纵横之说……密每见宝藏之疏，未尝不称善。既闻徵所为，遽使召之。徵进十策以干密，虽奇之而不能用。及王世充攻密于洛口，徵说密长史郑颋曰：'魏公虽骤胜，而骁将锐卒死伤多矣；又军无府库，有功不赏，战士心惰。此二者难以应敌。未若深沟高垒，旷日持久，不过旬月，敌人粮尽，可不战而退。且东都食尽，世充计穷，意欲死战，可谓穷寇难与争锋，请慎勿与战。'颋曰：'此老生之常谈耳！'徵曰：'此乃奇谋深策，何谓常谈！'因拂衣而去"。此句即叙己献策不为李密所用之事。④杖策，执马鞭、策马。天子，指唐高祖李渊。⑤关门，指潼关门。⑥《汉书·终军传》："南越与汉和亲，乃遣军使南越，说其王，欲使入朝，比内诸侯。军自请：'愿受长缨，必羁南越王而致之阙下。'"后果说服南越王归汉。缨，绳。系，捆缚。南粤，同"南越"。⑦凭轼，靠在车前横木上。指乘车出使。《汉书·郦食其传》载，郦食其对汉高祖说："方今燕、赵已定，唯齐未下……臣请得奉明诏说齐王使为汉而称东藩。"高祖善之，使食其说齐王，果凭轼而下齐七十余城。以上二句借终军使南粤（越）、郦食其说齐王的典故指其"自请安辑山东"之事。时李密旧部"徐士勣（后改名李勣）据李密旧境，未有所属。魏徵随密至长安，乃自请安集山东。上以为秘书丞，乘传至黎阳，遗徐世勣书，劝之早降，世勣遂决计西向"（《通鉴·唐高祖纪·武德元年》）。⑧郁纡，盘曲迂回貌。陟，登。岫，山峰。⑨出没，时出时没。因山路曲折盘绕，故远望时平原时出时没。⑩《楚辞·招魂》：

"目极千里兮伤春心。"经过隋末大战乱的破坏,此时诗人所经的中原地区人烟萧条,残破荒凉,故云"伤千里目"。⑪折,《全唐诗》校:"一作逝。"或引《楚辞·九章·抽思》"惟郢路之辽远兮,魂一夕而九逝"之句,认为当作"逝"。按:此句上承"郁纡陟高岫",下启"岂不惮艰险",系指登山陟险而心惊,当作"折"。《汉书·王尊传》:"上以尊为郿令,迁益州刺史。先是,琅邪王阳为益州刺史,行部至邛郲九折坂,叹曰:'奉先人遗体,奈何数乘此险!'后以病去。"后遂以"九折"形容山路之盘曲险峻。"惊九折魂",即指因山路险峻而心惊。⑫国士,一国中才能最杰出的人才。国士恩,指君主以国士相待的恩遇。《战国策·赵策一》载智伯为赵襄子所灭,其门客豫让舍身行刺赵襄子以报答,曰:"智伯以国士遇臣,臣故以国士报之。"⑬季布,汉初楚人,重然诺,守信义。《史记·季布栾布列传》:"楚人谚曰:'得黄金百斤,不如得季布一诺。'"⑭侯嬴,战国时魏之隐士。信陵君闻其贤,带随从车马亲迎侯嬴,尊为上客。后信陵君有急,侯嬴献计荐朱亥,遂救赵,解邯郸之围。侯嬴则自杀以殉。事见《史记·魏公子列传》。重一言,犹重然诺。⑮意气,情谊、恩义。此指君主的知遇之恩。二句意谓,人生所应看重的是酬报君主的国士之恩,至于个人的功名又何足论呢。王维《夷门歌》"意气兼将身命酬",即此句"感意气"之谓。《旧唐书·魏徵传》载,唐太宗使魏徵安辑河北,徵谓副使李桐客曰:"主上既以国士见待,安可不以国士报之乎?"可见"报国士恩"是魏徵始终奉行的人生原则。

[笺评]

蒋春甫曰:起语参差胜人整。(《唐诗广选》卷一)

《唐诗训解》卷一:奉使之初,志存立功。故终为唐名臣。诗可见志,信矣。(题李攀龙辑、袁宏道校)

叶羲昂曰:此已具盛唐之骨,离却陈、隋滞靡,想见其人。(《唐

诗直解》卷一）

钟惺曰："出没"二字，深得远望之神。"人生感意气，功名谁复论"，深味末语，可原魏徵不死建成之故。（《唐诗归》卷一）

唐汝询曰：此奉使出关，赋以见志也。言宇内未平，聊欲弃文就武，以取勋庸。计虽数挫而志不少衰。于是谒天子以求奉使，驱马出关以图终、郦之业。登历山原，入无人之境。目极千里，魂逝九折。斯时也，岂不惮此艰险乎？正为天子以国士遇我，我当全季布之诺，守侯嬴之信，以舒生平之意气耳，功名非所论也。（《唐诗解》卷一）

陆时雍曰：挺挺有烈士风。"古木鸣寒鸟，深山啼夜猿"，是初唐一等格力。（《唐诗镜》卷一）

周敬曰：高华秀丽，远驾六朝，真似朱霞半天。（《删补唐诗选脉笺释会通评林·初五古》）

吴烶曰：此因出关而述己之怀也。秦失其道，豪杰共起，如逐鹿然。故弃文就武，卒斩焉耆王广，定西域，封定远侯……幸得见唐王，如邓禹杖策北渡，见光武于邺。而今驱马出关，当如终军请缨，系南越于阙下，郦食其凭轼而说齐王称藩。此一段述出关之始事也……从高视下，山路曲折，故曰"出没"。鸟鸣古木，猿啼空山，皆助人离思者，故下便接穷千里之目，惊九折之魂也……此历险途而自叹也……登此山而不惮劳者，天子以国士遇我，而思有以报之也。……此段效二人而薄功名，以结述怀之意。按：玄成少有大志，从李密来京，未知名，自请安辑山东……此诗盖出关时作。（《唐诗选胜直解·五言古诗》）

徐增曰：此唐发始一篇古诗，笔力遒劲，词采英毅，领袖一代诗人。须看其步趋古人不苟处。共二十句，却是五解。今人每恃才逞学，一笔扫将去，无论不如古人，则气亦易竭。谙乎解数，则下笔自有分寸，便得造古人地位矣。（《而庵说唐诗》卷一）

沈德潜曰：此奉使出关而作也。"国士"句是主意。气骨高古，变从前纤靡之习。盛唐风格，发源于此。（《重订唐诗别裁集》卷一）

宋宗元曰："纵横计不就，慷慨志犹存"，只二语总括由魏归唐事。"岂不惮艰险，深怀国士恩"，沉郁顿挫，格振神超。(《网师园唐诗笺》卷一)

翁方纲曰：对句一连五句，皆第二字仄，第四字平；又一连五句，皆第二字平，第四字仄。而却峻嶒之极，又谐和之极。读此一首，则上而六朝，下而三唐，正变源流，无法不备矣。岂其必于对句末用三平耶？愚故于唐人五言，特举此篇，以见法不可泥，乃真法耳。(《小石帆亭著录·五言诗平仄举隅》)

[鉴赏]

魏徵是中国历史上著名的政治家，但他这首作于唐代开国元年的《述怀》诗却为一代唐诗的新风树立了榜样，早在陈子昂倡导汉魏风骨之前，就写出了"骨气端翔，音情顿挫，光英朗练，有金石声"的杰出作品。

诗以叙事纪行写景为线索，以述怀为中心，大体上可分四层。"中原"四句，概述自己自隋末群雄纷起、逐鹿中原以来投笔从戎的经历，感慨才能计谋不被赏识，而慷慨之志犹存，自然逗引出下文。"杖策"四句，叙述归附唐朝，奉使出关，安辑山东之事，是"慷慨"之志犹存，"纵横"之计再展的具体表现，用终军、食其二典，既切"纵横"之计与主动请缨之意，又表现出对自己才能的高度自信。"郁纡"六句，叙写出关途中所见荒凉景象和所历艰难险阻，而以"既伤千里目，还惊九折魂"二语作一小束。"岂不"六句，紧承上文"艰险"，反折出自己的情志怀抱——感国士之恩而以身相报，并不看重个人的功名。诗的核心内容有两方面，即一开头的"慷慨志"和结尾处的"感意气"(亦即"怀国士恩")。前者是指在中原逐鹿的时局中乘时奋起，收拾乱局，重建和平统一的国家，以实现自己的人生追求和价值；后者是指为了实现慷慨之志，必须得到君主的赏识和信任，即获得国士之遇，而"感意气"以报"国士恩"也就成了自己毕生信奉的人生原则。奉使出关，安辑山东，既是为了实现慷慨之志，也是为了酬报国士之恩。酬恩知己的观念体现在君臣关系上，带有一定的民主性。《孟子·离娄下》："孟子告齐宣王曰：'君之视臣如手足，则臣视君如腹心；君之视臣如犬马，则臣视君如国人；君之视臣如土芥，则臣视君如寇雠。"以国士遇，则"感意气"而以国士报，正是上述观念的体现。以上两方面，都表现出一个将要到来的壮盛健康的新时代士人新的精神风貌，正是这种慷慨之志和高昂"意气"，构成了这首诗刚健苍劲风骨的思想感情基础。

全篇语言朴素刚劲，叙述简括省净，写景纪行简约而富于表现力。"纵横"二句，叙事抒情融为一体，一反一正，顿挫生姿。"郁纡"四句，纪行写景中深寓对荒凉残破景象的感慨，其中含有收拾乱局重现太平的责任感。"出没望平原"句承上"郁纡陟高岫"，尤得行进在盘曲山路上登高望远之神。各层之间转接自然有序，三、四两层之间的转折则反托有力，显示出遒劲的笔力和深沉的感慨。无论是思想内容还是艺术风貌，这首诗都相当典型地显示了一个新的诗歌时代即将来临。

魏徵真正蒙受"国士恩"，是在唐太宗当政时期。但从这首诗中已可看出他日后为实现慷慨之志和感国士恩而将要进行的政治实践。"人生感意气，功名谁复论"，正可视为他的人生宣言。而人品与诗品的统一，则是这首诗表达的思想感情特别深厚沉挚的根源。

王 绩

　　王绩（590—644），字无功，号东皋子，绛州龙门（今山西河津）人。出身于"六代冠冕"的北朝士族，其三兄王通为隋末大儒。大业中，应孝悌廉洁举登高第，授秘书省正字。因不愿在朝，自请任外职，改六合县丞，因疏放简傲，耽于饮酒，屡被弹劾，自免去职。唐武德五年（622），以前官待诏门下省，日给酒三升。贞观初，托疾罢归。十一年，以家贫赴选，为太乐丞，未及二年复弃官还乡。十八年卒。绩好老、庄，追求纵心自适的生活境界，其诗多抒写隐居田园的生活情趣和朴野本色的自然风光，诗风真率自然，朴质清新。有《王无功文集》五卷本传世。

野 望①

　　东皋薄暮望②，徙倚欲何依③。树树皆秋色，山山唯落晖。牧人驱犊返，猎马带禽归④。相顾无相识，长歌怀采薇⑤。

　　[校注]

　　①《王无功文集》五卷本此句作"薄暮东皋望"。野望，眺望原野。或谓此诗作于隋末社会动乱的年代。但尾联用"采薇"典，当作于隋亡唐建之后，参注⑤。②东皋，在作者家乡河津，系其隐居躬耕之地。作者《自作墓志文并序》（《王无功文集》卷五）云："常耕东皋，号东皋子。"皋，河边地。又《答冯子华处士书》云："吾河渚间，元有先人故田十五六顷，河水四绕，东西趣岸各数百步。……用天之道，分地之利，耕耘蘦藜黍秋而已。"所谓"东皋"，当即指此。③徙倚，徘徊，彷徨。欲，五卷本作"将"。④禽，兼指鸟、兽等猎物。⑤采薇，指隐居的高士。《史记·伯夷叔齐列传》："武王已平殷

乱，天下宗周。而伯夷、叔齐耻之，义不食周粟，隐于首阳山，采薇而食之。"这里用"采薇"典，仅取其隐逸高致，未必有"耻事新朝"之意。但既用此典，则诗作于易代之后，当是事实。或谓此句"采薇"系用《诗·召南·草虫》"陟彼南山，言采其薇。未见君子，我心伤悲"或《小雅·采薇》"采薇采薇，薇亦作止；日归日归，岁亦莫止。靡室靡家，猃狁之故；不遑启居，猃狁之故"，借以抒发苦闷。但诗中既无怀念君子或怀念故乡（当时作者身在家乡）之意，也看不出明显的苦闷情绪，且《诗经》中这两首诗的"采薇"也很少用作典故。故仍以解作怀想隐居高士为宜。吕才《王无功文集序》云："君河中先有渚田十数顷，颇称良沃，邻渚又有隐士仲长子光，服食养性。君重其贞洁，愿与相近，遂结庐河渚，纵意琴酒，庆吊礼绝，十有馀年。"怀采薇，也有可能包括仲长子光这类隐逸之士。

[笺评]

钟惺曰：浅而不薄。（《唐诗归》卷一）

唐汝询曰：按：无功当隋唐之际，晦迹逃名，寄情于酒，以高洁自居。此因野望而感隋之将亡，因以言志也。言方临高晚眺，徙倚徘徊，此身若靡所依泊，正以秋色斜阳，所见皆凋残之景，隋亡可立而须矣。视彼牧人猎骑，憬然奔趋，各事其事，谁为我之相识者？吾惟有长歌以怀采薇士耳。亡国之悲，见于言外，惟以采薇稍露本旨。（《唐诗解》卷三十一）

陆时雍曰：多于朴茂。（《唐诗镜》卷一）

《唐诗训解》：起句即破题。"秋色"补题不足，且生结意。"落晖"应"薄暮"，且生下"返""归"二句。何元朗曰：当武德之初，犹有陈、隋遗习，而无功能尽洗铅华，独存体质。又嗜酒诞放，脱落世事，故于情性最近。今观其诗，近而不浅，质而不俗，殊有魏晋之风。（卷三）

王夫之曰：首句直文身自远，天成风韵，不容浅人窃之。又：当其为景语，但为景语，故高。"树树皆秋色"，可云有比；"牧人""猎马"，亦可云有比乎？唯初唐诗必不许谢叠山、虞道园一流舞文弄律。少陵不然，诲淫诲盗。（《唐诗评选》卷三）

吴烶曰：命意在末句……不忘故隋也。（《唐诗选胜直解·五言律诗》）

黄生曰：尾联寓意格。前写野望之景，结处方露己意。三、四喻时值衰晚，此天地闭、贤人隐之象也。故末寄怀采薇，盖欲追踪夷、齐之意，然含蓄深浑，不露线索。结法深厚。得此一结，便登唐人正果，非复陈、隋小乘禅矣。又曰：叠字句有二种，有实叠，有虚叠，此实叠也。（《唐诗矩·五言律诗一集》）

王尧衢曰：前解写"望"，后解因景以抒情。王无功生于隋唐之际，号东皋子，沈于醉乡，而成其高蹈，故托兴采薇而以无相识致慨也。此诗格调最清，宜取以压卷。视此，则律中之起承转合了然矣。"东皋薄暮望，徙倚欲何依。"此为起句。首句以"东皋薄暮"写"望"之时候，点题面，立一诗之根。次句即写"望"之神情也。"望"必将身倚于一处，今云"徙倚"，是身子常移动不定，身不得自主，故又云"欲何依"。"树树皆秋色，山山唯落晖。"此为承，写"望"中之所见。树皆秋色，山尽落晖，则眺望便不能倚定在一处，承上"望""徙""倚""欲何依"六字也。"牧童驱犊返，猎马带禽归。"此句为转。转，盖为合句作地步，与承句不相连，而气又要贯。"牧"者"猎"者，俱"东皋""望"中之人。"返"与"归"，乃薄暮时事。牧牛有犊，猎马得禽，各事其事，正与下文"无相识"中人，略举一二也。"相顾无相识，长歌怀采薇。"此之谓合，谓与转句相合也。相顾者，两相回顾，乃面熟之人，而不相识其姓名踪迹。盖以徙倚东皋者，自成高尚，长歌而怀采薇之风，彼牧童猎子，又安能识予为何人哉！（《古唐诗合解》卷七）

叶蓁曰：惟有隐耳。隋日式微，无功伤之而作，即诗人"北风"

"雨雪"意，然唐兴之兆见矣。（《唐诗意》）

吴乔曰：王绩《野望》诗，陈拾遗之前旌也。（《围炉诗话》卷二）

顾安曰：此立意诗。"薄暮望""欲何依"，主句也。下边"秋色""落晖""牧人""猎马"，俱是"薄暮望"之景。"皆"字、"唯"字、"返"字、"归"字，俱是"欲何依"之情。所以用"相顾"句一总顿住。末句说出自己胸襟也。又，此诗说"无依"情绪，直赶到第七句，若胸中稍有不干净处，便要自己露出。"长歌"一言，壁立万仞矣。或问此句可以为主句否，盖此句是胸中主见，不是诗中主句，所谓主中主也。（《唐律消夏录》卷一）

沈德潜曰：五言律，前此失严者多，应以此章为首。通首只"无相识"意。"怀采薇"，偶然兴寄古人也。说诗家谓感隋之将亡，毋乃穿凿。（《重订唐诗别裁集》卷九）

黄叔灿曰：《野望》，王绩隐于东皋。"欲何依"，言不欲他适也。"树树"一联，写望中景色有致。"牧人""猎马"，各自营为。本不相识，任其相顾，我自长歌。"怀采薇"，取义于我安适归意，与首相应。（《唐诗笺注》卷一）

王寿昌曰：何谓古？曰……近体则"东皋薄暮望……"……此等乃诗太羹玄酒之味，《咸》《英》《韶》《濩》之音，非世俗所能知者，但学者不可不本源于此。（《小清华园诗谈》卷上）

[鉴赏]

诗写东皋眺望所见所感。首句点题，"东皋"是诗人的耕隐之地，说明诗人一开头就是以隐者的眼光来眺望原野景物的。"薄暮"点时，这个特定的时间使全诗笼罩上一层迷蒙的色彩，并为下面三联的写景抒情设置了规定情境。次句抒感，"徙倚欲何依"，写出了一种徘徊彷徨、无所依托的心理状态，"欲何依"三字直贯尾联。

领联写望中秋暮自然景色：树树尽染秋色，山山唯余落晖。这景象于阔远绚丽之中略带萧瑟清寂的情味，透露出诗人对秋天薄暮景色既流连称赏又稍感寂寞的心态。

腹联写望中秋天薄暮的人事活动。一写牧童驱犊而返，一写猎马带禽而归。虽写动态，表现的却是一种悠闲不迫、从容宁静的氛围。以上两联，在景物的远近、动静的映衬和构图设色上都颇见匠心，但读来却浑朴流畅，一气舒展，不露斧凿之痕。颔联"树树""山山"叠字置于句首，构成工整的对仗，更加强了流走的气势。尾联以"相顾无相识"遥应"徙倚欲何依"，以"长歌怀采薇"应上联"返""归"，点明诗人的精神归趋——对隐逸之士的怀想和对隐逸生活的向往。

从尾联用典看，这首诗当作于易代之后。联系首句"东皋"之语及王绩晚年归隐龙门的行迹，这首诗有可能作于晚年（贞观十三年至十八年间）。这时离唐朝建国已二十多年，唐朝的政治经济已出现兴盛景象。他对新兴的唐王朝是抱着欢迎肯定态度的，在《答冯子华处士书》中说："乱极治至，王途渐亨，天灾不行，年谷丰熟。贤人充其朝，农夫满于野。吾徒江海之士，击壤鼓腹，输太平之税耳。帝何力于我哉！"可见在新朝治世当一名自适其适的隐士，正是他晚年的人生追求。这首诗所描绘的秋暮乡野景物，充溢着一种和平宁静的田园牧歌情调和对隐逸高致的向往，正是诗人心情的写照。尽管由于"所嗟同志少，无处可忘言"（《春庄走笔》），有时不免感到孤寂。"徙倚欲何依""相顾无相识"等句，正流露了这种缺乏同道的惆怅。旧日有的诗评家横亘比兴寄托观念于胸，带着先入为主之见来感受、理解诗中所写之景、所抒之情，不免误解诗境、诗旨。王夫之对"浅人""穿凿"的批评，是有见地的。

《文献通考·经籍考》五十八引《周氏涉笔》云："旧传四声，自齐、梁至沈、宋，始定为唐律。然沈、宋体制，时带徐、庾，未若王绩穿裁锻炼，曲尽清元，真开迹唐诗也。如云'牧人驱犊返，猎马带禽归'……"从合律的要求看，王绩的这首《野望》远早于李峤、沈、宋的同类作品，称得上是唐人五律的开山之作。

秋夜喜遇王处士①

北场芸藿罢②，东皋刈黍归③。相逢秋月满，更值夜萤飞。

[校注]

①王处士，五卷本《王无功文集》作"姚处士义"。生平均未详。处士，本指有才德而隐居不仕的士人，后泛指未做过官的士人。②北场，北边的场圃。芸，通"耘"。藿，本指豆叶，此指豆株。芸藿，给种豆的地除草。③刈，割。黍，一种谷物，籽实去皮后称黄米。

[鉴赏]

前两句写农事活动后归来。平平叙述，自然成对，没有任何刻画渲染，平淡到几乎不见有诗。但正是在这种随意平和的语调与舒缓从容的节奏中，透露出诗人对耕隐田园生活的习惯和一片萧散自得、悠闲自适的情趣。王绩归隐的生活条件是相当优裕的。参加"芸藿""刈黍"一类劳动，在他不过是田园生活一种轻松愉快的点缀。这种生活所造成的和谐平衡的心境，正是下两句所描绘的"秋夜喜遇"情景的背景与条件。

"相逢秋月满，更值夜萤飞。"带着日间田间劳动后的轻微疲乏和快意安恬，怀着对归隐田园生活的欣然自适，两位乡居的老朋友在这宁静美好的秋夜不期而遇了。这是一个满月之夜。整个村庄和田野沉浸在一片明月的清辉之中，显得格外静谧。这里那里，又穿梭似的飞舞着星星点点的秋萤，织成一幅变幻不定的光的图案。它们的出现，给这宁静安闲的山村秋夜增添了流动的意致和欣然的生意，使它不致显得单调和冷寂。同时，这局部的流动变幻又反过来更衬出了整个秋夜山村的宁静安恬。这里，对两人相遇的场面没有作任何正面描写，也没有一笔正面表现"喜"字，但透过这幅由溶溶明月、点点流萤所

组成的山村秋夜画图，借助"相逢""更值"这些感情色彩浓郁的词语的点染，诗人那种沉醉于眼前美好秋夜景色中的快意微醺，那种心境与环境契合无间的舒适安恬，以及共对如此良夜的两位朋友别有会心的微笑和得意忘言的情景，都已经鲜明地呈现在读者面前了。

这首小诗，虽写田园隐居生活，却表现了乡居秋夜特有的美和对这种美的心领神会，色调明朗，富于生活气息。王绩的诗，有真率自然、不假雕饰之长，但有时却过于率直质朴而缺乏意境和余韵，这首诗可以说创造了一种人与自然和谐相融的优美意境。从田园诗的发展历程看，陶诗重在写意，王维则着意创造情景交融的意境，王绩这首诗不妨看作王维田园诗的先声。我们从诗中还可看到陶诗的影子，但从整体上说，已经是属于未来诗歌时代的作品了。

上官仪

上官仪（约608—664），字游韶，陕州陕县（今河南三门峡市）人。贞观元年（627）登进士第，授弘文馆直学士，迁秘书郎。太宗每为文，遣仪视草。高宗即位，为秘书少监。龙朔二年（662），进西台侍郎、同东西台三品（宰相）。因建议高宗废武后，于麟德元年（664）被诬与梁王李忠谋逆，下狱死。仪为太宗、高宗朝重要宫廷诗人，曾总结六朝以来对仗方法，创"六对""八对"之说，对律诗的建立有促进作用。工五言，诗风绮错婉媚。人多效之，称"上官体"。有《上官仪集》三十卷，已佚。又曾撰《笔札华梁》。《全唐诗》编其诗为一卷，今人续有增补，见陈尚君《全唐诗补编》。

入朝洛堤步月①

脉脉广川流②，驱马历长洲③。鹊飞山月曙，蝉噪野风秋。

[校注]

①高宗、武后当政时期，朝廷常在东都洛阳。皇城南临洛水，城门外有天津桥。百官清晨入朝前须集桥下洛堤上等候。诗题谓入朝前沿洛堤骑马踏月而行。②脉脉，形容水流绵长不断之状。广川，指洛水。③长洲，此指洛堤。洲本指水中或水边陆地，此指水边铺筑的沙堤。

[笺评]

刘𫗧曰：高宗承贞观之后，天下无事。上官侍郎仪独持国政。尝凌晨入朝，巡洛水堤，步月徐辔，咏诗云："脉脉广川流，驱马历长洲。鹊飞山月曙，蝉噪野风秋。"音韵清亮。群公望之，犹神仙焉。

（《隋唐嘉话》卷中）

胡应麟曰：上官仪"鹊飞山月曙，蝉噪野风秋"，音响清越，韵度飘扬，齐梁诸子，咸当敛衽。（《诗薮·外编·唐下》）

胡震亨曰：上官仪"鹊飞山月曙，蝉噪野风秋"，率尔出风致语，佳耳。张说"雁飞江月冷，猿啸野风秋"（《和尹懋秋夜游灉湖》），似有意学之。那得佳。欧公力拟温飞卿警联不及，亦同此。（《唐音癸签·评汇》）

钟惺曰："鹊飞山月曙"，森然。（《唐诗归》卷一）

李因培曰："鹊飞山月曙，蝉噪野风秋"，徐、庾遗响。（《唐诗观澜集》卷十四）

宋顾乐曰：景语神采，在王、裴上。写景沉着，格调亦雍容满足。（《唐人万首绝句选》评）

俞陛云曰：此早朝途中所作。"鹊飞""蝉噪"二句，写洛堤晓行，风景如画。诗句复清新而有神韵。昔张文潜举昌黎、柳州五言佳句，以韩之"清雨卷归旆"一联，柳之"门掩候虫秋"一联为压卷。上官之作，可方美韩、柳矣。（《诗境浅说》续编）

[鉴赏]

上官仪创"六对""八对"之说，对律诗建立有推动作用，但其所作应诏奉制诸诗，则大都典雅工致而乏情韵意境，这首小诗从题目看，很像是上朝途中即景吟成的作品。唯其仁兴而就，于不经意间随口道出，故能见诗人的风度神采。

早朝诗多形容宫廷庄严华贵气象，此诗独辟蹊径，专写赴朝途中所见晨景。且既不渲染宰相车马仪从之盛，又不描绘赴朝之急骤匆忙，而是与此相反，专写沿洛堤按辔徐行览眺景物的雍容闲暇。起二句一写洛水，一写洛堤。用"脉脉广川流"写洛水，见水流之从容平缓、悠长绵延，言外自有一种"水流心不竞"的意致。次句点出"驱马"

而行，而曰"历长洲"，则其非扬鞭疾驰，而系按辔徐行，且历且览之情景可想。

妙在三、四句写景，景中见人。"鹊飞山月曙，蝉噪野风秋"，这两句写晨景，对仗工切，音韵浏亮，描写精细，本身就能构成相对完整的清迥意境。上句写景富于动态感和过程感：随着时间的推移，乌鹊从栖宿的树上飞起，山边的月亮清光渐隐，天色渐亮，曙光已显。下句则在清晨的秋蝉聒噪和野风吹拂中透出了秋晨的凉意。"曙"字、"秋"字都很富表现力，有鲜明的氛围感。但如孤立地看，不过是写景的名联而已。但一旦与"入朝洛堤步月"这个特定背景联系起来，就不难品味出诗人在步月按辔徐行的过程中那份从容闲暇的气度，顾盼自如的神情，和调动着一切感觉去欣赏秋晨美好景物的情致。这种气度、神情和情致，构成了这首早朝诗特有的清华高逸气韵。"望之犹神仙"的赞誉可能正是缘于此吧。

骆宾王

骆宾王（619—687）[①]，字观光，婺州义乌（今属浙江）人。七岁能诗。早年生活穷困。曾为道王（李元庆）府属官。后授奉礼郎，为东台详正学士。咸亨年间因事被谴，从军西域，后入蜀。其后返京，历任武功主簿、明堂主簿，调长安主簿，擢侍御史。因上书言事，被诬下狱。调露二年（680）八月遇赦获释。任临海丞。光宅元年（684），徐敬业起兵讨武则天，署宾王为艺文令，曾草《讨武曌檄》，兵败后逃亡，不知所之。有《骆临海集》十卷。清陈熙晋有《骆宾王集笺注》。宾王长于七言歌行，五律、五绝亦有佳篇。

[注释]

①关于骆宾王的生卒年，说法不一，此采骆祥发说。

在狱咏蝉[①]

西陆蝉声唱[②]，南冠客思侵[③]。那堪玄鬓影[④]，来对白头吟[⑤]？露重飞难进，风多响易沉[⑥]。无人信高洁[⑦]，谁为表予心！

[校注]

①诗约作于高宗调露元年（679）秋（或说作于调露二年，680）。诗前有序云："余禁所禁垣西，是法厅事也。有古槐数株焉。虽生意可知，同殷仲文之古树；而听讼斯在，即周召伯之甘棠。每至夕照低阴，秋蝉疏引，发声幽息，有切尝闻。岂人心异于曩时，将虫响悲于前听？嗟乎！声以动容，德以象贤。故洁其身也，禀君子达人之高行，蜕其皮也，有仙都羽化之灵姿。候时而来，顺阴阳之数；应节为变，

审藏用之机。有目斯开，不以道昏而昧其视；有翼自薄，不以俗厚而易其真。吟乔树之微风，韵资天纵，饮高秋之坠露，清畏人知。仆失路艰虞，遭时徽缰。不哀伤而自怨，未摇落而先衰。闻蟪蛄之流声，悟平反之已奏；见螳螂之抱影，怯危机之未安。感而缀诗，贻诸知己。庶情沿物应，哀弱羽之飘零；道寄人知，悯馀声之寂寞。非谓文墨，取代幽忧云尔。"其中对蝉的描写歌咏，可与诗互相发明、补充，并可窥见写作此诗的背景、动机和目的。②西陆，指秋天。《文选·郭璞〈游仙诗〉》"蓐收清西陆"李善注引司马彪《续汉书》："日行北陆谓之冬，西陆（太阳运行在西方七宿的区域）谓之秋。"③南冠，代指囚犯。《左传·成公九年》："晋侯观于军府，见钟仪，问之曰：'南冠而絷者，谁也？'有司对曰：'郑人所献楚囚也。'"骆宾王是南方人，故以"南冠"借指自己的囚犯身份，更为切合。客思，客中的情思。侵，侵袭。侵，一作"深"。④玄鬓，指蝉。晋崔豹《古今注·杂注》："魏文帝宫人绝所宠者，有莫琼树……琼树乃制蝉鬓，缥缈如蝉翼，故曰蝉鬓。"因蝉鬓缥缈如蝉翼，蝉又通体黑色，故以"玄鬓影"代指蝉的身影。⑤白头，诗人自指，这一年骆宾王已过六十，故云"白头"。吟，指蝉鸣。《白头吟》是汉乐府相和歌辞曲调名，这里仅借用其字面，"白头"与"吟"不相连。⑥沉，指蝉声消失淹没在风声中。⑦高洁，指蝉栖高饮露的品性，即诗序所谓"饮高秋之坠露"。

[笺评]

钟惺曰："信高洁"三字森挺，不肯自下。（《唐诗归》卷一）

唐汝询曰：此因闻蝉借以自况也。蝉知感秋，犹己之被系，真影相吊而声相和者也。露重风多，喻世道之艰险；难进易沉，慨己冤之不伸。斯时也，有信其高洁表其贞心者乎？亦终于湮没而已。（《唐诗解》卷三十一）

黄克缵曰：咏蝉诗描写最工，词甚雅正。（《全唐风雅》）

陆时雍曰：大家语。大略意象深而物态浅。（《唐诗镜》卷二）

徐祯卿曰：结语优柔，自是可怜。（《删补唐诗选脉笺释会通评林·初五律》引）

周珽曰：宾王此诗托蝉自鸣，衷情呜咽，读者每为三叹。又曰：次句映带"在狱"。三、四流水对，清利。五、六寓所思，深婉。尾"表"字，应上"侵"字，"心"字应"思"字，有情。咏物诗，此与《秋蝉》篇可称绝唱。（同上）

贺裳曰：中联云"露重飞难进，风多响易沉"，尤肖才人失路之悲，读之涕洟欲下。（《载酒园诗话又编·四杰》）

黄生曰：（首联）对起。顺因起。（次联）顺应。（腹联）顺因句。语兼比兴。（尾联）缩脉句。又曰：尾联总冒格。"飞难进"，喻情不能上达。"响易沉"，喻冤不能分雪。七句分明是无人信同蝉之高洁，却缩作五字，如昔人之缩地脉也。识得言外有"蝉"字，此诗方有收拾。序已将蝉赋尽，诗只带写己意，与诸咏物诗体格不同。又曰：起、结二句，有上因下者，谓之倒因；有下因上者，谓之顺因。（《唐诗矩·五言律诗一集》）

宋长白曰：骆义乌诗："西陆蝉声唱"，"唱"字稍稚已。（《柳亭诗话》）

史流芳曰：首句"咏蝉"，次句"在狱"。下句句说蝉，句句说自己。（《固说》）

吴昌祺曰："鬓影"虽借蝉而用"对"字，则"鬓"承"客思"，"吟"承"蝉声"也。（《删订唐诗解》）

顾安曰：五、六有多少进退维谷之意，不独说蝉，所以结句便可直说。（《唐律消夏录》）

陈德公曰：三、四现成恰好，转觉增凄。第二"客思侵"三字凑韵，信阳多犯此流弊。（《闻鹤轩初盛唐近体读本》引）

卢麰、王溥曰："客思侵"固似凑韵，但以对起，犹可掩拙，若

复散行，更成率易，此又不可不知。（同上）

李白山曰：结承五、六缴足，更为醒快。（同上引）

范大士曰：诗有寄托，故不第以咏物擅长。（《历代诗发》）

施补华曰：《三百篇》比兴为多，唐人犹得此意。同一咏蝉，虞世南"居高声自远，端不藉秋风"，是清华人语；骆宾王"露重飞难进，风多响易沉"，是患难人语；李商隐"本以高难饱，徒劳恨费声"，是牢骚人语。比兴不同如此。（《岘佣说诗》）

俞陛云曰：起句言狱中闻蝉，题之本位也。三、四句由蝉说到己身，层次井然。而"玄鬓""白头"，于句法流转中，兼工琢句。五句言蝉因露重而沾翅难飞，犹己之以谗深而含冤莫白。六句言蝉因风多而响易沉，犹己之以毁积而辞不达。末二句慨然说明借蝉喻己之意。此诗取譬最为明切。大凡咏物诗，或见物兴感，或借物自况，《诗经》兴、赋、比三体中之比体也。咏物用典能贴切固佳，能用典切题而兼有意则尤佳。（《诗境浅说》甲编）

[鉴赏]

这是一首工于比兴寄托的咏物名篇，也是一曲忧愤深广的人生悲歌。

调露元年（679）秋，担任侍御史的骆宾王由于屡次上书讽谏政事，触犯了当权的武则天，被诬在长安主簿任上犯贪赃罪，下御史台狱。监狱西面，有古槐数株，上有秋蝉悲鸣，引起他对自身品行遭际的联想和对人生社会的悲慨，写下这首托物寓怀、抒发幽愤的诗篇。

首联闻蝉兴感，正点题面。蝉到了秋天，生命力趋于衰竭，鸣声听来特别凄切。这对于一个身处异乡而又失去自由的系囚，感情上不用说就是强烈的触动。"客思"在这里便不单指羁愁乡思，而且包含身系囹圄的身世沉沦之感和穷途抑塞之悲。"侵"字带有渐进的意味，显示出在闻蝉的过程中，幽愤的"客思"不断浸润扩大、渗透深入，透露出这种难堪的"客思"是怎样地侵扰、咬啮着诗人痛苦的灵魂。这一联以工整的对仗起,"西陆""南冠"又分别用典,显得典重深沉,这和诗人闻蝉而兴悲的感情状态是一致的。

领联就"客思侵"进一步抒写不堪忍受寒蝉悲鸣的沉重悲苦心情。两句用流水对,语意一贯。意思是说,哪能经受得住这玄黑缥缈的秋蝉身影,对着我这忧愤深广的白头幽囚曼声哀鸣呢!"那堪"二字直贯全联,突出了感情的强度。"玄鬓"与"白头"分切秋蝉与自己,对偶工妙,不但见诗人的巧思,而且给人以鲜明的视觉形象,展现出置身囹圄的白头诗人面对高树秋蝉,形影相吊,不胜哀怨忧愤的情景。这就把蝉和人进一步绾合起来,为后幅以蝉喻人创造了条件。

诗人在哀怨凄切的蝉声中听到了自己的心声,也在秋蝉身上进一步发现了自己。因此腹联便由前幅的闻蝉兴感自然过渡到以蝉自喻。这一联专从秋蝉和它所处环境的关系着笔。"露重""风多",正切秋令,象喻环境的恶劣和世路的艰险。"飞难进""响易沉",象喻政治上难以进展,呼号又不为人所闻。整个社会环境,就像浓露沉沉、寒风凄凄,充满阴冷气氛的世界,到处都有沉重的压力和艰险的阻力,自己则正如秋蝉弱羽,欲飞而不能进;哀音微响,欲诉而声寂响沉。这一联不只是抒写了一个囚徒蒙受冤诬、有翅难飞、有口难诉的痛苦处境和心情,而且熔铸了诗人长期以来备受压抑、历尽坎坷的人生体验,从而在更广阔的范围上概括了封建社会中备受压抑的下层文人的共同遭际与感受,具有较高的典型性。两句紧切节物,纯用比体,寄慨遥深,而无晦涩之弊,是比兴寄托的上品。

尾联紧承第六句,由"响易沉"生发。蝉栖息高树,古人认为它餐风饮露,故历来被视为高洁之士的化身。但风多响沉,微弱的声音既不为人所闻,自己"高洁"的品格也就无人相信与理解。茫茫人世,又有谁为自己表白心迹呢?这一联虽仍关合着蝉来说,但直接抒情的意味更浓,感情也更沉痛愤激。全诗就在这感情的高潮中收束,留下一片沉冤莫辩、无人理解的痛苦呼号的余音,在读者耳际萦回荡漾。

从构思看，这首诗通篇不离物与我、蝉与人的关系。但前幅是因蝉兴感，物我分咏，着重抒写闻蝉引起的主观感受。后幅则借蝉自喻，物我合一。写蝉的环境、遭遇和感情，也就是写自己。原先引起思绪的外物——蝉，已经在不知不觉当中转化为诗人自身的象征。尾联仿佛专从诗人着笔，但"高洁"之语，仍紧密关合蝉的特征。因此全联不妨看作人格化的"蝉"的自我抒情。只不过诗人的感情发展到这里，已经强烈到几乎要冲破比兴的外壳而诉之以直接抒情的程度了。全诗在托物寓怀的过程中，蝉与人既密切相关，又有分有合，有各种不同的结合方式，这就在统一中显出多样和变化来。

清末施补华《岘佣说诗》关于咏蝉诗的一段评论，指出了不同地位、遭遇和气质的诗人在各自的咏蝉诗中所表现出来的不同个性，其中涉及寄兴与取象的关系问题，值得深入探讨。

于易水送人①

此地别燕丹，壮士发冲冠②。昔时人已没，今日水犹寒③。

[校注]

①易水，在今河北省西部，源于易县境，东流入涞水（今南拒马河）。战国时燕太子丹派遣刺客荆轲入秦刺秦王，在此饯别。参下注。诗人在其旧地送别友人作此诗。②《史记·刺客列传》载，燕太子丹派遣荆轲入秦，出发时，"太子及宾客知其事者，皆白衣冠以送之。至易水之上，既祖（祭路神），取道，高渐离击筑，荆轲和而歌，为变徵之声，士皆垂泪涕泣。又前而歌曰：'风萧萧兮易水寒，壮士一去兮不复还！'复为羽声慷慨，士皆瞋目，发尽上指冠。于是荆轲就车而去，终已不顾。"壮士，指荆轲、高渐离，也包括送行的壮烈之士。此句宋蜀刻本作"壮发上冲冠"。③水犹寒，谓今日于此送人时，似乎感到眼前的易水仍然带有一股寒意。

[笺评]

吴逸一曰：只就地摹写，不添一意，而气概横绝。(《唐诗正声》卷十八吴评)

胡应麟曰：骆宾王"昔时人已没，今日水犹寒"，初唐绝句精巧，犹是六朝馀习，然调不甚古，初学慎之。(《诗薮·内编·近体下·绝句》)

唐汝询曰：此因临易水，而想古人亦尝送别于此。今其人虽没，其水犹寒。安知今之人不能为古也？侠气凛然，见于言外。(《唐诗解》卷二十一)

叶羲昂曰：似无味，然未尝不佳。(《唐诗直解》卷六)

《唐诗训解》：并不说到自身，如此已足。(卷六)

吴烶曰：此临易水送别，以道其侠烈之意，兼励所送之人也。(《唐诗选胜直解·五言绝句》)

毛先舒曰：临海《易水送别》，借轲、丹事，用一"别"字映出题面，馀作凭吊，而神理已足。二十字中而游刃如此，何等高笔！(《诗辩坻》卷三)

徐增曰：此二句(指前二句)是叙易水之出处，后二句作感慨。昔时丹与轲及白衣冠宾客，无一在者矣。吾辈今日复于此送别，觉水寒犹如昨日也。虽然，何作此变徵声？盖宾王意欲结死士以图劫刺，与丹略同。寓意深远，人卒未知也。(《而庵说唐诗》卷七)

王尧衢曰：宾王盖有慕于荆轲，而为之感慨如此。(《古唐诗合解》卷四)

宋宗元曰：(后二句)黯然。(《网师园唐诗笺》卷十四)

宋顾乐曰："此地"二字有无限凭吊意。因地生意，并不说到自身，如此已足。(《唐人万首绝句选》评)

俞陛云曰：易水送荆卿歌，"风萧萧兮易水寒，壮士一去兮不复还"，寥寥十五字，而千载下如闻悲壮之声。咏易水者，当不能外此意。此诗一气挥洒，而重在"水犹寒"三字，见人虽没，而英风壮采，凛烈如生。一见易水寒声，至今日犹闻呜咽。怀古苍凉，劲气直达，高格也。(《诗境浅说》续编)

[鉴赏]

这首只有二十个字的小诗，初读可能会感到它只是袭用故典，平直无余味。但细加品味，却越来越感到它蕴蓄丰富、感慨深沉，具有一股悲壮激越之气和苍劲雄直的风格。而这，主要缘于典故的妙用，以及诗人的气质与典故、与现境的结合。

前两句撇开题中"送人"之意，从眼前的"易水"生发诗思。遥想千载之前，"此地别燕丹，壮士发冲冠"的情景。粗粗一看，也可能会觉得这十个字只是对《史记·刺客列传》那一段易水饯别场景描写的简化。但由于千百年来，荆轲刺秦王的故事，广泛流传，深入人心，司马迁这段倾注了浓烈感情、极具氛围感的精彩文字更是文士极熟悉的。因此，一读到"此地别燕丹"这五个字，脑际浮现的便是那壮怀激烈、悲歌慷慨、视死如归的悲壮场景，甚至还包括穿戴着白衣冠送荆轲的太子和宾客。而次句所选取的"壮士发冲冠"的细节，又正突出地表现了行者与送者的愤激不平和壮烈之情。因此，虽一句叙事，一句绘景，却包蕴丰富，浓缩了易水饯别之前发生的一系列情事。从"壮士发冲冠"这个特写镜头，甚至可以联想到刺秦决策过程中一系列令人扼腕的情事。

三、四两句，以"昔时"二字总括上文，与"今日"对举，即景生情，抒发感慨。"昔时人已没"，诗人面对千古长流的易水，不由得感慨过去在这里演出过悲壮激越送行场面的壮士贤君，如今早已不见踪影，一种怀古的惆怅流注于字里行间。下句"今日水犹寒"却一笔勒转，由眼前寒波荡漾的易水又思接千载。这一句，特别是"水犹寒"三字，是全诗之眼，它把诗人的无穷感慨都凝聚起来，具有丰富的蕴含和隽永的情味，能引发读者多方面的联想。

"今日水犹寒"，首先让读者联想到的自然是千载前的易水悲歌、慷慨壮别的历史场景。"风萧萧兮易水寒，壮士一去兮不复还！"这首可能是中国文学史上篇幅最短的诗歌，却以其高度凝练的语言创造出极富悲壮激越气氛的意境，凸现出以荆轲为代表的侠义之士反抗残暴、急人之难、义无反顾、视死如归的壮烈情怀，以及送别现场那种凝重悲凉，充满肃杀森寒之气的环境气氛。"今日水犹寒"带给我们的正是这种千载犹存的浓烈的历史现场感。

它还让读者联想到，历史上的"壮士"虽已一去不复返，但他们的抗暴精神、牺牲精神和侠肝义胆、英风浩气却永世长存。眼前这仍然寒波荡漾的易水似乎已经融入了他们的精神品格，成为他们永世长存的精神的象征。因此，这句诗又蕴含了对荆轲精神的深情缅怀和礼赞。

更进一步品味，还可以联想到诗人这次于易水送别与千载之前那场壮别的联系。这首诗的具体创作背景，包括所送之人的具体情况，虽已难以考索，但这并不妨碍我们根据诗中用典以及诗人的强烈主观感受，对现实中的这场壮别作出合理的想象。在"初唐四杰"中，骆宾王是最富于侠士精神气质的。他一生的经历，包括最后追随徐敬业讨武则天，都充满了侠义之气。而侠客扶危济困、重然诺、重义气的精神品质在荆轲身上无疑表现得最为突出。这次所送的友人，如果不是侠士式的人物，诗人在下笔时很可能不会联想到历史上荆轲易水壮别之事。因此，"今日水犹寒"的感受中，或许还包含有历史与现实的联想，含有对所送者的企望、激励之意。

在军登城楼①

城上风威冷，江中水气寒②。戎衣何日定③，歌舞入长安④。

［校注］

①武后光宅元年（684），骆宾王与徐敬业于广陵（今江苏扬州市）共谋起义讨武，敬业署宾王为艺文令。在军，即指在徐敬业军幕。城楼，指润州（今江苏镇江市）城楼。敬业于是年九月起兵后，率军渡江攻陷润州。此诗系攻陷润州后登城楼所作。②江，指长江。润州北临长江。③《尚书·武成》："一戎衣，天下大定。"孔传："衣，服也。一着戎服而灭纣。"戎衣何日定，即一着戎衣起事讨武，何日能天下大定，大功告成。④歌舞入长安，谓载歌载舞，在欢庆胜利的气氛中进入京城长安。

［笺评］

唐汝询曰：按：宾王与徐敬业起兵扬州讨武氏，州城临江，故叙景如此而冀其成功。然乏中流激（当作"击"）楫意，竟以败亡。（《唐诗解》卷二十一）

吴烶曰：徐敬业起兵，正秋风肃杀，故曰"风威冷"。冬日水面有气，故曰"水气寒"。"戎衣定""入长安"，歌舞以庆太平也。惜哉不取魏思温之策，直取洛阳，卒至败亡耳。（《唐诗选胜直解·五言绝句》）

徐增曰：李敬业同宾王在扬州时作也。扬州临江，登城楼则见水。"风威冷"，是言军容严整，杀气凛然。"水气寒"，是言敌人丧胆也。"戎衣何日定"，以敬业孤军而当武周全盛之力，非一着戎衣之可定。"歌舞入长安"，是冀功之成也。言外见臣子当枕戈待旦，激厉以图之，到得戎衣定之日，方可歌舞，不可便去放逸，以旦夕为乐也。有讽敬业意。（《而庵说唐诗》卷六）

黄叔灿曰：只看"歌舞"句，而在军中之苦均从反面托出矣。五字何等气魄！（《唐诗笺注》卷七）

［鉴赏］

参加徐敬业反对武则天统治的起义，是骆宾王一生中最重要的政治活动，也是他多年来坎坷困顿经历和郁郁不得志的思想感情所导致的结果。史载："徐敬业乱，署宾王为府属，为敬业传檄天下，斥武后罪。"（《新唐书·文艺传》）这首作于军中的五绝，写于光宅元年（684）秋冬间攻陷润州之后，与《讨武曌檄》大体同时。

前两句紧扣题目写军中登城楼所见所感。时值秋冬之交，登上高耸的城楼，但感寒风凛冽，一股肃杀之气迎面扑来，给人以"风头如刀面如割"之感。但这里的"风威冷"，并不只是表达诗人登楼之际对凛冽寒风的强烈触觉感受和对军中艰苦生活的渲染，而是同时兼有象喻意味。点睛处就在那个"威"字。古人向有以秋风荡涤肃清衰朽象喻正义之师荡涤污垢、肃清腐朽的习惯。因此这里的"风威冷"就带有象喻义军军威雄壮、号令森严、所向披靡的意味。润州北临长江，秋冬之际的江面上，常浮起白蒙蒙的水汽；加以气候寒凉，寒风刺骨，更加强了"水气寒"的感受。这一句同样在写实中兼有象外之致，关键则在句末那个"寒"字。它使人很容易联想起荆轲入秦、易水壮别、慷慨悲歌"风萧萧兮易水寒，壮士一去兮不复还"的场景气氛。不仅暗寓诗人当下的心情也像当年的荆轲一样，誓灭武周，而且透露出一种义无反顾的决心和气概。诗人可能是活用故典，也可能是因为熟悉《易水歌》于不经意中用了这个"寒"字。但至少在潜意识中，它和"风萧萧兮易水寒"的联系是存在的，也是读者可以体味到的。

三、四两句是对胜利的期盼和展望，仍紧扣"在军登城楼"来写，不过所写的已是心中所盼，与一、二两句之间有神思的飞越。第三句用了《尚书·武成》中的一个典故："一戎衣，天下大定。"诗人用这个典故，显然含有历史与现实的类比之意，即将徐敬业起兵反对武则天统治比作当年的武王伐纣，是反对暴虐政治的正义之师。而"歌舞入长安"

则正是"天下大定"的形象化，洋溢着喜庆胜利的气息。它和第三句的"何日"相应，淋漓尽致地抒发了对胜利前景的热切期盼和展望。

五言绝句，由于篇幅短小，较难描绘壮阔的场景，表现壮盛的气势。骆宾王的两首五绝却都写得感情真挚浓烈，意境壮阔雄浑，声调悲壮激越。虽用典故却如同己出，一气直下而又富于含蕴。同时又体现出骆宾王富于侠义精神的独特个性和风采。从艺术角度看，已是相当成熟的唐音。

卢照邻

卢照邻（约 632—686，或说 635—689），字昇之，号幽忧子，幽州范阳（今河北涿州）人。少从曹宪、王义方习文字音韵训诂之学及经史。初授邓王府典签，曾宦游淮南，奉使益州及庭州。高宗龙朔年间任新都尉。后离蜀入洛。咸亨三年（672）染风疾，后入太白山养疾，服药饵不精中毒，遂成痼疾，转徙东龙门山。垂拱元年（685）移寓阳翟具茨山。后因不堪疾病折磨，自沉颍水。有《幽忧子集》。《全唐诗》编其诗为二卷，与骆宾王俱以长篇歌行著称。今人任国绪编有《卢照邻集编年笺注》。

长安古意①

长安大道连狭斜②，青牛白马七香车③。玉辇纵横过主第④，金鞭络绎向侯家⑤。龙衔宝盖承朝日⑥，凤吐流苏带晚霞⑦。百丈游丝争绕树⑧，一群娇鸟共啼花。啼花戏蝶千门侧⑨，碧树银台万种色⑩。复道交窗作合欢⑪，双阙连甍垂凤翼⑫。梁家画阁天中起⑬，汉帝金茎云外直⑭。楼前相望不相知，陌上相逢讵相识⑮。借问吹箫向紫烟⑯，曾经学舞度芳年。得成比目何辞死⑰，愿作鸳鸯不羡仙。比目鸳鸯真可羡，双去双来君不见。生憎帐额绣孤鸾⑱，好取门帘贴双燕⑲。双燕双飞绕画梁，罗帏翠被郁金香⑳。片片行云着蝉鬓㉑，纤纤初月上鸦黄㉒。鸦黄粉白车中出，含娇含态情非一。妖童宝马铁连钱㉓，娼妇盘龙金屈膝㉔。御史府中乌夜啼㉕，廷尉门前雀欲栖㉖。隐隐朱城临玉道，遥遥翠𪩘没金堤㉗。挟弹飞鹰杜陵北㉘，探丸借客渭桥西㉙。俱邀侠客芙蓉剑㉚，共宿娼家桃李蹊㉛。娼家日暮紫罗裙，清歌一啭口氛氲㉜。北堂夜夜人如月㉝，南陌朝朝骑似云㉞。南陌北堂连北里㉟，五剧三条控三市㊱。弱柳青槐拂地垂㊲，佳气红尘暗天起。汉代金吾千骑来㊳，翡翠屠苏鹦鹉杯㊴。罗襦宝带为君解㊵，燕歌赵舞为君开㊶。别有豪华称将相，转日回天不相让㊷。意气由来排灌夫㊸，专权判不容萧相㊹。专权意气本豪雄，青虬紫燕坐春风㊺。自言歌舞长千载，自谓骄奢凌五公㊻。节物风光不相待㊼，桑田碧海须臾改㊽。昔时金阶白玉堂，即今唯见青松在。寂寂寥寥扬子居㊾，年年岁岁一床书㊿。独有南山桂花发㉗，飞来飞去袭人裾㉘。

[校注]

①古意，拟古、托古。长安古意，指托咏汉代长安的繁华豪奢景象以反映现实生活。②狭斜，小巷。③七香车，用多种香木制成或用多种香料涂饰的车，泛指华美的车。曹操《与太尉杨彪书》："今赠足下……画轮四望通憶七香车一乘，青㸶牛二头。"梁简文帝《乌栖曲》："青牛丹毂七香车。"④玉辇，皇帝所乘的车。纵横，气势盛貌。主第，公主家。《史记·佞幸列传》："李延年，中山人也……平阳公主言延年女弟善舞，上见，心说之。"《汉书·卫青霍去病列传》："青有……姊子夫，子夫自平阳公主家得幸武帝。"玉辇过主第，当用汉武帝过平阳公主家，得幸李夫人、卫子夫之事。或说玉辇泛指贵人所乘之车，疑非，下"龙衔宝盖"句可证。⑤络绎，连续不断。⑥龙，此指玉辇上支撑车盖的雕作龙形的支柱，故曰"衔宝盖"。宝盖，华美的车盖，伞形车篷。⑦凤，指车盖上的立凤。流苏，一种用彩色羽毛或丝线等制成的穗状垂饰，常饰于车或帷帐之上。立凤嘴端悬挂流苏，故说"凤吐流苏"。或说，凤指凤头形状的钩子，用来挂车上的流苏。⑧游丝，虫类所吐飘扬在空中的细丝。⑨千门，指宫门。《史

记·孝武本纪》:"于是作建章宫,度为千门万户。"⑩银台,传说中王母所居处。《文选·张衡〈思玄赋〉》:"聘王母于银台兮,羞玉芝以疗饥。"注:"银台,王母所居。"此指宫中华美的楼台。唐代大明宫中有银台门。⑪复道,宫中楼阁间架空的通道。《史记·秦始皇本纪》:"秦每破诸侯,写放其宫室,作之咸阳北阪上,南临渭,自雍门以东至泾、渭,殿屋复道周阁相属。"《汉书·高帝纪》:"上居南宫,从复道上见诸将往往耦语。"如淳曰:"上下有道,故谓之复。"交窗,用木条上下交叉而成的窗户,即俗所称花格子窗。《说文·片部》:"牖,穿壁以木为交窗也。"作合欢,指窗户上雕刻成合欢花的图案。⑫双阙,汉未央宫有东阙、北阙。甍,屋脊。汉建章宫圆阙上有金凤。《史记·孝武本纪》:"其东则凤阙,高二十馀丈。"司马贞索隐引《三辅故事》:"北有圆阙,高二十丈,上有铜凤皇,故曰凤阙也。""垂凤翼"或指此。或云,指双阙屋脊相连,其状如凤翼之垂。⑬梁家,指贵戚之家。东汉顺帝时外戚梁冀在洛阳大起第舍,连房洞户,柱壁雕镂,台阁周通。天中起,形容其高矗半空。⑭汉帝金茎,指汉武帝于建章宫所立铜柱。柱高二十丈,上有仙人掌、承露盘。班固《西都赋》:"抗仙掌以承露,擢双立之金茎。"李善注:"金茎,铜柱也。"⑮陌上,路上,街道上。长安城中有八街、九陌,见《三辅黄图》。讵,岂。⑯吹箫向紫烟,用萧史、弄玉成仙故事。《列仙传·萧史》:"萧史,秦穆公时人也。善吹箫,能致孔雀、白鹤于庭。穆公有女,字弄玉,好之。公遂以女妻焉……公为作凤台,夫妇止其上。"数年后,皆随凤凰飞去。紫烟,紫色瑞云,指天上仙界。郭璞《游仙诗》:"赤松临上游,驾鸿乘紫烟。"⑰比目,鱼名。旧传此鱼仅一目,须两鱼始可游动,后常用以喻男女亲密相爱。《尔雅·释地》:"东方有比目鱼焉,不比不行,其名谓之鲽。"⑱生憎,最厌恶。帐额,帐檐,挂在帐子上端的装饰。孤鸾,单只的鸾鸟,易触动孤居独栖的愁绪,故云"生憎"。⑲好取,喜欢选用。双燕,象征双飞双宿的美满爱情。⑳郁金香,香草名。《艺文类聚》卷八十一引左芬《郁金颂》:"伊此奇草，名曰郁金，越自殊域，厥趁来寻。芬香酷烈，悦目欣心。"句意谓罗帏翠被用郁金香熏过，芳香馥郁。㉑行云，形容女子的鬓发如同流动的云彩。蝉鬓，一种将两鬓梳得薄如蝉翼的发式，参见骆宾王《在狱咏蝉》注④。㉒初月上鸦黄，指女子的额黄妆形如新月。六朝至唐，妇女用黄粉涂饰额间，称额黄妆。鸦黄，嫩黄色。梁简文帝《美女篇》："约黄能数月，裁金巧作星。"㉓妖童，指豪贵之家的美少年童仆，多指娈童。汉仲长统《昌言·理乱》："妖童美妾，填乎绮室。"因其常随主人出游，故云"宝马铁连钱"。铁连钱，铁青色有连钱形斑纹的马，即所谓"连钱骢"。㉔娼妇，即倡女，指豪贵人家的歌妓舞女。盘龙金屈膝，指歌舞妓乘坐的车的车门上有雕成盘龙形状的铜铰链。屈膝，同"屈戍"，合页，即铰链，以二金属片相连，以转动门、窗、屏风等。㉕《汉书·朱博传》："（御史）府中列柏树，常有野乌数千栖宿其上，朝去暮来，号曰'朝夕乌'。"汉代御史台掌纠弹官吏。㉖廷尉，掌执法的朝廷官吏。《史记·汲郑列传》："始翟公为廷尉，宾客阗门；及废，门外可设雀罗。"以上两句用"乌夜啼""雀欲栖"形容执掌弹劾和执法的朝廷官府门前冷落荒寂景象，或有隐讽朝廷豪贵气焰甚炽，法纪松弛之意。㉗朱城，宫城、长安城。《文选·张协〈咏史〉》："朱轩曜金城，供帐临长衢。"刘良注："朱城，长安城。"联系"临玉道"，此处"朱城"似指王者所居的宫城。玉道，皇城中的街道。翠幰，张着翠色帷幔的妇女所乘的车。金堤，坚固的石堤。㉘挟弹，挟带弹弓。《西京杂记》卷四："韩嫣好弹，常以金为丸，所失者日有千馀。长安为之语曰：'苦饥寒，逐金丸。'京师儿童，每逢嫣出弹，辄随之，望丸之所落，辄拾之。"又："长安五陵人，以柘木为弹，真珠为丸，以弹鸟雀。""茂陵少年李亨，好驰骏狗，逐狡兽，或以鹰鹞逐雉兔。"挟弹飞鹰，指贵游子弟以挟弹打鸟雀、放猎鹰猎禽兽为乐。杜陵，在长安东南，汉宣帝陵墓所在。㉙《汉书·酷吏传·尹赏》："长安中奸猾浸多，闾里少年群辈杀吏，受赇报仇，相与探丸为弹，得赤丸者斫武吏，白者主治丧。"此以"探丸借客"

指游侠替人杀人报仇。借，助。《汉书·朱云传》："少时通轻侠，借客报仇。"渭桥，汉、唐时长安渭水上有三座桥，即东渭桥、中渭桥、西渭桥。㉚邀，求请。芙蓉剑，宝剑的美称。《吴越春秋》："越王允常聘欧冶子作名剑五枚，一曰纯钩……秦客薛烛善相剑，王取纯钩相之，薛烛矍然望之曰：'沉沉如芙蓉始生于湖，观其文，如列星之行；观其光，如水之溢塘。'"（《艺文类聚》卷六十引）㉛《史记·李将军列传》："谚曰：桃李不言，下自成蹊。"蹊，路径。此以"桃李蹊"借指娼楼妓馆，犹花街柳巷，且形容"寻芳"者之多。㉜口氛氲，形容发声歌唱时口香馥郁萦绕。㉝北堂，此指娼家楼馆的厅堂。人如月，形容人满，与上"桃李蹊"，下"骑似云"相应。㉞南陌，指娼楼外的街道。㉟北里，即唐代长安之平康里，为妓女聚居之区。㊱五剧，指数条道路纵横交错的繁华街市。三条，三面相通的道路。班固《西都赋》："极三条之广路。"《尔雅·释宫》："剧旁"。郭璞注："今南阳冠军乐乡，数道交错，俗呼之为五剧乡。""五剧""三条"字本此。三市，泛指长安繁华的商业区。语本左思《魏都赋》："廓三市而开廛。"唐代长安有东、西二市。这里的"三市"与"五剧三条"均非实指。㊲青槐，唐长安街道上遍栽槐树，时有"槐花黄，举子忙"之俗谚。又有"青槐夹御道"（王昌龄《少年行》）的诗句。㊳金吾，汉代有执金吾，掌京城治安。唐亦有左、右金吾卫将军，统禁军。㊴翡翠屠苏，指绿色的屠苏酒。鹦鹉杯，用鹦鹉螺做成的酒杯。此承上句，谓禁军成群结队至娼家饮酒作乐。㊵罗襦，丝罗短袄。《史记·滑稽列传》："日暮酒阑，合尊促坐，男女同席，履舄交错……罗襦襟解，微闻芗泽。"此句化用其意，谓饮酒尽欢。㊶古代燕赵地区多产能歌善舞的妓人，故云"燕歌赵舞"。开，启。㊷转日回天，极言其权势之大、气焰之盛。"日""天"有象喻皇帝之意。不相让，互不相让。㊸排，排挤，排斥。灌夫，汉武帝时人，以勇武闻名。与魏其侯窦婴相结，与丞相武安侯田蚡为敌，后被族诛。事见《史记·魏其武安侯列传》。灌夫曾使酒骂座，此言"意气由来排灌夫"，是极言其气焰之盛。㊹判，割舍决断之词，此处犹"决""断"。萧相，汉初丞相萧何，汉高祖认为他在诸兴汉功臣中功劳最高。此言"豪华称将相"者，其专权的程度甚至连萧何这样功高盖世的丞相也不能相容。黄生谓萧相指萧望之，见笺评。㊺青虬，青色的无角龙，此代指骏马。屈原《涉江》有"驾青虬兮骖白螭"之句。紫燕，骏马名。传说汉文帝"自代还，有良马九匹，皆天下之骏马也……一名紫燕骝"。见《西京杂记》卷二。坐春风，指在春风中驾马飞驰。㊻五公，指朝廷权贵。《文选·班固〈西都赋〉》："冠盖如云，七相五公。"李善注谓"五公"指张汤、杜周、萧望之、冯奉世、史丹。㊼节物，节候风物。㊽《神仙传》："麻姑谓王方平曰：'接待以来，已见东海三为桑田。'"句意极言世事变化之快。㊾扬子，指西汉扬雄。《汉书·扬雄传》："雄少而好学……清静亡为少耆欲，不汲汲于富贵，不戚戚于贫贱……哀帝时，丁傅、董贤用事，诸附离之者或起家至二千石。时雄方草《太玄》，有以自守，泊如也。"左思《咏史》之四："寂寂扬子宅，门无卿相舆。寥寥空宇中，所讲在玄虚……悠悠百世后，英名擅八区。"此处以淡泊名利、不慕荣华的扬雄自况。㊿床，几案。一床书，指隐居读书、著述的生活。庾信《寒园即目》："隐士一床书。"○51南山，指长安城南的终南山。《楚辞·招隐士》："桂树丛生兮山之幽。"故以"桂花发"形容隐者的幽洁芬芳环境。唐代终南山多隐者。○52裾，衣襟。

[笺评]

顾璘曰：此篇铺叙长安帝都繁华，宫室之美，人物之盛，极于将相而止。然而盛衰相代，唯子云安贫乐道，乃久垂令名耳。但词意浮艳，骨力较轻，所以为初唐之音也。（《批点唐音》卷一）

胡应麟曰：照邻《古意》……词藻富者，故当易至。然须寻其本色，乃佳。（《诗薮·内编·古体下·七言》）

杨慎曰：无名氏《水调歌》："千年一遇圣明朝，愿对君王舞细腰。乍可当熊任生死，谁能伴凤上云霄。"此诗借宫词以讽。卢照邻诗："得成比目何辞死，愿作鸳鸯不羡仙。"……妙得此意也。(《升庵诗话·无名氏〈水调歌〉》)

《唐诗训解》：语有来历，非学问之力不及此。(卷二)

叶羲昂曰：语有根据，足征胸中武库。"主第""侯家"，一篇讽刺纲领。每段转落，有蛛丝马迹之妙。"双去双来"一联，突出意表。说尽豪华，末只将数语打叠，何等手眼！读至此，热肠令人顿冷。一结大见神韵。(《唐诗直解》卷二)

唐汝询曰：此刺公主、列侯之豪横也。不敢显言当世，故托于古以发之。言长安本大道而与狭斜连，以此朝廷虽尊严而为奸邪据。彼乘此绮丽之车马而出入者，莫非主第、侯家也。论其辇舆宫室，则借拟于天子；歌舞娱游，则乐比于仙人。既为人情所倾慕矣，而其冶容娇态，真足以炫耀一时。是以上下淫荒，官事浸废，以至御府啼乌、廷门栖雀也。凭此贵人，又喜交接侠客，邀之共宿娼家，而因与护卫之臣投欢杯酒，则是外有奸党之依，内有近臣之援，权兼将相，赀排大臣，自谓若此则可以永保富贵矣。然岁不我留，时变叵测，向之第宅，转眼丘墟。孰若扬雄之以寂寥自守，对床书而抱南山之芳桂哉！然则，照邻之落魄，可以子云自慰矣。此篇对偶虽工，骨力未劲。终是六朝残渣，非初唐健笔。"游丝""娇鸟"句，乃模写春景，蒋注以为比，谬矣。通篇俱赋侯家事，而曰"双阙""金茎"者，记其僭也。高宗、武后时，公主极横，此诗盖与主家有隙而作。观"吹箫"四句，可见贵人恶孤而喜双，故曰"生憎帐额绣孤鸾"也。(《唐诗解》卷十九)

陆时雍曰：玮丽中不乏风华，当在骆宾王《帝京篇》上。(《唐诗镜》卷二)

周敬曰：通篇格局雄远，句法奇古，一结更饶神韵。盖当武后朝，淫乱骄奢，风化败坏极矣。照邻是诗一篇刺体，曲折尽情，转诵间令

人起惩时痛世之想。(《删补唐诗选脉笺释会通评林·初七古》)

周珽曰：此诗如游丝布云，袅袅万丈，不知为烟为絮。(同上)

许学夷曰：七言古……卢如"玉辇纵横过主第，金鞭络绎向侯家。龙衔宝盖承朝日，凤吐流苏带晚霞""片片行云着蝉鬓，纤纤初月上鸦黄""妖童宝马铁连钱，娼妇盘龙金屈膝""隐隐朱城临御道，遥遥翠幰没金堤""俱邀侠客芙蓉剑，共宿娼家桃李蹊""北堂夜夜人如月，南陌朝朝骑似云"……偶丽极工，语皆富丽者也。又曰：王、卢、骆七言古，工巧处往往反伤拙俗……卢如"娼家日暮紫罗裙，清歌一啭口氤氲"，骆如"相怜相念倍相亲，一生一代一双人"，则尤为拙俗者也。(《诗源辩体》卷十二)

王夫之曰：是将西京诸赋改入七言者。但不废诗，则此必不废。然此篇似司马长卿，骆丞《帝京篇》乃扬雄之下驷。赋心之别，灵蠢见矣。"自言""自谓"两句，颉颃通篇，却似单顶"别有豪华"一段，总别同异，互入一镜，心神笔力，独凌千古。结语合辙。(《唐诗评选》卷一)

贺裳曰：卢之音节颇类于杨。《长安古意》一篇，则杨所无。写豪狎之态，如"意气由来排灌夫"，尚不足奇；"专权判不容萧相"，虽萧无此事，俨然如见霍氏凌蔑车千秋，赵广汉突入丞相府召其夫人跪庭下。至摹写游冶，"北堂夜夜人如月，南陌朝朝骑似云"，亦为酷肖。自寄托曰："寂寂寥寥扬子居，年年岁岁一床书。独有南山桂花发，飞来飞去袭人裾。"不惟视《帝京篇》结语蕴藉，即高达夫"有才不肯学干谒"，亦逊其温柔敦厚也。(《载酒园诗话又编·四杰》)

黄生曰：此"萧相"，非指萧何，似言萧望之为前将军辅政。其本传自云："吾尝备位将相。"传又云：有司奏望之欲"排退许、史，专权擅朝"。当时专权擅朝者，实许、史辈，而讽有司奏望之云云，盖排陷望之，所谓"不容萧相"者，正指此事。"专权"自指许、史，与上句"意气"指田蚡一例。今乃以专权属萧相，而误以为萧何，又谓其"无此事"。如此解诗，不顾识者喷饭耶！(评《载酒园诗话》)

吴烻曰：通篇极写长安豪华之景象，如《两京》《三都》等赋同其富丽。独长篇古风末结必致慨于兴衰治乱，此诗人继《三百篇》兴比之体以寓讽刺之遗意也。（《唐诗选胜直解·七言长篇》）

沈德潜曰：长安大道，豪贵骄奢，狭邪艳冶，无所不有。自嬖宠而侠客，而金吾，而权臣，皆向娼家游宿，自谓可永保富贵矣。然转瞬沧桑，徒存墟墓，不如读书自守者之为得也。借言子云，聊以自况云尔。"梁家画阁中天起"，梁冀穷极土木。"汉帝金茎云外直"，汉武。"楼前相望不相知，陌上相逢讵相识"，不相知识，甚言其多。"纤纤初月上鸦黄"，额妆也。"御史台中乌夜啼，廷尉门前雀欲栖"，二句言执法之官不过而问，任游侠之人来往娼家也。"五剧三条控三市"，路交错谓剧。三条，三达之路；三市，九市之三也。"汉代金吾千骑来"，不止侠客，执金吾亦宿娼家矣。"别有豪华称将相"，又不止金吾矣。"即今惟见青松在"，以墓田言。"自谓骄奢凌五公"，五公，谓张汤、杜周、萧望之、冯奉世、史丹。（《增订唐诗别裁集》卷五）

袁枚曰：此刺公主、列侯之豪横也。不敢显言当时，托于古以发之。凡十二转韵。首八句从长安说起……二段二十四句，刺其奢侈。"游蜂戏蝶"（原文为"啼花戏蝶"）八句，言其车舆宫室，僭拟天子……"借问"八句，言其舞歌娱游，比于神仙……"双飞"八句，言其冶容娇态，足以炫耀一时……三段二十八句，言其荒淫。"御史"二句，言官事荒废。"隐隐"六句，言其结交侠客……"倡家"四句，言其共宿娼家。"南陌"八句，言其与护卫投欢……"别有"八句，言其援附近臣，权兼将相，自谓可以永保富贵也……末八句，言其失势之后，转眼丘墟，孰若扬雄之拥书自守，名芳万古哉！（《详注圈点诗学全书》卷三）按：此条基本上袭唐汝询之解，此书是否出于袁氏之手，可疑。

[鉴赏]

卢照邻的《长安古意》，是初唐七言歌行的代表作。它的内容，主要是铺叙渲染帝京长安的繁华和上层社会生活的豪奢。

诗分五段。第一段从开头到"陌上相逢讵相识"，共十六句，写长安街道、宫室、府邸之繁华壮丽。道路是城市的血脉和灵魂。有了四通八达的大道和密如蛛网的狭斜小巷，才有路上川流不息的车马行人，路旁的宫室府邸和树木花鸟，整座城市才活动起来、喧嚣起来，有了生气和生命。劈头一句"长安大道连狭斜"，正是写繁华都市的点睛之笔和绝妙开局。沿着京城的大道，次第展现出乘着"龙衔宝盖"的玉辇，驾着"凤吐流苏"的香车，出入于公主府邸、王侯第宅的皇帝、宫妃和显贵，出现了路边的高树、空中的游丝、树上的花鸟戏蝶，出现了千门万户、复道连甍的宫阙和高耸天半的贵戚楼台。这一切，构成了一幅从高处鸟瞰整个长安的全景。景物的特点是华美壮伟、热闹喧嚣、色彩艳丽，洋溢着春天的气息，体现出跃动的态势，仿佛可以闻见长安这座国际化大都市的脉动节奏和生命韵律。这一段的最后两句"楼前相望不相知，陌上相逢讵相识"，是说在京城熙熙攘攘、川流不息的人群中，楼前所见、路上相逢的都是互不相识的人，既承上进一步突出渲染了长安的繁华热闹，又由"相知""相识"自然引出下一段对男女情爱的描写。

第二段从"借问吹箫向紫烟"到"娼妇盘龙金屈膝"，写都市中一个特殊的社会阶层的生活和心绪，这就是王侯显贵府第中的歌妓舞女一类人物。由上一段总写全景过渡到写人物。她们曾经在王侯显贵的府第中学习音乐歌舞，度过芳年，但却俯仰随人，不能自主，因此特别向往"吹箫向紫烟"那样的幸福美满爱情。"得成比目何辞死，愿作鸳鸯不羡仙"，便是她们的生活理想和执著追求。但她们的实际处境却与此相反，故只能陷于强烈的苦闷，憎帐额之孤鸾，羡双飞之燕子。虽着意妆饰，鸦黄粉白，含娇含笑，不过徒供贵显者玩赏。这一段写歌妓舞女，着色极浓，而人物的处境感情则苦闷抑郁。这和宫体诗中对此类人物的狎玩态度是不同的。同时，这段描写也反映了王侯显贵生活的一个侧面：奢淫佚乐。末二句"妖童""娼妇"的描写便是这种生活的展示。

第三段遥承篇首"长安大道",转写活跃在繁华都市中的另一类人物——游侠。游侠之风,盛于汉、唐。他们或与贵族少年挟弹飞鹰,恣意游猎;或探丸助客,替人报仇;或夜宿娼家,歌舞享乐。"北堂"四句,写出了繁华都市长安娼家之多,游人之盛。"侠以武犯禁",但这些游侠杀人于都市中的犯禁行动却没有受到维持治安的"金吾"的禁止和执行法律的御史、廷尉的制裁。这一段的开头和结尾,分别写到执法机关门庭的冷落和金吾千骑的共入娼家,可见游侠的犯禁违法行为在京城长安的横行无忌。

第四段用"别有豪华称将相"起笔,转写长安高层权贵人物的活动。这一段八句主要突出渲染他们"转日回天"的权势,彼此倾轧、互不相让的骄横意气,和征歌逐舞、尽情享乐的生活。结尾两句连用"自言""自谓"两个词语,明显点出诗人对他们的态度,并就势转入末段对他们的讽慨。

末段是全诗的归趋与结穴。八句分前后两层,前一层从世事沧桑、变化不常着眼,对"自言歌舞长千载,自谓骄奢凌五公"的"豪华称将相"者发出棒喝:昔日之黄金阶白玉堂,今天已成为青松森森的墓田,则豪华骄奢的生活又岂能长保!后一层端出另一种与之相对立的人物——淡泊名利、寂寥自守、潜心著述的扬雄,与争权夺利、相互排挤的豪奢将相形成鲜明对照,肯定前者,否定后者,表达诗人的人生价值观,结束全篇。诗末的扬雄,隐然有自况的意味。

这首诗的内容很可能受到左思《咏史》(其四)的启发。左诗云:"济济京城内,赫赫王侯居。冠盖荫四术,朱轮竟长衢。朝集金张馆,暮宿许史庐。南邻击钟磬,北里吹笙竽。寂寂扬子宅,门无卿相舆。寥寥空宇中,所讲在玄虚。言论准宣尼,辞赋拟相如。悠悠百世后,英名擅八区。"与卢诗对照,显然可见二者之间的承传变化痕迹。左诗的前段八句,在卢诗中扩展成了前四段六十句,其中二、三两段的内容(写歌舞妓人和游侠的生活)是左诗中所没有的。第一段总写京城长安繁华景象也比左诗较为简括的叙写要丰富生动得多。即便卢诗中笔墨较简的第四段比起左诗的"朝集"四句，也要具体形象得多。这说明，卢诗虽有脱胎于左诗的痕迹，但并非对左诗的单纯展衍，而是有了许多新的内容。如果只着眼于卢诗的四、五两段，很可能会认为，卢诗与左诗，不但内容相似，对王侯权贵进行批判的主旨也是相同的。但实际上，这只是局部的相似，就整体而论，卢诗较之左诗，无论内容、写法和感情倾向，都有了崭新的变化，而这，正是卢诗所体现的时代气息和艺术价值所在。

诗的第一段总写长安城的雄伟壮丽和热闹繁华，感情基调是纵情放歌和热烈礼赞。无论是"百丈游丝争绕树，一群娇鸟共啼花。啼花戏蝶千门侧，碧树银台万种色"的艳丽春光，还是"复道交窗作合欢，双阙连甍垂凤翼。梁家画阁天中起，汉帝金茎云外直"的壮丽建筑，或是"玉辇纵横过主第，金鞭络绎向侯家。龙衔宝盖承朝日，凤吐流苏带晚霞"的热闹豪华景象，在诗人笔下，都流露出一种赞叹流连、惊奇欣美的感情，充溢着青春的气息、生命的活力，节奏流畅而明快，色调明丽而丰富。

第二段写王侯显贵府第中歌妓舞女的生活与感情，对她们的外貌妆饰情态，是赞美欣美；对她们的爱情追求和内心苦闷，则深表同情。像"得成比目何辞死，愿作鸳鸯不羡仙"这种表达强烈执著爱情追求的诗句，用在歌妓舞女身上，此前诗中罕见。从这里便不难看出诗人对她们的感情倾向。

写侠客的一段，由于首尾分别写到御史、廷尉府的冷落和金吾将士夜宿娼家，自含隐讽之意。但对侠客挟弹飞鹰、探丸借客、共宿娼家等行为的具体描写中，却同样流露出欣赏称美之情。卢照邻本人就有过这种生活体验。他在《结客少年场行》《刘生》等诗中对游侠的描写，正可与此诗相参。诗人突出渲染的正是侠客的豪纵不羁和风流倜傥。

诗中真正明显具有讽慨色彩和批判意味的主要是对"豪华称将

相"者的描写。这一段用"别有"二字领起，也可明显看出在诗人心目中，他们是与歌妓舞女、游侠不同的另一类人物，末段的批判便主要是针对他们而发的。

城市的繁荣和城市生活的丰富多彩，是唐代建国后逐渐走向繁荣昌盛的突出标志。初唐时期出现一批歌咏城市繁华的长篇歌行（如骆宾王的《帝京篇》《畴昔篇》，王勃的《临高台》，卢照邻的《行路难》和这篇《长安古意》），正是时代的产物。这些作品在歌咏城市繁华时，笔端也都充满了礼赞称美的感情。像骆宾王的《帝京篇》，一开头就高唱"山河千里国，城阙九重门。不睹皇居壮，安知天子尊"，就是突出的例证。因此，不能因为末段对"豪华称将相"者的讽慨，而误认为全诗的基本倾向是对城市繁华生活的否定。"豪华称将相"者的相互倾轧和骄横奢侈，只是城市生活的一个局部和侧面，并不影响诗人对都市繁华的基本感情倾向。

正是基于这一基本感情倾向，决定了这首诗充溢着一股昂扬壮大的气势，表现出对生活的充沛激情。这种气势和激情，不仅体现在前三段对长安整体繁华风貌与对歌妓舞女、侠士剑客生活的描绘中，也体现在第四段对"豪华称将相"者带有批判色彩的描写中。对他们的专横骄奢、相互倾轧的描写固极张扬发露，对他们的批判否定同样道健有力。"节物风光不相待，桑田碧海须臾改。昔时金阶白玉堂，即今唯见青松在"，这种从哲理和历史的高度进行的批判，既明快有力，又深刻彻底。而末段出现的用以抗衡权势者的扬雄形象，带着寂寞中的坚守、淡泊中的自信，在桂花芬芳的萦绕中潜心著述，更溢出一种高洁的人格之美的力量，结得极从容自在，又极饶神韵。

描绘繁华壮阔的都市风貌，从汉代以来，一直由大赋担任。大赋的层层铺陈渲染手法，适于表现都市宏大的格局、纷繁的生活。初唐描绘都市生活的长篇歌行正是吸收了大赋这种铺张扬厉的作风，不但较此前的诗歌极大地扩充了篇幅，而且在描写时也极尽铺陈渲染之能事。与此同时，又吸收了梁、陈以来骈赋的句式句法和表现手法，在骈偶、藻采、结构、用韵等方面受到它的明显影响，从而形成了一种规模宏大、气势纵横、辞采鲜丽、层层铺叙而又转折自如的具有崭新风貌的长篇歌行。卢照邻的这首《长安古意》，正是体现上述特征最为充分的代表性作品。篇末寓讽，本是汉赋的老传统，本篇在吸收这种传统写法时，摒弃理念和说教，用清新俊逸的诗歌语言，创造出人物与景物浑融一体的情韵意境，更是对传统的创新。

韦承庆

韦承庆（640—706），字延休，郑州阳武（今河南原阳）人（一说，京兆杜陵人）。弱冠举进士，补雍王府参军。累迁太子司议郎。调露初，出为乌程令。长安四年（704），拜凤阁侍郎、同凤阁鸾台平章事（宰相）。神龙元年（705），配流岭南。入为秘书员外少监，兼修国史。迁黄门侍郎，未拜卒。《全唐诗》录存其诗七首。

南中咏雁诗①

万里人南去，三春雁北飞②。不知何岁月，得与尔同归③？

[校注]

①唐芮挺章编选的《国秀集》卷下录此诗，署为于季子作，题作《南行别弟》。而《文苑英华》卷三百二十八、《万首唐人绝句》卷十一、《唐诗纪事》卷九均录此诗为韦承庆作。佟培基《全唐诗重出误收考》第27—28页对此有详细考辨，认为"此诗实为韦承庆作，题应为《南中咏雁》，为其配流岭表见春雁北飞有感而作"，兹从之。②三春，此指暮春三月。春，《全唐诗》校："一作秋。"非。③尔，指北飞的大雁。

[笺评]

唐汝询曰：此思归不得，故羡雁之北飞。"尔"者，指雁而言。《品汇》作别弟诗，便如嚼蜡。（《唐诗解》卷二十一）

沈德潜曰：断句（绝句）以自然为宗，此种最是难到。（《重订唐诗别裁集》卷十九）

袁枚曰：思归不得之辞。（《详注圈点诗学全书》卷一）

杨逢春曰：首点南行，二即景生情，别弟意只就雁托出（按：杨氏《唐诗偶评》选此诗，题作《南行别弟》）。三、四因别而念归，情真语挚。想到同归无期，则此日之别，倍难为情。此是题后回绕之笔。（《唐诗偶评》卷五）

李锳曰：言外有归期无日之感，沈归愚云："不烦斤削，自是天籁。"（按：李锳引沈氏之评，未详所出。）（《诗法易简录》卷十三）

俞陛云曰：孤客远行，难乎为别，所别者况为同气（按：俞氏《诗境浅说》续编选此诗亦题作《南行别弟》）。此作不事研炼，清空如话，弥见天真。唐十龄女子诗："所嗟人与雁，不作一行飞。"皆蔼然至性之言也。（《诗境浅说》续编）

刘拜山曰：逐客南去，归鸿北飞，与杜审言"独怜京国人南窜，不似湘江水北流"，皆从"南""北"二字生发。不着气力，自然动人。（《千首唐人绝句》）

[鉴赏]

此南贬途中见南雁北飞而兴感，抒归期无日之悲慨。前二句以"人南去"与"雁北飞"对举。"万里"见去程之遥远，亦透归程之迢递；"三春"见雁归之有定期，以衬起下文。后二句承上"北飞"，触动自身的遭遇处境，想到自己万里投荒，到达贬所尚不知何日；抵达以后置身南方瘴疬之乡更不知能否禁受，而蒙恩放还之日尤难逆料，故归期无日之悲感油然而生。妙在并不直抒此意，而是即景兴感，脱口而出，托雁寄意，用发问的口吻说道：不知道何年何月，能和你一起飞返故乡！语气亲切，表达委婉，既表露北归的渴望，更暗透希望之渺茫杳远，"不知""得与"，互相呼应，将上述感情表现得既明朗又含蓄。

初唐诗人中有不少都有过被贬窜荒远的经历。他们抒写贬谪途中或贬所的经历感受的诗，大都情感真切，有较强感染力，形成一个贬谪诗人群和贬谪诗系列。和王、杨、卢、骆将诗歌题材由宫廷台阁移向市井和江山塞漠是一种明显的开拓相类似，这些贬谪诗人的贬谪诗在内容和艺术上也都有创新，构成由初唐诗向盛唐诗过渡的一个链条。

初唐贬谪诗因诗人个性、艺术构思与表现手法的多样而呈现不同的风貌。此诗的特点是在质朴平淡的抒写中寓深挚的感情。虽触景生慨，假雁寄意，却毫无运用技巧的痕迹，浑朴自然，明白如话，达到了深入与浅出的和谐统一。虽抒悲感，却不为酸楚凄苦之音，而是仍显出一种雍容平和的气度。

杜审言

杜审言（约645—708），字必简。祖籍襄阳；父迁居巩县（今河南巩义）。高宗咸亨元年（670）登进士第，任隰城尉，迁江阴尉，转洛阳丞。武后圣历元年（698），坐事贬吉州司户参军，后免官归洛阳。武后召见，拜著作佐郎，迁膳部员外郎。神龙元年（705），因与张易之等交往，流峰州。二年召还，授国子监主簿，加修文馆直学士。景龙二年（708）卒。少与李峤、崔融、苏味道齐名，时称"文章四友"。《新唐书·艺文志》著录《杜审言集》十卷，已佚。《全唐诗》编其诗为一卷。长于五律，与沈、宋等对五律的建立有贡献。五排、七律、七绝亦有佳作。

和晋陵陆丞早春游望①

独有宦游人②，偏惊物候新③。云霞出海曙④，梅柳渡江春⑤。淑气催黄鸟⑥，晴光转绿蘋⑦。忽闻歌古调⑧，归思欲沾巾⑨。

[校注]

①晋陵，唐常州县名（今江苏常州市）。陆丞，晋陵县丞陆某。游望，游赏眺望景物。此诗一作韦应物诗。傅璇琮《唐代诗人丛考·杜审言考》谓杜有《重九日宴江阴》诗，中有"高兴要长寿，卑栖隔近臣"之句，可见其曾在江阴任职。晋陵、江阴都是毗陵郡（即常州）的属县。《和晋陵陆丞早春游望》诗正是在江阴任职时，和同郡僚友、任晋陵丞的陆某唱和之作。时间当在永昌元年（689）前后。（然其所撰《唐才子传校笺·杜审言》又云此诗确为韦作，然未说明依据。）姜光斗引《能改斋漫录》《诗人玉屑》《苕溪渔隐丛话》谓此

诗系韦应物佚诗，顾陶《唐诗类选》有之，并谓此诗系于韦晚年任苏州刺史时宴邻郡晋陵丞所作。按：《文苑英华》卷二百四十一、《咸淳毗陵志》卷二十二均作杜，今仍属杜。②宦游人，外出做官的人。当兼包均属"宦游人"的陆丞与诗人自己在内。③物候，因季节气候不同而呈现出不同的自然景观与现象。④句意谓清晨海上的云霞升起，呈现绚丽的曙色。⑤句意谓一过了长江，梅柳的枝头就显现出春色。时值早春，而晋陵在江南，故云。⑥淑气，和暖的春气。黄鸟，指黄莺。⑦转，转动。宋刻本作"照"。蘋，水草名，又称四叶菜、田字草。多年生草本植物，生浅水中，叶有长柄，柄端有四片小叶呈田字形。夏秋开小白花。转绿蘋，指春天的阳光在蘋叶上转动，似乎将蘋叶的绿色染深了。江淹《咏美人春游》："江南二月春，东风转绿蘋。"⑧歌古调，指陆丞吟诵自己的《早春游望》诗。⑨归思，思归故乡的感情。

[笺评]

刘辰翁曰：起得怅恨。又曰：（"云霞"）两句复自浩然。（《唐诗品汇》卷五十七引）

方回曰：律诗初变，大率中四句言景，尾句乃以情缴之。起句为题目。审言于少陵为祖，至是始千变万化云。起句喝咄响亮。（《瀛奎律髓》卷十）

杨慎曰：杜审言《早春游望》诗，《唐诗三体》选为第一首是也。首句"独有宦游人"，第七句"忽闻歌古调"，妙在"独有""忽闻"四虚字。《文选》殷仲文"独有清秋日"，审言祖之，盖虽二字，亦不苟也。诸家言子美无一字无来处，其祖家法也。（《升庵诗话·杜审言诗》）

胡应麟曰：初唐五言律，"独有宦游人"第一。又曰：五言则"行止皆无地""独有宦游人"……极高华雄整。（《诗薮·内编》卷四）

郭濬曰：四句俱说景，腰字俱活眼。格不甚高，起独有力。（《增定评注唐诗正声》卷六）

《唐诗训解》："独有""偏惊""忽闻"是机括。中四句应"物候"，末二句应"宦游"。（卷二）按：《唐诗选参评》引此前九字为蒋一葵评。后十三字与李维桢评同。

程元初曰：五、六句喻朝廷恩泽遍及也。末二句有感慨己独不遇意。又曰："独有""偏惊"是呼唤字。此篇以"物候"二字为一篇之要领，中四句皆发明"物候"之事。（《初唐风绪笺》）

李维桢曰：中两联照应"物候"，结二句照应"宦游"。又曰：律诗题有所指，其诗皆赋；题无所指，然后假物以兴。此题皆无所指，遣兴漫成。（《唐诗隽》）

钟惺曰：烂熟诗，色味不陈。（"独有"二句）此真好起，不得与"银烛吐青烟，金樽对绮筵"等起法例看。（《唐诗归》卷二）

唐汝询曰：杜、陆俱宦游，感春特甚，故以"独有"发端。中二联叙早春之景。"古调"指丞相（按：题内"丞"字一作"丞相"，"相"字衍）所作之诗。归思沾巾，见己怀之难堪也。"出""渡""催""转"，沈约所谓"蜂腰"，然不足为诗病。若以虚字解"曙""春"便不复成语。（《唐诗解》卷三十一）

陆时雍曰：三、四如精金百炼。"云霞出海曙，梅柳渡江春"，"曙""春"一字一句，古人琢意之妙。起结意思冲盈。（《唐诗镜》卷三）

周敬曰："独""偏""忽""惊""闻""欲"等虚字，机括甚圆妙。（《删补唐诗选脉笺释会通评林·初五律》）

王夫之曰：意起笔起，意止笔止，真自苏、李得来，不更问津建安。看他一结，却有无限《过秦论》"仁义不施，而攻守之势异也"。结构如此。俗笔于此必数百千言。（《唐诗评选》卷三）

冯班曰：方君（指方回）不知律诗首联是破题，何也？又曰：真名作。次联做"游望"二字，无刻画痕。（《瀛奎律髓汇评》引）

徐增曰："偏"字见于此，最亲切……"惊"字领一首之神。（《而庵说唐诗》）

吴烶曰：起从人事入景，在题前一层立论。"独有""偏惊"，起得沉着。伤感宦游不能即归，故易惊新。"云霞""梅柳"皆春和之景。"黄鸟""绿蘋"得春光之先。如此佳时，等闲抛逝，况闻歌伤感，宁不动离情而泪下乎！"归思"二字，应转首联。（《唐诗选胜直解·五言律诗》）

盛传敏曰：总在起句得力，胸前眼前有无数触景兴怀处，所以睹物候而惊心，转而算到宦游之故……起语意在笔先，中二联具文见意，不言惊而可惊在其中矣。结语挽到和陆丞相意。（《碛砂唐诗纂释》）

黄生曰：（"独有"二字）唤法。（首联）流水起。（颔联）分疏句。（"淑气"）承四。（腹联）实眼句。承三。（"忽闻"句）点明和意。又曰：尾联点题格。起调甚高而响。一、二唤起中二联。云霞是出海之曙色，梅柳乃渡江之春气，名"分疏句"。前写早春之景，结处点明和诗意，见陆有作而己和之。唐人和诗，必发明此意，不然，则与己一人独作何异？句中单字为眼，眼有虚实之别，此名实眼句。（《唐诗摘抄》卷一）

朱之荆曰：首联写自己，暗包陆丞，盖同是宦游人也。"物候新"，暗点早春，喝起中二联在一"惊"字。中二联写早春，中四字皆"惊"也。绾和诗作结。"归思"应"游"字。"独有""偏惊""忽闻"是机括。（《增订唐诗摘抄》）

吴昌祺曰：昔人称此起法，然终不如《望月有怀》。（《删订唐诗解》）

史流芳曰："宦游人"指陆丞相。"物候新"说早春。中四句皆是早春。"黄鸟""绿蘋"，早春时尚未有，特以"淑气""晴光""催"之"转"之耳。（《固说》）

王尧衢曰：前解陆丞相早春游望，后解写"和"意。而以"惊"字为诗眼，起结意相应。中间"出""渡""催""转"四字，似属蜂腰，以诗好，自不觉。"独有宦游人，偏惊物候新。"陆丞相有《早春游望》之作，而老杜和之，故先从陆丞相说起。丞相宦游归晋陵，惊早春之物候一新，故有游望之作。"独"字，见此外无人。"偏惊"，见于心最切。宦游人内，便隐带自己矣。"云霞出海曙，梅柳渡江春。"承上"物候"说"早春"。"云霞""梅柳"是物，"曙"与"春"是候也。日从海升，云霞在曙光中映出，是日之早也。梅柳先从江南得春气，而后渡到江北之梅柳，是时之早也。此种景，俱游望时见之。"淑气催黄鸟，晴光转绿蘋。"此转出早春已过，却是老杜和此诗时，已过了早春矣。黄鸟之声，为春气所催而出；绿蘋之叶，为春光所转而生。江淹诗云："江南二月春，东风转绿蘋。""忽闻歌古调，归思欲沾巾。"此以闻诗遥和而动归思为合。"古调"，指丞相原唱。早春已过而忽闻之，是丞相得归晋陵，以遂早春之游望，我因不得归而负此春光，故至于归思之泪欲沾巾也。丞相惊早春，老杜惊春晚，同一惊也。（《古唐诗合解》卷七）

何焯曰：《月令》季春萍始生，言物候相催之速也。（《唐三体诗》评）

顾安曰：中四句说"物候"。偏是四句合写，具见本领。"出海""渡江"，便想到故乡矣。岑嘉州诗"春风触处到，忆得故园时"，即是此意。但此二句深厚不觉耳。（《唐律消夏录》卷一）

沈德潜曰：末二句陆丞之诗，言陆怀归，并动己之归思也。（《重订唐诗别裁集》卷九）

屈复曰：中四句合写"物候"二字，颠倒变化，可学其法。"物候新"，居家者不觉，独宦游人偏要惊心。三、四写物候，到处皆新。五、六写物候，新得迅速，具文见意。不言"惊"而惊在语中。结扣陆丞，以"归思"应"宦游"，以"欲沾巾"应"偏惊"。（《唐诗成法》卷一）

纪昀曰：起句警拔，入手即撇过一层，擒题乃紧，知此自无通套之病，不但取调之响也。末收"和"字亦密。（《瀛奎律髓刊误》）

袁枚曰：言与陆俱宦游，而己之伤春独甚，故以"独有"发端。中二联早春之景。"古调"指丞相诗。"归思""沾巾"，言己怀之难堪也。此二首五律起句之可法者。（《诗学全书》卷一）

黄叔灿曰：起二句奇特。"云霞"一联，承上"偏惊"二字。"出海曙""渡江春"，奇绝，非人思议所及。"淑气"一联，尤妙在"催"字"转"字，少陵诗炼字常祖此家法。"歌古调"谓陆丞相诗，并触拨早春乡愁也。（《唐诗笺注》卷一）

李锳曰：首尾回应法。"归思"回应首句"宦游"，绾结完整。（《诗法易简录》）

谭宗曰："忽闻"字下得突绽，使末句精神透出。此诗起结老成警洁，中间调高思丽。（《近体秋阳》卷一）

冒春荣曰：中二联或写景，或叙事，或述意，三者以虚实分之……然景有大小、远近、全略之分，若无分别，亦难称作手。如"云霞出海曙，梅柳渡江春。淑气催黄鸟，晴光转绿蘋"（杜审言），一大景，一小景也。（《葚原诗说》卷一）

余成教曰："云霞出海曙，梅柳渡江春"……较之少陵，固齐僖小伯，有以开桓公之先声。（《石园诗话》）

俞陛云曰：首二句言与友皆在客中逢春，非在故乡，故因物候而惊心也。中四句赋"早春游望"四字。"云霞"句写早之景，"梅柳"句写春之景。五、六句，一写在陆而闻者，因春至而时鸟变新；一写在水而见者，因春至而渚蘋出水。一年容易，又值春光。正乡心撩乱之际，况闻陆丞之歌诗，声音感人，不觉归思沾巾矣。此诗为游览之体，实为当时景物。而中四句"出"字、"渡"字、"催"字、"转"字，用字之妙，可谓诗眼。春光由江南而江北，用"渡"字尤精确。（《诗境浅说》甲编）

吴挚甫曰：起句惊矫不群。（《唐宋诗举要》卷三引）

吴汝纶曰：（"云霞"二句）华妙。（同上引）

高步瀛曰：此等诗当玩其兴象超妙处。（同上）

[鉴赏]

此诗的结构章法，炼字琢句的特点，历代评家言之甚详，但对诗人的思想感情和诗的主旨，不免时有错会。关键在于过分看重尾联的应酬语（所谓"闻歌古调"而"归思沾巾"），而忽略了首联的"新"字和颔、腹两联在景物描写中所透露出来的真实感受，以致诗在艺术上兴象超妙之处也因品鉴上的本末倒置而被忽视了。

晋陵陆丞早春时节与诗人一起外出观赏景物，陆某先写了一首《早春游望》诗，诗人从而属和。从杜审言的和诗看，陆的原唱中应有惊物候而慨宦游思故乡的意思。故和诗的首联就点出彼此"宦游人"的身份和"惊物候"的共同感受。首句用"独有"发端，次句用"偏惊"承接，作进一步强调，起势突兀奇矫，用笔甚重，与律诗起首常作一般性的叙述交代、点明题目者明显有别。但评家多将"偏惊"之"惊"理解为"惊心"，其实诗人明明说"偏惊物候新"，这个最关键的"新"字却被忽略了。诗人的原意是，只有外出宦游的人，才特别对物候的新变感到惊奇。这里强调的是宦游者对异乡物候的变化的敏锐感和新鲜感。一个久在家乡的人，因为对它的一切（包括四时物候的变化）过于熟悉，往往习而不察。而身处陌生的异乡，对当地的一切都感到新鲜，对四季物候的变化，特别是冬去春来，大地换上一片新绿的变化尤感新鲜。因此，这"新"字中又自然蕴含了对早春景物的鲜妍明丽的感受，而"惊"字也不单是惊奇，而且有惊喜的意味了。总之，这一联抒写的是宦游者对异乡物候新变的独特人生体验。因为它起得突兀，又富于包蕴，故耐人吟味。

颔、腹两联，紧扣"早春游望"写物候之"新"。颔联写远望中的江南早春物候之"新"。"云霞"句写早春清晨的景物。清晨太阳升起之际，海天相接之处，云蒸霞蔚，一片光明灿烂、鲜丽夺目的曙色。这景观似乎不独属于早春，但却最适合于早春。一年之计在于春，一日之计在于晨，这霞光璀璨的曙色就像是为江南早春定下了一个最美好的开端，也标志着与彤云密布、阴霾灰暗的冬天告别。如果说出句是自西向东遥望，那么对句便是自北向南遥望（至少在意念中是这样）。晋陵地处江南，地气和暖，梅柳得春气之先，已自或开花或抽条，呈现出明显的早春气息了。为什么说"渡江春"？中国的物候景观，自北向南，长城内外、秦岭黄河南北、长江南北，是三道明显的分界线。早春时节，当江北的梅柳还笼罩着几许萧瑟的寒意时，江南的梅柳已经吐艳显黄了。这里正不自觉透露了诗人以北方人的视角来观赏江南早春景物的特点。这一联的"曙"字、"春"字，都是表时间、季候的名词，但用在这里，却明显具有形容词和动词的功能和意味，我们从中不但可以看到灿烂缤纷的曙色和梅花的鲜丽、杨柳的鹅黄，而且仿佛可以感到那曙色和春光正在逐步加深加浓地行进，具有一种动态感。

腹联由颔联的远望之景转为近景。上句写触觉感受，下句写视觉感受。上句写树上，下句写水中。但又非全为实写早春景物，而是糅进了想象的成分，是面对早春物候时的一种展望。黄鸟即黄鹂，一般要到仲春季候才开始鸣啭（《礼记·月令》谓仲春之月"仓庚鸣"，仓庚即黄鹂）；蘋草则季春三月始生。但在诗人的感受中，那早春时节和煦的"淑气"却像是在催促黄鹂放声鸣啭，而温暖的"晴光"也在刚露头的蘋叶上转动荡漾，像是促使它的颜色变得更绿。上下两句分别用了一个"催"字、一个"转"字，透露出春的气息越来越浓，春的脚步越来越快的讯息。它既是对江南早春的写实，又是对更美春色的期待向往。

以上两联，围绕"物候新"，对江南早春物候景色的清新妍丽、充满生机活力作了非常真切生动的描绘，并对它的发展趋势充满了美好的展望。其中流露的感情是喜悦欣赏，而非悲伤叹息；是惊异惊喜，而非触目惊心。说上述景物可能触发乡思，是合乎情理的；但说它们都蕴含着诗人的惊心感受，则过于勉强，也不符合一般读者的实际感受。

诗是和陆丞的《早春游望》的，结联自然不能脱离原唱而任意抒写，于是有"忽闻歌古调，归思欲沾巾"的回应，并呼应首句的"宦游人"三字。用"忽闻"二字提起全联，正透露在此之前诗人在游望早春景物时心情是愉悦的。由于听到陆丞吟咏其充满乡思的高古之作，不禁触动自己这个"宦游人"的"虽信美而非吾土兮"的"归思"，以致泪下欲沾巾了。由于带有酬应的意味，故用语轻描淡写，并不显得沉重着力。初唐律诗结联，亦每多此种顺手作结的类型。

这首诗不乏细意经营与锤炼追琢，但整体风貌却是明秀高华，浑然一体，具有盛唐诗气象的。特别是"云霞出海曙，梅柳渡江春"一联，和王湾的"海日生残夜，江春入旧年"一样，相当典型地显示了盛唐诗风气象高华超妙的特征。甚至可以说，它们都象征式地预示着一个新的诗歌高潮的到来。

春日京中有怀

今年游寓独游秦①，愁思看春不当春②。上林苑里花徒发③，细柳营前叶漫新④。公子南桥应尽兴⑤，将军西第几留宾⑥。寄语洛城风日道⑦，明年春色倍还人⑧。

[校注]

①游寓，旅游寄居外地。秦，此指长安，即题内"京中"。②不当，不当作，不看作。③上林苑，秦旧苑，汉武帝时重新扩建，周围三百里，离宫七十所。旧址在今西安市西及周至、户县界。④汉文帝时大将周亚夫屯兵细柳，称"细柳营"，见《史记·绛侯世家》。地在今咸阳市西南。漫，和上句"徒"都是"空自"的意思。⑤南桥，指天津桥，在唐东都洛阳皇城正南的洛水上。故址在今洛阳市旧城西南。⑥将军西第，东汉梁冀封大将军，大起第舍于洛阳城西。马融曾作《大将军西第颂》，见《后汉书·梁冀传》及《马融传》。此联"公

子"专指，"将军"则泛指。"公子"系作者所怀对象。几，几多次。"留宾"用西汉郑当时"常置驿马长安诸郊，请谢宾客，夜以继日"之事。⑦寄语的对象是"洛城风日"。风日，犹风光。道，说。⑧倍，加倍。还人，归还给游寓的人（诗人自己）。诗人家居巩县，在洛阳附近。

[笺评]

钟惺曰：何尝无趣？（"愁思看春不当春"）比"姜向春光啼""今年花鸟作边愁"皆妙些，只在"不当春"三字。又曰：七言律结法如此灵活者，可救滞滥之苦。（《唐诗归》卷二）

谭元春曰："不悟春"是痴语，妙！"不当春"是聪明语，妙！（"寄语洛城风日道，明年春色倍还人"）要"风日"补他"春色"，横甚，然皆从"不当春"生出。（同上）

金圣叹曰：当时初有律诗，人都未知云何。看他为头先出好手，盘空发起异样才思，浩浩落落，平开二解。前解曰：今年不当春。三、四承之，便不别换笔，只一直写曰：花亦不当花，柳亦不当柳。盖二句十四字，并更不出"不当春"之三字也。于是遂为一代律诗前解之定式。鸣呼，岂不伟哉！后解曰：明年倍还春。五、六先之，亦更不远出笔，只就势起曰：南桥公子今虽尽兴，西第将军已自留宾。然我今不与，便都不算，一齐寄语都要重还。一直读之，分明只如一句说话。于是又遂为律诗后解之定式。斯真卓尔罩代之奇事也。后来文孙工部，无数沉郁顿挫，乃更未尝出此。索解人未遇，我谁与正之！（《贯华堂选批唐才子诗》卷一）

王夫之曰：全自乐府歌行夺胎而出天迥。（《唐诗评选》卷四）

黄生曰：（"愁思"句）本句叠字。（"上林"二句）地名点缀。（"公子"二句）虚眼句。（"寄语"句）叮咛见意。（"明年"句）痴语见意。又曰：此前后两截格。前段言所游之地，后段言所怀之地。

前段见地在前，后段见地在后。章法如此。初唐出语有极细嫩者，此实未脱陈、隋口吻，但其格律一变，故不复以纤巧见疵。（《唐诗摘抄》卷三）

朱之荆曰：秦，西京；洛，东京。此在西京而怀东京也。"不当春"三字，直捷老到。三、四言己之不当春，五、六即借人之当春者以影之。第八句，缴转一、二。首尾失黏。（《增订唐诗摘抄》）

赵臣瑗曰：此是有唐第一位诗人，此是初唐第一首律诗。学者当如何着眼？看其以"春日"为题，却劈空将"不当春"三字立柱，便是不为题缚。其所以"不当春"者何也？"游寓独游秦"也。中二联，皆极为"不当春"之意。言彼自为春而我未尝赏识，吾未尝追陪也，只是"不当"而已矣。"不当"云者，非我负春，春方负我也。然洛城风日，何堪寄语，明年春色，岂真倍还。亦故作此纡回之笔，以抒其淡荡之思耳。真是分外生情，遂乃烟波无际。又曰：今人作律诗，多着意于中间四句，此大谬不然者也。第一最要起得好，起处得力，下面便全不费力矣。第一又要结得好。结处生动，则上面亦自然灵动矣。细阅此诗，当自知之。（《山满楼笺注唐诗七言律》卷一）

沈德潜曰：造语新异，以后人熟诵不觉耳。（《重订唐诗别裁集》卷十二）

屈复曰："今年独"起下"不当春"。"徒""漫"承"愁思"。"应""几"承"独"字。虽分人、物，皆写"不当春"也。末言今年秦地春色已"不当春"矣，明年洛城当加倍还我耳。以"洛城"映"秦"，以"倍还人"映"不当春"，以"寄语"结"有怀"。妙思奇语，迥非常境。通篇已臻精致。次联开后人熟滑之端。（《唐诗成法》卷一）

冒春荣曰：律用平仄，固有定体，亦时有变体……杜审言《春日京中有怀》……第三句及结联失黏格。（《葚原诗说》卷二）

王寿昌曰：七律发端倍难于五言，如杜员外"今年游寓独游秦，愁思看春不当春"之奥折……尚可备脱胎换骨之用。然但宜顺其势，不宜仿其意。又：结句贵有味外之味、弦外之音……杜员外之"寄语洛城风日道，明年春色倍还人"……是皆一唱而三叹，慷慨有馀音者。(《小清华园诗谈》卷下)

方东树曰：《春日京中有怀》，京中，秦也。通身命脉在"有怀"二字。首句点题面，次句破题意。"有怀"，故"不当春"也。以下四句，切"春"，切"京中"，而各以一字作眼，以见"不当春"之意。曰"徒"曰"漫"曰"应"曰"几"，皆题眼也。而收句始结明之。文律如此之细，虽太史公、韩退之作文，不过如此。乃知子美冠绝古今，本于家学有素也。李义山辈不足知此。(《昭昧詹言》卷十五)

[鉴赏]

题曰"春日京中有怀"，所怀者即第七句之"公子"。当此春日，己"独游秦"，而友人则远在洛阳，秦树嵩云，彼此相隔，不得共享春光，故己"愁思看春不当春"，觉上林苑里、细柳营前之繁花、绿柳亦"徒发""漫新"而已，深慨满目春光之虚度而无心玩赏。遥想友人值此春日，天津桥南，应尽兴游玩；将军府中，当亦被作为宾客而数度留宿，己则不得参与其间。唯有寄语洛阳春日风光，明年当加倍偿还，以与友人共赏也。此一篇之大意。旧解于腹联之意多误会，全未顾及题内"有怀"二字及首句"独"字，五句"应"字，六句"几"字所指之对象。要而言之，此春日独游秦中，怀洛阳之友人，慨今年之无心赏春，盼明年之共享洛阳春光也。诗意本极单纯，妙处全在字里行间充溢之诗趣，尤以第二句"看春不当春"与末联"寄语洛城风日"，望其明年加倍偿还，语奇意新，富于幽默情趣。全诗风格清新爽利，一气直下，略无滞碍，语言通俗明快，间用俗语俗字("看春不当春""道""倍还人")，增添了诗的轻爽灵动之致和幽默情趣。王夫之谓此诗"全自乐府歌行夺胎"，洵为具眼之评，虽云"愁思"，然实不过寻常怀念友人之轻愁，故整首诗的基调仍显得相当轻松从容。

此早期尚未定型之七律，故在格律上间有失黏之处，但也没有律诗定型以后出现的种种清规戒律。不但音律上拘禁不严，风格上也不像日后诗评家对七律提出的或高华典雅、或遒健刚劲等模式化要求。自由抒写、不拘一格，方能自成一格。

渡湘江①

迟日园林悲昔游②，今春花鸟作边愁③。独怜京国人南窜④，不似湘江水北流⑤。

[校注]

①湘江，即湘水。源出广西兴安县南海阳山。东北流经湖南全境，入洞庭湖。诗为神龙元年（705）春贬峰州（今越南北部）途中渡湘江时所作。②迟日，指春天。《诗·豳风·七月》："春日迟迟，采蘩祁祁。"迟迟，阳光温暖、光线充足的样子。园林悲昔游，谓昔日与朋友同僚的京城园林胜游如今都成了悲伤的回忆。③作，兴起。谓今春的花鸟都成了触发边愁的景物。边愁，此指贬谪边荒的愁绪。④京国人南窜，指自己从京城长安被贬窜到南方边远之地。据《旧唐书·张行成传》附《张易之张昌宗传》载，此次坐附二张贬窜的朝臣有房融、崔神庆、崔融、李峤、宋之问、沈佺期、杜审言、阎朝隐等数十人。后贬窜诸臣多于神龙二年（706）北归，并授新职，杜审言亦于同时被召还。⑤自己南窜，而湘水北流，故云"不似"。

[笺评]

胡应麟曰：初唐七言初变梁、陈，音律未谐，韵度尚乏。惟杜审言《渡湘江》《赠苏绾》二首，结皆作对，而工致天然、风味可掬。（《诗薮·内编·近体下·绝句》）

谭元春曰：（"今春花鸟作边愁"）"作"字妙。（《唐诗归》卷二）

蒋仲舒曰：末二句与王勃《蜀中九日》作意相似，配偶处不对而对，对而不对，佳。（敖英《唐诗绝句类选》卷二引）

唐汝询曰：初唐七绝之冠。（《汇编唐诗十集·己集》）又曰：此贬峰州，道涉湘江而作也。以湘为旧游之地，故感昔而悲，边愁则触物而生，是因花鸟而作也。北人南窜，欲返无时，惟觉湘流之可羡耳。（《唐诗解》卷二十五）

周敬曰：陈、隋靡丽极矣，必简翻尽陈调，如"迟日园林"一章，练神修意，另出手眼，遂令光景一新。（《删补唐诗选脉笺释会通评林·初七绝》）

黄生曰：两对，系绝前后四句体。若语绝而意不绝，率成半律之讥，惟后对作流水，则无此病。（《唐诗摘抄》卷四）

沈德潜曰：北人南窜，欲返无时，惟湘流向北为可羡也。（《重订唐诗别裁集》卷十九）

黄叔灿曰：玩通首，意有两层：上二句悲异时，下二句悲异地。（《唐诗笺注》卷八）

冒春荣曰：押韵对起，如杜审言"迟日园林悲昔游，今春花鸟作边愁。独怜京国人南窜，不似湘江水北流"。（《葚原诗说》卷三）

宋宗元曰：厥孙一饭不忘君，所谓有开必先也。（《网师园唐诗笺》卷十五）

富寿荪曰：以昔日园林之游反起下文，愈觉今日京国南窜之可悲，愈觉湘江北流之可羡。"今春花鸟作边愁"，精妙深婉，殆即为杜甫《春望》"感时花溅泪，恨别鸟惊心"所本。（《千首唐人绝句》）

[鉴赏]

首句陡起。昔日朋辈僚友春日游赏京城园林，本是赏心乐事；而今远窜南荒，昔日胜游，均成遥不可及的幻梦，途中忆及，不觉增悲，故曰"迟日园林悲昔游"。着"迟日"二字，愈显在明媚灿烂的春日阳光下"昔游"之欢愉，亦愈显今日窜逐南荒途中踽踽独行之可悲。"悲"中含忆，亦含昔与今之对比。内涵丰富，语言凝练。

次句明标"今春"，上应"迟日"，与"昔游"作对照。"花鸟"系今日贬窜途中所见所闻者，亦昔日长安园林胜游所观所赏者。"花鸟作边愁"，用语奇妙。花鸟本愉情赏心之物，而"今春"因人之南窜，转成触景生悲之物。"作"字正传达出同一"花鸟"在不同境遇下一正一反、迥然相异的助欢添愁效果。湘江离峰州贬所尚远，而"边愁"已兴，可见诗人身虽未至贬所，但迁谪炎荒边远的愁绪已无时不郁积于胸，一遇相关景物，即沛然而兴，难以抑止了。

三、四两句紧扣"湘江"，即景抒慨。谓我今远离京城长安，贬逐南荒，不知何时方达海隅之峰州贬所，更不知何时方能北返京国。目睹汩汩北去之湘江，对照孑然南行的自身，不禁深羡湘江之北流，益增自身南贬之悲慨。两句以"人"与"水"、"南"与"北"作鲜明对比；以"独怜"唤起，抒孑然南窜之悲、自怜自叹之意，以"不似"承接，点明人不如水之慨，愈行愈远之悲，言外自含归期无日的嗟叹。

初唐七绝多散起对结。前后均对者每流于单调板滞，缺乏情韵风调。此诗虽起、结均对，却"对而不对，不对而对"。后二句又用流水对，读来别有一种流利自然而隽永的情味。感情虽悲愁，却不作竭蹶之声，而是显得比较平和从容，含蓄耐味。

苏味道

苏味道（649—706），赵州栾城（今属河北）人。少与乡人李峤俱以文辞知名，时人谓之"苏李"。弱冠举进士。延载元年（694）为相，翌年贬集州刺史。圣历元年（698），复任宰相。长安四年（704）贬坊州刺史。进益州长史。神龙初，以附张易之贬眉州刺史。复为益州长史，未行而卒。苏前后数居相位，处事每模棱两可，时人号为"苏模棱"。文集已佚。《全唐诗》编其诗为一卷。

正月十五夜①

火树银花合②，星桥铁锁开③。暗尘随马去④，明月逐人来。游妓皆秾李⑤，行歌尽落梅⑥。金吾不禁夜⑦，玉漏莫相催⑧。

[校注]

①正月十五，唐代为上元节，有观灯的节俗。后称元宵节。元夕观灯，最迟在隋代已然。参下注。②火树，指有分枝的大型灯架，其形如树，故称。隋炀帝《正月十五日于通衢建灯夜升南楼》："灯树千光照，花焰七枝开。"五代王仁裕《开元天宝遗事·百枝灯树》："韩国夫人置百枝灯树，高八十尺，竖之高山上，元夜点之，百里皆见，光明夺月色也。"由于这种高大缀有分枝的大型灯架上面点燃了许多灯火，分置于通衢或高山上，故远望时如见火树银花，四处开放，光辉灿烂，连成一片灯的海洋，故云"火树银花合"。或谓"火树"指树上缀有灯火，疑非。③星桥，本指传说中天上银河的鹊桥，这里指东都洛阳跨洛水而建的天津桥。隋炀帝迁都洛阳，以洛水贯都，有天

汉津梁气象，因建此桥，名曰天津桥。高宗、武后时朝廷常在东都洛阳。用"星桥"指天津桥，兼状桥上繁灯闪烁如星汉灿烂。桥入夜上锁，禁止通行。元夕不禁夜，故说"铁锁开"。或说"星桥"本指李冰开蜀江建桥七座，上应七星，世称七星桥。此处借指长安护城河上的桥。④暗尘，指夜间车马人流扬起的飞尘，因在夜间闪烁灯火照映下，得以窥见，故曰"暗尘"。⑤游妓，指元夕出游观赏灯火及表演歌舞的歌妓舞女。秾李，形容其盛妆华服，艳若桃李。《诗·召南·何彼秾矣》："何彼秾矣，华如桃李。"秾，浓艳美盛。⑥行歌，边走边唱。《晏子春秋·杂上十二》："梁丘据左操瑟，右挈竽，行歌而出。"落梅，即《梅花落》，古笛曲名。汉乐府《横吹曲》有《梅花落》。唐《大角曲》有《大梅花》《小梅花》。骆宾王《代女道士王灵妃赠道士李荣》："鹦鹉杯中浮竹叶，凤凰琴里落梅花。"李白《司马将军歌》："羌笛横吹阿嚲回，向月楼中吹落梅。"又《与史郎中钦听黄鹤楼中吹笛》："黄鹤楼中吹玉笛，江城五月落梅花。"所指均《梅花落》曲。⑦金吾，负责皇帝大臣禁卫、仪仗及巡查京城治安的武职官员。汉代有执金吾，唐代有金吾卫将军。此指负责京城治安的禁卫军吏。禁夜，夜间禁止通行。据《大唐新语》记载，元夕"金吾弛禁"，参下笺评引。⑧玉漏，古代计时器，即铜壶滴漏。此当指根据漏壶所计时刻报晓的更鼓声。

[笺评]

刘肃曰：神龙之际，京城正月望日，盛饰灯影之会。金吾弛禁，特许夜行。贵游戚属，及下隶工贾，无不夜游。车马骈阗，人不得顾。王主之家，马上作乐以相夸竞。文士皆赋诗一章，以纪其事。作者数百人，惟中书侍郎苏味道、吏部员外郎郭利贞、殿中侍御史崔液三人为绝唱。味道诗曰（略）。利贞曰："九陌连灯影，千门度月华。倾路出宝骑，匝路转香车。烂漫唯愁晓，周旋不问家。更逢清管发，处处

落梅花。"液曰："今年春色胜常年，此夜风光正可怜。鸱雀楼前新月满，凤凰台上宝灯燃。"文多不尽载。(《大唐新语·文章》)

方回曰：味道武后时人，诗律已如此健快。古今元宵诗少，五言好者殆无出此篇矣。(《瀛奎律髓》卷十六)

杨慎曰：苏味道诗"星桥铁锁开"，本陈张正见诗"天路横秋水，星桥转夜流"之句。(《升庵诗话·星桥》)

程元初曰：唐朝正月十五夜，许三夜游行，其寺观街巷灯明若昼，山棚高百余尺。此诗寥寥数言，曲尽当时侈靡习尚，刺意见于言外。(《初唐风绪笺》)

陆时雍曰：纤秾恰中。(《唐诗镜》卷二)

王夫之曰：起承转收，一法也。试取初、盛唐律验之，谁必株守此法者？……如"火树银花合"，浑然一气……陋人之法，乌足展骐骥之足哉！(《姜斋诗话》卷下)

吴烶曰：此作前后四联紧对，最为工致。首言灯火之艳，赋而比也。次言街市之盛。三言挟妓征歌，游观之乐。末言弛禁停催之恩。极写太平盛事。元宵诗少有过此者。(《唐诗选胜直解·五言律诗》)

冯舒曰：真正盛唐。《品汇》所分，谬也。(《瀛奎律髓汇评》引)

冯班曰：次联妙。(同上引)

纪昀曰：三、四自然有味，确是元夜真景，不可易之他处。夜游得神处尤在出句，出句得神处尤在"暗"字。冯云："禁"字别本作"惜"，"惜"妙于"禁"。然金吾掌禁夜，不掌惜夜，以此为妙，其僻更甚于江西。(同上引)

许印芳曰：八句皆对，唐律多如此。(同上引)

屈复曰：此诗人传诵已久，他作莫及者。元夜情景，包括已尽。笔致流动。天下游人，今古同情。结句遂成绝调。(《唐诗成法》卷一)

陈德公曰：三、四故是爽笔。"秾李""落梅"工切，便极见妍姿。结句得"金""玉"字相对，弥足增致。他处金玉缋黄、藻丽堆

垛者，又复无致。此所须辨矣。（卢麰、王溥选辑《闻鹤轩初盛唐近体读本》卷一引）

范大士曰：三、四疏宕。（《历代诗发》）

李锳曰：七、八句就题收结法。（《诗法易简录》）

[鉴赏]

据《大唐新语·文章》所载，此诗作于神龙之际（705—707）。但神龙元年（706）苏味道已卒，且其时身处蜀地，当非。或为苏圣历年间迁凤阁侍郎（即中书侍郎）、同凤阁鸾台三品时所作。

唐代的上元节，视《大唐新语》及唐代其他诗文的描述，颇有点狂欢节的味道。其主要活动虽是观灯，但上自贵戚，下至工贾，倾城出动，车马骈阗，人流涌动，这种全民参与的狂欢则是上元灯节更突出的特征。抓住了全民狂欢、月下观灯作乐、彻夜达旦的特点，才真正抓住了"正月十五夜"的灵魂，体现出元夕特有的气氛。

首联不作任何一般性的叙述交代，直接切入元夕最精彩的场景——观灯。用"火树银花"形容高大而分枝众多的灯树上挂满了各式的花灯，光华璀璨，如银色的花朵缀满枝头，可谓极其形象贴切、生动传神。这种感受，只有站在远处、高处鸟瞰时才会有。因而在写灯的光华璀璨时也暗透了"观"字，写出了观灯者那种目眩神摇的感受。句末的"合"字则更精练而传神地写出了通衢大道或高处空地上处处火树银花，灯影连成了一片。不仅进一步写出了满城灯之多、灯之闹，而且传达出观者面对四望如一的灯的海洋时那种惊奇赞叹的感情。

次句"星桥铁锁开"，既是渲染桥上灯影闪烁、如同天上的繁星点点，使人联想起天上的"星桥"，从而有人间宛如天上的感觉；又点明了元夕弛禁，让所有的人尽情玩赏欢乐的节俗。这一点很重要。由于"铁锁开"而不禁夜，才会有下两联人山人海、车马骈阗、行歌奏曲的热闹场景。

领联写元夕车马游人之盛。由于车马交驰、游人杂沓，扬起了道路上的阵阵尘土。在平常的夜间，即使有尘土飞扬，人也是看不见的。但元夕之夜，由于月光灯影的照耀，却分明可见随着车马的飞驰而去，后面便扬起一阵飞尘，这就是所谓"暗尘随马去"。本不可见的"暗尘"因"正月十五夜"的月光灯影而见，这正是对元夕的传神描写。着一"去"字，写出了马的奔驰和尘土飞扬而去的态势。纪昀说此句得神处在一"暗"字，固极有见。其实，"去"字也同样精彩，从中仿佛可见车马飞驰时卷起的气流，下句专写人的活动，却不忘交代元夕的特点。由于是望月，所以满月的清光映照着东都城的每一个角落。游人熙熙攘攘，摩顶接踵，月亮的光辉始终与人相随。由此"明月"还可进一步想象灯月交辉的热闹场景。

腹联于熙熙攘攘的人群中专挑出一类人来写，这就是"游妓"。她们可能是王公贵戚之家的歌舞妓人，为了相互夸示而让她们出来表演助兴的，她们自己也可借此观赏元夕灯月交辉、人流如织的热闹景象。总之，既是观赏者，又是元夕的一道亮丽风景。两句一句写她们的美貌，一句写她们的技艺。单有火树银花的灯影和众多的游人车马，还不足以充分显示元夕京城的热闹繁华，必须再加上美貌如花的歌妓和彻夜笙歌，才是声色光华交相辉映，极喧阗热闹之能事。

以上六句从元夕灯火璀璨到车马游人之盛，再到游妓歌舞之喧，写元夕的繁华热闹，可谓淋漓尽致。尾联若再作类似的描写，不免单调平衍；虚作赞叹，也不免敷衍落套。诗人别开生面，转从游人的心理方面落笔，借游人流连忘返之情、惜夜将尽之意，将"正月十五夜"在人们心中留下的强烈感受和美好印象添上更精彩的一笔。"金吾不禁夜"，遥应首联"铁锁开"。既不禁夜，自可彻夜狂欢，但长夜终有尽时，故又生怕这热闹的场景消逝，所以说"玉漏莫相催"，希望时间永远停留在灯光辉煌、明月高照、狂欢作乐的元夜。这一结，为终将逝去的元夜留下了悠然不尽的余味，于流连忘返中流露出对元夜的无限赞赏。

这首诗四联均用工整的对仗，语言华美精练，但全诗却丝毫没有堆砌板滞之弊，而是流丽自然、一气浑成。它相当典型地反映了大唐帝国繁荣昌盛时期大都市的繁华热闹和生意活力，反映了时代的承平气象。"火树银花不夜天"至今成为形容元宵佳节热闹景象和承平气象的诗句，它的典型性于此可见一斑。

王 勃

王勃（650—676），字子安，绛州龙门（今山西河津）人。王通之孙，王绩之侄孙。幼聪敏博学。九岁读颜师古注《汉书》，撰《指瑕》十卷。十五岁上书右相刘祥道，指陈国政，被目为神童，表荐于朝。乾封元年（666）应幽素科登第，授朝散郎。后为沛王（即章怀太子李贤）府侍读，总章二年（669）因撰《檄英王鸡》为高宗所恶，逐出沛王府。同年游巴蜀。后任虢州参军，因匿杀犯罪官奴获罪，遇赦革职。其父福畤亦受累贬交趾令。上元二年（675），渡海赴交趾省亲；次年，归途溺水卒。王勃与杨炯、卢照邻、骆宾王齐名，并称"初唐四杰"，其文学成就主要指其骈文。杨炯曾辑其遗文，编为《王勃集》二十卷，已佚。清蒋清翊撰有《王子安集注》。《全唐诗》编其诗为二卷。七言歌行、五律、五绝均有佳作。

送杜少府之任蜀川①

城阙辅三秦②，风烟望五津③。与君离别意，同是宦游人。海内存知己，天涯若比邻④。无为在岐路⑤，儿女共沾巾⑥。

[校注]

①题首"送"字《全唐诗》原无，据《文苑英华》卷二百六十六补。少府，唐人对县尉的尊称。杜少府，名不详。之任，赴任。川，《全唐诗》原作州，《英华》校："集作川。"此从而改之。蜀州系唐剑南道州名，武后垂拱二年（686）始分益州四县设置（州治在今四川崇州市），见《旧唐书·地理志四》。置蜀州时王勃已下世十年，当以作"川"为是。蜀川，泛指蜀地。②城阙，借指京城长安。阙是宫门两侧的高台，台上有楼观。三秦，秦亡以后，项羽三分关中地区，封

秦降将章邯为雍王、司马欣为塞王、董翳为翟王，合称三秦，见《史记·秦始皇本纪》。此泛指关中一带畿辅地区。句意谓宫阙壮丽的京城长安以三秦地区为拱卫。③风烟，风尘烟雾迷蒙的景象。五津，岷江自灌县到犍为一段共有五个渡口，即白华津、万里津、江首津、涉头津、江南津，合称五津。④比邻，近邻。这一联化用曹植《赠白马王彪》"丈夫志四海，万里犹比邻。恩爱苟不亏，在远分日亲"。⑤岐路，指离别时分手的岔路口。岐，通"歧"。⑥儿女，青年男女。

[笺评]

顾璘曰：多少叹息，不见愁语。又曰：读《送卢主簿》并《白下驿》及此诗，乃知初唐所以盛，晚唐所以衰。（《批点唐音》）

胡应麟曰：唐初五言律唯王勃"送送多穷路""城阙辅三秦"等作，终篇不着景物，而兴象婉然，气骨苍然，实首启盛、中妙境。（《诗薮·内编·近体·五律》）

王稚登曰：后四句虽离远而情若对面，故不欲如儿女子之态。（《唐诗选参评》）

程元初曰：事理发挥，慷慨丈夫意气相。仗剑于樽酒之间，著鞭于功名之会，唯知以宴安败名为戒，夫岂歔欷流涕，恋恋作儿女子态邪！（《初唐风绪笺》）

李维桢曰：丈夫昂昂态，显然口头。（《唐诗隽》）

钟惺曰：此等作，取其气宽而不碎，有律成之始也。其工拙自不必论。然诗文有创有修，不可靠定此一派，不复求变也。"与君离别意，同是宦游人"，浑成不熟。（《唐诗归》卷一）

谭元春曰：（"海内"二句）袭者可厌，此处未尝不佳。（同上）

唐汝询曰：蜀州虽有五津之隔，而实为三秦之辅。故我望彼之风烟而惜别。且同为宦游，非睽离也。苟知己道在，虽远实亲，岂可临岐而效儿女之沾巾乎！（《唐诗解》卷三十一）

陆时雍曰：此是高调。读之不觉其高，以气厚故。(《唐诗镜》卷一)

徐中行曰：不落色相铅华，诗遂以气骨胜。(《删补唐诗选脉笺释会通评林·初五律》引)

周珽曰：首联分尔我所历。次联谓各为宦游，故而有离别，含结语意。三联接上语来，见友谊形交不若神交。苟知己道在，虽远亦亲。结正寓丈夫期许，当自有雄心异树，不必以离合为念。(同上)

郭濬曰：苍然率然，多少感慨。说无为愁，我始欲愁。(《增定评注唐诗正声》卷六)

吴烶曰：首二句从蜀地兴起，于题面有情……道义之交，非寻常送别比也。(《唐诗选胜直解·五言律诗》)

黄生曰：(首联)对起。(颔联)倒因对。(腹联)流水对。前后两截格。前半是离别本怀，后半强作达语。王他作尚多秀出者，然音调苦不谐。不谐则非律矣。前二句实，后六句悉虚，恐笔力不继，则易疏弱，此体固不足多尚。(《唐诗矩·五言律诗一集》)

叶蓁曰：慰安其情，开广其意，可作正《小雅》。(《唐诗意》)

徐增曰："城阙"指长安；"辅三秦"，三秦为京之辅。(《而庵说唐诗》)

宋长白曰：初唐则如杨师道"芳草无行迹，空山飞落花"，王勃"与君离别意，同是宦游人"……皆融贯入神，毫无朕迹，禅家所谓着盐水中，饮水方知盐味者，唯在触类旁通焉耳。(《柳亭诗话》)

史流芳曰："五津"破"蜀州"字，起句形起次句耳。结二句一洗俗径。妙在五、六句，说到"不沾巾"处，方可接去。一、二对，三、四不对；五、六对，七、八不对，另一格也。"岐"字折角。(《固说》)

王尧衢曰：此等诗气格浑成，不以景物取妍，真初唐之风骨。前解言别，后解言不必伤心也。"城阙辅三秦，风烟望五津"，此以地名起。"城阙"指长安，以三秦为之辅……因王勃在京，故首言"城阙";因杜少府之蜀,故次言"五津"。言秦蜀虽远,而风烟实相望也。"与君离别意,同是宦游人",此以送别意承。言我之在京,君之仕蜀,此番离别,意非不殷,然同作宦游,各为王事,君不得不去京之蜀,我不得赴蜀从君也。"海内存知己,天涯若比邻",此以丈夫胸襟磊落作转。海内虽广,有知己在,则天涯犹比邻也。二句虽对,而意实相属。"无为在岐路,儿女共沾巾",此以离别不必姑息为合。"无为"二字,接上贯下八字,言分岐之路,在此揖别,无为洒泪沾巾,共作儿女子情态。盖以我与君迹虽远离,而情若对面者也。(《古唐诗合解》卷七)

陈婉俊曰:赠别不作悲酸语,魄力自异。(《唐诗三百首补注》)

姚鼐曰:(腹联)用陈思《赠白马王彪》诗意,实自浑转。(《唐宋诗举要》卷四引)

黄叔灿曰:言蜀与三秦犹为畿辅近地,"五津"指杜所之之地。以下言同是宦游,踪迹难定,天涯分散,惟存知己之心而已。临岐分手,无为效儿女沾巾也。语极豪俊,不是寻常送别语。(《唐诗笺注》卷一)

胡本渊曰:前四句言宦游中作别。后四句翻出达见,语意迥不犹人,洒脱超诣,初唐风格。(《唐诗近体》卷一)

陈德公曰:通首质序,未免起率易之嫌。顾尔时开拓此境,声情婉上,正是绝尘处。陈伯玉之近调,高达夫之先驱也。五、六直作腐语,气旺笔婉,不同学究。结强言耳,黯然之意弥复神伤。(《闻鹤轩初盛唐近体读本》卷一)

范大士曰:后四句虽旷达,意实酸辛。(《历代诗发》)

吴汝纶曰:起句严整,以散调承之。("海内"句)凭空挺起,是大家笔力。(《唐宋诗举要》卷四引)

吴闿生曰:(首联)壮阔精整。(同上引)

俞陛云曰:首句言所居之地,次言送友所往之处,先将本题叙明。以下六句,皆送友之词,一气贯注,如娓娓清谈,极行云流水之妙。

大凡作律诗，忌支节横断。唐人律诗，无不气脉流通，此诗尤显。作七律亦然。后半言得一知己，则千里同心，何须伤别。推进一层，不作寻常离别语。故三、四句言送别而况同是宦游，极堪伤感，正以反逼下文，乃开合顿挫之法也。(《诗境浅说》甲编)

[鉴赏]

此诗历来被视为送别五律中的佳篇，主要不是由于其诗律的精严，而是由于其气象的阔大与情感的真挚，为黯然伤魂的送别开拓出富于时代精神的新境界。

首联以精严的对仗起，分别点明送别之地与友人所往之地。用"城阙"指代京城长安，使读者宛见长安宫阙巍峨壮伟的景象，复以"辅三秦"描绘长安的地理形势，仿佛登高望远，广阔的三秦大地紧紧拱卫着长安的壮丽宫阙，境界阔远，气势宏伟。次句用一"望"字，勾画出长安与蜀川之间，万里风烟、混茫相接的景象，不仅视界更为广远，而且画出了诗人翘首遥望友人将要赴任之地的神情，不言送而惜别之意已寓含在这"望"字当中。这壮阔的境界和气势为全诗所抒的壮别之情奠定了基调。

接下来一联，正面写离别之意，却以散句叙写。"与君离别意"明点，"同是宦游人"虚承。两句之间似接非接，别有一种隽永的情味。可以有多种理解体味。一是说我与君的离别之意是相同的，这是因为彼此都是宦游之身。我离家至长安宦游，君离京至蜀川宦游，彼此都是离家别友，故离别时的情感彼此都能体会。二是说既同奉王事而历宦各地，则分别本属常事，但不必为此而惆怅伤感。再进一步，则正如任华在《送宗判官归滑台序》一开头所宣称的："大丈夫其谁不有四方志？则仆与宗衮，二年之间，合而离，离而会，经途所亘，凡三万里，何以言之？"则这种为实现四方志的离别，也可以说是一种壮别。从情之相通，到别本常事，再到志在四海的壮别，这几层意思都可以包蕴在这两句摇曳有致的抒情中。其中最后一层意蕴，直接引出了腹联。起联雄阔精整，次联散缓从容，蕴蓄隽永，诗情显得顿宕有致。

腹联承上宦游离别之意转出壮别主旨："海内存知己，天涯若比邻。"海内即四海之内，指全中国。四海之大，天涯之远，有一知己，则虽万里遥隔，亦如同比邻。这一联又改用工整的对仗，将极大与极小、极远与极近压缩在十个字当中，以突出强调这看似极小的唯一"知己"在极大极远的空间中所占的分量，从而显示长安、蜀川，虽遥隔数千里，但情意志向相投的朋友却可以使"万里"化为"比邻"。这两句系化用曹植诗句，但曹植在艰危险恶的环境下发此壮语，总不免有些强作旷达以安慰宽解的味道，难以掩盖骨子里的伤感；而在王勃诗中，却是时代精神感染下少年人充满自信和豪情壮采的自然流露。而且将曹诗的四句变为两句，也显得更为概括精练。它像是议论，像是格言，却又渗透了真挚浓郁的诗情，具有强烈的感发力。写到这里，"无为在岐路，儿女共沾巾"两句，便如水到渠成，自然流出了。结尾虽不着力，却收得合情合理，干脆利落，恰到好处。

其实，王勃的送别诗并不都是抒写这种壮别情怀的。他的另一首《别薛华》的诗便写得相当凄苦悲凉："送送多穷路，遑遑独问津。悲凉千里道，凄断百年身。心事同飘泊，生涯共苦辛。无论去与住，俱是梦中人。"与本篇对照，仿佛出自两手。从情感的真挚，表现的自然来说，二诗有其一致性。但从表现昂扬的时代精神，体现唐音的高华雄浑气象来说，本诗无疑更有代表性。

山　中①

长江悲已滞②，万里念将归③。况属高风晚④，山山黄叶飞。

[校注]

①高步瀛《唐宋诗举要》云："此疑咸亨二年寓巴蜀时作（见《春思赋》），故有'长江悲已滞'之句。"按：王勃总章二年（669）五月游蜀，至咸亨二年（671）夏犹在梓州。然是年九月已回长安，有《为霍王祭徐王文》，可证此诗当非咸亨二年秋深时（诗有"高风晚"及"山山黄叶飞"语，时已深秋）作于巴蜀，而系此前一年，即咸亨元年秋闰九月时在蜀中作。其《别人四首》之一云："久客逢徐闰，他乡别故人。自然堪下泪，谁忍望征尘！"之四云："霜华净天末，雾色笼江际。客子常畏人，何为久留滞？"此组诗即作于咸亨元年闰九月，其中第四首内容与此诗相近，当同时作。②滞，滞留不动，指自己久滞巴蜀。③宋玉《九辩》："悲哉秋之为气也，萧瑟兮草木摇落而变衰。憭栗兮若在远行，登山临水兮送将归。"念将归，思将归，盼望将归。④高风，秋风。秋天天高气爽，故称秋风为高风。张协《七命》："高风送秋。"梁元帝《纂要》："（秋）风曰商风、素风、凄风、高风、凛风、激风、悲风。"

[笺评]

顾璘曰："况属"字有情。（郭濬《增定评注唐诗正声》卷十引）

唐汝询曰：此言迫于思归，故江流虽疾，犹恨其滞，况当风起叶飞之时乎！（《唐诗解》卷二十一）

黄叔灿曰：上二句悲路遥，下二句伤时晚。分两层写，更觉萦纡，黯然魂断。（《唐诗笺注》卷七）

宋宗元曰：（后二句）邈然。（《网师园唐诗笺》卷十四）

宋顾乐曰：寄兴高远，情景俱足。（《唐人万首绝句选》评）

吴昌祺曰："滞"者，行踪滞于江上也。（《删订唐诗解》卷十一）

刘拜山曰：久客念归，况逢暮秋！后半以景色烘染羁思，运笔极

空灵有致。(《千首唐人绝句》)

[鉴赏]

题曰"山中",当是诗人游巴蜀期间居住之地,也是写这首诗时览眺的立足点。细味诗中"长江""万里""高风""山山"等语,宛然可见诗人登山临水览眺的立足点,对理解全诗的意境很有帮助。

首句"长江悲已滞",是说登高望远,但见万里长江,浩荡东流,不禁联想起自己久客异乡、滞留巴蜀的处境而悲从中来。在这里,长江既是眼前景,又是引起诗人滞留异乡悲感的触媒,起着"兴"的作用。长江之浩荡东流,与诗人的滞留不归正形成鲜明对比,故触景而生悲,不妨说"长江悲已滞"正是杜甫《登高》"不尽长江滚滚来"与"万里悲秋长作客"两句内容的浓缩。或有解此句"滞"字为长江水之滞者,恐非。《别人四首》之四中的"雾色笼江际"及"客子常畏人,何为久留滞"可以类证这句的"滞"定指客子(即诗人自己)的久滞他乡。

次句"万里念将归"承上"已滞",进一步转出思归之念。意思是说,身处万里之外的巴蜀,盼望着何时能够归去。"将归"的字面从宋玉《九辩》中来,是个现成的词语。"念将归"就是"念归""盼归"。这一句与上句构成工整的对仗。"长江"与"万里"突出了空间的广远悬隔,归路的重阻悠长,加重了"悲"的分量、"念"的强度,也突出了"滞"的难堪与"归"的难度。两句既紧相承接,也相互补充。

第三句用"况属"二字重笔勾勒,贯通三、四两句,承上"悲""念"之情,转进一层。"况属"是"何况又正遇上"的意思,万里作客,滞留难归,本已使人生出悲感,更何况又正当深秋季节,登高远望,但见山山黄叶,在劲厉秋风的吹送下,漫山飞舞、纷纷飘零,久滞难归的客子目睹此景,感情就更难堪了。前两句说"悲"说"念",

主观抒情的色彩比较显著，这两句却只用"况属"虚提，以景结情，蕴含的感情更加浓郁强烈，也更含蓄耐味。那漫山飘舞的黄叶，既可使诗人联想起游子飘零天涯的身世境遇，也可以联想起时间的流逝、生命的无常。这对多才早慧却只因写了一篇游戏文章就遭到皇帝斥逐的诗人来说，自是触绪多端，悲慨难已。诗写到这里，实际上已经超出了久滞思归的内容，而扩展为对人生命运的悲慨。但却蕴而不发，任人自领。这首只有四句二十个字的小诗，感情的含量并不小。

与《送杜少府之任蜀川》以豪语写壮别不同，这首诗抒写的是久滞思归、时间流逝、生命无常的悲感。但诗给人的感受却不是沉重的压抑和悲叹，而是境界阔远，气象高华，虽悲慨多端而不失遒劲悲壮的风骨。从这方面看，它又是典型的唐音。而前幅侧重抒情、情中含景，后幅以景结情、景中含情的写法，又使全篇呈现出情景浑融的特色。

熟悉宋玉《九辩》的读者从这首诗的用语、意象和意境上，很容易看到它们之间的承传关系。在构思取境时，诗人无疑受到了《九辩》一开头几句的影响。但《九辩》虽有一连串对萧瑟秋景的描写，整体上仍以强烈的主观抒情为主，这和本篇情景浑融、特别是后幅以景结情、含蓄蕴藉有明显区别。且《九辩》写景，多铺排渲染，而五绝篇幅极狭，只能用简练的笔墨作画龙点睛式的描绘。这一点也有明显不同。从中可以看出诗人根据特定的诗歌体式，对前人的诗材、诗艺、诗境作了自己的改造与创造。

杨　炯

杨炯（650—694），华州华阴（今属陕西）人。幼聪敏博学。显庆四年（659）举神童，待制弘文馆。上元三年（676）应制举及第，补校书郎。永淳元年（682），薛元超表荐炯为詹事司直、充崇文馆学士。垂拱元年（685），因其族弟参与徐敬业起事，左迁梓州司法参军。天授元年（690），奉诏回洛，直习艺馆。同年或次年出为盈川令，卒于任。有《盈川集》十卷行世，《全唐诗》编其诗为一卷。诗以五言律体为主。

从军行①

烽火照西京②，心中自不平。牙璋辞凤阙③，铁骑绕龙城④。雪暗凋旗画⑤，风多杂鼓声。宁为百夫长⑥，胜作一书生。

[校注]

①《从军行》，汉乐府相和歌辞平调曲旧题。《乐府解题》曰："《从军行》皆军旅苦辛之辞。"②烽火，边防报递警急军情的烟火。《墨子·号令》："昼则举烽，夜则举火。"《史记·周本纪》："有寇至，则举烽火。"自边境至内地，沿路作高台，上置桔皋，头上有柴草笼，寇至则燃以告警。根据军情的紧急程度，增减烽火炬数。二炬以上传至京城。西京，指长安。③牙璋，古代发兵、调兵的符信，分两块，分别置于朝廷与主将手中，发兵时两相嵌合以为凭信。凤阙，指皇帝宫阙。④龙城，匈奴大会祭天之处。《汉书·匈奴传上》："岁正月，诸长小会单于庭，祠。五月，大会龙城，祭其先、天地、鬼神。"此指境外强敌的首府。据最新考古发现，龙城旧址当在乌兰巴

托以西大约四百七十公里处。⑤凋，指颜色凋暗，失去鲜明的光泽。⑥百夫长，统领百人的低级军官。《书·牧誓》："千夫长，百夫长。"孔颖达疏："百人为卒，卒长皆上士。"

[笺评]

蒋仲舒曰：三、四实而不拙，五、六虚而不浮。（李攀龙辑、凌宏宪辑评《唐诗广选》卷三引）

唐汝询曰：此盈川抱才不偶而寄愤于从军也。边有警备，举火内向，见之而起不平之感者耳。以朝廷尊宠武臣，使穷兵深入。虽未免有风雪之苦，而有茅土之封，是百夫之长胜吾辈矣。按武氏欲立威匈奴，命将北伐，此非谓是耶？（《唐诗解》卷三十一）

陆时雍曰：浑厚。字字铢两悉称。首尾圆满，殆无馀憾。（《唐诗镜》卷一）

王夫之曰：裁乐府作律，以自意起止，泯合入化。（《唐诗评选》卷三）

贺裳曰：杨盈川诗不能高，气殊苍厚。"宁为百夫长，胜作一书生"，是愤语，激而成壮。（《载酒园诗话又编》）

叶羲曰：此诗有《秦风·无衣》意。（《唐诗意》）

沈德潜曰：此泛言用武效力，胜于一经自守。唐汝询谓朝廷尊宠武臣，而盈川抱才不遇，故尔心中不平，亦近于凿。（《重订唐诗别裁集》卷九）

屈复曰：一、二总起。三、四从大处写其宠赫。五、六从小处写其热闹，方逼出"宁为""胜作"来。起陡健，结亦宜尔，但结句浅直耳。（《唐诗成法》卷一）

黄叔灿曰：边氛未靖，心怀不平，急欲报主。"牙璋"一联，谓佩牙璋而远辞凤阙，领铁骑而直赴龙城也。"雪暗"一联，见塞上景色之惨。结以"宁为百夫长，胜作一书生"，仍是报主情殷，托起

"不平"二字。写从军，亦生色。（《唐诗笺注》卷一）

卢麰、王溥曰：语丽声鸿，允矣，唐初之杰。三、四着色，初唐本分。五、六较有作手，而音亦仍亮。一结放笔岸然，是大家。（《闻鹤轩初盛唐近体读本》卷一）

[鉴赏]

题曰《从军行》，虽系沿袭乐府旧题，却与诗的内容完全切合。诗中的抒情主人公是一位投笔从戎、跟随"牙璋辞凤阙"的主将出征匈奴（借指当时北方外敌）的书生，是"从军"而非"领军"出征。明确这一点，才不至于引起对诗意的误解。否则，既说"牙璋辞凤阙"，又说"宁为百夫长"，就不免自相矛盾。

首联起势陡健。边境上告警的烽火，已经传递到首都长安，抒情主人公的内心充满了愤激不平。这"不平"是因外敌侵扰而起，而非如有的评家所说，是因抱才不遇所致。上句着一"照"字，突出渲染了军情的紧急，报警的烽火似乎把整个长安城都照亮了。下句着一"自"字，显示这种因外敌屡屡入侵而引起的愤激不平早就蕴积于胸，此时又因"烽火照西京"的紧急局势而激发。这种"不平"之气，正是投笔从戎、奋勇杀敌行动的思想感情基础。

"牙璋辞凤阙，铁骑绕龙城"，次联写主将受命出征，精锐的骑兵迅即围困了匈奴的首府龙城。这一联对仗精严工整，色彩鲜明浓烈，节奏明快跳跃，渲染出唐军盛壮的军威和所向披靡的气势。两句所写的情事，在时间上应有相当大的间隔，却将它们压缩到一联当中，其间的许多行军、战斗过程全被省略，目的是为了突出唐军一往无前、风驰电掣的气势，"凤阙"与"龙城"之间，仿佛可以朝发而夕至。辞采华美，音调浏亮，境界壮阔。虽未即写到战事的结局，而胜券在握的前景在见。

腹联紧承"铁骑绕龙城"，本应正面写战斗，但五律篇幅有限，只用一联正面实写难度很大，作者避实就虚，侧面虚写，着意渲染战斗气氛。上句写大雪纷飞，天色黯淡，军旗原本鲜明的彩画变得模糊不清；下句写风势迅猛，风声频频呼啸，与战鼓声混成一片。风雪交加的严寒，突出了战斗的艰苦；而黯淡的天色、军旗上模糊的彩画、与风声交杂的鼓声，又暗示了战斗的激烈。而这一切，又正是为了反衬将士的英勇无畏和壮烈情怀。前人评这一联"虚而不浮"，堪称具眼。

尾联是抒情主人公的内心独白，也是亲历战斗的从戎书生的激情慷慨的宣言。初、盛唐诗人每以立功边塞、慷慨报国为荣，向无中、晚唐诗人"不见年年辽海上，文章何处哭秋风"之慨。唐汝询之解，显属错会。这个结尾，质直爽朗，豪壮有力。

这首五律，起势突兀。中间两联，对仗精严而节奏明快，呈跃动的态势。结联雄直有力。全篇匀称，无一懈笔，在初唐五律中自属佳作。

乔知之

乔知之（？—697），同州冯翊（今陕西大荔）人。武后垂拱二年（686）官左补阙。刘敬同北征同罗、仆固，诏知之摄侍御史，监护其军。迁左司郎中。有婢窈娘善歌舞，为武承嗣所夺。知之怨惜，作《绿珠篇》以寄情，窈娘感愤自尽。承嗣讽酷吏罗织知之罪名杀之，《通鉴》载其事于神功元年（697）。《新唐书·艺文志》著录《乔知之集》二十卷，已佚。《全唐诗》录存其诗十八首。

绿珠篇①

石家金谷重新声②，明珠十斛买娉婷③。此日可怜君自许④，此时可喜得人情⑤。君家闺阁不曾难⑥，常将歌舞借人看⑦。意气雄豪非分理⑧，骄矜势力横相干⑨。辞君去君终不忍⑩，徒劳掩袂伤铅粉⑪。百年离别在高楼⑫，一旦红颜为君尽⑬！

[校注]

①《晋书·石崇传》："崇有妓曰绿珠，美而艳，善吹笛。孙秀使人求之。崇时在金谷别馆，方登凉台，临清流，妇人侍侧。使者以告。崇尽出其婢数十人以示之，皆蕴兰麝，被罗縠，曰：'在所择。'使者曰：'君侯服御丽则丽矣，然本受命指索绿珠，不识孰是？'崇勃然曰：'绿珠吾所爱，不可得也。'使者曰：'君侯博古通今，察远照迩，愿加三思。'崇曰：'不然。'使者出而又反，崇竟不许。秀怒，乃劝（赵王）伦诛崇、建（欧阳建）。崇、建亦潜知其计，乃与黄门郎潘岳阳劝淮南王允、齐王同以图伦、秀。秀觉之，遂矫诏收崇及潘岳、欧

阳建等。崇正宴于楼上，介士到门。崇谓绿珠曰：'我今为尔得罪。'绿珠泣曰：'当效死于官前。'因自投于楼下而死……崇母见妻子无少长皆被害，死者十五人。"唐张鹭《朝野佥载》卷二："周补阙乔知之有婢碧玉，姝艳能歌舞，有文华。知之时幸，为之不婚。伪魏王武承嗣暂借教姬人妆梳，纳之。更不放还知之。知之乃作《绿珠怨》以寄之……碧玉读诗，饮泪不食。三日，投井而死。承嗣撩出尸，于裙带上得诗，大怒，乃讽罗织人告之。遂斩知之于南市，破家籍没。"此事又载于刘𫗧《隋唐嘉话》卷下、孟启《本事诗·情感》，内容略同，而《本事诗》载婢之名为窈娘，末云："时载初元年（690）三月也。四月下狱，八月死。"《通鉴考异》云："《唐历》：'天授元年（690）十月诛乔知之。'《新·本纪》：'八月壬戌，杀右司郎中乔知之。'卢藏用《陈氏别传》、赵儋《陈子昂旌德碑》皆云：'契丹以营州叛，建安郡王武攸宜亲总戎律，特诏右补阙乔知之及公参谋帷幕。及军罢，以父年老，表乞归侍。'攸宜讨契丹在万岁通天元年（696）。明年平契丹，子昂集有《西还至散关答乔补阙》诗云：'昔君事戎马，余得奉戎旃。携手同沙塞，关河缅幽燕。叹此南归日，犹闻北戍边。'则军未罢也……此时知之在边。盖承嗣先衔之，至此乃杀之耳。"《通鉴》载知之被族诛事在武后神功元年（697）。按：绿珠事与窈娘事颇相类，故乔知之借《绿珠篇》以寄意。武承嗣夺窈娘及乔知之作《绿珠篇》当在载初元年三月，是年九月武则天即帝位，改国号为周，改元天授。窈娘之死亦在同年。而知之为酷吏罗织罪名遭族诛，当如《通鉴考异》所考，在神功元年。②石家金谷，指石崇在洛阳西北金谷涧所筑的园馆。崇曾作《金谷诗序》记其事。重新声，言其喜爱歌舞，爱好新创作和流行的音乐、歌曲。③《太平御览》卷一百八十九引《岭表录》："绿珠井在白州双角山下。昔梁氏之女有容貌，石季伦（石崇字）为交趾使，以真珠三斛买之。"娉婷，姿态美好貌。此借指美人（绿珠）。④此日，《本事诗》作"昔日"。可怜，可爱。君，《朝野佥载》作"偏"。⑤此时，与上句"此日"均指绿珠初入金谷园之时。可喜，《朝野佥载》《本事诗》均作"歌舞"。得人情，指得到石崇的喜爱。⑥难，《朝野佥载》作"观"，《全唐诗》校："一作关。"不曾难，谓不曾难入，与下句"借人看"相应。⑦常，《朝野佥载》《本事诗》均作"好"。⑧意气，《本事诗》作"富贵"。分理，名分与事理。《旧唐书·温造传》："事有小而关分理者，不可失也。分理一失，乱由之生。"非分理，无视名分事理。⑨矜，《本事诗》作"奢"。骄矜，骄横自负。骄矜势力，指孙秀，借指现实中的武承嗣。⑩辞，《本事诗》作"别"。⑪掩袂，用衣袖掩面而泣。铅，《本事诗》作"红"。⑫别，《朝野佥载》作"恨"。⑬一旦红颜，《朝野佥载》作"一代容颜"。

[笺评]

钟惺曰：初唐诗题用"篇"字，如《帝京篇》《明河篇》等作，其诗无不板样，独此诗妙绝。人不可以无情。又曰：石季伦之与绿珠，不独有情，自是侠性男子所为，所以得堕楼之报。以此心施之君臣、朋友，决不作负心人。持此用众，秦穆食马，楚王绝缨，得人死力，皆是此一副心肠。（"此日可怜君自许"）"君自许"三字，爱惜之甚。（"此时可喜得人情"）"得人情"三字，尽婢媵之妙。（"君家闺阁不曾难"）"不曾难"三字，真闺阁中温细语气。（"常将歌舞借人看"）"歌舞借人看"，自是快事，然"招客亦须择人"，武后此语，何可不熟读。（"意气雄豪非分理，骄矜势力横相干"）写恶人，恨之，亦笑之也。（《唐诗归》卷一）

谭元春曰：（"常将歌舞借人看"）似追悔见客语。（"意气雄豪非分理，骄矜势力常相干"）风流扫地，温柔无乡矣。（"百年离别在高楼"）如此说堕楼，尤觉伤情。（"一代红颜为君尽"）"一代红颜"，妙于自负。合七字读之，不好色者亦短气矣。（同上）

贺裳曰：（"石家"四句）起甚急遽。（"君家"四句）叙甚切直。

（"辞君"四句）语甚决绝。盖胸中悲愤填膺，无暇为温柔之音矣。尝思徐生之"无复嫦娥影，空留明月辉"，即崔郊"从此萧郎是路人"，皆哀婉而不甚激烈……身不能负人，亦不能忍人负之。绿珠命篇，固以卫尉自拟，直邀之死，期以身殉也。又曰：钟惺曰："'歌舞借人看'，自是快事，然'招客亦须择人'，武后之语，何可不熟读。"余意既借人看，承嗣之焰，岂可复拒！与安昌侯仅以卮酒赐彭宣事不同也。"情知点污投泥玉，犹自经营买笑金"，梦得复抱此恨。唐时乃有此恶俗。（《载酒园诗话又编·乔知之》）

吴乔曰：乔知之《绿珠篇》，有作绝句三首者（按：《万首唐人绝句》分此诗为三首七绝）。观其正意在末二句，是七古体，必非作三绝句也。（《围炉诗话》卷二）

王闿运曰："君家闺阁不曾难"，措词得体，自悔之词。"百年离别在高楼，一代红颜为君尽"，"一代"，即一生也。钟伯敬乃以为自负之词，犹盖世也，亦可自豪。（《手批唐诗选》卷七）

[鉴赏]

绿珠坠楼，以身殉情的悲剧故事，反映了像她这样色艺双绝的女子在统治集团的内部矛盾斗争中和邪恶横暴势力压迫下成为牺牲品的命运，也表现了她们面对强暴势力，忠于爱情以身相殉的贞烈品格和反抗精神，历来为文人所称誉歌咏。但乔知之这首以绿珠坠楼事件为题材的七言歌行，却并非单纯的吟咏史事之作，而是由于诗人自己的爱婢窈娘也同样遭到了与绿珠相似的命运。窈娘以及由窈娘之死引发的乔知之本人被构陷的悲剧，可以说就是绿珠、石崇事件的唐代版。怀着对权贵势力强取豪夺的强烈怨愤，诗人托古寓今，写下这首《绿珠篇》。全诗以第一人称的口吻来叙事抒情，别具一种哀愤交织、如泣如诉的特点，具有强烈的艺术感染力。

诗分三节，每四句一节，意随韵转。

前四句叙自己入金谷园，得到石崇宠爱的情事。像石崇这样的巨富，出于对声伎的爱好，"明珠十斛买娉婷"本是常事；但在这里，着意表现的并非其一掷千金的豪举，而是石崇对自己的重视和赏爱。"此日可怜君自许"是说石崇对自己可爱姿容及才艺的称许，"此时可喜得人情"是说自己为获得石崇的感情而深感欣喜。两句分别从不同角度表现了男女双方对爱情遇合的热烈感情。复沓的句式加强了感情的表达。君怜我而我亦感君，正是日后以身相殉的感情基础。

中间四句叙写权豪势力横加压迫，强取豪夺。先说石崇对自己闺中的声伎并不秘藏，常将歌妓舞女的才艺展示给外人观赏。而这，正成了致祸的直接根由，招致了"骄矜势力"的横加干求索要。这里用"意气雄豪""骄矜势力""非分理""横相干"等一系列感情色彩强烈的词语，揭示出权豪势力的骄矜自得、专横无理、气焰熏天的丑恶凶暴面目。表面上指孙秀，实际上指当权的武承嗣，字里行间，充满了强烈的怨愤之情。

最后四句，写绿珠不忍辞石崇而去，决心以身相殉。"辞君"是指向石崇告别，"去君"指离石崇而去，两用"君"字，如面对石崇哀愤呼告。接着用"终不忍"一笔兜转，展示出内心万难割舍的深情。尽管不忍离去，却又无法违抗，只能空自掩面饮泣，泪湿铅粉而已。去既不忍，留亦无法，只有以身相殉。末二句是绿珠坠楼前的内心独白，是誓死忠于爱情、反抗强暴的宣示。"百年离别"，即死别、永别。人生百年，即使最相爱的情侣之间，也终有离别之时，但这离别却因横暴势力的"相干"不得不"在高楼"演出这极惨烈的一幕，却是惊心动魄的悲剧。既然不能百年相守，只能"一旦红颜为君尽"，用死来表明对所爱者的忠贞，对横暴势力的反抗了。"百年"与"一旦"鲜明对照，将誓死相殉的感情表现得更加强烈。这个结尾，是全诗感情的结穴和高度凝聚，沉痛愤激，直截决绝，具有震撼人心的悲剧力量。

在封建社会中，权豪势力强取豪夺民女之事固然屡见不鲜，但即使是像石崇这样富可敌国并有官职的人士，面对孙秀这种倚仗当权者势力的邪恶者，也无法挽救所爱宠妓和自身的命运，却显得特别突出。绿珠的悲剧在数百年后的重演，正说明这一悲剧的典型性。诗人用这首诗来表现前后相继的绿珠、窈娘的命运，表达自己对孙秀、武承嗣这类权势者的强烈怨愤，在古与今的融合上，可谓浑化无迹。诗人将这首诗寄给已被武承嗣强夺的窈娘，是为了表达对历史上及现实中的绿珠、窈娘们的同情痛惜和对权势者的怨恨愤激，未必有希望窈娘殉情之意。但他没有料到，有着与绿珠相似命运的窈娘，也同样具有绿珠式的反抗精神和刚烈品格，读诗之后亦投井而死。这从另一方面显示了诗的感染力，特别是它的悲剧结尾。

刘希夷

刘希夷（651—约679），字廷之（一作庭芝），汝州（今属河南）人。少有文华。上元二年（675）登进士第。善为从军闺情之词，词旨悲苦，不为时所重。后孙翌编选《正声集》，以希夷为集中之最，由是稍为世人所称。年未及三十，即为人所害，或云其舅宋之问害之，未必可信。《新唐书·艺文志》著录《刘希夷集》十卷、《刘希夷诗集》四卷，均佚。《全唐诗》编其诗为一卷，今人续有增补。

公子行①

天津桥下阳春水②，天津桥上繁华子③。马声回合青云外④，人影动摇绿波里⑤。绿波荡漾玉为砂，青云离披锦作霞⑥。可怜杨柳伤心树，可怜桃李断肠花。此日邀游邀美女，此时歌舞入娼家。娼家美女郁金香⑦，飞来飞去公子傍。的的珠帘白日映⑧，娥娥玉颜红粉妆⑨。花际徘徊双蛱蝶，池边顾步两鸳鸯⑩。倾国倾城汉武帝⑪，为云为雨楚襄王⑫。古来容光人所羡，况复今日遥相见。愿作轻罗著细腰⑬，愿为明镜分娇面⑭。与君相向转相亲⑮，与君双栖共一身⑯。愿作贞松千岁古，谁论芳槿一朝新⑰。百年同谢西山日⑱，千秋万古北邙尘⑲。

[校注]

①《乐府诗集·新乐府辞一》载录此首。郭茂倩云："凡乐府歌辞……有有辞无声者，若后人之所述作，未必尽被于金石是也。新乐府者，皆唐世之新歌也。以其辞实乐府，而未尝被于声，故曰新乐府

也。"《公子行》以刘希夷此篇冠首，其后顾况、陈羽、韩琮、聂夷中、于鹄、雍陶、张祜、孟宾于等续有制作，均写豪门公子之游冶奢华生活。②天津桥，在唐东都洛阳皇城正南门外洛水上，系浮桥。始建于隋炀帝大业年间。阳春水，犹春水绿波。③繁华子，容饰华丽的少年。《文选·阮籍〈咏怀〉》："昔日繁华子，安陵与龙阳。"吕延济注："繁华，喻人美盛，如春华之繁。"④回合，缭绕、环绕。⑤动摇，《乐府诗集》作"摇漾"。⑥荡漾，《乐府诗集》作"清迥"。玉为砂，形容岸砂之洁白。离披，摇荡。⑦郁金香，多年生草本植物，百合科。鳞茎，叶阔披针形。春季开花，杯状大而美丽，有黄、白、红、紫红诸色，主要供观赏。此喻指娼家女子的纷繁美丽。⑧的的，明亮貌。⑨娥娥，美好貌。《古诗十九首》之二："娥娥红粉妆，纤纤出素手。"⑩顾步，行步自顾。《西京杂记》卷四引汉路乔如《鹤赋》："宛修颈而顾步，啄沙碛而相欢。"⑪《汉书·外戚传上·李夫人》："延年侍上（指汉武帝）起舞，歌曰：'北方有佳人，绝世而独立。一顾倾人城，再顾倾人国。宁不知倾城与倾国，佳人难再得。'上叹息曰：'善。世岂有此人乎?'平阳主因言延年有女弟，上乃召见之，实妙丽善舞，由是得幸。"⑫《文选·宋玉〈高唐赋序〉》："昔者楚襄王与宋玉游于云梦之台，望高唐之馆，其上独有云气……王问玉曰：'此何气也?'玉对曰：'所谓朝云者也。'王曰：'何为朝云?'玉曰：'昔者先王尝游高唐，怠而昼寝，梦见一妇人曰：妾巫山之女也，为高唐之客。闻君游高唐，愿荐枕席。王因幸之。去而辞曰：妾在巫山之阳，高丘之阻，旦为朝云，暮为行雨，朝朝暮暮，阳台之下。'"又《神女赋序》："楚襄王与宋玉游于云梦之浦，使玉赋高唐之事。其夜王寝，果梦与神女遇。其状甚丽。"以上二句，谓娼家女子像汉武帝之李夫人、楚襄王梦遇的巫山神女那样倾国倾城、美丽动人。⑬轻罗，指罗带。著，紧贴。⑭分，显、显现。⑮相向，相对。转，更加。⑯共一身，成为一体。⑰谁论，有谁顾及、有谁考虑。槿，木槿花，朝开暮萎，故曰"芳槿一朝新"。⑱同谢西山日，犹同归老死。西山为日没之处，喻人年老归于死地。⑲北邙，山名，在洛阳东北。汉、魏以来，王侯公卿多葬于此。此泛指墓地。

[笺评]

谢榛曰：秦嘉妻徐淑曰："身非形影，何得同而不离？"阳方曰："唯愿长无别，合形作一身。"张籍曰："我今与子非一身，安得死生不相弃？"何仲默曰："与君非一身，安得不离别？"与希夷"与君"一联同出一律。（《唐诗广选》卷二引）

钟惺曰：（"可怜"四句）较卢、骆诸人作，此可免丑态。两"可怜"及"此日""此时"叠用，便是急口熟调。（"公子傍"）三字有情。（"愿作"二句）情中妙语，然从陶公《闲情赋》语讨出。（《唐诗归》卷二）

谭元春曰：（"人影动摇绿波里"）此语似自评其诗。（同上）

唐汝询曰：此讥公子之荒于色也。言公子乘春出游，骑从鲜明，景物灿烂，因感花柳而念切倡家。于是邀美女而留宿焉。斯时也，日映珠帘，明妆如玉，得公子而成蛱蝶鸳鸯之嘉耦矣。因思汉武慕倾城之容、楚襄有为云之梦，皆未亲睹而倾心羡之。今我既见此人，可不亲密之哉！愿为轻罗、明镜以相依耳。是以恩情日厚，永好相期，生同游，死同穴，北邙西日，义无独存，约誓之言也。（《唐诗解》卷十一）

陆时雍曰："愿作"二语是简《闲情》之隽。（《唐诗镜》卷三）

郭濬曰：通篇气格条畅，描得侠情淋漓，而感慨亦倍。（《增定评注唐诗正声》卷四）

周敬曰："倾国倾城""为云为雨"一联，天然偶语。（《删补唐诗选脉笺释会通评林·初七古》）

《唐诗训解》："与君相向转相亲"，遂转到伤心处。（卷二）

王夫之曰：忽从"杨柳""桃李"带出"伤心""断肠"四字，

乍看亦是等闲，通首关生全从此出，脉行肉里，神寄影中，巧参化工，非复有笔墨之气。（《唐诗评选》卷一）

吴烶曰：（"天津桥下阳春水"至"可怜桃李断肠花"）此一段从公子出游作起。首二句生出次二句，又生出五六句。度桥而有马声，人影绿波照出。人影、青云，掩映雕鞍，游春行乐经行之景，紧将"花""柳"接上。杨柳赠离别，故曰"伤心"；桃李易飘树，故曰"断肠"。抚时增感，皆可怜也。总是兴起之词。（"此日遨游邀美女"至"娥娥玉颜红粉妆"）此一段写公子好色之事。初见美女，香艳飞扬，朱帘白日，尽掩映之妙；玉颜红粉，极夭冶之容。（"花际徘徊双蛱蝶"至"况复今日遥相见"）四句比也。……言古帝王亦爱之如此。"况复""相见"，有不可轻弃之意。下文便接写许多昵爱处。（"愿作轻罗著细腰"至"千秋万古北邙尘"）前四句极写现前狎昵情况、形影相依之意。愿祝长生，永有此乐。忽然念及芳容易谢，西山日落，有生死不忍背盟者。写公子荒淫无度处，字字入神。愚按：公子，当是指恃宠骄恣之人，作此行以讥之也。故通篇极言得志行乐。而末一句，点出宠衰爱弛，败兴之语。（《唐诗选胜直解·七言古诗》）

毛先舒曰：希夷《公子行》，风流骀宕，有飘云回雪之致。（《诗辩坻》卷三）

徐增曰："马声回合青云外，人影动摇绿波里"，写得活现。"可怜杨柳伤心树，可怜桃李断肠花"，皆反用。"古来容光人所羡，况复今日遥相见"，此二句是为峰峦特起，神采焕发。且以起下，妙于无痕。（《而庵说唐诗》卷三）

沈德潜曰：公子惑于声色，而娼家以诳语答之，犹所云同生同死也。绝不说破其诳，令人于言外思之。队仗工丽，上下蝉联，此初唐七古体，少陵所云"劣于汉魏近风骚"也。明代何景明谓此得风人之正，而以少陵之沉雄顿挫为变体，因作《明月篇》以拟之。王渔洋《论诗绝句》云："接连风人明月篇，何郎妙悟本从天。王杨卢骆当时

体，莫逐刀圭误后贤。"得此论而初、盛之诗品乃定。(《重订唐诗别裁集》卷五)

李锳曰：此亦初唐体也。初唐声调原本齐、梁。观此诗益见初唐人皆然。(《诗法易简录》卷七)

[鉴赏]

这是一首青春和爱情的颂歌。通篇贯注着对美好春色和坚贞爱情的陶醉流连和热情歌颂。诗人的感情倾向非常鲜明突出。评家所谓"写公子荒淫无度""公子惑于声色，而娼家以诳语答之""讥公子之荒于色"，完全是从比兴讽刺的儒家诗学观念出发，带着主观成见来感受理解作品的结果，不但与作品的实际内容、倾向、主旨不符，也跟绝大多数人的实际阅读感受不符。

题为《公子行》，诗的主人公就是一位容饰华丽的年轻公子。开头四句，写公子春日骑马遨游于天津桥边。天津桥是洛阳的中心地段、繁华地区，李白诗说"新人非旧人，年年桥上游。鸡鸣海色动，谒帝罗公侯。月落西上阳，馀辉半城楼。衣冠照云日，朝下散皇州。鞍马如飞龙，黄金络马头"，可见其繁华热闹情景。时值春日，桥下绿波荡漾，桥上游人熙攘。用"阳春水"来形容桥下春水绿波，造语新奇，仿佛这天津桥下的水也散发出浓郁的春天气息。而用"繁华子"来指称公子，则意在渲染其容饰的华丽和对繁盛华美春色的浓厚游赏兴致。桥下绿波荡漾，使得映照在水中的桥上人影也随之晃动摇漾，而桥上路上，马蹄声杂沓，响传四方，似乎连青云之上都缭绕着它的回响。这四句将天津桥一带的热闹繁华情景描绘、渲染得有声有色，"马声"二句，尤有空外传响、镜中水月的妙趣，既富远神，亦饶画意。

五、六两句，就"绿波"与"青云"进一步描绘春色的绚丽。清澈见底的绿水，底部铺满了白玉似的砂粒，越发显出河水的莹洁透明，青云摇荡，映衬着锦缎般绚丽的红霞。两句一写水中，一写天上，色彩鲜明，相互映衬，极具华彩与诗情。

七、八两句，仍写春色之美，却从绿波红霞转到在春风中开放摇漾的桃李与杨柳这几种最能标志春色的事物上来。两句叠用两个"可怜"，又连用"伤心""断肠"等词语，似乎是以同情惋惜的口吻吟咏它们之令人"伤心""断肠"。实则这里的"可怜"乃是"可爱"之意，而所谓"伤心""断肠"则是形容美好的杨柳、桃李，使人春心摇荡，令人销魂之意。两句抒情色彩浓烈，可以窥见抒情诗的主人公面对美好春色时难以自持的赞叹赏爱之情。而"杨柳""桃李"又暗暗关合着柔美艳丽的女子，这就自然引出下文对娼家美女的追寻。

"此日"四句，写公子遨游观赏春景时，路遇美女，共入娼家。女子清歌曼舞，极游冶之欢。写女子之艳丽，用春天开放的诸色杂陈的郁金香来形容，可谓新颖，不仅显其色，更兼透其香。而写女子曼妙的舞姿，用"飞来飞去公子傍"来形容，更是别出心裁。舞姿之飘逸与顾盼之多情兼而有之。

"的的"六句，写公子与所爱的娼家女子尽情欢乐的情景。明亮的珠帘在白日的映照下闪烁生辉，室内则是美丽的红粉玉颜佳丽，洋溢着新婚的欢乐气氛。花丛上的双双蛱蝶，流连起舞，池边的对对鸳鸯，徘徊相顾。这既是写院内景物，更是对两情相悦的象喻。"倾国"二句，既是写女子之美貌如汉武帝之李夫人和楚襄王梦遇的巫山神女，具有倾城倾国之姿和缥缈如梦之致，又是称美公子得遇此佳人仙姝无异于汉武、楚襄之幸运，双方兼绾，两意兼顾，虽用典故，而对偶工丽，妙语天成。"古来"二句，承"汉武""楚襄"，进一步强调今日之遇的不易，既然自古以来美丽女子的容颜光彩即为人所艳羡，则今日有缘相见，自当缔结良缘，成为佳偶。

"愿作"以下八句，是双方表达爱情的热烈与忠贞的誓言，也是全篇的高潮与收束。"愿作"二句，仿陶潜《闲情赋》笔法，写公子对所爱女子的缱绻情意，却不像赋那样多方铺陈渲染。上句化用陶赋

"愿在裳而为带，束窈窕之纤身"之意，而以一语概括。用一"轻"字，见轻怜体贴之意；用一"著"字，而"束窈窕之纤身"之意已包含在内。下句纯为诗人之独创，设想新颖，造语亦奇。"分"字有显露、显现之意，此处兼含"分得"之意，庆幸、希冀之意兼而有之。

"与君"二句，则是女子口吻。同样是表达爱情的热烈与恋人的亲密，却用"相向转相亲"与"双栖共一身"来形容。前者见双方彼此相对时心灵的感应与交流，从此前的"遥相见"到此处的"相向"，其中有时间的渐进，也有感情的进展。后者则是热恋中的女子与对方化为一体的热烈表白。两句均以"与君"开头，见情之切、情之殷。

如果说前面四句是男女双方各作热烈表白，那么最后四句则是双方共表忠贞不渝的爱情誓言：要像贞刚的松树那样，千年不改岁寒不凋的本性，绝不像朝开暮萎的槿花一样，只有一朝之鲜艳。不仅此时此日相亲相爱，而且要百年相守，白头到老，虽不同生，却求同死。用"百年同谢西山日"来比喻"死则同时"的意蕴，既形象，又新颖，而且带有一种坦然乃至欣然面对的乐观态度。"千秋万古北邙尘"，则更进一步，即使死后同化为北邙山的尘土，也始终不离不弃，长相厮守，就像贾宝玉的情痴之语"咱们一起化灰"一样。言情至此，可谓惊天地而泣鬼神了。

从叙事的角度看，这首三十句的歌行大体上可以分为三节，即公子春日遨游观赏景物；入娼家得遇所爱女子，结为佳偶；表达双方对爱情的热烈和忠贞。每节之间，各有一些勾连过渡的诗句，如"此日遨游邀美女，此时歌舞入娼家"二句，"古来容光人所美，况复今日遥相见"二句，使全篇更加流畅自然，浑然一体。假如我们在阅读时摒除公子豪家荒淫纵欲、娼家虚情假意一类先入为主的成见，也不因后人的《公子行》多带讽意而连类以及，只从阅读的真实感受出发，那么就会感到这首诗在表达爱情的热烈、忠贞这一点上，并不比其他同类佳作逊色。特别是结尾两句，更是词意俱新，掷地作金石声。闻一多将刘希夷、张若虚的这类作品称为"宫体诗的自赎",是极精到的评论。刘肃《大唐新语·文章》云:"刘希夷……少有文华,好为宫体,词旨悲苦,不为时所重……后孙翌撰《正声集》,以希夷为集中之最。由是稍为时人所称。"说明像《公子行》这类诗,在当时人眼里,是梁、陈宫体之流亚。从题材本身看,它确与宫体之多写男女情爱,特别是公子娼家之间的情事相似,但从所表达的感情看,却已变色相的观赏为精神的追求、心灵的沟通,变轻俏戏谑为严肃真挚,有了本质的变化。《公子行》中热烈忠贞的爱情表白,与卢照邻《长安古意》中"得成比目何辞死,愿作鸳鸯不羡仙",虽同其热烈,而《公子行》却显得更为真挚深刻。

如果说,卢、骆的长篇歌行更多地受到汉代大赋铺陈扬厉写法的影响,那么刘希夷以及稍后的张若虚的七言歌行,则更多地接受了六朝抒情小赋的影响,具有浓郁的抒情色彩。它的气魄格局虽不像卢、骆的长篇歌行那样宏大,但却更富于诗的韵味,体现出七言歌行由向大赋靠近回归于诗的本色的趋势。至于"队仗工丽,上下蝉联"这种"初唐七古体",正如"流水对结"的"初唐七绝诗"一样,虽均属初唐体格,在敷色设彩上也带有明显的"六朝锦色",但对于它所要表达的内容和感情来说,又自有其适应性,运用在短篇七言歌行中,尤其显得宛转流丽,"有飘云回雪之致"(毛先舒评)。

代悲白头翁①

洛阳城东桃李花,飞来飞去落谁家。幽闺女儿惜颜色②,坐见落花长叹息③。今年花落颜色改④,明年花开复谁在。已见松柏摧为薪⑤,更闻桑田变成海⑥。古人无复洛城东⑦,今人还对落花风⑧。年年岁岁花相似,岁岁年年人不同。寄言全盛红颜子⑨,应怜半死白头翁。此翁白头真可怜,伊昔红颜美少年⑩。公子王孙芳树下,清歌妙舞落花前。光禄池台开锦绣⑪，将军楼阁画神仙⑫。一朝卧病无相识，三春行乐在谁边⑬。宛转蛾眉能几时⑭，须臾鹤发乱成丝⑮。但看古来歌舞地，唯有黄昏鸟雀悲⑯。

[校注]

①此首一作宋之问诗，题为《有所思》。前半段（至"岁岁年年人不同"）又作贾曾诗。佟培基《全唐诗重出误收考》云："此诗在历代所传刻中甚为纷纭。《文粹》一八作宋之问，《才调》七载十句作贾曾。但《搜玉》、《英华》二〇七、《乐府》四一、《纪事》一三作刘希夷诗。《大唐新语》八、《刘宾客嘉话录》、《本事诗》、《韵语阳秋》、《临汉隐居诗话》皆以为希夷诗，并间载其本事。据《大唐新语》云，此诗最早载孙翌《正声集》。孙翌开元间官监察御史，曾与徐坚同修《初学记》，与刘希夷、宋之问时代甚近，是有力之证据。"按：佟考是，兹从之。《大唐新语·文章》云："刘希夷……尝为《白头翁咏》曰：'今年花落颜色改，明年花开复谁在?'既而自悔曰：'我此诗似谶，与石崇'白首同所归'何异也！'乃更作一句云：'年年岁岁花相似，岁岁年年人不同。'既而叹曰：'此句复似向谶矣。然死生有命，岂复由此！'乃两存之。诗成未周岁，为奸人所杀。或云宋之问害之。"《本事诗·徵咎》则只云"果以来春之初下世"，未及为奸人所杀事。韦绚《刘宾客嘉话录》云："刘希夷诗曰：'年年岁岁花相似，岁岁年年人不同。'其舅宋之问苦爱此两句，知其未示人，恳乞，许而不与。之问怒，以土袋压杀之。宋生不得其死，天报之也。"傅璇琮主编《唐才子传校笺·宋之问》引宋魏泰《临汉隐居诗话》云："吾观之问集中尽有好句，而希夷之句殊无可采，不知何至压杀乃夺之，直狂死也！"对此事表示怀疑。傅氏又指出："宋之问诗中未有涉及希夷处。之问是否为其舅父，亦甚可疑。以《才子传》所言上元二年、年二十五登进士第言之，希夷生年为六五一年，之问生

年虽不可确知，但大约在六五一至六五六年之间……宋盖与刘同岁，或略小于刘。"以证此事不足信，亦是。然此类传说亦反映出希夷此诗在当时诗坛上广为流传，受人称赏的情况。汉乐府相和歌辞楚调曲有《白头吟》。《西京杂记》曰："（司马）相如将聘茂陵人女为妾，卓文君作《白头吟》以自绝，相如乃止。"《乐府解题》云："若宋鲍照'直如朱丝绳'、陈张正见'平生怀直道'……皆自伤清直芬馥，而遭铄金玷玉之谤，君恩以薄。"希夷此首，内容意旨与上述均不相同。实为唐人之新乐府。②惜，《全唐诗》原作"好"，据《搜玉小集》改。③坐见，《搜玉小集》作"行逢"。④颜色改，兼指花与人而言。⑤薪，柴。《古诗十九首》之十四："古墓犁为田，松柏摧为薪。"⑥参见卢照邻《长安古意》注㊽。⑦南朝梁范云与何逊联句诗云："洛阳城东西，长作经时别。昔去雪如花，今来花似雪。"此句"古人"或与此诗有关。⑧落花风，风中的落花。⑨全盛红颜子，即下文之"红颜美少年"。全盛、红颜，均言其正值青春年少。⑩伊昔，即昔日。"伊"系发语词。⑪光禄，光禄卿，唐内府九卿之一，从三品，为光禄寺长官，专管皇室祭品、膳食及招待酒宴之官。开锦绣，指池台前开遍锦绣般的繁花。或解为排开锦绣般丰盛的宴席，亦通。⑫画神仙，形容其楼阁装饰绘画之华美。或指其楼阁中美人如画中之仙女。⑬谁边，何处。⑭宛转蛾眉，形容女子眉毛细长曲折。⑮鹤发，白发。⑯悲，《文苑英华》作"飞"。

[笺评]

葛立方曰：《西京杂记》载司马相如将聘茂陵人女为妾，卓文君作《白头吟》以自绝，相如乃止。《乐府诗集》谓《白头吟》者，疾人以新间旧，不能至白首，故以为名……至刘希夷作《白头吟》乃云："寄言全盛红颜子，须怜半死白头翁。此翁头白真可怜，伊昔红颜美少年。"则是言男为女所弃而作，与文君《白头吟》之意异矣。

钟惺曰：希夷自有绝才绝情，妙舌妙笔。《公子行》《代悲白头翁》本非其佳处，而俗人专取之，掩其诸作，古人精神不见于世矣。（《唐诗归》卷三）

《唐诗训解》：（"古人无复洛城东"四句）半雅半俗，正佳。（卷二）

唐汝询曰：此忧生之诗，为少年淫荒者戒也。首以花落兴容颜之易凋，次以薪、海比人事之数变。已又感慨落花，悲人生少壮忽而衰老，随时迁换，岁岁不同，少年岂可恃此红颜忽彼老翁哉！此翁亦尝年少，而与公子王孙游于华屋之下矣。今一卧病，而向来行乐尽成空华。然则今之宛转蛾眉者，能免鹤发纷然乎！倘不悟予言，而以荣华为可恃，则请观古来歌舞地，鸟雀之外，更馀何物！吁！世之溺意纷华者，可惕然者矣。（《唐诗解》卷十一）

陆时雍曰：初唐七言古风，拘挛缠束，有气不舒，有意不展。又皆一切支应语，何尝披胸豁胆，一伸眉目于人前耶？文家四六，余尝号之"文奴"，如刘希夷《公子行》等篇，谓之"诗奴"亦可。昔传宋之问爱《代悲白头翁》篇，害希夷而窃为己有，则亦枉杀此人矣。读其诗知其为轻薄人。（《唐诗镜》卷三）

王夫之曰：唯"长叹息"三字，顺出一篇，幻生一白头翁，闯入不觉，局阵岂浅人所测邪？一直中露本色风光，即此是七言渊系。后来排撰虚实，横立情景，如游子以他乡为丘壑，忘其本矣。（《唐诗评选》卷一）

吴烶曰：（"洛阳城东桃李花"至"更闻桑田变成海"）首段以花比人，言少壮易老，容颜易衰，松柏耐久而摧为薪，桑田陆地而变为海，则人生少壮更不足恃矣。（"古人无复洛城东"至"应怜半死白头翁"）次段言洛城如故而人皆更换，徒对风前叹息而已。"寄言"，是点醒少年语；"应怜"，有转眼白头意。（"此翁头白真可怜"至"三春行乐在谁边"）"此翁"二句，即接上"寄言"二句，言老翁亦从红颜而来，其全盛时，所交者皆贵戚子弟，其池台则如汉光禄勋王根之富丽，楼阁亦如汉大将军梁冀之雕镂。一朝瓦解，乐地何存，故当念此老翁也。（"宛转蛾眉能几时"至"唯有黄昏鸟雀悲"）"宛转"二句收转，言不但白头而已，从来歌舞之地，尽成荆榛瓦砾，鸟雀悲哀于昏野，良可叹也。此亦讽人不可恃权凌人，一旦权去势衰，亦为人所废弃耳。（《唐诗选胜直解·七言古诗》）

毛先舒曰：《白头翁》一意纡回，波折入妙。佳处更从老说到少年虚写一段。（《诗辩坻》卷三）

沈德潜曰：少年每轻视老翁。因言老翁当少年时，亦尝与公子王孙游冶。一朝奄忽，尽付空虚。今之少年，能免衰老乎！末又宕开作结。（《重订唐诗别裁集》卷五）

宋宗元曰：老翁即少年之前车。追叙冶游，可悲处正在此。（《网师园唐诗笺》卷四）

管世铭曰：刘希夷《代悲白头翁》、张若虚《春江花月夜》，何尝非一时杰作。然奏十篇以上，得不厌而思去乎？非开、宝诸公，岂识七言中有如许境界。何大复未之思也。（《读雪山房唐诗序例·七古凡例》）

赵翼曰："年年岁岁花相似，岁岁年年人不同"，此刘希夷诗，无甚奇警，乃宋之问乞之不得，至以计杀之，何也？盖此等句，人人意中所有，却未有人道过，一经说出，便人人如其意之所欲出，而易于流播，遂足传当时而名后世。（《瓯北诗话·摘句》）

罗宗强曰：这里他写了花开花落，年年如此，沧海桑田，虽人世变易，而年年岁岁花相似。今日之衰老者，昔日也曾有过青春年少；今日之青春年少，来日也终将衰老，这是不可移易的道理。他分明是说，代代如此，世世如此，何必叹息，何必悲伤！……所以不论是骆宾王、卢照邻，还是王勃、刘希夷，在写这类主题时，虽然感喟人生的短促，但是却没有低沉的情调，而是流动着一种浓烈壮大的感情，有一种开阔的胸襟，壮大的气概。这些都说明，这个时期的一部分诗人，他们的感情天地，已经隐约反映出唐朝强盛的气象来了。他们的情思，已经不再回旋于个人生活狭窄的天地里，而是纵览历史，笼括宇宙，回旋于沧海桑田、变易不息的历史长河中，不是为个人的悲欢离合而缠绵悱恻，而是在开阔得多的范围内，思索人生哲理。这正是至此已经很强大的唐代社会的地主阶级知识分子精神风貌的一个重要侧面。（《唐诗小史》第28～29页）

[鉴赏]

这首诗郭茂倩《乐府诗集》卷四十一《相和歌辞·楚调曲》载之，题为《白头吟》，置于古辞、南朝鲍照、张正见同题乐府之后。然古辞及唐代李白、张籍之作，内容均与女子被男子所弃有关，即《西京杂记》所谓"相如将聘茂陵人女为妾，卓文君作《白头吟》以自绝"之本事；而鲍、张及唐虞世南等人之作，则"自伤清直芬馥，而遭铄金玷玉之谤，君恩以薄"。希夷此作，与上述诸作内容意蕴均毫不相关。葛立方谓此系"言男为女所弃而作"，更显属对诗意的误解乃至曲解。颇疑此诗乃即事名篇的新乐府辞，其内容为代"白头翁"抒发人生盛衰变化无常的悲慨，与乐府古题《白头吟》无涉，题不当作《白头吟》，而当作《代悲白头翁》。

诗在构思上的突出特点，是通过双重对比映衬来表现青春易逝、红颜易老的人生感慨。一是通过自然界的花开花落与人事变化的对比映衬，二是通过"红颜美少年"与"半死白头翁"的对比映衬，最后归结为"宛转蛾眉能几时，须臾鹤发乱成丝"的叹惜悲慨。两重对比映衬，构成了诗的前后两大段落。

开头四句，从洛阳城东的桃李花纷纷飘飞零落，引出幽闺女儿的叹息。"惜颜色"语意双关，既指惋惜落花的颜色转瞬即改，也指惋惜自己青春容颜的转瞬即逝。"坐见落花长叹息"一句中正包含着由落花而自身的联想。

"今年"四句，就花与人进一步展开对比。说今年落花时节，青春容颜已经开始凋衰改变；明年花开时节，又不知道有谁还在。言外花落尚有再开之时，而青春容颜则一去不返，是人之青春易逝更甚于花。说"花开复谁在"，则不仅红颜凋衰，生命亦随之消逝。这仿佛过于感伤，但却深刻地表露了对青春易逝、人生倏忽的悲慨。"已见"二句，是以自然界的沧桑变化来进一步衬托人生的短暂。比起自然界来，人生本就短暂，既然自然界的变化都如此巨大（桑田变为碧海，松柏成为枯薪），则人生之短暂自更不必说，"已见""更闻"，蝉联而下，闻见之间，悲慨更深。

"古人"四句，乃就"古"与"今"、"花"与"人"进一步展开对比。说洛阳城东看花的古人（可能隐用范云与何逊联句"洛阳城东西，长作经时别。昔去雪如花，今来花似雪"的典故）早已不在，今天洛阳城东的人仍然面对风飘落花的情景而兴慨无穷。在古与今的联想和对映中，诗人发出这样的感慨："年年岁岁花相似，岁岁年年人不同。"自然界的春色亘古常在，每年春天花开花落，情景相似，而每一年面对花开花落景象的人却并不相同。青春的凋衰，生命的凋谢，每时每刻都在发生。这是由古与今、花与人、自然与人生的对比中感悟到的人生哲理。这感悟在哲学家眼里不免太疏浅，甚至可以批评它不大科学（今年花已非去年花，虽貌似而实异。刘希夷用"相似"来描述，还是有分寸的），但作为诗的语言，确如赵翼所说，"人人意中所有，却未有人道过，一经说出，便人人如其意之所欲出"，具有普遍性和典型性。特别是由于它不用抽象的哲理语言，而是用诗性的充满抒情色彩的语言，利用"年年岁岁"和"岁岁年年"的词语颠倒，"花相似"和"人不同"的鲜明对照，构成明白流畅、巧妙自然的对仗，达到了诗情与哲理、深入与浅出、雅与俗的和谐统一。这在诗歌中是一种很高的艺术境界。写到这里，感慨的内容已由一开头的"幽闺女儿"面对落花感慨红颜易衰、青春易逝，扩展到普泛性的人生感慨。"古人""今人""人不同"中的"人"已经不再单指青春少女，而是兼包泛指所有的人。

"寄言"二句，束上起下，是全诗的转关，前、后段的过渡。点醒今日的"全盛红颜子""应怜半死白头翁"，自然也就点醒了题目。

　　"此翁"二句，是对"应怜"的回答。为什么应该怜悯"半死白头翁"呢？原因就在于今日的白头翁，就是昔日的红颜美少年；而今日的红颜美少年，也就是将来的半死白头翁。每一个人的人生都是由"红颜美少年"到"半死白头翁"的自然过程。这一对比映衬，深化了青春易逝、人生易老的主题。以下四句，便具体描叙今日的白头翁在"伊昔红颜美少年"时代无限风光的生活：与公子王孙宴饮于芳树之下，观赏清歌妙舞于落花之前。或在光禄府第，筵开锦绣；或在将军楼阁，舞若神仙。风流俊赏，华美高贵，极行乐之能事。

　　"一朝"二句，一笔兜转，揭出其一日年衰卧病，再无相识；三春行乐，知向谁边。少年时的尽欢极乐，愈加反衬出今日白发满头时的冷落凄凉。

　　"宛转"二句，是对全诗以上内容的总结，上句写女，下句写男。"宛转蛾眉"的青春少女时代转瞬即逝，"全盛红颜"的风流少年须臾之间白发如丝。"但看"二句，由人生易老、青春易逝进一步引发对社会人事盛衰不常的感慨：试看古来歌舞繁华、追欢逐乐之地，如今唯有黄昏时鸟雀悲鸣于断壁颓垣之上而已。这个结尾，扩展了诗的内涵意蕴，将人生的盛衰与社会的盛衰自然地浑成一片，余波荡漾，饶有远韵。

　　诗虽有些伤感，但透露出来的感情是对青春的珍爱流连，对人生的热爱与执著。有两种不同性质和情调的人生盛衰不常的感慨。一种是动乱时代人命朝不保夕的情况下产生的人生无常之慨，像《古诗十九首》中所抒写的"四顾何茫茫，东风摇百草。所遇无故物，焉得不速老""古墓犁为田，松柏摧为薪""白杨多悲风，萧萧愁杀人""人生寄一世，奄忽如飘尘"一类万绪悲凉的人生感慨。另一种是初唐时期在一系列歌行体诗中抒发的人生和社会的盛衰不常之慨。这是一种经历了隋朝的全盛和迅速覆亡，又经历了贞观年间的盛世之后，所产生的一种盛衰不常的担忧和预感。就像诗中幽闺女儿和红颜少年，他们正当盛年，却担心青春的消逝，人生的短暂，繁华的消歇。因此诗中流露的真实感情，不是对生活的悲观，而是对青春的珍爱流连，对人生的热爱执著。正是这种感情，构成了初唐这类抒写人生感慨的歌行体诗特有的时代风采。

宋之问

宋之问（约656—713），一名少连，字延清，虢州弘农（今河南灵宝）人。高宗上元二年（675）登进士第。武后天授元年（690），与杨炯同为宫中习艺馆学士。万岁登封元年（696）任洛州参军。圣历二年（699），武后命男宠张昌宗领衔修《三教珠英》，之问与沈佺期均与修。中宗神龙元年（705），因谄附张易之、昌宗兄弟贬泷州（今广东罗定）司户，次年遇赦北归，授鸿胪主簿。复依附武三思、太平公主，迁户部员外郎。景龙二年（708）充修文馆直学士，迁考功员外郎，知景龙三年贡举。其年秋，因附安乐公主，为太平公主所嫉，贬越州长史，睿宗景云元年（710），流放钦州（今属广西）。玄宗先天元年（712），赐死于桂州（今广西桂林）。有《宋之问集》十卷，已佚。与同时齐名的沈佺期对五律的定型与艺术上的成熟有重要贡献。并创作了一批合律的七律和五言排律，推进了它们的发展。《全唐诗》编其诗为三卷。

寒食还陆浑别业①

洛阳城里花如雪②，陆浑山中今始发。旦别河桥杨柳风③，夕卧伊川桃李月④。伊川桃李正芳新，寒食山中酒复春⑤。野老不知尧舜力，酣歌一曲太平人⑥。

[校注]

①一本题内无"还"字。《唐文粹》卷十五录此题内有"还"字。陆浑，山名。《元和郡县图志·河南府》：伊阙县："陆浑山，俗名方山，在县西五十里。"陆浑别业，宋之问在陆浑的别业，亦称陆浑山庄，在伊水之滨。之问父宋令文晚年曾隐居嵩山、陆浑，此陆浑别业或为其父旧宅改建。武后天授元年（690），之问为宫中习艺馆学士，

后因病归陆浑。视诗之首二句，或作于因病归陆浑时。寒食，见注⑤。②暗用范云与何逊联句诗，参见刘希夷《代悲白头翁》注⑦引。花如雪，指繁花飘落如雪。③河桥，或谓此指河南府孟县西南、孟津东北黄河上之浮桥。但自洛阳还陆浑别业，不当经过此桥。此句"河桥"当泛指洛阳城中跨洛水所建的桥。杨柳风，犹杨柳春风，或春风吹拂杨柳的景象。④伊川，即伊水，流经陆浑。宋之问《温泉庄（即陆浑山庄）卧病答杨七炯》云："伊洛何悠漫，川原信重复。"《水经注·伊水》："伊水又东北迳伏睹岭，左纳焦涧水，水西出鹿脾山，东流迳孤山南，其山介立丰上，单秀孤峙，故世谓之方山。"方山即陆浑山。桃李月，桃李开放的月夜，或月色映照桃李花的景象。⑤寒食，节令名。在清明前一日或二日。《荆楚岁时记》："去冬节一百五日，即有疾风甚雨，谓之寒食。禁火三日，造饧大麦粥。"酒复春，谓新酿的春酒正熟。唐代酒常以"春"为名，如剑南之烧春。⑥野老，乡野的老人，此处当包括诗人在内。《论衡·艺增》："传曰：有年五十击壤于路者。观者曰：'大哉，尧德乎？'击壤者曰：'吾日出而作，日入而息，凿井而饮，耕田而食，尧何等力！'"皇甫谧《帝王世纪》所引歌辞末句作"帝何力于我哉！"事又见《太平御览》卷五百七十二引《逸士传》。

[笺评]

唐汝询曰：此山居燕饮之诗，言城中花落如雪，而此地始开者，山深故耳。于是别河桥而归卧伊川，则桃李含英，春酒方熟。熙游圣化之中，酣饮而歌《击壤》之曲，非太平何以能此！其开元致治之时乎？（《唐诗解》卷十一）

周珽曰：此篇语意转折，亦初唐七古佳调。（《删补唐诗选脉笺释会通评林·初七古》）

唐陈彝曰：次两句趣极。（同上引）

唐孟庄曰："春"字说酒好。末二句辞则佳矣，时恐未然。（同上引）

吴烶曰：此赋陆浑山庄之景。城中气暖，故花如雪；山中气寒，故花迟发。河桥、伊川，俱伊阙地。言梅花如雪而继之柳放桃舒。正值清明，春酿已熟，可以卧月赏花，其乐陶然矣。虽古《击壤》之歌曰："日出而作，日入而息，耕田而食，凿井而饮，帝力何有于我！"何以异之。此见太平之世，无所营求，醉歌于圣化之中也。（《唐诗选胜直解·七言古诗》）

[鉴赏]

此初唐短篇七古中风调极佳之作，而历代评家、选家少有加以注意者。起二句紧扣题目，谓值此寒食清明节候，洛阳城中已是繁英飘荡、缤纷如雪，而陆浑山中则花始绽放。其意并不在说明城中与山中气候景物之异，而是表现诗人追随春天的脚步，从城里转向山中寻觅春光的浓厚兴趣，和对春天由洛阳转至山中这一发现的诗意感受。白居易《大林寺桃花》云："人间四月芳菲尽，山寺桃花始盛开。长恨春归无觅处，不知转入此中来。"对照此诗首二句，可见宋之问早在白氏之先就感受并发现了春之转移这一诗材诗境，只不过白氏明白挑出自己的诗意感悟，近乎宋诗的表现理趣；而宋之问的这两句诗则仅客观展示这一现象，而将自己的感受含蓄于诗中而已。"今始发"，则山中春光方兴未艾，正可尽情享受，开启下文。

三、四两句紧扣题内"还"字，写自己清晨从洛阳出发，晚上已在陆浑别业。这点意思如果直白道出，则根本不成其为诗。诗人不说"早发洛阳""夕至陆浑"，而说"旦别河桥""夕卧伊川"，这一"别"一"卧"，不仅表达了对洛阳春光的留恋，而且透出了卧赏山庄春夜美景的惬意与喜悦。将洛阳与陆浑改成"河桥"与"伊川"，也使干巴巴的地名有了具体可感的形象和诗意。尤为出色的是在"旦别河桥"与"夕卧伊川"之下分别缀以"杨柳风"和"桃李月"这两个全新的组合意象，不仅生动地展示了洛阳繁花飘雪之后"春风杨柳万千条"的暮春景象和陆浑山中月映桃李正芬芳的景象；而且由于用"杨柳"来形容"风"，用"桃李"来形容"月"，读者仿佛能闻到这"风"中飘送的杨柳的气息，这"月"下散发的桃李的芳香，造语新颖，意象优美。上下两句，对仗工整，又一气呵成，显得特别流丽圆转。两句诗就像是两幅情调意境很美的图画，完全可以用它们来作为两幅画的题目。音调的婉转流畅、圆转自如也同样非常突出。可以说兼有诗境美、绘画美和音乐美。虽不像"桃李春风一杯酒，江湖夜雨十年灯"那样凝练概括，但自有一种天然的风韵和流走的意致。

第五句用顶针格，重复上句"伊川桃李"，以突出陆浑山中春色正浓，蝉联中有流走之势。第六句点明"寒食"节令，应上"桃李正芳新"，并渲染春酒又正新熟。不但春色迷人，而且春酒醉人，花香之外更兼酒香。一"正"一"复"，相互勾连呼应，传达出一种顾盼神飞的神情意态。

七、八两句，以陆浑山中风物之美、生活之惬作收。"野老"指当地居民，也可兼包诗人自己。谓处此山中人无异于尧舜太平盛世的百姓，当酣歌一曲，终老此地。这个结尾，不无歌咏升平的意味。但话说得很艺术，很富诗情，并不是硬贴上去的颂圣尾巴，与全诗的内容风格也比较统一。武后统治时期，统治集团内部尽管矛盾斗争不断，但社会安定，经济繁荣，诗人所歌咏的"太平"，并非纯粹的粉饰之词。

全篇的突出特点是风调的自然流美。清新流丽的语言，一气流走的格调，圆转如珠的韵律，和贯串全诗的浓郁的春天气息，达到了和谐的统一。

题大庾岭北驿①

阳月南飞雁②，传闻至此回③。我行殊未已，何日复归来。江静潮初落，林昏瘴不开④。明朝望乡处⑤，应见陇头梅⑥。

[校注]

①大庾岭，五岭之一，在今江西大余（原作庾）县南、广东南雄县北。汉伐南越，有裨将庾胜筑城于此，故称。诗系中宗神龙元年（705）十月贬泷州途中经大庾岭北的驿站时所作。②阳月，农历十月的别称。《尔雅·释天》："十月为阳。"董仲舒《雨雹对》："十月，阴虽用事，而阴不孤立。此月纯阴，疑于无阳，故谓之阳月。"又见《诗·小雅·采薇》郑玄笺。③传说北雁南飞不过五岭，故云。《唐会要》卷二十八："大历二年，岭南节度使徐浩奏：'十一月二十五日，当管怀集县，阳雁来，乞编入史。'从之。"注云："先是，五岭之外，翔雁不到。浩以阳为君德，雁随阳者，臣归君之象也。"雁南飞过五岭，被当作祥瑞申报，可证其稀见。④瘴，瘴气。指南方山林间湿热散发能致病之气。唐刘恂《岭表录异》卷上："岭表山川，盘郁结聚，不易疏泄，故多岚雾作瘴。人感之，多病腹胀成蛊。"⑤望乡处，指大庾岭头。作者《度大庾岭》云："度岭方辞国，停轺一望家。"北人赴岭南，往往在大庾岭头回望家乡。⑥陇头梅，据《荆州记》载，"陆凯与范晔交善，自江南寄梅花一枝，诣长安与晔，兼赠诗曰：'折花逢驿使，寄与陇头人。江南无所有，聊赠一枝春。'""陇头梅"当用此典，指大庾岭上可以折以寄赠远方友人的梅花。《国秀集》"陇"作"岭"。古时大庾岭上多植梅，故又称梅岭。或谓"陇头"指岭上高处，即岭头。"陇头梅"自陆凯寄梅作诗以来，已成熟典。诗人用"陇头梅"，或有所寓感。

邢昉曰：凄咽欲绝。(《唐风定》卷十六)

吴乔曰：景同语异，情亦因之而殊。宋之问《大庾岭》云："明朝望乡处，应见岭头梅。"贾岛云："无端更渡桑干水，却望并州是故乡。"景、意本同，而宋觉优游，词为之也。然岛句比之问反为醒目，诗之所以日趋于薄也。(《围炉诗话》卷一)

沈德潜曰："陇头"疑是"岭头"。(《重订唐诗别裁集》卷九)

范大士曰：韵致悠然。(《历代诗发》)

姚鼐曰：沉亮凄婉。(《五七言今体诗钞》卷一)

[鉴赏]

对于唐代流贬岭南的诗人骚客来说，大庾岭不但是一条地理上的分界线，更是一条心理上的分界线。它隔开了中原与蛮荒、故乡和异域，跨过岭头，就像走向了魑魅魍魉之乡和茫茫不归之路。这种心理体验或预期，使不少流贬的诗人创作了一系列以过岭为题材的优秀贬谪诗。宋之问诗集中，以大庾岭为题的诗就有三首。除本篇和另一首五律《题大庾岭》外，还有一首五古《早发大庾岭》，可见过岭前后其思绪的纷繁起伏。这一首是路经大庾岭北面的驿站时的题诗。

前两联从"南飞雁"起兴，以"雁""我"对举抒慨，四句一意贯串。深秋是北雁南飞的季节，一路飞近五岭时，已是"阳月"季候。宋之问是年二月从洛阳踏上南贬的道路，途经蕲州黄梅、洪州，再溯赣水南行，到大庾岭，时间正好到了"应见陇头梅"的十月。南飞雁与南贬的诗人在行程上的这种巧合，自然是诗人触景兴慨、借雁抒感的一个原因。但诗人却把这种由景物触发的感慨写得既曲折层递又自然动人："传闻"雁南飞不过五岭，到了大庾岭北这一带就开始折回；而自己则贬程尚"殊未已"，"归来"更不知"何日"。四句三层：

一层是南飞雁至此而回而我尚在贬途；二层是贬所泷州尚远，贬谪的路程尚长；三层是北归之期更不知何年何月。层层递进，一气旋折，"至此回"和"殊未已"的对照，以及"何日复归来"的茫然，将人不如雁之归有定期，不能掌握自己命运的悲慨深切地表达出来。这两联音律上符合五律的要求，但却全用散句，连通常对仗的颔联也是如此。这正是为了自由抒写这种既层递曲折又一气贯串的感情的需要。与此相应，语言也明白晓畅而富于含蕴，读来倍感真切隽永，情味丰厚。

腹联由颔联的直接抒情转为写景。大庾岭北麓一带，已是赣江支流贡水的上游，海潮自然是从未抵达过的，所谓"潮初落"只是对贡水上游江边平静无波的一种形容。这句在景物描写中透露出来的情思似乎由前两联的悲慨激切趋向平静，但下句"林昏瘴不开"却又透露出诗人面对即将跨入南方瘴疠地区的山林雾瘴时那种黯淡迷茫、畏怯不前的心理。这一弛一张、一开一合之间，将诗人瞬间抑扬起伏的情思很好地表达了出来，是融情于景、情景交融的佳联。

尾联紧扣题目，想象明朝登上大庾岭头，遥望中原故乡时，当会见到岭上的梅花。大庾岭又称梅岭，山上多梅，旧传"大庾岭上梅，南枝落，北枝开"，以见岭南北气候之异。过岭时正值十月，写到梅花，自是题内应有之意。但这里不说"岭头梅"而说"陇头梅"，显然是通过用典而有所寓慨。折梅花托驿使遥寄北方的友人这一典故中的主要情节，常被用作表达友情的象征。诗人在"应见陇头梅"的预想中应当包含了这层寓意。此次遭贬的，不仅有诗人的好友沈佺期，而且还有许多与诗人过从甚密的同僚，如崔融、李峤、杜审言、阎朝隐、王无竞、韦元旦、苏味道等人。然则，遥望故乡，故乡既杳不可见，折梅寄远，友人亦与己同样贬窜遐荒。乡思友情，均杳不可寄。诗写到这里，黯然而收，留下不尽的余思让读者想象体味。这一结，含蓄而有神味，比起"应见岭头梅"之简单交代岭上多梅这一事实，了无余韵来，不啻天壤之别。

渡汉江①

岭外音书断，经冬复历春②。近乡情更怯，不敢问来人。

[校注]

①汉江，即汉水。神龙二年（706）夏，宋之问在泷州贬所奉恩旨北归，有《初承恩旨言放归舟》五律云："一朝承恩泽，万里别荒陬。去国云南滞，还乡水北流。泪迎今日喜，梦还昨宵愁。自向归魂说，炎荒不可留。"（见《诗渊》第1498页）《旧唐书·宋之问传》谓其从泷州"逃还"（《新唐书》本传同），不确。据陶敏《沈佺期宋之问集校注》附《沈佺期宋之问简谱》，之问自泷州遇赦北归，"当自泷州江入西江，溯西江、漓江，取道湘江、汉水北归陆浑"。此诗系途经襄阳南的汉江时渡水后作。李频集中亦收此诗，但李频生平经历无至岭南之迹，且此诗已见于皎然《诗式》，故当为宋之问作无疑。②之问神龙元年冬抵达泷州贬所，二年五月在贬所作《则天皇后挽歌》。故在贬所"经冬复历春"。约六月盛夏从泷州启程北归。

[笺评]

钟惺曰：实历苦境，皆以反说，意又深一层。（《唐诗归》卷三）

唐汝询曰：此亦逃归时作。隔岁无书，近乡正宜问信。今云"不敢问"者，思之之深，忧喜交集，若有所畏耳。（《唐诗解》卷二十一）

陆时雍曰：实历语。（《唐诗镜》卷五）

黄周星曰：真切之极。人人有此情，不能为此语。（《唐诗快》卷十四）

王尧衢曰："岭外音书断，经冬复历春。"之问坐交通张易之，贬泷州参军，逃归洛阳。故其在岭外时，经年隔岁，音书断绝也。"近乡情更怯，不敢问来人。"及逃归已近乡里，而中情抱怯，见来人而不敢问，盖忧思交集之时，转多疑畏耳。"更怯"，"更"字妙。今人久客还乡，临到家觉心中恍惚，亦复如是。(《古唐诗合解》卷四)

朱之荆曰："怯"字写得真情出。(《增订唐诗摘抄》卷六)

沈德潜曰：即老杜"反畏消息来，寸心亦何有"意。(《重订唐诗别裁集》卷十九)

黄叔灿曰：按《唐书》，之问坐附张易之，左迁泷州参军，未几逃还，匿于洛阳。此诗当作于是时，故云"近乡情更怯，不敢问来人"。然久客之情，确是如此。"情更怯"跟"音书断"来。(《唐诗笺注》卷七)

杨逢春曰：首二是题前蓄势之法，即为"怯"字伏根。三、四方落到"渡汉江"，写得满腹疑团，不喜而惧，道得真切。(《唐诗偶评》卷五)

李锳曰："不敢问来人"，用反笔写出苦况，与少陵"反畏消息来"同一情事。(《诗法易简录》卷十三)

李慈铭曰：真情苦语，难得道出。(《唐人万首绝句选》卷一批语)

施补华曰：五绝中能言情，与岑嘉州"马上相逢无纸笔"同妙。(《岘佣说诗》)

[鉴赏]

唐诗中有不少抒写久别还乡之情的优秀诗篇，宋之问的这首《渡汉江》之所以脍炙人口，在于它写出了在特殊经历背景下一种近似违反常态却又十分真实且具有一定普遍性的心态。

前两句追叙贬居岭南的情况。贬斥南荒，本就够悲苦的了，何况又和家人音讯隔绝，彼此未卜存亡，更何况又是在这种情况下经冬历春，挨过漫长的时间。诗人没有平列空间的悬隔、音书的断绝、时间的久远这三层意思，而是依次层递，逐步加以展示。这就强化和加深了贬居遐荒期间孤孑、苦闷的感情，以及对家乡亲人的思念和担忧。

"断"字、"复"字，似不着力，却很富表现力。诗人贬居遐荒时那种与世隔绝的处境，失去任何精神慰藉的生活情景，以及度日如年、难以忍受的精神痛苦，都历历在目，鲜明可触。这两句平平叙起，从容承接，没有什么惊人之笔，往往容易为读者轻易放过，其实它在全篇中的地位和作用很重要。有了这个特殊背景，下两句出色而独特的抒情才字字有根。

宋之问的家乡在弘农，家居陆浑，离诗中所渡的汉江其实还有相当长一段距离。所谓"近乡"，只是从心理习惯而言。按照常情，这两句似乎应该写成"近乡情更切，急欲问来人"。但诗人笔下所写的却完全出乎常情："近乡情更怯，不敢问来人。"仔细寻味，又觉得只有这样写，才符合前两句所展示的"规定情境"。诗人贬居岭外，又长时间接不到家人的任何音讯，与家人联系断绝，既日夜思念亲人，又时刻担心家人的命运，怕他们由于自己而遭牵累或遭到其他难以预料的变故。"音书断"的时间越长，这种思念与担心也越向两极发展，形成既切盼音书，又害怕音书突至带来坏消息的矛盾心理状态。这种矛盾心理，在由贬所北归的路上，特别是渡过汉江，接近家乡之后，有了进一步的戏剧性发展。原先的担心、忧虑和模糊的不祥预感，此刻似乎马上就会被路上遇到的某个熟人所证实，成为活生生的残酷现实；而长期以来梦寐以求的与家人团聚的愿望则立即会被无情的现实所粉碎。因此，通常情况下的"情更切"，变成了特殊情况下的"情更怯"；"急欲问"也就变成了"不敢问"。这是在"岭外音书断，经冬复历春"这种特殊背景下矛盾心理发展的必然。透过"情更怯"和"不敢问"，可以强烈感受到诗人此刻既渴望知道家人情况，又害怕知道的矛盾心理，以及强自抑制急切愿望的精神痛苦。这种抒写，是非常真切独特、富于情致和耐人吟味的。

宋之问这次被远贬泷州，是因为媚附武则天的男宠张易之。从传统的道德观念看，他的被贬并不令人同情。但读这首诗的人，却往往产生感情上的某种共鸣。其中一个重要原因，是诗人在叙写经历、抒写感情时，已经舍弃了一切与自己的特殊被贬原因有关的个人经历，所表现的仅仅是一个长期客居遥远的异乡、久无家人音讯的旅人，在归途行近家乡时产生的一种特殊心理状态。这种舍弃了被贬原因的个人经历本身，就具有一定的普遍性和典型性。评家往往将杜甫《述怀》中的诗句"自寄一封书，今已十月后。反畏消息来，寸心亦何有"和这首诗作类比。这正说明，两位在政治品质、道德品质上不属于同一层次的诗人，在长期与家人失去联系的"音书断"状况下都会产生类似的"畏""怯"心理状态，也都会用类似的语气来表达。这也正证明了宋之问这首诗的典型性。

沈佺期

沈佺期（约656—约716），字云卿，相州内黄（今属河南）人。上元二年（675）登进士第。任协律郎。圣历二年（699），与修《三教珠英》。长安元年（701）迁考功员外郎，知二年贡举。三年迁给事中。四年春，坐考功任上受贿事下狱。神龙元年（705）春，复因附张易之长流驩州（今越南荣市）。景龙元年（707）遇赦北归。授起居郎。二年加修文馆学士。景云二年（711），迁中书舍人，历太府少卿、太子少詹事。约开元四年（716）卒。有《沈佺期集》十卷，已佚。今人陶敏有《沈佺期宋之问集校注》。《新唐书·文艺传》："魏建安后迄江左，诗律屡变，至沈约、庾信，以音韵相婉附，属对精密。及之问、沈佺期，又加靡丽，回忌声病，约句准篇，如锦绣成文，学者宗之，号为'沈宋'。"五律、七律均有佳作。

入少密溪①

云峰苔壁绕溪斜②，江路香风夹岸花。树密不言通鸟道③，鸡鸣始觉有人家。人家更在深岩口，涧水周流宅前后。游鱼瞥瞥双钓童④，伐木丁丁一樵叟⑤。自言避喧非避秦⑥，薜衣耕凿帝尧人⑦。相留且待鸡黍熟⑧，夕卧深山萝月春。

[校注]

①题内"少"字，《文苑英华》卷一百六十六作"小"。少密溪，所在未详。视诗中所写景物，似在南方。②云峰，云雾缭绕的山峰。苔壁，长着绿色苔藓的溪边岩壁。③不言，有不料意。宋之问《桂阳三日述怀诗》："愚谓嬉游长似昔，不言流寓欻成今。"此处与下句"始觉"相对，犹不见。鸟道，险峻狭窄的山路。④瞥瞥，暂现貌。

形容游鱼一会儿闪现，一会儿消逝，犹柳宗元《至小丘西小石潭记》谓游鱼"往来翕忽"。⑤《诗·小雅·伐木》："伐木丁丁。"丁丁（zhēng zhēng），伐木声。⑥避秦，指避世乱。陶渊明《桃花源记》："自云先世避秦时乱，率妻子邑人来此绝境，不复出焉，遂与外人间隔。问今是何世，乃不知有汉，无论魏、晋。"句意谓樵叟自言居住此地非避世乱，而为避开人世的喧闹。⑦薜衣，以薜萝为衣。隐者之服。语本《楚辞·九歌·山鬼》："披薜荔兮带女萝。"薜萝，即薜荔（木莲）与女萝（菟丝子）。后常以薜萝、薜衣指隐者之服。张乔《送陆处士》："若向仙岩住，还应著薜萝。"耕凿帝尧人，耕田而食、凿井而饮的太平盛世的百姓。《太平御览》卷八十引《帝王世纪》："尧时天下大和，百姓无事，有八十老人击壤于道，观者叹曰：'大哉，帝之德也。'老人曰：'吾日出而作，日入而息，凿井而饮，耕田而食，帝何力于我哉！'"参见宋之问《寒食还陆浑别业》注⑥。⑧《论语·微子》："子路从而后，遇丈人以杖荷蓧……止子路宿，杀鸡为黍而食焉……明日，子路行以告，子曰：'隐者也。'"

[笺评]

宋宗元曰：只就本题作结，言下悠然有馀味。（《网师园唐诗笺》卷四）

[鉴赏]

此诗除明初大型唐诗选本《唐诗品汇》及宋宗元《网师园唐诗笺》曾选入外，迄今少有评家、选家加以注意。但在初唐七言歌行中，此与宋之问《寒食还陆浑别业》均为短篇佳制。

诗从制题到内容，颇似一篇诗体《桃花源记》，当然是唐代版的《桃花源记》。起二句点题，画出少密溪曲折缭绕，两岸花开烂漫，香气馥郁，云峰苔壁绕溪矗立、缘溪而斜的情景。显示出其地之幽深、景之佳胜，造语亦清新流丽，富于情致，饶有画意，给人以亲临其境之感。"江路香风夹岸花"一句，先是江中舟行闻香风阵阵，然后始见两岸山花烂漫，鲜艳夺目，造语既新奇明秀，描写亦次第井然。

三、四两句，进一步写地之幽深。两岸山高林密，似无通道，忽于深山密林中传出鸡鸣声，方知此处有人家。写"人家"的发现曲折有致，亦见此"人家"之地处幽僻。二句颇似陆游"山重水复疑无路，柳暗花明又一村"，其中流动着诗意发现的喜悦。以上四句，约略相当于《桃花源记》中渔人缘溪行至发现桃花源一段。而陶文中"忽逢桃花林，夹岸数百步，中无杂树，芳草鲜美，落英缤纷"的出色描写，在沈诗中则以"江路香风夹岸花"一语概括写出。

五、六两句，承"人家"写村居环境之幽胜。村中人家就在深岩谷口，依山傍水而居，家家户户屋前宅后涧水环绕。这种建筑设计正是自然与人工的巧妙结合，至今仍可在一些古民居中见到。二句宛若天然画图，诗人的赏爱之情亦溢于言表。

七、八两句，从村居环境过渡到写居人，只似不经意地点出了"双钓童"与"一樵叟"，却传出了山村幽静悠闲的神韵。上句写水，于"游鱼瞥瞥"中见水之清澈，物之自在；下句写山，于"伐木丁丁"声中愈见山之幽深静寂。

九、十两句承上"樵叟"，写樵叟自言居住此地是为了避开俗世的喧闹，而非如桃花源中人是为了避世乱，这是对所处时代的一种巧妙点醒，也是一种巧妙颂扬。"薜衣耕凿"点明隐者身份。"耕凿"出自《击壤歌》"凿井而饮，耕田而食"，但这里强调的不是"帝何力于我"，而是做一个太平盛世的隐者。

末二句写主人留客，以鸡黍盛情款待，入夜则酣卧深山，在春月映照烟萝的恬静优美环境中恬然入梦。"夕卧深山萝月春"一句，以凝练的语言创造出幽静的意境，余韵悠然。

与宋之问的《寒食还陆浑别业》对照着读，可以明显感到二诗在韵律的流丽圆转、语言的清新爽利、格调的明秀天然和意境的优美和谐等方面，都有相近之处。但宋诗于叙事写景的同时更侧重于抒情；而沈诗则有较多的叙事成分，于叙事中突出山村之深幽与景物之幽胜、环境之优美。比起初唐一些长篇歌行之铺张渲染，有时不免冗漫芜累来，沈、宋这两首短篇歌行在内容和艺术上似乎更能显示诗的优美和精纯。

杂诗四首 (其四)①

闻道黄龙戍②，频年不解兵③。可怜闺里月，长照汉家营④。少妇今春意，良人昨夜情⑤。谁能将旗鼓⑥，一为取龙城⑦！

[校注]

①《文选·王粲〈杂诗〉》李善注："杂者，不拘流例，遇物即言，故云'杂'也。"沈佺期的四首杂诗，内容均写闺中少妇思念远方的丈夫的感情。②闻道，听说。黄龙戍，唐代东北要塞。《水经注·大辽水》："白龙水又北迳黄龙城东。《十三州志》曰：辽东属国都尉治昌辽道，有黄龙亭者也。"古城在今辽宁朝阳市。当时属营州。沈佺期《古意呈乔补阙知之》云："白狼河北音书断，丹凤城南秋夜长。"营州即在白狼河北。或说"黄龙戍"即黄龙冈，在今辽宁开原市西北，非。龙戍，《全唐诗》校："一作花塞。"③频年，连年。解兵，撤兵，停止战事。④照，《全唐诗》作"在"。此据沈集诸旧本回改。⑤良人，妻子称丈夫。"今春""昨夜"，对举互文，实即"今春昨夜"。与上一联"闺里月""汉家营"相应。或谓"今春"即"年年"，"昨夜"即"夜夜"，亦通。⑥将，率领。旗鼓，军旗和战鼓，借指军队。⑦龙城，古城名。《水经注·大辽水》："白龙水又东北迳龙山西。燕慕容皝以柳城之北、龙山之南福地也，使阳裕筑龙城，改柳城为龙城县。"地在今辽宁朝阳市。

张延登曰：古今绝响，太白"长安一片月"准此。(《沈诗评》卷二)

钟惺曰："可怜闺里月，长在汉家营。"二语娇怨之甚。又曰：壮语懈调。(《唐诗归》卷三)

陆时雍曰："可怜闺里月，长在汉家营。"恨不与俱。"谁能将旗鼓，一为取龙城。"此其结想欲狂矣。"为"者为谁，语何殷喟。(《唐诗镜》卷四)

蒋一葵曰：轻轻说来，转更沉着。(《删补唐诗选脉笺释会通评林·初五律》引)

周珽曰：此托戍妇词以致讽意也。言兵祸连结，久戍无归。夫营可到者，唯有月色，则将心随月，乃戍妇无聊之思。曰"可怜"，曰"长在"，已自不胜欲恨。至"今春意""昨夜情"，见两地各有莫诉幽衷。说者谓"语晦而浅"，不知作诗之妙，正以似深非深，似浅非浅，有可解不可解之趣也。结想到凯旋之能，则教觅封侯之悔，又在言表。(同上)

王夫之曰：五、六分承三、四顺下，得之康乐，何开阖承转之有？结语平甚，故或谓之"懈"。然宁懈勿淫，初唐人家法不紊，乃以持数百年之穷。(《唐诗评选》卷三)

黄生曰：("可怜"二句)走马对。("少妇"二句)句中藏字。("谁能"二句)流水结。全篇直叙格。三、四即景见情，最是唐人神境。五怀春，六梦远。然"怀"字"梦"字不说出，名句中藏字法。凡起结二句，直下不对者，名"流水起""流水结"。三、四一气直走不停，名"走马对"。结处即私情以见公义，最柔最婉。"边将皆承主恩泽，无人解道取凉州"，非不慷慨激烈，然温柔敦厚之意微矣。(《唐诗摘抄》卷一)

朱之荆曰：结联与起联相应，局法甚紧。(《增订唐诗摘抄》)

顾安曰：五、六就本句看，极是平常；就通首看，则无限不可说之话尽缩在此两句内，初唐人微妙至此。其"卢家少妇"亦是此法，而用意尤觉深婉。又［增］曰：五、六句极平常，妙不说尽。"其新孔嘉，其旧如之何？"千古闺情绝唱也，何必艳词为！又曰：昔年闺里月，两人何等绮昵；今在汉家营，一人何等悲凉……怨女旷夫，苦情如此，圣王读之，当必有悯恻于心者，其于《三百篇》也，夫何远之有！（《唐律消夏录》卷二）

王寿昌曰：何为超然？曰……沈云卿之"闻道黄龙戍……"等作是也。（《小清华园诗谈》卷上）

高步瀛曰：（三、四）凄婉。一气转折，而风格自高，此初唐不可及处。（《唐宋诗举要》卷三）

[鉴赏]

诗以"杂诗"为题，始于建安文人，是一种即事即物抒情言怀之作。沈佺期的《杂诗四首》，均为思妇怀念远方征人之作。四首均从思妇角度着笔，第二首季候为秋天，其余三首均为春天。

首联凌空起势。"闻道"贴闺中少妇说。二句意谓：听说东北边境黄龙城那边，烽火不熄，已经连年没有撤兵休战了。这是全诗叙事的总冒，也是诗中抒写的思妇怀远之情的总背景和总根源。正由于"频年不解兵"，故造成思妇、征人的长期分离和双方的无尽思念，也由此产生对战争早日胜利的渴望。"频年"二字，用笔颇重，其中自含对战争长期延续不已的怨思。

颔联借"月"写分隔两地的思妇与征人的相思。说"闺里月""长照汉家营"，似乎无理，但这却是典型的诗的语言。它的突出特点是富于启发性和蕴含的丰富性，可以引发多方面的诗意联想。闺中之月，在和平年代，本应双照妻子和丈夫，见证共同的幸福生活；而在东北边塞频年战争的情况下，这闺中之月，却分照远隔两地的夫妇，"长照汉家营"了。这层意思，是借月之分照，写夫妻之分离。月光似水，是思妇缠绵柔情的象征，相思怨别之情的象征；说"闺里月""长照汉家营"，也可以想象成思妇的缠绵之情长期地萦回缭绕于远戍边塞的丈夫身边。这层意思，是借月抒写妻子对丈夫的深情思念。人虽分隔两地，而月则普照四方，"闺里"和"汉营"，妻子和丈夫都可共对明月，遥寄相思。同一轮明月，既是双方分隔的写照，又是彼此沟通的桥梁，更是双方思念之情的寄托。如此丰富多重的蕴含，都可以包含在这十个字当中。"可怜"二字，既像是女子的自怜自惜、自怨自艾，又像是诗人对思妇的细意体贴和同情关切，尤具神味。

与一般律诗腹联往往转出新意新境不同，这首诗的五、六两句却是顺承颔联的"闺里月"与"汉家营"的。颔联以景为主，景中寓情；腹联则以情为主，情中有景（今春、昨夜）。妙在只淡淡着笔，虚点"今春意"与"昨夜情"，而彼此情意的具体内容则不着一字，任凭读者自领，笔意特别空灵虚括。彼此长期远隔的怅恨，对对方处境的悬念与忧虑，相思而不得相见的怨思与无奈，都可包蕴在这虚涵浑括的"今春意"和"昨夜情"当中。"今春""昨夜"互文，点明季节在春天，时间在月夜，不必注解，亦不必深解。视"频年不解兵"句，则"今春""昨夜"固不妨连类而及，联想到"年年""夜夜"。

颔、腹两联，用笔轻柔，用语含蓄，似复非复，似怨非怨，特具回环往复、缠绵委婉的情致。

尾联是全诗的结穴。少妇的无限情思到最后都化为热切的期盼："谁能将旗鼓，一为取龙城！"这和李白《子夜吴歌·秋歌》的结尾"何日平胡虏，良人罢远征"一样，都集中表达了闺中思妇热切盼望早日结束战争，重过和平团聚生活的愿望；所不同的是，沈诗的结尾还包含了希望朝廷任用"将旗鼓"的良将，迅速破敌安边的感情。"谁能""一为"，前后呼应，急切之情溢于言表。情虽急切，而辞则温婉，反映出初唐时期百姓对朝廷在边境进行的战争总体上仍持支持的态度。

诗的内容并不复杂，但诗人却把这常见的思妇怀想远戍征夫的题材写得很富情致和韵味，体现了单纯与丰富、明朗与含蓄的统一。其中音律的和谐舒缓、宛转圆润起了很重要的作用。吟诵之际，自有一种唱叹有情的韵味流注于字里行间。许多内容平常的唐诗之所以耐读，音情的隽永是一个重要因素。

夜宿七盘岭①

独游千里外，高卧七盘西。晓月临窗近②，天河入户低③。芳春平仲绿④，清夜子规啼⑤。浮客空留听⑥，褒城闻曙鸡⑦。

[校注]

①七盘岭，在四川广元市东北与陕西宁强的交界处，上有七盘关，因其岭曲折盘旋，故名，系川、陕间通道的重要关隘。岑参《醴泉东溪送程皓元镜微入蜀》："蜀郡路漫漫，梁州过七盘。"诗当作于入蜀途中，具体年月未详。②晓，《全唐诗》校："一作山。"窗，《国秀集》作"床"。③天河，即银河。天将破晓时银河西斜低垂，故曰"入户低"。④平仲，银杏的别名。《文选·左思〈吴都赋〉》："平仲桾梃，松梓古度。"刘逵注引刘成曰："平仲之木，实白如银。"⑤子规，即杜鹃鸟。相传为战国末年蜀王杜宇（号望帝）之魂所化。事见常璩《华阳国志·蜀志》。《文选·左思〈吴都赋〉》"鸟生杜宇之魂"李善注引《蜀记》："蜀人闻子规鸟鸣，皆曰望帝也。"子规鸟鸣声凄切，有如"不如归去"，故又常引发思乡之情。⑥浮客，犹游客。因上文已有"游"字，避复而改。谢惠连《西陵遇风献康乐》："眷眷浮客心。"留，久。⑦褒城，唐梁州属县，在今陕西勉（沔）县东北。《史记·封禅书》："（秦）文公获若石云，于陈仓北阪城祠之。其神……来也常以夜，光辉若流星，从东南来集于祠城，则若雄鸡，其声殷云，野鸡夜雊。以一牢祠，命曰陈宝。"七盘岭在唐褒城县西南，故曰"褒城闻曙鸡"。陈仓亦在入蜀途中，诗人于清晨闻曙鸡时可能

联想到陈仓宝鸡的传说。

[笺评]

张延登曰：花馆流波，赏心娱目。(《沈诗评》卷二)

胡应麟曰：初唐五言律，杜审言《早春游望》……沈佺期《宿七盘》……皆气象冠冕，句格鸿丽。(《诗薮·内编》卷四)

李维桢曰：中有高峻处。"山月""天河"联，自是逼真。(《唐诗隽》)

唐汝询曰：此流岭南时作。言虽独游异域，爱此奇山，而高卧其侧。月近河低，状岭之高也。殊方之木，他国之禽，足令人悲。于是因听此鸟，不觉鸣鸡之催晓耳。(《唐诗解》卷三十二) 又曰："平仲"对"子规"，亦巧。(《删补唐诗选脉笺释会通评林·初五律》引)

周启琦曰：结悲怆。(同上引)

吴山民曰：次联峻爽。三联景语，有情。结自伤勿追。(同上引)

周珽曰：此流岭南时所作。次联咏独宿孤寂之景。(同上)

郭濬曰："山月"二语不但是高，从"独游"来，更觉幽。山有子规，下说"曙鸡"，便少力矣。(《增定评注唐诗正声》)

邢昉曰：右丞之先驱。(《唐风定》)

吴昌祺曰：若听"子规"，则"平仲"句空；若听"曙鸡"，则听、闻复见，皆未全稳。(《删订唐诗解》)

王尧衢曰：前解宿岭，后解旅情。"独游千里外，高卧七盘西。"起句写题面。此时因流岭南，故独游远道，卧此奇山……"山月临窗近，天河入户低。"此承宿岭之高，山高而见月之近而河之低也。"芳春平仲绿，清夜子规啼。"此以异方之木与鸟作转……子规，一名杜鹃，蜀鸟也。当春而绿平仲，入夜而啼子规。他乡景物，只令人悲耳。"浮客空留听，褒城闻曙鸡。"此以宿夜将晓为合。言我为行客，空于清夜留此而听杜鹃，旅愁不寐，不觉已闻褒城催晓之鸡也。浮，行也。

（《古唐诗合解》卷七）

谭宗曰：此诗高瀓，而抑复纵逸不羁，落落彼开、宝作家风味，其庶几此肇乎？（《近体秋阳》卷一）

朱之荆曰：起句一提，便有无限情绪，至末方应转。（《闲园诗钞》）

黄生曰：（首联）对起。（次联）折腰句。（尾联）错综句。全篇直叙格。浮客空此留听子规，不觉已闻褒城鸡唱，"空"字便写出一夜不寐也。七、八紧粘五、六，此篇法之一。亦有单粘六句者，不入正格，如此结及"翻译如曾见"结是也。又曰：平仲，木名；子规，鸟名。却俱是人名。琢对甚工，句法又极现成，所以为佳。（《唐诗矩》五言律诗一集）

沈德潜曰："听"与"闻"复。结处每不用力，为昭容所抑，亦由乎此。（《重订唐诗别裁集》卷九）

范大士曰：风调在本体中为高唱。（《历代诗发》）

宋宗元曰：（三、四句）的是岭上暮景。（《网师园唐诗笺》卷七）

冒春荣曰：写景之句，以工致为妙品，真境为神品，淡远为逸品。如"芳春平仲绿，清夜子规啼"……皆逸品也。（《葚原诗说》卷一）

吴瑞荣曰：情多、兴远、语丽，三善备。（《唐诗笺要》）

陈德公曰：三、四隽出。后半欲启襄阳。（《闻鹤轩初盛唐近体读本》卷二引）

卢蒳曰：子规啼于平仲，五、六流走，咏之连下。（同上）

王寿昌曰：何谓"清"？曰：如……沈云卿之"独游千里外，高卧七盘西。山月临窗近，天河入户低。芳春平仲绿，清夜子规啼。浮客空留听，褒城闻曙鸡"……是也。（《小清华园诗谈》卷上）

叶蓁曰：虽有行役之劳，而有景物自娱，尚是正风。（《唐诗意》）

[鉴赏]

诗为入蜀途中所作。作者另有《过蜀龙门》（龙门在今四川广元市北）五古，有句云："我行当季月，烟景共春融。"写景节候与此诗同属暮春，当为同一次旅游途次所作。前人或谓此诗系贬岭南时作，非。贬岭南当取道襄、荆，不经蜀道，诗亦无贬谪意。

首联雄直峻拔、起势高远、富于气势。"独游""高卧"四字，一篇之主。"千里外"指蜀地。全篇所写的就是蜀游途中夜宿七盘岭头时所见、所闻、所感。由于"独游"，虽不免有孤寂之感、思乡之情，但也可能独享旅游途中的新奇和喜悦。不说"夜宿"而曰"高卧"，不仅是为了突出在高峰之巅夜宿时特殊的视听感受，而且透露出诗人的淋漓兴会。这一联笔墨省净，声韵嘹亮，大气磅礴，为全诗定下壮阔爽朗的基调。

颔联承"高卧"，写夜宿七盘岭上高卧时所见景象。在平地上望月，即使是拂晓时分西斜入户的月亮，由于有远处景物作衬，也不大可能有"临窗近"的感觉；只有身处高峰之巅，斜月紧贴着近处的山峰，加以空气清澄，纤尘不染，透过窗户即可见山峰和峰顶的月亮，这才会有月亮好像紧挨着窗户的感觉。同样，平地上看银河，即使是拂晓前西斜垂地的银河，也不可能"入户低"。只有在高山之上，低垂西斜的银河才好像显得比窗户都低，高卧床上即可见到它的身影。"晓月"之"近"，"天河"之"低"，正反衬出了山峰的高峻。联系"高卧"二字，还不难想见这是诗人惬意地躺在床上观赏景物时所见到的景象。这两句不但写景真切传神，而且境界清迥壮阔，流露出对高卧岭头所见奇壮景象的新鲜感、喜悦感，是五律中著名的警联。

腹联仍写夜宿岭头所遇景物，上句写所见（其中包含对日间所见景象的记忆），下句写所闻。平仲、子规，都是带有深山和蜀地特征的景物，七盘岭正当秦、蜀分界，提到子规，也就意味着进入了蜀地。两句淡淡着笔，似乎不带明显的感情色彩，但自有一种对异乡景物的新鲜感在字里行间流注，下句又隐隐透出一丝"独游"者的孤寂凄清感。冒春荣谓此联写景"淡远"，赞其为"逸品"，是深得此联神味的。它表面上不像颔联那样警拔，却更隽永耐味。

尾联紧承第六句，仍从听觉角度着笔。"浮客"应上"独游"。"空留听"三字，承上启下，暗示诗人清夜卧听子规啼鸣，久久未曾安睡，恍惚间又闻褒城晨鸡报晓之声。盖因"高卧"七盘岭上，始得远闻褒城鸡鸣。这当然带有夸张渲染和想象的成分。至此，"独游""高卧"双结，首尾相应，结构缜密。

这首写行旅的五律，集中抒写独游者夜宿高峰之上新奇而孤清的感受。前幅高远警拔，富于气势；后幅清迥孤寂，富于远韵。不同的境界体现出"独游"者多方面的感受与情思。而对旅途景物的新奇感、新鲜感则贯注全诗。

古意呈乔补阙知之^①

卢家少妇郁金堂^②，海燕双栖玳瑁梁^③。九月寒砧催木叶^④，十年征戍忆辽阳^⑤。白狼河北音书断^⑥，丹凤城南秋夜长^⑦。谁谓含愁独不见^⑧，更教明月照流黄^⑨。

[校注]

①《珠英学士集》敦煌遗书残卷题作《古意》。《乐府诗集》卷七十五《杂曲歌辞》题作《独不见》，引《乐府广题》曰："《独不见》，伤思而不得见也。"补阙，唐代谏官名。《新唐书·百官志二》："武后垂拱元年，置补阙、拾遗，左、右各二员。"补阙从七品上，掌供奉讽谏。乔知之于武后垂拱二年丙戌（686）曾任左补阙，见陈子昂《观荆玉篇序》。诗当作于此前后。乔知之生平，见乔知之小传。古意，拟古、仿古，指拟古乐府《独不见》以抒思妇怀念征人而不得见之意。②梁武帝萧衍《河中之水歌》："河中之水向东流，洛阳女儿名莫愁。莫愁十三能织绮，十四采桑南陌头。十五嫁为卢家妇，十六生儿名阿侯。卢家兰室桂为梁，中有郁金苏合香。"此以"卢家少妇"借指女主人公，即征戍者的妻子。郁金，香草名，姜科多年生草本植

物，有块茎及纺锤状肉质块根。古人用作香料。郁金堂，指用郁金香草块茎或块根碾碎和泥涂壁的厅堂。此借指女主人公芳香华美的居室。堂，一作香。③海燕，即越燕，古人认为它产于南方，须越海而至，故名。玳瑁，海产动物，似龟，甲光滑有文采，可作装饰。玳瑁梁，对画梁的美称。④砧，捣衣石。⑤汉代辽东郡有辽阳县，故城在今辽宁辽阳市梁水、浑河交会处。⑥白狼河，即白狼水，今辽宁大凌河。《水经注·大辽水》："辽水右会白狼水，水出右北平白狼县东南。"白狼河北，指唐营州一带。⑦丹凤城，指长安城。杜甫《夜》诗"银汉遥应接凤城"仇注引赵次公曰："秦穆公女吹箫，凤降其城，因号丹凤城。其后言京城曰凤城。"或曰长安大明宫正南门为丹凤门，故称长安城为丹凤城。白狼河北，丹凤城南，分指丈夫征戍之地与女主人公所居之地。陶敏《沈佺期宋之问简谱》谓诗中"丹凤城"并非实指长安。乔知之在洛阳为官，沈诗亦于洛阳作。⑧谓，《才调集》作"知"，一作"为"。谁谓，即谁知、谁料。含愁独不见，谓少妇思念远戍辽阳的丈夫，脉脉含愁而不能相见。⑨更教，《才调集》作"使妾"。照，《才调集》作"对"。流黄，黄紫杂色的绢。汉乐府《相逢行》："大妇织罗绮，中妇织流黄。"此处"流黄"可理解为少妇的衣裳，也可理解为帷帐或织机上的织物。

[笺评]

杨慎曰：宋严沧浪取崔颢《黄鹤楼》诗为唐人七言律第一。近日何仲默、薛君采取沈佺期"卢家少妇郁金堂"一首为第一。二诗未易优劣。或以问予。予曰："崔诗赋体多，沈诗比兴多。以画家法论之，沈诗披麻皴，崔诗大斧劈皴也。"（《升庵诗话·黄鹤楼诗》）

黄家鼎曰：起得古，绝异莫愁情绪。（《邾庵重订李于鳞唐诗选》卷五。李攀龙选，蒋一葵笺释，黄家鼎重定）

王世贞曰：何仲默取沈云卿《独不见》，严沧浪取崔司勋《黄鹤楼》为七律压卷。二诗固其胜，百尺无枝，亭亭独上，在厥体中要不得为第一也。沈末句是齐梁乐府语，崔起法是盛唐歌行语。如织宫锦间一尺绣，锦则锦矣，如全幅何？老杜集中，吾独爱"风急天高"一章，结亦微弱。"玉露凋伤""老去悲秋"，首尾匀称，而斤两不足。"昆明池水"，秾丽况切，惜多平调，金石之声微乖耳。然竟当于四章求之。（《艺苑卮言》卷四）

《唐诗训解》：起千古骊珠，用意用字都妙。（卷五）

郝敬曰：化近体为古意，风韵淹雅，而略少意趣。近体不主意而主风韵，故冠冕初唐不可易也。（《批选唐诗》卷二）

胡应麟曰："卢家少妇"，体格风神，良称独步。惜颔联偏枯，结非本色。又曰："卢家少妇郁金堂，海燕双栖玳瑁梁""谁谓含愁独不见，更教明月照流黄"，同乐府语也，同一人诗也，然起句千古骊珠，结语几成蛇足，何也？学者打彻此关，则青龙疏抄可尽火矣。（《诗薮·内编·近体中·七言》）

胡震亨曰：沈诗篇题原名《独不见》，一结翻题取巧，六朝乐府变声，非律诗正格也。不应借材取冠兹体。（《唐音癸签·评汇六》）

许学夷曰：古人为诗不惮改削，故多可传。杜子美有"新诗改罢自长吟"，韦端己有"卧对南山改旧诗"之句是也。尝观唐人诸选，字有不同，字有增损，正由前后窜削不一故耳。如沈佺期"卢家少妇郁金堂"，《搜玉集》较今本但"少妇"作"小妇"，"音书"作"军书"；《才调集》则"卢家少妇"作"织锦少妇"，"白狼"作"白驹"，"谁谓"作"谁知"，"更教"作"使妾"，不但工拙不侔，其乖调竟似梁、陈然。《才调集》系唐末人选而犹未从改本者，盖彼但见初本，未见改本故也。（《诗源辩体》卷十三）

郭濬曰：此诗比兴多，用古绝不堆垛。（《增定评注唐诗正声》卷八）

陆时雍曰：高古浑厚，绝不似唐人所为。三、四迥出常度，结更雄厚深沉。（《唐诗镜》卷四）

钱光绣曰：语语从古调淘洗，作律诗看佳，作乐府看亦佳。（《删补唐诗选脉笺释会通评林·初七律》引）

周珽曰：深情老笔，此十年梨花枪也。（同上）

周启琦曰：含几许微情远思。（同上引）

陈继儒曰：云卿初变律体，如此篇虽未变乐府馀调，而落笔圆转灵通，要是腹角出龟龙，牙缝具出赤绿者。（同上引）

唐汝询曰：此为戍妇之词，而以"卢家妇"起兴，言彼夫妇交欢，居处华适，如雕梁之燕，得自双栖。而我则寒砧惊摇落之时，辽阳当久戍之后，风景凄其，块然独处，其视莫愁之情绪若何？因言音书寥绝，在夫之存亡未知；而秋夜方长，在己之离情独结。此果为谁而含愁？今所怀之人独不见，而皎然明月照此罗帷，使我更难为情耳。（《唐诗解》卷三十九）

邢昉曰："起语千古骊珠，结语几成蛇足"，此论吾不谓然。六朝乐府，行以唐律，瑰玮精工，无可指摘。（《唐风定》卷十六）

张延登曰：翩若游龙，迅如惊鹄。（《沈诗评》）

王夫之曰：从起入颔，羚羊挂角；从颔入腹，独茧抽丝。第七句狮吼雪山，龙含秋水。合成旖旎，韶采惊人。古今推为绝唱，当不诬。其所以如大辩才人，说古今事理，未有豫立之机，而鸿轩一致。人但歆歆于其珠玉。（《唐诗评选》卷四）

钱谦益曰："卢家少妇"之章，高棅硬改末二句，差排作律。（《有学集》）（按：《唐诗品汇》末二句作"谁为含愁独不见，更教明月照流黄"。）

冯班曰：此歌行也。此是乐府，不可作律诗。此诗被《品汇》改坏。（《虞山二冯先生才调集阅本》）

贺裳曰：长律至沈而工，较杜、宋实为严整。然唯"卢家少妇"篇，首尾温丽，馀亦中联警耳。结语多平熟，易开人浅率一路。若从此入手，恐不高。（《载酒园诗话又编·沈佺期》）

吴乔曰：唐初卢、骆所作，有声病者是齐梁体；李、杜诸公不用声病者，乃是古调。如沈佺期"卢家少妇"，体同律诗，则唐乐府亦用律诗也。又曰：律诗有二体，如沈佺期《古意》云："卢家少妇郁金堂，海燕双栖玳瑁梁"，以双栖起兴也。"九月寒砧催木叶"，言当寄衣之时也；"十年征戍忆辽阳"，出题意也。"白狼河北音书断"，足上文征戍之意；"丹凤城南秋夜长"，足上文"忆辽阳"之意。"谁为含情独不见，更教明月照流黄"，完上文寄衣之意。题虽曰乐府《古意》，而实《捣衣曲》之类。八句如钩锁连环，不用起承转合一定之法者也。(《围炉诗话》卷二)

黄生曰：(首句)兴起。彼。(次句)反语相映，比也。(三句)己。衬景。(五句)应四句。(六句)应三句。与起二句反照。(七、八句)怨及无情，情益难堪。全篇直叙，双燕栖而人独宿，此"反映法"。古诗多以夫妇比君臣，此风人之旨也。故集题作《古意赠乔补阙知之》，必沈时在下僚，呈此以道意者。凡唐人诗，作妇人语者，当作是观。"香"，一作"堂"，非。此诗本用梁武帝"卢家兰室桂为梁，中有郁金苏合香"二语之意，如卢照邻云"双燕双飞绕画梁，罗帏翠被郁金香"，刘庭芝云"倡家美女郁金香，飞来飞去公子傍"，并出于此，竟押"郁金香"三字自老，后人易为"堂"字，适见其陋。"谁为"，犹谁念也。愁人见月，倍增愁思，故怨及无情，若有人指使而然。(《唐诗摘抄》卷三)

毛奇龄曰：沈詹事《古意》《文苑英华》及本集题下皆有"赠补阙乔知之"六字。因詹事仕则天朝，适乔知之作补阙，其妾为武承嗣夺去，补阙后思之，故作此以慰其决绝之意。言比之征夫戍妇，无如何也。故结云"谁谓"，言不料其至此也。后补阙竟以此事致死，此行文一大关系者。自选本删题下六字，遂昧此意久矣。故张南士云："詹事《古意》，即《三百》遗制，内极其哀痛，外极其艳丽。"前人如何仲默、杨用修辈皆称此诗为三唐第一，然俱不得其解。盲子观场，稚儿读《论语》，不知何以亦妄评如此。(《西河诗话》)

王尧衢曰：此戍妇之词。前解以"卢家少妇"起兴，形己之独处凄凉。后解以"忆辽阳""忆"字作转，而以"含愁"不得见为合。"卢家少妇"，以少妇起兴……"郁金香"……此言卢家富贵气象。"海燕双栖"，少妇既富贵，又如海燕双栖，何等欢适。"玳瑁梁"，又写他富贵。"九月寒砧"，九月乃授衣时候，而闻寒砧之声，独动愁肠，盖不如卢家少妇远矣。"催木叶"，因寒则木落。"十年征戍"，夫婿远戍，乃至十年之久，其又不如双栖之海燕矣。曹植诗："君行逾十年，贱妾常孤栖。""忆辽阳"，此句是倒装文法，此三字是一篇之主。"白狼河北"，此便从辽阳落想。"白狼河"不远，加以"北"字便远矣。 "音书"，此根"忆"字，忆其人而不得见，则忆音书。"断"，"断"字可怜。夫之存亡，未可知矣。"丹凤城南"，戍妇不必都住长安城，加以"南"字，便活泼矣。"秋夜"，正是怀人时候，此字与"九月"句应。"长"，"长"字凄绝，离情更甚。"谁为含愁"，音书已断，秋夜方长，此合愁也。此果为谁而然乎？含愁而得见，幸甚矣。"独不见"，独此所忆之人而不得见。"更教"二字加一倍法，正与"谁为"字、"独"字紧对。"明月"合"秋夜"。"照流黄"，流黄是屏帷之颜色，月色照之，更为凄绝。(《古唐诗合解》卷九)

胡以梅曰：此赋征夫久戍、思妇闺情也。(《唐诗贯珠串释》)

赵臣瑗曰：此诗见赏于李于鳞，见弃于金圣叹。予细观之，后六句与起二句绝不相蒙。中二联又自相承接，似于律不合。然其格调，高古绝伦，不忍弃也。或谓是戍妇思夫之曲，果尔，则首联不应说得如此繁华，且其呈乔补阙也殊无谓。此当是先生配流岭表时，托言以干乔公，望其援手何疑，"卢家少妇"，直指补阙，所谓"南国佳人号莫愁"者也。其所托处，则不外画堂仙掖，何等风华。"海燕双栖"，明明以夫妇之和谐，喻君臣之际会，诚艳之也，诚仰之也。下遂突然告诉出自家苦况，言当此清风戒寒之时，砧声动而木叶将下矣，亦知有目断天涯，望美人而不见者乎！好音杳杳，玉漏迢迢，其又何以消此寂寞也。乔公乎，乔公乎，有不爱四壁之馀明，以容此扫室布席之人也者，非子之望而谁望耶？(《山满楼笺注唐诗七言律》卷一)

毛张健曰：仍本六朝艳体，而托兴深婉，得风人之旨，故为佳什。若王、李诸公必以此为七律第一首，则吾又不得其解也。（《唐体馀编》卷一）

谭宗曰：纯乎古作，安得不高？《凤凰台》《黄鹤楼》，要彼命篇实有不同尔。即以体气论，吾未见能过此也。（《近体秋阳》卷五）

乔亿曰：七言律诗有古意更难。气格之古，无过沈云卿之《龙池篇》、崔颢之《黄鹤楼》、老杜之"城尖径仄"诸篇。词意之古，无过沈云卿之"卢家少妇"一者。然效杜拗体者多，"卢家少妇"无嗣响矣。（《剑溪说诗》卷下）

屈复曰：此代为征戍之妇而言也。有谓唐一代以此诗第一者。果好。若为一代第一，则不敢知。（《唐诗成法》）

沈德潜曰：以"卢家少妇"起兴，言夫妇相守如雕梁之燕也。下就分离言。（《重订唐诗别裁集》卷十三）又曰：云卿《独不见》一章，骨高气高，色泽情韵俱高。视中唐"莺啼燕语报新年"诗，味薄语纤，床分上下。（《说诗晬语》卷上）

袁枚曰：此为戍妇之词，而以"卢家少妇"起兴。首二言彼夫妇交欢，如梁燕双栖……三、四风景凄其，块然独居……五、六音书断绝，秋夜更长……末二言"含愁"对"月"，使我更难为情耳。（《详注圈点诗学全书》卷三）

黄叔灿曰：首句借"卢家少妇"以拟闺情也。"海燕双栖"，托物情以拟人事。"九月寒砧"，寄衣急矣；"十年征戍"，忆远无期。"白狼河"，夫戍之所；"丹凤城"，妇居之地。伤信音之隔绝，悲独夜之凄凉。"谁为"句，谓我之含愁谁诉，夫独不之见乎？如此情怀，明月偏照流黄，机上织锦未成，悲何以任耶！（《唐诗笺注》卷四）

宋宗元曰：（三、四句）悲壮浑成，应推绝唱。（《网师园唐诗笺》卷十）

姚鼐曰：初唐诸君，正以能变六朝为佳。至"卢家少妇"一章，高振唐音，远包古韵，此是神到之作，当取冠一朝矣。（《五七言今体

诗钞·序目》)

方东树曰：此诗只首句是作者本义，安身立命正脉。盖本为荡妇室思之作，而以卢家少妇实之，则令人迷。如《古诗》以西北高楼实杞梁妻一样笔意。本以燕之双栖兴少妇独居，却以"郁金堂""玳瑁梁"等字攒成异彩，五色并驰，令人目眩。此得齐、梁之秘而加神妙者。三、四不过叙流年时景，而措语沉着重稳。五、六句分写行者、居者，匀配完足，复以"白狼""丹凤"攒染设色。收拓开一步，正是跌进一步。曲折圆转，如弹丸脱手。远包齐梁，高振唐音。崔颢、太白所不能为，何况其馀。庶几右丞《出塞》，足以近之。持较杨慎《关山月》，则一起一收，说尽无味，中四句太多太滞，肥笨不能通灵。"分弓"二句不上题，似猜谜。再取右丞、工部《樱桃》较何大复《鲥鱼》，皆可见明之诗人不如唐远甚。(《昭昧詹言》卷十五)

胡本渊曰：精细严整中血脉流贯，元气浑然。以此入乐府，真不可多得之作。(《唐诗近体》卷三)

张世炜曰：崔赋体多，沈比兴多……余意诗无定品，兴会所至，自能动人。然须才、法两尽。崔诗才气胜，沈诗法律胜。以三唐人诗而必以孰为第一，何异旗亭甲乙耶！(《唐七律隽》)

王寿昌曰：何谓"高"？曰：近体则……沈云卿之"卢家少妇郁金堂……"。(《小清华园诗谈》卷上)

潘德舆曰：严沧浪谓崔郎中《黄鹤楼》诗为唐人七律第一，何仲默、薛君采则谓沈云卿"卢家少妇"诗为第一。人决之杨升庵，升庵两可之。愚谓沈诗纯是乐府，崔诗特参古调，皆非律诗之正。必取压卷，唯老杜"风急天高"一篇，气体浑雄，剪裁老到，此为弁冕无疑耳。(《养一斋诗话》卷八)

曹锡彤曰：乔知之奉使北军，有婢曰窈娘，美且善歌。而久别，故以闺意呈之。(《唐诗析类集训》)

王闿运曰：常语，以色韵佳。(《手批唐诗选》卷十二)

俞陛云曰：诗从古乐府脱化。首句曰生子华贵，深居兰室，在郁金苏合香中。次句言于归后倡随，若栖梁之双燕。三、四用逆挽句法，征人辽海，荏苒十年。况木叶秋深，西风砧杵，寒衣待寄，益增离索之思。五句盼雁书而不到，承上"征戍"而言；六句感鱼钥之宵长，承上"九月"而言。收处曰独处含愁，更堪明月凄清，来照流黄机上，且有只容明月照我幽居之意，与"春风不相识，何事入罗帏"同其贞静也。(《诗境浅说》丙编)

[鉴赏]

题称"古意呈乔补阙知之"，古意指拟古乐府《独不见》。《乐府诗集》卷上十五《独不见》古辞载梁柳恽之作，末二句云："奉帚长信宫，谁知独不见。"亦于篇末点出题意，与沈佺期此诗末联点出"谁谓含愁独不见"同一结法。故《乐府诗集》题为《独不见》是符合诗意的，沈诗题"古意"即拟古乐府《独不见》也可得到证实。陈子昂武后垂拱二年（686）四月曾从左补阙乔知之北征同罗、仆固，知之直至垂拱四年犹戍北边，此诗既为呈乔知之之作，又有"九月"字，则诗或当作于垂拱元年九月，其时知之或已在朝廷任左补阙。呈诗于知之，盖友朋间诗歌酬赠，不必有其他寓意。

这虽是一首拟古乐府《独不见》之作，又是一首完全合律的七言律诗（第七句"独"字，王水照认为是以入作平，见《百家唐宋诗新话》第29页）。撇开宋、明、清三代诗评家关于唐人七律孰为第一的争论不论，就诗歌本身看，称得上是一首优秀之作。

起联化用梁武帝《河中之水歌》，以"卢家少妇"借指诗中女主人公——一位丈夫长期远戍不归的思妇。用"郁金堂""玳瑁梁"形容其居处的华美，用"海燕双栖"反衬她独居华屋的孤寂。古乐府写女主人公，常用夸张渲染的笔墨和秾艳华丽的辞藻，此诗既为仿古乐府之作，又直接化用《河中之水歌》，自不能不袭用此类手法，不必因此而怀疑其不类戍妇，从而误将"卢家少妇"理解为与女主人公境遇不同的人物。实际上，居处越是写得华美，辞藻越是艳丽，反倒越突出了其处境的孤寂。这种写法，与后来温庭筠的词每以华艳的色彩写女子的居处、服饰，以反衬其离别相思之情，颇为相似。

领联揭出正意，点明全诗的季候背景与人事背景。"十年征戍忆辽阳"是全篇主句，诗就是写一位丈夫远戍辽阳十年未归的思妇在"九月寒砧催木叶"的季节环境中的情思。这一联不仅对仗工整自然，音律爽朗浏亮，语言圆转流丽，而且有丰富的蕴含。"寒砧催木叶"，似无理而真实，写出了深秋季节，在凄清而透出寒意的砧杵声中，枯黄的树叶纷纷坠落的萧瑟凄其景象，仿佛是砧杵声在不断地催送落叶一样。言外自含思妇对整个凄寒萧瑟的环境视听浑然一体的感受，透露出对年华消逝、生命凋衰的伤感，而凄清而紧急的砧杵声也好像与思妇凄寒孤寂的心声相应相和。这是一层。同时，"九月授衣"，寒秋季节，正是家家户户给远戍的征人制送寒衣的时节，听到清亮急促的砧杵之声，便自然想到远戍边地的征人，因此下句接以"十年征戍忆辽阳"便十分自然。在这里，"寒砧"声又成了触发戍妇思念远人的情思的外物和触媒。上句写景，景中含情；下句叙事，事中有"忆"。"十年"句高度概括。"忆"字当中蕴含了长期以来对远戍丈夫的深长思念、无限牵挂和忧虑不安，以及年年盼归又岁岁落空的怅恨，更包含了对自身空房独守、凄清寂寞处境的哀伤和年华在长期的寂寥等待中暗自消逝的悲感。种种千回百转的情思，统包于一个无所不包的"忆"字当中，可谓以单纯寓丰富的典型。

腹联承领联作进一步的抒写和渲染，在回环往复中有递进与深化。出句承"十年征戍忆辽阳"，点明远戍白狼河北的丈夫音书断绝，生死存亡未卜，这就在"十年"长别的痛苦思念等待中更增添了百年永别的担心。"断"字中交织着焦急、疑虑、不安乃至茫然无措的感伤情绪。对句承"九月寒砧催木叶"，谓值此深秋寒夜，京城城南的戍妇倍感秋宵之漫长。"长"字中透露出永夜不眠、辗转反侧的漫长时间过程中无尽的思念、忧虑和哀伤。夜之长正透出思之长、悲之长。

写到这里，"卢家少妇"的种种深长思念和痛苦已得到充分的表现，第七句乃用"含愁独不见"五字作一总束，说明以上六句所写的都是身居华堂的"卢家少妇"含愁思念远人而独不得见的情思。句首用"谁谓"提起，兼含始料未及、无人理解之意，自怨自叹之情。第八句以"更教"二字与"谁谓"相呼应，推进一层，说本已因长期独居含愁不寐，更何况又见明月映照流黄制成的帷帐，益增空帷独守的哀伤。团围明月，本是夫妇团聚的象征，如今明月依旧，却空照清冷的床帷，触景伤怀，情更难堪。末句与篇首"海燕双栖"亦适成对照，正反相形，首尾相应。

　　这首诗所抒写的思妇怀念远戍征人的感情是深挚而哀伤的，但全诗并不给人低沉绝望之感，在深长的思念中有对生活的执著和对和平的渴望。诗气象高华，境界阔大，体现出向盛唐诗过渡的风貌特征。

郭 震

郭震（656—713），字元振，魏州贵乡（今河北大名东）人。年十八举进士，为通泉县尉。武后召见，进《宝剑篇》，授右武卫铠曹参军。大足元年（701），授凉州都督、陇右诸军州大使。中宗神龙年间，授安西大都护。睿宗景云二年（711），进同中书门下三品。先天元年（712），任朔方军大总管，次年复召为兵部尚书、同中书门下三品。以平太平公主功，封代国公。玄宗讲武骊山，以军容不整流新州，起为饶州司马，道病卒。《全唐诗》编其诗为一卷。

古剑篇①

君不见昆吾铁冶飞炎烟②，红光紫气俱赫然③。良工锻炼凡几年④，铸得宝剑名龙泉⑤。龙泉颜色如霜雪，良工咨嗟叹奇绝⑥。琉璃玉匣吐莲花⑦，错镂金环映明月⑧。正逢天下无风尘⑨，幸得周防君子身⑩。精光黯黯青蛇色⑪，文章片片绿龟鳞⑫。非直结交游侠子⑬，亦曾亲近英雄人。何言中路遭弃捐⑭，零落漂沦古狱边⑮。虽复尘埋无所用，犹能夜夜气冲天⑯。

[校注]

①题一作《古剑歌》，见张说所撰《兵部尚书代国公赠少保郭公行状》；一作《宝剑篇》，见《新唐书·郭元振传》。②昆吾，传说中山名。《山海经·中山经》："昆吾之山，其上多赤铜。"郭璞注："此山出名铜，色赤如火。以之作刃，切玉如割泥也。"铁冶，炼铁之所。③红光紫气，指剑在冶炼铸造过程中放射出的光焰烟气，特指宝剑冶炼中放射的精光

宝气。赫然，光彩鲜明貌。④良工，指铸剑的优秀工匠，此指干将、莫邪。⑤龙泉，宝剑名。王充《论衡·率性》："棠谿鱼肠之属，龙泉太阿之辈，其本铤山中之恒铁也。"又名龙渊。《战国策·韩策一》："邓师、宛冯、龙渊、太阿，皆陆断马牛，水击鹄雁，当敌即斩坚。"《越绝书·越绝外传》："欧冶子、干将凿茨山，泄其溪，取铁英，作铁剑三枚，一曰龙渊，二曰太阿，三曰工布。"又《太平御览》卷三百四十三引《列异志》载，楚人干将、莫邪夫妇为楚王铸雌雄二剑，三年乃成。干将以误期自料必死，乃留雄剑嘱其妻：若生男，告以剑所在。干将果被杀，其子长，得客之助舍身为父复仇。⑥咨嗟，赞叹称美之声。⑦《西京杂记》卷一："高祖斩白蛇剑，剑上有七采珠、九华玉以为饰，杂厕五色琉璃为剑匣。剑在室中，光景犹照于外。"吐莲花，指剑光如莲花。见《初学记》卷二十二引《吴越春秋》。或谓"莲花"指环状的剑柄头上涂饰的金花。但如指此，似不应曰"吐莲花"。⑧错镂金环，指剑柄剑环上错彩镂金。⑨风尘，指战乱。⑩周防，周密防护。⑪青蛇色，指剑光闪耀，如青蛇蜿蜒游动。⑫文章，指宝剑上的花纹。龟鳞，状剑上如龟甲形的花纹。据《吴越春秋·阖闾内传》，干将、莫邪夫妇为吴王铸阴阳剑，阳曰干将，阴曰莫邪，"阳作龟文，阴作漫理"。⑬非直，不仅。结交，指为游侠之士所赏爱，与下句"亲近"义略同。⑭何言，犹岂料。⑮《晋书·张华传》："初，吴之未灭也，斗、牛之间常有紫气……及吴平之后，紫气愈明。华闻豫章人雷焕妙达纬象，乃要焕宿……焕曰：'宝剑之气，上彻于天耳。'……华大喜。即补焕为丰城令。焕到县，掘狱屋基，入地四丈馀，得一石函，光气非常，中有双剑，并刻题，一曰龙泉，一曰太阿。其夕，斗、牛间气不复见矣。"漂沦古狱边，即指宝剑被尘埋于狱屋基地下。⑯夜夜气冲天，谓宝剑之精气上彻于天。参详上注。

[笺评]

钟惺曰：（"良工咨嗟叹奇绝"）自作自叹，异甚。然真赏人实有此境。（"琉璃"四句）不是此数语，便落粗恶一道。（"非直"二句）善为古剑讲价。（"虽复"二句）不恶。然再粗不得矣，慎之。（《唐诗归》卷四）

谭元春曰：（"正逢"二句）将宝剑说得忠孝节义了。（同上）

唐汝询曰：体裁无爽，终是浅调。直可动武瞾耳，真好文主恐未易动。（《唐诗汇编十集》）

程元初曰：元振诗每多讽刺，有合风骚。此篇之自负如此，无愧于其言矣。（《唐诗绪笺》）

胡应麟曰：唐人歌行烜赫者，郭元振《宝剑篇》、宋之问《龙门行》《明河篇》、李峤《汾阴行》、元稹《连昌词》、白居易《长恨歌》《琵琶行》、卢仝《月蚀》、李贺《高轩》，并惊绝一时。（《诗薮》）

周容曰：郭代公以《宝剑篇》发迹，至今若有生气，读之一粗豪之调耳。然对英主，正是沈细不得。英雄事业中人，非可以风雅正则论也。（《春酒堂诗话》）

贺裳曰：《宝剑篇》英气逼人，自是磊落丈夫本色。独其乐府诗，又何凄艳动人也！谁谓儿女情长，则英雄气短乎？（《载酒园诗话又编·郭元振》）

吴乔曰：郭元振《古剑篇》、宋之问《明河篇》，正意皆在末四句。（《围炉诗话》卷二）

沈德潜曰：杜诗云："高咏《宝剑篇》，神交付冥漠。"谓此诗也。（《重订唐诗别裁集》卷五）

宋宗元曰："正逢天下无风尘，幸得周防君子身。"身分俱到。（《网师园唐诗笺》卷四）

管世铭曰：郭代公《宝剑篇》与薛少保《陕郊》五言诗，均为子美服膺，见于本集。（《读雪山房唐诗序例·七古凡例》）

王闿运曰："正逢天下无风尘，幸得周防君子身。"以不祥器说得吉祥，是生新出奇法。又："何言中路遭弃捐"，英雄乃肯弃捐邪？此讳言死后漂沦耳，造语未圆。（《手批唐诗选》卷七）

[鉴赏]

这首诗著称当时，与郭震的一段际遇有密切关系。张说《兵部尚书代国公赠少保郭公行状》云："授梓州通泉尉。至县，落拓不拘小节。尝铸钱，掠良人财，以济四方，海内同声合气，有至千万者。则天闻其名，驿征引见，语至夜，甚奇之。问蜀川之迹，对而不隐。令录旧文，乃上《古剑歌》……则天览而佳之，令写数十本，遍赐学士李峤、阎朝隐等，遂授右武卫胄曹，右控鹤内供奉，寻迁奉宸监丞。"这段记载，既显示出武后对人才的重视，也表现出郭震对自己才能的自负。上《古剑歌》于武后，无异于对自己杰出才能和目前境遇的最好宣传，是一种诗的自荐。从这里也可以窥见诗歌在唐人政治生活中的重要作用。

诗分四段。首四句咏宝剑的冶炼铸造过程，突出强调其原料出自"昆吾"，材质优异。又久经"良工锻炼"，在冶铸过程中即已"红光紫气俱赫然"，表现出特异的精气光彩。以此比喻自己既有卓异不凡的材质，又经反复锻炼陶冶，已经熔铸成宝贵的人才——像名贵的龙泉宝剑那样珍奇的宝物。

接下来四句，描绘渲染宝剑的颜色、装饰和光彩。"颜色如霜雪"，状其寒气逼人，锋利无比；"琉璃玉匣""错镂金环"状其装饰之华美珍奇，"吐莲花""映明月"状其光彩照人，用以比喻自己的品质才华之美与精神气质之美。中间插入"良工咨嗟叹奇绝"一句，暗示自己的品质才华早已得到铸才识才者的高度赞赏，虽似旁笔，却含深意，言外自含对一切不识和弃置奇才者的慨叹。

"正逢"六句，形容宝剑的"精光"和文采，比喻自己的精神品格和文采才华。并以宝剑适逢"无风尘"的盛世，虽未能报国杀敌，施展平生本领，却坚守自己的节操品格，或"周防君子身"，或"结交游侠子"，或"亲近英雄人"，所结交亲近的都是正直义烈之士。写到这里，剑与人已浑为一体。

最后四句，是全篇点眼。以宝剑中路遭弃、尘埋地下比喻自己沉沦不遇、零落漂沦的遭际处境。尽管目前"尘埋无所用"，却"犹能夜夜气冲天"。结语既吐露宣泄了内心的愤郁不平之气，又说明自己的才能品质和精神气质终不可掩，定有被发现、被重用的一天。

这首诗通篇以宝剑自喻，激荡着一股雄豪英发和磊落不平之气，其中蕴含了对自己精神品格、才能文采的高度自信。虽处"尘埋无所用"之境遇，却表现出"天生我材必有用"的信念。诗虽通篇设喻，却喻义鲜明，毫无晦涩之弊。直截明快，遒劲雄放，反映出作者的豪侠性格和磊落之气。虽不像诗人之诗那样富于文采和意境，却自显英雄本色。诗如其人，千载之下，犹感"英气逼人"。

张敬忠

张敬忠（？—约735），京兆（今陕西西安市）人。生年未详。中宗时任监察御史。神龙三年（707），入朔方军总管张仁亶幕，分判军事。后历任司勋郎中、吏部郎中，迁兵部侍郎。开元七年（719）任平卢节度使；十一年为河西节度使。后历任剑南节度使、河南尹、太常卿。十七年为益州大都督府长史。《全唐诗》录存其诗二首。

边　词①

五原春色旧来迟②，二月垂杨未挂丝。即今河畔冰开日③，便是长安花落时④。

[校注]

①边词，犹边塞之作，边塞的歌咏。据首句"五原"，此诗当为张敬忠在朔方军幕期间所作。②五原，秦设九原郡，汉武帝改置五原郡，有五原县，见《汉书·地理志》。地在今内蒙古自治区五原县。张仁亶任朔方军总管时为防突厥而修筑的三受降城之一西受降城，就在五原西北。旧来，从来。③河，指黄河。④花落时，指暮春时。作诗时在暮春三月。

[笺评]

敖英曰：人多说边境之苦，而此诗想到长安，思更深苦。（《唐诗绝句类选》卷二）

钟惺曰：只叙事物，许多感情。《三百篇·草虫》等诗之法也。（《唐诗归》卷四）

谭元春曰：风土诗。（同上）

《唐诗训解》：说得苦寒出。又曰：通篇皆模写"春色迟"三字，以见边地之苦寒。（卷七）

陆时雍曰：自可断肠。（《唐诗镜》卷七）

周敬曰：彼此相形，专以意胜，说得出。（《删补唐诗选脉笺释会通评林·初七绝》）

黄生曰：情在景中。只一意，用"今""旧"二字，翻作两层。只说边地苦寒，而征人之不堪自见。（《唐诗摘抄》卷四）

徐增曰：此诗不用深巧，只将"春色迟"三字写大意，而边地之苦自见，尚不失盛唐步武。（《而庵说唐诗》卷十）

沈德潜曰：不须用意。（《重订唐诗别裁集》卷十九）

黄叔灿曰：二月无杨，春深水泮然，则尚何花事之可言。边城苦寒，却分两层形容。首二句是先言气候之无异于长安，曰"旧来"、曰"即今"两层，却以上层托出下层。（《唐诗笺注》卷八）

宋宗元曰：深情含蓄。（《网师园唐诗笺》卷十五）

王一士曰：写景最灵活，可救塞滞之弊。（刘文蔚辑注《唐诗合选详解》引）

俞陛云曰：凡作边词者，每言塞外春迟，而各人诗笔不同。此诗言时已二月，而柳条未泄春光。迨长河冰解，长安已处处飞花。极言气候之不齐，语颇质直。若王之涣诗："羌笛何须怨杨柳，春光不度玉门关。"推为绝调，传遍旗亭。吴兆骞诗："马后桃花马前雪，出关争得不回头。"为《秋笳集》中第一。此二诗皆言绝域春寒，情调并美，突过前人。然张诗自有初唐质朴之气。（《诗境浅说》续编）

刘永济曰：此边词而不言边塞之苦，但用对比手法，将"河畔"与"长安"两两相形，而意在言外，且语意和平，可想见唐初国力之盛。（《唐人绝句精华》）

[鉴赏]

北方边塞气候寒冷，虽同一节令而自然景色与内地迥异。这是客观事实。面对同一客观事实，不同时代、不同思想感情的诗人在歌咏它时，却会呈现出完全不同的艺术风貌。张敬忠的这首《边词》，便是写边地气候景物很有特色的作品。

首句明点边地春迟。五原地处塞外，北临大漠，气候严寒，风物荒凉，春色姗姗来迟。着"旧来"二字，不但见此地的荒寒自古迄今如斯，且表明诗人对此早有所闻，思想感情上对此也早有所准备。这一句是全篇总冒，以下三句都是从不同角度对此地春色之迟进行具体描绘。它起得从容而安详，为全诗定下了总的感情基调。

"二月垂杨未挂丝"。仲春二月，内地已是桃红柳绿，春光烂漫，这里却连垂杨都尚未吐叶挂丝。柳色向来是春光的标志，诗人们总是首先在柳色中发现春意，发现春天的脚步和身影。抓住"二月垂杨未挂丝"这个典型景象，便非常简括而形象地显示出边地春迟的特征。令人宛见在无边荒漠中，几株垂柳在凛冽的寒风中摇曳着光秃秃的空枝，看不到一点绿色的荒寒景象。这一句虽未提到长安，但诗人意中自有长安二月的景象作为参照，这从"未"字上可以体味出来。

三、四两句仍紧扣"春迟"写边地景物，却将第二句中潜在的参照移至明处，通过五原与长安不同景象的对照，来突出渲染北边的春迟。第二句与三、四句之间，有一个时间差距。第二句所写的并非眼前景，而是对"五原春色旧来迟"的一种形象化表述，或者是对五原"二月"景象的追叙。第三句所写的才是边地的眼前景，故用"即今"提起。河畔冰开、长安花落，暗示时令已值暮春。在荒寒的北边，到这时河冰刚刚解冻，春天的脚步虽已隐约可闻，春天的身影、春天的色彩却仍然未能望见。而遥想皇都长安，这时已是姹紫嫣红开过，春事阑珊了。这个对比，前实后虚，不仅进一步突出了边地春迟，而且寓含了戍守荒寒边地的将士对帝京长安的深情怀念。

面对五原春迟、北边荒寒的景象，诗人心中唤起的并不是沉重的叹息，也不是身处荒寒边塞的凄凉。这里是荒寒的，但荒寒中又具有辽阔和壮美（黄河冰开之景，至今仍显得极为壮观）；这里是孤寂的，但孤寂中又透露出边地的宁静和平，没有刀光剑影、烽火烟尘。这里的春天尽管来得特别迟，但春天毕竟要来临。"河畔冰开"，带来的是对春天的展望，而不是"莫言塞北无春到，纵有春来何处知"（李益《度破讷沙》）这样沉重的叹息。刘永济说："此边词而不言边塞之苦，但用对比手法，将'河畔'与'长安'两两相形，而意在言外，且语意和平，可想见唐初国力之盛。"这是深得诗味的精到评论。沈德潜评道："不须用意。"说的也是此诗于不经意中见诗人气度和时代风神的特点。如果将它与王之涣的《凉州词》对照起来读，便不难发现它们的声息相通之处：尽管都写到了边地的荒寒，但表露的却是对这种景象坦然面对、泰然自若的态度。在这一点上，《边词》可以说是开盛唐风气之先的。

这首七绝散起对结，结联又用一意贯串，似对非对的流水对，是典型的"初唐标格"。这种格式，对表现深沉凝重的感情可能有一定困难，但却特别适合表现安恬愉悦、明朗乐观的感情。诗的风调清爽流利，意致自然流动，音调和婉安恬，与它所表现的感情和谐统一。让人感到，诗人是用一种坦然的态度面对"春色旧来迟"和"二月垂杨未挂丝"的景象。特别是三、四两句，在"河畔冰开日"和"长安花落时"之前，分别用"即今""便是"这样轻松流易的词语勾连呼应，构成了一种顾盼自如、风流自赏的风神格调，而"河畔冰开"与"长安花落"的同时异地异景并置，又扫描式地展现了大唐帝国版图的辽阔，一种泱泱大国的雍容气度流注于字里行间。这一切，构成了这首诗特有的风神。"治世之音安以乐"（《毛诗序》），这首诗也许可以作为一个典型的例证。

陈子昂

陈子昂（659—700），字伯玉，梓州射洪（今属四川）人。弱冠以豪侠闻。开耀二年（682）登进士第，文明元年（684）献书阙下，武后奇其才，授麟台正字。垂拱二年（686），随左补阙乔知之北征同罗、仆固。永昌元年（689），迁右卫胄曹参军。长寿二年（694），擢右拾遗。不久被构陷"缘逆党"下狱，经年获释。万岁通天元年（696），从建安王武攸宜北征契丹，参谋军事，因谏议触怒攸宜，降为军曹。圣历元年（698）以父老解职归侍，栖居山林。后为县令段简罗织罪名下狱。久视元年（700）忧愤而卒。有《陈伯玉文集》十卷传世。《全唐诗》编其诗为二卷。陈子昂为唐代诗文革新先驱，其《与东方左史虬修竹篇序》高倡"汉魏风骨""风雅""兴寄"，指斥齐梁以来的绮丽诗风，并以自己的创作实践上述主张，为唐诗的健康发展开辟了道路。五古、五律均有佳作。

感遇诗三十八首 (其二)①

兰若生春夏②，芊蔚何青青③。幽独空林色④，朱蕤冒紫茎⑤。迟迟白日晚⑥，袅袅秋风生⑦。岁华尽摇落⑧，芳意竟何成⑨！

[校注]

①感遇，对所遭遇的事物情况抒发感慨看法。陈子昂的《感遇诗》三十八首，内容或抒写身世遭遇、理想抱负；或讽慨朝政，指斥时弊；或发表对天道、人生、历史人事的看法，非一时一地之作。性质类似阮籍《咏怀》八十二首，历来被视为其代表作。②兰若，兰草和杜若。兰指泽兰，多年生草本植物，秋季开白花，全身有香气。

《楚辞·离骚》："扈江蓠与辟芷兮，纫秋兰以为佩。"杜若，多年生草本植物，叶广披针形，味辛香，夏日开白花。《楚辞·九歌·湘君》："采芳洲兮杜若。"从"朱蕤"句看，似为开红花者。③芊蔚，草木茂盛貌。④幽独，静寂孤独。《楚辞·九章·涉江》："哀吾生之无乐兮，幽独处乎山中。"《九章·悲回风》："兰茝幽而独芳。"空林，杳无人迹的树林。张协《杂诗》之六："咆虎响穷山，鸣鹤聒空林。"⑤蕤（ruí），指花。王粲《初征赋》："春风穆其和畅兮，庶卉焕以敷蕤。"朱蕤，红花。句意谓红花开放在紫茎上面。⑥迟迟，阳光温暖、光线充足的样子。⑦袅袅，柔弱细长貌。《楚辞·九歌·湘夫人》："袅袅兮秋风，洞庭波兮木叶下。"⑧岁华，指一年一枯荣的草木。摇落，凋零。《楚辞·九辩》："悲哉秋之为气也，萧瑟兮草木摇落而变衰。"⑨芳意，指兰若开花的情意。

[笺评]

刘辰翁曰：又以芳草为不足也。（《唐诗品汇》卷三引）

顾璘曰：叹君子失时而无成也。（《删补唐诗选脉笺释会通评林·初五古》引）

唐陈彝曰："空"字不泛，下"尽""竟"字迫。（同上引）

唐汝询曰：此志在登庸忧时暮也。言兰若当春夏之时，郁然茂盛，虽居幽独，而其花茎之美，足使群葩失色，所谓"空林色"也。若于此时不为人所知，则迟日晚而秋风来，随众凋落而无成矣。以比己抱美才而处山泽，若不以盛年用世，至于衰老，将安及哉！（《唐诗解》卷一）又曰：仅存汉、魏口气。（《汇编唐诗十集》）

程元初曰：诗欲气高而不怒，怒则失于风流。此诗气高而不怒。（《唐诗绪笺》）

王尧衢曰：此感志之无成也……言兰若自春而夏，郁然茂盛，幽而独芳，秀出空林之色。虽有朱蕤紫茎，至于白日既晚，秋风复生，

则随岁华之凋落，而芳意迄于无成矣。人之淹留迟暮，负才不遇，亦犹芳兰之摇落于空谷也。(《古唐诗合解》卷一)

王闿运曰：自王绩、卢照邻已变陈、隋体矣，伯玉乃纯模古而轻逸，无拙笔。(《手批唐诗选》卷一)

[鉴赏]

陈子昂《感遇诗》三十八首中，有不少感怀身世之作。这一首纯用比兴之体，是实践其"兴寄"主张的代表性作品。

自屈原《离骚》等作开启以香草喻志士高洁幽芳品格的比兴象征传统以来，历代均有制作。但通篇托咏香草以寄寓诗人遭际情怀而艺术上成功之作并不多。这首诗在这类作品中，是写得比较精练含蓄而富于韵味的。

开头两句以咏叹的笔调起势，点明歌咏的主体——兰草和杜若，交代它们生长繁茂的季节，用"芊蔚何青青"来形况其绿叶离披、葱郁繁茂、富于生命力的景象。"何"字充满赞叹之情。

三、四两句，进而写兰若敷荣的美好身姿。"幽独空林色"，是说它们寂寞地开放在幽深空无人迹的树林中，"色"指花色。解者或将"空"字理解为"使群葩失色"之意，未免错会。这句的"幽"字、"空"字都是为了突出渲染"独"字，强调兰草、杜若独处于深山幽谷空林之中，是全篇的着意之处。"朱蕤冒紫茎"句中的"朱""紫"用以补足上句句末的"色"字。这句写花开之鲜艳，"冒"字既写红花挺立于紫茎之上的情状，也传出其活力与精神。这两句既有赞，也有叹。"幽独""空林"之语，已透露出幽芳无赏的意蕴。

五、六两句，写时序变迁。"迟迟白日晚"，是说时已晚暮，明亮温暖的阳光已变为一片黯淡的暮色；"袅袅秋风生"，是说时令已经到秋风萧瑟的季节。日暮加上秋风，黯淡的色调和萧瑟的情调交并，"兰若"的命运不问可知。

七、八两句，写草木凋零，芳意无成，揭示出兰若的悲剧命运和全篇主意。"岁华"句泛指百卉凋零，"芳意"句专指兰若。既然在秋风萧瑟的大环境中，一切"岁华"尽皆摇落，则兰若的凋零自在所难免。"芳意"二字历来评家皆语焉不详，其实它正是表达全篇主旨的关键字眼。"芳意"指兰若繁茂开花的情意，亦即花开见赏的情意。大自然中的草木，岁岁荣枯，是自然规律，花开并不求人赏，花落亦不企人怜。但这首诗中人格化了的"兰若"，则是有花开见赏的"芳意"的。"芳意竟何成"是慨叹像自己这样品格高洁、才能出众的志士寂处于"幽独"之境，不为时所赏、老死山林、抱负成空的悲剧命运。写到这里，全篇的兴寄之意便得到了既明快又含蓄的表达。

作为一首托物寓怀诗，它对所咏之物不作细致的描绘刻画，只就所寓托的内容对物的相应特征作大体勾画与形容。诗中对兰若的正面描写，实际上只有"芊蔚何青青"与"朱蕤冒紫茎"两句，其余均为对兰若生长季节与所处环境的描述。正面描写虽简，却既绘形又传神，在勾画出其繁茂葱郁、绿叶离披、朱蕤紫茎外形的同时，传达出其内在的芳洁与活力。而这又正与其所处的环境、所遭的命运构成鲜明对照，因此便突出表现了其高洁芬芳而幽独不见赏的悲剧命运。诗中着意渲染的是一种惋惜、遗憾而又无奈的情绪，这和诗中贯串始终的咏叹情调正相一致。其中像"何"字及"迟迟""袅袅""尽""竟"等字，都带有强烈的咏叹意味。一般的托物寓志诗，由于用以象征的意象多为传统习用的事物，所寓之志又多为某种固定的志向抱负，常有理胜于情的干枯抽象之弊，这首诗却自始至终融贯着浓郁的抒情气氛，使人感到诗人与其所咏之物浑融一体。感情虽强烈，但表现方式却并不剑拔弩张，而是在深情咏叹中仍具一份优游不迫的情致。评家赞其"气高而不怒"，是精当之评。

感遇诗三十八首 (其三)

苍苍丁零塞^①，今古缅荒途^②。亭堠何摧兀^③，暴骨无全躯^④。黄沙幕南起^⑤，白日隐西隅。汉甲三十万，曾以事匈奴^⑥。但见沙场死，谁怜塞上孤^⑦！

[校注]

①苍苍，青苍的颜色。丁零，古种族名，汉时为匈奴属国，游牧于北部和西北部广大地区。《史记·匈奴列传》："后北服浑庾、屈射、丁零、鬲昆、薪犁之国。"张守节正义："已上五国在匈奴北。"司马贞索隐引《魏略》："丁零在康居北，去匈奴庭接习水七千里。"丁零塞，丁零人所居的边塞地区。丁零，后称铁勒，又称回纥。垂拱二年 (686)，陈子昂从左补阙乔知之北征同罗、仆固，曾到过古丁零塞一带。②缅，邈远。句意谓丁零塞一带从古迄今一直是路途遥远的荒漠之地。③亭堠 (hòu)，边境上用以瞭望和监视敌情的岗亭、土堡。摧兀，高耸貌。④暴骨，暴露在原野上的骸骨。⑤幕，通"漠"。幕南，指今蒙古大沙漠以南地区。⑥汉甲，汉兵。事，有事于。事匈奴，从事对匈奴的战争。《史记·高祖本纪》："七年，匈奴攻韩王信马邑，信因与同谋反太原。白土曼丘臣、王黄立故赵将赵利为王以反，高祖自往击之。会天寒，士卒堕指者十二三，遂至平城。匈奴围我平城，七日而后罢去。"又《匈奴列传》："是时汉初定中国，徙韩王信于代，都马邑。匈奴大攻围马邑，韩王信降匈奴。匈奴得信，因引兵南逾句注，攻太原，至晋阳下，高帝自将兵往击之。会冬大寒雨雪，卒之堕指者十二三，于是冒顿详 (佯) 败走，诱汉兵。汉兵逐击冒顿，冒顿匿其精兵，见其羸弱。于是汉悉兵，多步兵，三十二万，北逐之。高帝先至平城，步兵未尽到。冒顿纵精兵四十万骑围高帝于白登，七日，汉兵中外不得相救饷。"后用陈平之计，方解白登之围。此为汉高祖

七年亲率军三十二万讨伐匈奴被困之事。又《史记·韩长孺列传》，武帝元光元年，御史大夫韩安国为护军将军，统率汉兵三十余万击匈奴，无功而罢。⑦塞上孤，指北方边塞地区因匈奴杀戮而造成的遗孤。

[笺评]

陈沆曰：《汉书》注："丁零，胡之别种也。"《通鉴》：万岁通天元年，遣曹仁师、张元遇等二十八将击契丹，子昂上书谏之，即此所谓"汉甲三十万""暴骨无全躯"也。"但见沙场死，谁怜塞上孤"，谓边备不修，将帅非人，以致斯患。（《诗比兴笺》卷三）

[鉴赏]

此诗历代选家、评家少有加以注意者，可能认为它仅仅是一般的咏古之作。子昂垂拱二年（686）随乔知之北征同罗、仆固，曾至古丁零塞一带，亲历边塞荒凉景象，或谓此诗即作于此次出塞时。但此次战事规模不大，正史中均未加以记载。陈沆《诗比兴笺》联系万岁通天元年（696）遣曹仁师、张元遇等二十八将击契丹，全军覆没事以解"汉甲三十万""暴骨无全躯"等句，颇有见。据《通鉴》，万岁通天元年五月，营州契丹松漠都督李尽忠、归诚刺史孙万荣举兵反，攻陷营州。遣左鹰扬卫将军曹仁师、右金吾卫大将军张玄遇、左威卫大将军李多祚、司农少卿麻仁节等二十八将讨之。七月，以春官尚书梁王武三思为榆关道安抚大使率师东征。八月，曹仁师等与契丹战于硖石谷，唐兵大败。"将卒死者填山谷，鲜有脱者"。九月，又以建安王武攸宜为右武威卫大将军，充清边道行军大总管，以讨契丹。子昂参谋军幕，从军出征。则"汉甲三十万""暴骨无全躯"之事实乃不久前刚发生之唐军惨败之事，故沉痛如许。诗实系借汉喻唐、讽慨时事之作，与《感遇诗》中"丁亥岁云暮""圣人不利己"等作性质相类，非泛泛咏古之作。至于古丁零塞远在漠北，而讨契丹之战争则在东北，此乃托古讽时之作的惯例，不必拘泥。

开头两句，大处落墨，描绘出丁零塞一带苍茫遥远、辽阔荒凉的景象。"苍苍"二字，写遥望中的丁零塞呈青苍之色，色调黯淡，与全诗情调相应。"缅"字既可指时间之久远，与"今古"相关；也可指空间的阔远，与"苍苍""荒途"相应。"荒途"二字，点明诗中所写系诗人在接近丁零塞时所见所感。而"今古"二字，更蕴含诗人在目击丁零塞一带苍茫阔远景象时，神思由古及今的跨越，透露出此诗借古慨今、以汉喻唐的构思。

三、四两句，描绘"荒途"中所见战争的遗迹。在广漠无际的荒野上，一座孤峙耸立的亭堠显得分外突出，而随处可见的死人骸骨纵横狼藉，则更令人触目惊心。"无全躯"三字着意说明这是战争中牺牲的战士身首异处、肢体不全的骸骨。两句相互映衬，透露出这一带曾经发生过多次残酷的战争和惨重的牺牲。语调沉重，感情沉痛。

五、六两句，转写远望所见漠南黄沙弥漫，白日隐没于西边天空中的黯淡凄惨景象，目的是以自然环境之恶劣来突出渲染战争之艰苦，为七、八两句造势。也使人联想到"日暮沙漠陲，战声烟尘里"的惨烈战斗情景。

"汉甲"二句，是全篇中叙事的主句。它兼包今古，表面上写汉朝与匈奴的战争，实际上寓指诗人亲历的唐王朝与契丹的战争。

最后两句，是全篇点眼。"但见沙场死"，应上"暴骨无全躯"，是说战场上直接牺牲的战士一般人都会注意到并给予同情；"谁怜塞上孤"，是说边塞地区在胡人的侵凌杀戮下，造成了无数遗孤，又有谁来怜悯呢？而无论是直接死于战争，或因胡人入侵而遭到杀戮的边民，他们的悲剧命运都和朝廷没有任用良将守边密切相关。《感遇》之三十七说："籍籍天骄子，猖狂已复来。塞垣无名将，亭堠空崔嵬。咄嗟吾何叹，边人涂草莱。"两相参较，显见"谁怜塞上孤"正是胡人入侵，"边人涂草莱"的结果；而"塞垣无名将"则正是造成这种现象的直接原因。二诗内容大体相近，而一则直叙，一则借古喻今。后者由于沟通今古，内涵更为深广而具普遍意义。

感遇诗三十八首（其十一）

吾爱鬼谷子①，青溪无垢氛②。囊括经世道③，遗身在白云。七雄方龙斗④，天下久无君⑤。浮荣不足贵⑥，遵养晦时文⑦。舒可弥宇宙，卷之不盈分⑧。岂徒山木寿⑨，空与麋鹿群⑩！

[校注]

①鬼谷子，战国时楚人，因曾隐于鬼谷（今河南开封东南），故以为号。长于养性持身及纵横捭阖之术。战国时著名纵横家苏秦、张仪俱曾师事之，见《史记·苏秦列传》及《张仪列传》。今传《鬼谷子》三卷，研究者认为系后人伪托。②青溪，指鬼谷子隐居之处。郭璞《游仙诗》（其二）："青溪千余仞，中有一道士。云生梁栋间，风出窗户里。借问此何谁？云是鬼谷子。"青溪，山名。庾仲雅《荆州记》："临沮县有青溪山，山东有泉，泉侧有道士精舍。郭景纯尝作临沮县，故《游仙诗》嗟青溪之美。"垢氛，污浊的气氛。谢灵运《述祖德诗》："兼抱济物性，而不缨垢氛。"③经世道，治理国事的方略。④七雄，指战国时七个强国秦、楚、齐、燕、赵、魏、韩。《汉书·叙传上》："于是七雄虓阚，分裂诸夏，龙战而虎争。"⑤久，《全唐诗》校："一作乱。"战国时东周久已衰微，故云"天下久无君"。⑥浮荣，虚荣。《论语·述而》："不义而富且贵，于我如浮云。"⑦《诗·周颂·酌》："於铄王师，遵养时晦。"遵养时晦，谓顺应时势积蓄力量以待时机。晦时文，谓隐藏文采以待时。⑧《淮南子·原道训》："夫道者，覆天载地，廓四方，柝八极，高不可际，深不可测……舒之幠于六合，卷之不盈于一握。"⑨《庄子·山木》："庄子

行于山中，见大木，枝叶盛茂。伐木者止其旁而不取也。问其故，曰：‘无所可用。’庄子曰：‘此木以不材得终其天年。’”⑩刘峻《广绝交论》："是以耿介之士，疾其若斯，裂裳裹足，弃之长骛，独立高山之顶，欢与麋鹿同群，皭皭然绝其氛浊，诚耻之也，诚畏之也。"《金楼子·兴王》："伯夷、叔齐饿于首阳，依麋鹿以为群。"与麋鹿为群，指隐居避世，过优游无拘束的淡泊生活。

[笺评]

刘辰翁曰：其诗多言世外，此又以鬼谷自负，非无能者。（《唐诗品汇》卷三引）

周明辅曰：观此可见子昂作用。"岂徒""空有"四字有力。（《增定评注唐诗正声》引）

唐汝询曰：此慕鬼谷子之为人而咏其事，言处绝尘之地，而抱经世之道，以世乱不可为，故遗荣晦迹，卷而怀之耳。岂若山木之以不材而寿哉！虽与麋鹿与群，实非其志也。（《唐诗解》卷一）

沈德潜曰：言隐居而抱经世之道，以世乱不可为，故卷而怀之，非与麋鹿同群者等也。"囊括经世道，遗身在白云"，有体有用，尽此十字。（《重订唐诗别裁集》卷一）

宋宗元曰："囊括经世道，遗身在白云"，借以自况，占地特高。（末四句）何等理致，何等身分。（《网师园唐诗笺》卷一）

陈沆曰：子昂少志经世，中年不遇，乃志归隐，故云"天下乱无君""遵养晦时文"，冀俟王室中兴而复出也。子昂乞归，在圣历元年，庐陵王复立为太子之日。盖见唐室兴复有渐，己志稍慰，始归养也。惜不久寻卒，不逮开元之世耳。（《诗比兴笺》卷三）

[鉴赏]

此诗借咏鬼谷子以寓自己虽迹似遗世独立，实深怀经世之志，隐居盖以待时也。鬼谷子本纵横家之祖，以鬼谷子自况，正表明其志在经世。此诗陈沆以为当作于圣历元年（698）以父老乞归，栖居山林之时，可备一说。但实际上或作于武则天如意元年（692）秋居梓州守继母制时。天授二年（691）冬，子昂丁继母忧，解官归梓州。翌年秋，有《秋夜卧病呈晖上人》，又有《酬晖上人秋夜山亭有赠》，后诗尾联云："多谢忘机人，尘忧未能整。"尘忧，尘俗的忧念，实即此诗所云的"经世"之情。

开头两句，以赞叹起，点明鬼谷子隐居山林，所居青溪远离尘垢，了无垢氛，勾画出一个高洁幽静的环境，映衬出其人高远绝俗的精神风貌。

三、四两句，笔锋一转，揭示出其志虽在经世济时，而身却处白云缭绕的山中。"囊括"二字，意类"怀抱"，却具有较"怀抱"远为阔远壮大的气势和力量。两句一放一收，一转一跌，极有笔意。它所构成的矛盾，为读者设置了悬念。

"七雄"四句，是对"囊括"二句所蕴含的悬疑的回答。由于"七雄方龙斗，天下久无君"，处于纷攘争斗不已的乱世，故"遗身在白云"，不贵浮荣虚名；由于"囊括经世道"，志在经世济时，故虽弃浮荣于不顾，却仍积蓄力量等待时机。

"舒可"二句，是对"囊括"二句的进一步发挥。意谓自己和鬼谷子一样，深怀治世之志与藏身之道。时势适宜，则出而仕，可以覆庇天下，兼济万民；时势不宜，则卷而怀之，可庇一身。盖极言进退卷舒之自如，与时进退之自得，流露出对自己处世之道的自赏与自信。

末二语是对自己迹似隐逸避世，志在经世兼济的人生观的宣示。山木以不材无用而得享天年，麋鹿因在山林得以优游遂性，但自己对这种人生并不认同。"岂徒""空与"四字，开合相应，说明自己绝非那种追求个人的安逸而碌碌终生的人，而是要将怀抱的经世之道加以实践，广被国家与苍生的积极进取者。

这首诗在歌咏鬼谷子，塑造其遗身白云、志在经世的形象的同时，展现了诗人自己的志向抱负与精神风貌。所咏之人与诗人自身的形象融合无间，浑化无迹。用短短的十二句诗，同时展示所咏人物与诗人自身形象，其艺术上驾轻就熟的功力值得重视。诗寓意明朗，风格明快，完全改变了阮籍《咏怀》旨意隐晦的风貌，在继承传统的基础上有明显的新变。《感遇诗》三十八首中也有少数风格比较隐晦的诗。就诗歌的新变而论，或许应该更重视这一类诗，因为它们更能体现时代精神、唐诗风貌和诗人的积极用世精神。

燕昭王①

南登碣石馆②，遥望黄金台③。丘陵尽乔木，昭王安在哉！霸图怅已矣④，驱马复归来。

[校注]

①本篇是组诗《蓟丘览古赠卢居士藏用七首》中的第二首，组诗题下有序云："丁酉（武后万岁通天二年，697），吾北征，出自蓟门，历观燕之旧都，其城池霸迹已芜没矣。乃慨然仰叹，忆昔乐生、邹子诸贤之游盛矣。因登蓟丘，作七诗以志之，寄终南卢处士。亦有轩辕之遗迹也。"卢藏用《陈子昂别传》云："属契丹以营州叛，建安郡王（武）攸宜亲总戎律，台阁英妙，皆署在军麾。特敕子昂参谋帷幕。军次渔阳，前军王孝杰等相次陷没，三军震慑。子昂进谏……建安方求斗士，以子昂素是书生，谢而不纳。子昂体弱多疾，感激忠义，尝欲奋身以答国士。自以官在近侍，又参预军谋，不可见危而惜身苟容。他日，又进谏，言甚切至，建安谢绝之，乃署以军曹。子昂知不合，因钳默下列，但兼掌书记而已。因登蓟北楼，感昔乐生、燕昭之事，赋诗数首。"所赋之诗即《蓟丘览古赠卢居士藏用七首》。七首诗为《轩辕台》《燕昭王》《乐生（毅）》《燕太子》《田光先生》《邹衍》《郭隗》。燕昭王，战国时燕国著名的贤君，公元前312年被立为王，

其时燕国国势日蹙，为齐所侵凌。昭王卑身厚币，招纳贤士，师事郭隗，士争相赴之，乐毅自魏往，邹衍自齐往，剧辛自赵往，终于破齐，导致燕国中兴。事见《战国策·燕策一》《史记·燕召公世家》。②馆，《全唐诗》原作"坂"，据《四部丛刊》本改。碣石馆，即碣石宫。《史记·孟子荀卿列传》："（邹衍）如燕，昭王拥彗（拿着扫帚）先驱，请列弟子之座而受业，筑碣石宫，身亲往师之。"碣石馆故址在今天津蓟县。③黄金台，传"燕昭王置千金于台上，以延天下之士"（《文选·鲍照〈代放歌行〉》李善注引《上谷郡图经》）。旧址或云在今河北易县东南。④霸图，指燕昭王争霸七雄的雄图。

[笺评]

郭濬曰：直写其胸中眼中，用阮（按：指阮籍《咏怀诗》之三十一："驾言发魏都，南向望吹台。箫管有遗音，梁王安在哉！战士食糟糠，贤者处蒿莱。歌舞曲未终，秦兵已复来。夹林非吾有，朱宫生尘埃。军败华阳下，身竟为土灰。"）不露痕迹。（《增定评注唐诗正声》卷一）

《唐诗训解》：士不遇主，古有同恨。（卷一）

唐汝询曰：此慨士无礼贤之主而怀古人焉。言燕昭筑馆起台以礼贤者，今其遗迹尚在也。而四顾唯乔木森然，斯人不复作矣。彼其霸图既泯没，而我特为惆怅，走马重游者，岂非深慕其人之风采邪！意谓世有燕昭，则吾未必为不遇也。（《唐诗解》卷一）

周珽曰：帷灯匣剑，令读者自想有得。（《删补唐诗选脉笺释会通评林·初五古》）

施闰章曰：潘尼"协心毗圣世，毕力赞康哉"，谢朓"耳目暂无扰，怀古信悠哉"，沈约"洞房殊未晓，清光信悠哉"，陈子昂"丘陵尽乔木，昭王安在哉"……略可，馀未免有心学步。沈、宋风韵气概，已胜潘、谢，至于鳞"登高作赋大夫哉"，殆不成语。（《蠖斋诗

话·用哉字》）

王尧衢曰：陈伯玉初年不遇，故寄慨于能礼贤之燕昭。燕昭王筑碣石馆，居骒衍，师事之。馆在幽州蓟县西。黄金台在易州易水东南，昭王置千金于台上，以延天下之士。今登碣石而望金台，非昭王之遗迹哉！乃所见丘陵尽长乔木，而昭王安在也？霸图消歇，怅无复存，惟驱马空归已耳。噫！微斯人，吾谁与归？又：钟伯敬曰：初唐至陈子昂，始觉诗中有一世界，无论一洗偏安之陋，并开创草昧之意，亦无有之矣。（《古唐诗合解》卷一）

沈德潜曰：言外见无人延国士也。（《重订唐诗别裁集》卷一）

宋宗元曰：（末二句）好士者不作，悠然言外。（《网师园唐诗笺》卷一）

蒋一梅曰：多少感慨。（佚名《唐诗选评》引）

陈沆曰：思中兴也。（《诗比兴笺》卷三）

[鉴赏]

登览怀古之作要有思想艺术品位，关键在于诗中是否寄寓了诗人有深切体验的现实感慨和人生感慨。如泛泛咏古，或所抒之感无切实感受，便常沦为怀古陈套。

陈子昂是一个喜言王霸大略，以国士自命的士人。当年高宗灵驾将西归，子昂献书阙下，武后览其书而壮之，"召见金华殿，因言王霸大略，君臣明道，拜麟台正字"（赵儋《陈公旌德碑》）。应该说在他初入仕途时，是得到过最高统治者赏识的。此后武则天曾多次召见，问以政事，他也屡次上书论政，指斥时弊。但武则天对他的才能并不深知，加以他"言多切直"，故并不为统治者所信用。这次从军北征，屡次进谏，又遭主帅武攸宜的拒绝和打击，从而更加深了怀才不遇之感。这首诗就是在这种深远的背景下写成的。如果只注意到从军北征期间的遭遇，就有可能对诗中所抒写的怀才不遇之感的内涵作狭隘化的理解。

开头两句以"南登""遥望"点醒《蓟丘览古》的总题目，以"碣石馆""黄金台"关合本题《燕昭王》。作为战国时代燕国的著名贤君，他的中兴事业就是从筑黄金台、建碣石馆，广泛延揽、尊礼贤才开始的。拈出"碣石馆""黄金台"，对燕昭王重视人才的追缅礼赞之情，以及对那个重视人才的时代的向往之情自然寓含其中。"黄金台"在易县，离诗人所登的蓟县碣石馆旧址较远，故须"遥望"，二字中即寓有不胜向往追缅之情。

三、四两句，突然兜转，由遥望时思接千载、神驰天外回到现境："丘陵尽乔木，昭王安在哉！"无论是脚下的碣石馆故址，还是远处的黄金台旧址，都已杳然不见，眼前只见一片起伏的丘陵山冈上长满了乔木，而贤君燕昭王却早已不在了。这是写望中实景，但实中寓虚，其中深寓着时无重才的明君的现实感慨。武攸宜虽是武氏宗族，但只不过是北征契丹的临时军事统帅，子昂为武攸宜所沮抑，虽有报国无门之慨，但这里说"昭王安在哉"，显然是暗寓现实中没有燕昭王这样礼遇并重用人才的贤君，因而实际上抒发了对当时最高统治者的深深失望。任用武攸宜这样不懂军事的宗族亲贵为统帅，当然也和昭王之知人善任、用乐毅而破齐形成历史与现实的巨大反差，从而加深时无燕昭的强烈感慨。诗歌一般少用之乎者也一类虚词，以免过于散文化，冲淡诗的韵味，但这里的"哉"字置于"昭王安在"的反问、感慨之下，却恰到好处地表达了强烈而深沉的历史感慨与现实感慨。

"霸图怅已矣，驱马复归来。"五、六两句，承上"昭王安在哉"，慨叹昔日燕国因昭王礼遇重用贤才而致中兴的霸业雄图已经成为历史陈迹，而今日的燕昭又不可复遇。惆怅之余，只能黯然驱马而归。这两句是交代这次登览的结束，更是感慨现实中君臣际遇的渺茫。"霸图怅已矣"，虽是说燕昭之霸业已成陈迹，也关合着自己的王霸大略无所施展的怅恨和理想抱负的落空，二者妙合无间，浑然无迹。

这首只有短短六句的五古，写得风格高古苍浑，在深沉强烈的感慨中寓有刚劲豪壮之气，俯仰古今之情，开合顿挫之姿，是实践其高倡风骨主张的优秀之作。评家谓其"用阮不露痕迹",指出其构思与用语有承继阮籍《咏怀》之处而不露袭用之痕,自有其依据;但从表现的思想感情看,陈诗显然体现出特有的时代色彩,体现一代新人对"天生我材必有用"的时代的憧憬与呼唤。而这,正是阮诗所无的。

登幽州台歌①

前不见古人,后不见来者②。念天地之悠悠③,独怆然而涕下④。

[校注]

①幽州台,即蓟北楼,故址在今北京市西南。卢藏用《陈子昂别传》云:"(子昂)因登蓟北楼,感昔乐生、燕昭之事,赋诗数首(按:指《蓟丘览古七首》),乃泫然流涕而歌曰⋯⋯"所歌即此首。可以看出,此诗是《蓟丘览古七首》所抒发的感情的深化和升华。此诗与《蓟丘览古七首》均作于万岁通天二年(697)。②来者,指将来的人。《楚辞·远游》:"惟天地之无穷兮,哀人生之长勤。往者余弗及兮,来者吾不闻。"③悠悠,久远貌。④怆然,悲伤貌。

[笺评]

杨慎曰:其辞简直,有汉、魏之风。(《升庵诗话》卷六)

钟惺曰:两"不见",好眼!"念天地之悠悠",好胸中!(《唐诗归》卷二)

谭元春曰:"独怆然而涕下",至人实有此事,不是荒唐。(同上)

王夫之曰:子昂以亢爽凌人,乃其怀来,气不充体,则亦酸寒中壮夫耳。徒此融泄初终,以神行而不以机牵,摇荡古今,岂但其大言之赫赫哉!(《唐诗评选》卷一)

黄周星曰:胸中自有万古,眼底更无一人。古今诗人多矣,从未

有道及此者。(《唐诗快》卷二)

沈德潜曰：余于登高时，每有今古茫茫之感，古人已先言之。
(《重订唐诗别裁集》卷五)

宋长白曰：阮步兵登广武城，叹曰："时无英雄，遂使竖子成
名！"眼界胸襟，令人捉摸不定。陈拾遗会得此意，《登幽州台》曰：
"前不见古人，后不见来者。念天地之悠悠，独怆然而涕下。"假如
陈、阮邂逅路岐，不知是哭是笑。(《柳亭诗话》卷十五)

陈沆曰：先朝之盛时，既不及见；将来之太平，又恐难期。不自
我先，不自我后，此千古遭乱之君子之所共伤也。不然，茫茫之感，
悠悠之期，何人不可用，何处不可题，岂知子昂《幽州》之歌，即阮
公广武之叹哉！(《诗比兴笺》卷三)

罗宗强曰：这短短二十字的一首诗，实在是他整个精神风貌的集
中反映，是他整个感情世界的集中表现。而且，就其中蕴含着的巨大
的感情力量而言，实在是他的时代积聚的感情力量和行将到来的盛唐
社会的精神风貌的先兆奇异结合的产物。说它是他的时代积聚的感情
力量的产物，是因为它不仅表现了不遇的悲怆，且在这悲怆的内里，
蕴藏着壮伟情怀。这是唐代立国近八十年之后，政治上和经济上的繁
荣强大在精神风貌上的反映。说它反映了行将到来的盛唐社会的精神
风貌的先兆，是说其中蕴含着的得风气之先的伟大的孤独感，证明着
他的抱负，他的自信，他的襟怀，走在了他的同代人的前面……《登
幽州台歌》一出，六朝绮靡诗风的余迹便一扫而光了。诗人的眼光，
已经完全从生活琐事中挣脱出来，投向宇宙与人生。浓烈壮大的感情
基调，慷慨悲歌，苍凉浑茫，便作为盛唐风骨的序曲出现了。(《唐诗
小史》第38~39页)

[鉴赏]

子昂此诗，作于武后万岁通天二年（697）随武攸宜北征契丹期

间。因屡谏忤宜受沮抑，钳默下列，心情抑郁，登蓟北楼，感燕昭、乐毅之事而作《蓟丘览古七首》，而后泫然流涕而作此歌。可见，从军北征、报国无门、不被信任、反受沮抑，是创作这首诗的直接动因。而对最高统治者武后由感知遇而深感失望则是更深层的原因。《蓟丘览古七首》，则可视为《登幽州台歌》的创作准备和典型化过程中的重要环节。

"前不见古人，后不见来者"，开头两句，劈头突起，凌空而来，极具天矫飞举的气势。登上高耸孤峙在华北平原上的蓟北楼，放眼四望，但见平野苍茫辽阔，遥接远山天际，一片苍莽无垠，带有某种原始洪荒色彩。这种空阔旷远的空间境界往往容易引发登临者对久远的时间境界的联想。因此，诗人很自然地由登高目极千里而思接古今。"前不见古人"，这里所说的"古人"，根据幽州台这个特定的地点，根据他的《蓟丘览古七首》，应该是指战国时代燕国的昭王、乐毅、郭隗这些明君贤才。遥想一千多年前，燕昭王礼贤下士，多方延揽并重用贤才良将，终于振兴燕国，创立了威震一时的霸业。而今，这些在当时演出过威武雄壮活剧和君臣际遇佳话的古人均已随历史的脚步远去，长眠地下，化为尘土，所以说"前不见古人"。"后不见来者"，与上一句相对应，指的是将来出现的明君贤才际遇，共创伟业宏图的情景。诗人缅怀追慕燕昭王时代君臣际遇的情景，但却杳然不可复见；诗人遥想并相信将来也肯定会出现这种局面，但自己却赶不上。两个"不见"，抒发了诗人深怀雄图大略、理想抱负，却生不逢时的强烈深沉悲慨。《蓟丘览古·郭隗》说："逢时独为贵，历代非无才。隗君亦何幸，遂起黄金台。"他艳美郭隗之幸而逢时，正是由于自己之不幸而生不逢时。

"念天地之悠悠"，这是由两个"不见"引发出来的意念活动。悠悠，既可指时间的久远，也可指空间的广远。一个人置身于苍莽无垠的原野之上，"前不见古人，后不见来者"，自然会感到宇宙的广袤无际和时间的无始无终，从而感到个人的渺小和个体生命的短暂。以如此短暂而渺小的个体生命面对无限的时空，既见不到以往的贤君才士风云际会的理想时代，又赶不上将来出现君臣际遇、可以施展抱负的繁荣盛世，一个人孤零零地站在蓟北楼上，心中不免油然而生难以抑止的孤独寂寞之感。"念"字中正蕴含着诗人面对广远的时空，内心百感交集的强烈思绪。正是在这种情绪的催化下，诗人不禁"独怆然而涕下"。这个"独"字，不仅显示了诗人是独自一人登蓟北楼而有上述思想感情和意念活动，而且透露出自己的生不逢时、怀才不遇之慨，以及由此而生的种种对人生对宇宙的思索与感慨，都只能独自郁积于胸中，得不到任何理解和同情。

古往今来，抒写生不逢时、怀才不遇之感，抒写世无知音之慨的文学作品汗牛充栋，但像陈子昂这首《登幽州台歌》这样，将个人的遭际放在如此广袤悠远的时空背景下来表现，确实称得上是前无古人，后乏来者。尤其值得注意的是，由于诗人并未明言"古人""来者"的具体含义，以及"念"的具体内容，"怆然涕下"的多种原因，诗的意境便显得非常虚泛。它在客观上所具有的含义，便不止是上面所揭示的生不逢时、怀才不遇、世无知音之慨，而是展现了一个有着远大理想抱负，站在时代前列的先驱者俯仰今古、放眼宇宙时所产生的孤独寂寞感，是得时代风气之先，向往并热切地呼唤着时代高潮到来而高潮尚未到来时的孤独寂寞感。由于诗人不仅缅怀过去，而且放眼未来，因此他的所有感情意念活动中都包含着极大的用世热情，引导人们想得更广更远，更积极奋发地对待短暂的人生。陈子昂不但在政治上有超前的思想理念，有"忧济在元元"的人本情怀，在文学上更是自觉倡导革新的先行者。从"文章道弊五百年矣"的感慨中可以看出他那种高远的历史感和以革新为己任的责任感。只有深刻了解陈子昂的全部政治文学活动的超前性，才能深刻理解这首诗中所抒发的前驱者的孤独寂寞感。

在艺术上，这首诗也极具独创性。它采取的是大背景、大概括、大写意的手法。虽是一首登览怀古之作，却既无《燕昭王》诗中"南登碣石馆,遥望黄金台"式的叙事,也无"丘陵尽乔木"式的绘景,而是目极天地,思接千古,在广袤悠远的时空背景下纯粹、直接抒情,极富抒情的广度、深度和力度。诗中虽无一字正面写景,但透过两个"不见",却仿佛置身于北国广漠苍莽、空旷寂寥的原野;虽无一字正面描绘诗人自己的具体形象,但透过所抒之情,特别是两个"不见",一个"独",一个"怆然",却仿佛可见诗人那胸怀广阔、心事浩茫、特立独行而又孤独苦闷、忧伤彷徨的形象。这种纯粹抒情而景寓情中、人在境中的写法,在整个中国诗史上,是非常独特的。诗的句式参差不齐,采用散文句式句法和多用虚字,完全打破起承转合的常规,一气直下,虽短章而极具苍莽雄浑之致。就形式而论,完全称得上是古代的自由诗了。

酬晖上人秋夜山亭有赠①

皎皎白林秋②,微微翠山静③。禅居感物变,独坐开轩屏④。风泉夜声杂,月露宵光冷⑤。多谢忘机人⑥,尘忧未能整⑦。

[校注]

①武则天天授二年辛卯(691)冬,陈子昂因丁继母忧,解官归梓州。在服丧期间,与当地僧人晖上人常有诗歌唱酬。此诗作于如意元年(692)秋,系酬晖上人之原唱《独坐山亭》赠诗。戴叔伦诗集中有《晖上人独坐亭》诗,当即晖上人之原唱《独坐山亭》误入者。诗云:"萧条心境外,兀坐独参禅。萝月明盘石,松风落洞泉。性空长入定,心悟自通玄。去住浑无迹,青山谢世缘。"陈子昂之五律《酬晖上人秋夜独坐山亭有赠》韵脚与晖上人原唱全同。而此首之用韵虽与原唱不同,诗意则与原唱相对应,当是另一首和作。②白林,联系句首"皎皎"二字,当指皎洁的秋月映照在树林上,使树林似乎

蒙上了银白色。晖上人诗也提到"萝月"。③微微，隐约貌。沈约《刘真人东山还》："连峰竟无已，积翠远微微。"或谓指"幽静貌"，恐非。晖上人诗亦有"青山"字。④禅居，犹寺居。轩，窗户。阮籍《咏怀》之十九："开轩临四野，登高望所思。"晖上人诗有"参禅"字、"兀坐"字，与此诗"独坐"字亦相应。⑤宵光，指秋夜的月光露色。陈诗"风泉""月露"，与晖上人诗"萝月""松风""洞泉"相应。⑥谢，惭、愧。《文选·颜延之〈赠王太常〉》："属美谢繁翰，遥怀具短札。"李善注："谢，犹惭也。"忘机，消除机巧之心，甘于淡泊，与世无争。忘机人，指晖上人。晖上人诗有"性空长入定""青山谢世缘"等句，即所谓"忘机"。⑦尘忧，世俗的忧念。"尘忧"即"忘机"的反面。整，整理、整治，有消除之意。由于未能达到晖上人所说的"性空长入定，心悟自通玄"及"谢世缘"的境界，故云"多谢忘机人，尘忧未能整"，是从反面回应晖上人诗意。

[笺评]

方回曰：盛唐人诗，多以起句十字为题目。中二联写景咏物。结句十字撇开，却说别意。此一大机括也。（《瀛奎律髓》卷四十七）

钟惺曰：（"风泉"二句）景中禅，似右丞。（《唐诗归》卷二）

谭元春曰：（"多谢"句）"多谢"，妙。（同上）

唐汝询曰：通篇高古，俱是《文选》中来。（《汇编唐诗十集·壬集一》）

冯舒曰：首二句出题，千古常规也。大历后结句必紧收，已前则不必，而自妙贴、自开创。（《瀛奎律髓汇评》引）

冯班曰：律诗起句谓之破题，方君何以不知？（同上引）

纪昀曰：大概如此（按：指方回之评）。亦有不尽然者。又曰：初谐声律，明而未融。以存诗体之源流则可，以为定式则不可。（同上引）

无名氏曰：一般景物入初唐之手，便尔高迥，此时代之别也。（同上引）

王寿昌曰：诗之天然成韵者……陈拾遗之"风泉夜声杂，月露宵光冷"。（《小清华园诗谈》卷下）

王闿运曰：躁人能为幽语。（《手批唐诗选》卷一）

[鉴赏]

陈子昂是一位"立言指意，在王霸大略而已"（卢藏用《陈子昂别传》）的志士，关注国事民生的积极用世情怀贯穿他的一生。即使因守继母丧罢职闲居，与方外之友交游唱酬时，他的这种用世忧世情怀仍会自然流露出来。

开头两句写秋夜山亭近观远望所见景物：皎洁的月光笼罩在亭外的山林上，使树林反射出一片皓白的光色。远处逶迤起伏的翠山在月色映照下，显现出隐约朦胧的剪影。这景象，于安闲静谧中透出一丝秋天的凉意和寂寞孤独感。两句句末的"秋"字、"静"字正是透露这种细微感受的句眼。

三、四两句写秋夜山亭独坐有感。"独坐"句是对一、二句写景的补充交代。正因为独坐山亭开窗敞屏近观远望，故有上两句所见景物。"禅居"句是对独坐时所感的概括叙写。"感物变"三字，意蕴虚涵浑括，举凡因时令季节的变化所引起的景物的变化，以及由此联想起的年华易逝、功业未建之感，乃至对时事政局变化的感受等，都可包含其中。秋天是草木凋衰摇落的季节，"岁华尽摇落，芳意竟何成"之慨自然是"感物变"的重要内容。妙在只虚点而不加说明，给读者留下充分想象与联想的余地。前四句按自然顺序，应是先有"独坐开轩屏"的行动，而后有近观远望所见"皎皎白林秋，微微翠山静"的景色，有"禅居感物变"的感慨。将它们调整重组，便显得不平直，而且一开头便引导读者进入诗的境界。

五、六两句，续写山亭独坐时的视听感受。山深夜静，山风之声与涧泉之声相杂，分不清孰为风声，孰为泉声；而夜深山空，月亮的清光和露珠的亮光又使独坐的诗人感到有一股寒冷之气正在向自己侵袭渗透。这两句表面上似乎是单纯写景，但随着时间由初夜至深夜，景色有了变化，人的主观感受也较一、二两句更加突出，更加不平静。两句句末的"杂"字、"冷"字正是句眼。前者透露了诗人心情纷繁杂乱，难以平静；后者透露了诗人心境的凄冷寂寥。

　　无论是"禅居感物变"，或是感到"夜声"之"杂"，"宵光"之"冷"，都显示出诗人虽身处方外之境，面对山中静夜之境，但心境却始终不能平静。那种对现实生活、社会政治、人生理想的关切与热情始终不能释然。因此七、八两句就自然转出了对晖上人所抒写的"忘机"之意，"谢世缘"之情的不同态度。"多谢忘机人，尘忧未能整。"说"多谢"，说"未能"，话说得非常委婉，表达的态度却相当明确，实际上表明了自己执著于现实人生的处世态度和忧念国事民生的情怀。和某些虚与委蛇、纯粹应酬的唱酬之作不同，诗人并不讳言自己与晖上人感情态度的异趋。正是这种真情表白，使这首诗获得了真实的生命，也使诗的形象与个性凸现出来了。

　　幽静的秋夜山林景色与诗人不平静的心绪相互映衬，是这首诗构思取境的突出特点。环境的幽静更加衬托出了诗人不平静的心绪；而诗人不平静的心绪又使他对周围景物的感受，带上了明显的主观色彩。二者相反相成，使诗人的心绪心境表现得更加突出了。

度荆门望楚①

　　遥遥去巫峡②，望望下章台③。巴国山川尽④，荆门烟雾开。城分苍野外⑤，树断白云隈⑥。今日狂歌客⑦，谁知入楚来。

①荆门，山名，在今湖北宜都市西北。《水经注·江水》：“江水又东，历荆门、虎牙之间。荆门在南，上合下开，暗彻山南；有门象虎牙在北，石壁色红，间有白文，类牙形。并以物象受名。此二山，楚之西塞也。”唐高宗调露元年（679），陈子昂自蜀入京游太学。由长江出峡，途经荆门时作此诗。②去，离开。巫峡，长江三峡之一，西起今重庆市巫山县大溪，东至今湖北巴东县官渡口。《水经注·江水》：“其间首尾百六十里，谓之巫峡，盖因山为名也。”③望望，眺望貌。下，指船乘江流而下。诗人此行乘船抵达江陵后，即改为陆行北向，经乐乡、襄阳而入京。章台，即章华台，楚国离宫别馆，故址相传有四处，其中距荆门不远，为此次入京路途所经者，当为今湖北荆州市沙市区之章华台，即豫章台，后人附会为楚灵王所建者。④巴国，即古巴子国，古代巴族人所建的国。周初封为子国，秦以巴国地置巴郡，地在今重庆市东部及湖北西部巴东一带。此处“巴国”泛指东蜀之地。⑤城，当指荆门山附近的宜都城。分，显露、呈现。苍野，青苍色的原野。⑥断，尽。隈，边。两句写船过荆门之后眼前豁然开朗的感觉：城邑显露于青苍色的原野之上，树林一直延伸到白云缭绕的天边。⑦狂歌客，诗人自指。《论语·微子》：“楚狂接舆歌而过孔子曰：‘凤兮凤兮，何德之衰！往者不可谏，来者犹可追。已而已而，今之从政者殆而！’”此处仅用“楚狂”的字面，以与下句“入楚来”相应。荆门为楚之西塞，船过荆门，即已入楚地，故下句云“入楚来”。

[笺评]

方回曰：陈拾遗子昂，唐之始祖也。不但《感遇诗》三十八首为古体之祖，其律诗亦近体之祖也。《白帝》《岘山》二首极佳，已入怀古类。今揭此一诗（指《度荆门望楚》）为诸选之冠。陈子昂、杜审言、宋之问、沈佺期俱同时，而皆精于律诗。孟浩然、李白、王维、贾至、高适、岑参与杜甫同时，而律诗不出则已，出则亦足以与杜甫相上下。唐诗一时之盛，有如此十一人，伟哉！（《瀛奎律髓》卷一）

唐汝询曰：此篇乃伯玉自蜀入楚，而自序其道路之景。因言楚有狂歌之士，不自意其入楚，毋乃与接舆同。（《唐诗解》卷三十一）

徐用吾曰：平淡中亦有一种清味。（《精选唐诗分类评释绳尺》）

胡应麟曰：子昂"野戍荒野断，深山古木平""城分苍野外，树断白云隈"等句，平淡简远，王、孟二家之祖。（《诗薮·内编》卷四）

邢昉曰：每于结句情深，酷似摩诘。（《唐风定》）

王夫之曰：平大苍直，正字之以变古者。然蕴藉自在，未入促露。一结巧句雅成。（《唐诗评选》卷三）

叶蓁曰：虽适异国，有喜甚得所意。当是正风。（《唐诗意》）

冯舒曰：如此出题，如此贴题，后人高不到此。（《瀛奎律髓汇评》引）

冯班曰：如此方是"度荆门望楚"，一团元气成文。（同上引）

陆贻典曰：蒋西谷云："首句是'度荆门'，二句是'望楚'。"然"遥遥"二字即带"望"字，"下"字回顾"度"字，古人法律之细如此。落句挽合"度"字有力。（同上引）

查慎行曰：初唐人新创格律，即陈、杜、沈、宋，亦未能出奇尽变，不过情景相生，取其工稳而已。（同上引）

纪昀曰：连用四地名不觉堆垛，得力在以"度"字"望"字分出次第，使境界有虚有实，有远有近，故虽排而不板。五、六写足"望"字。以上六句写得山川形势满眼，已伏"狂歌"之根。结二句用"狂歌"逼出"楚"字，用笔变化。再一挨叙正点，则通体板滞矣。（同上引）

无名氏曰：峻整遒劲，看去仍生动，此不可及。（同上引）

黄生曰：七、八谁知今日狂歌客反入楚来，以上五字套入下五字之中，谓之套装句。翻用接舆事，谓之翻案见奇。以古人自比，谓之自占地步。起联总冒。中二联写景，分一详一略。（《唐诗矩·五言律诗一集》）

吴修坞曰：首联顺点题面，次联足上。三联"望"字正面。末借"楚狂"完题，言楚有狂歌之人，今狂歌者反入楚也。二字拆开，运化得妙。（《唐诗续评》卷一）又曰：（首联）对起。（次联）流水对。（同上）

顾安曰："遥遥""望望"，行役者实有此苦。"尽"字、"开"字，行役者实有此喜。"城分""树断"，行役者实有此景。"今日""谁知"，行役者实有此快活。"狂歌客"三字添得恰好。（《唐律消夏录》卷一）

沈德潜曰：序自蜀入楚道路。结言楚有狂歌之士，今反狂歌入楚也。（《重订唐诗别裁集》卷九）

黄叔灿曰：言从巫峡而下，路过章台，尽巴国之地而始达荆门。"城分"二句，见已到荆门，地势广阔，树色已断。回望巴国，唯有白云而已。盖峡中隐天蔽日，至荆门而始开敞，诗故有"荆门烟雾开"句也。"谁知入楚来"，欣喜之词。（《唐诗笺注》卷一）

陈德公曰：体节高浑，独辟成家。初唐气雾扫尽矣。又曰：三、四分画地界，甚苍亮。五承四，六承三，居然可寻。结是使事出新法。（卢葊、王溥《闻鹤轩初盛唐近体读本》卷一）

[鉴赏]

这首五律是青年陈子昂初离巴蜀，准备踏上广阔的人生新天地时的诗作。它是一首纪行写景诗，更是一首抒情诗。诗人的情感，就渗透在纪行写景之中。正是诗人那种昂扬奔放、明朗喜悦，对前途充满新鲜感和乐观展望的感情，使这首诗具有一种鲜活的生命力，一种青春的气息，体现出唐诗趋于繁荣昌盛时期特有的风貌。

题中的"荆门"，是楚之西塞，亦即巴蜀与荆楚的分界。对于初次离开生活了二十年的故乡，踏上新的人生旅程的年青诗人来说，"度荆门"无形中具有某种象征色彩，即象征着将走向更广阔的人生天地。诗中洋溢着的新鲜感、舒展感和喜悦感，正应从诗人的人生分界这个关节点上去理解。

　　首联写"度荆门"时的回顾与前瞻。舟行至荆门时，离巫峡已有数百里之遥，故说"遥遥去巫峡"；向下游望去，传说中的楚国章华台就在远方，故说"望望下章台"。两句句首"遥遥""望望"两组叠字，写出了舟行过程中离巫峡越来越远，想象中的章华台越来越近的感受。"巫峡"属巴，"章华"属楚，"荆门"正是巴蜀与荆楚的天然分界。如果说，"遥遥"与"去"透露了对故乡的依恋，那么，"望望"与"下"则表现了对前途景物天地的向往憧憬。

　　次联分承一、二两句。"巴国山川尽"，度过荆门，生活了二十年的故乡巴蜀的奇山秀水就此告别。这句不仅是对地理分界的一种说明，更是概写此行所历的巴蜀山川，包括雄奇险峻的三峡在内，"尽"字中同样透露出与巴蜀山川告别的依依之情。"荆门烟雾开"，船未到荆门时，远望两山对峙，但见烟雾缭绕，看不清前路；船过荆门，则烟消雾散，眼前豁然开朗，展现出一片广阔的新天地。"开"字正传神地表达出"度荆门"后心胸豁然的那份舒展感和兴奋感。而这种豁然开朗的舒展感又和此前舟行三峡七百里中，"两岸连山，略无阙处，重崖叠嶂，隐天蔽日"的险峻逼仄感正形成鲜明对照，"开"字的精切不移于此可见。

　　腹联承"开"字正面描绘"望楚"。"城分苍野外"，是写望中较近处的城邑——宜都。荆门已过，江上云消雾散，坐落在广阔青苍原野上的城市便清楚地显现在眼前，给旅人一种新鲜感，而"城"以广阔的"苍野"——江汉平原作衬，又给人一种无限寥廓的感受。"树断白云隈"，则将视线引向更远处，越过城邑，是一排排葱葱郁郁的树林，一直延伸到白云缭绕的天边。"断"字明写视线之断，而因

"白云隈"三字反见视线之远接天际。这两句着意表现视野之广远，是对第四句"荆门烟雾开"后所见境界的充分展示，"开"字虚点，此联则大笔濡染，气势恢弘。

尾联是对"度荆门望楚"全部感受的集中表现："今日狂歌客，谁知入楚来。"古有楚狂接舆，歌而过孔子；今有狂歌入楚之客，歌而过荆门。但"今日狂歌客"却显非昔日对现实不满的楚狂，而是对前途充满了美好憧憬的"狂歌"之"客"。"狂"字是对初次离乡"入楚"，走向人生广阔新天地的诗人欣喜欲"狂"的感情的集中揭示。诗写到这里，感情发展到高潮，诗也在"谁知入楚来"的逸兴飞扬、顾盼自得中结束。一结可谓淋漓尽致，神情飞越，颇有"仰天大笑出门去，我辈岂是蓬蒿人"的味道。用楚狂接舆歌凤典，单取其字面，且将"狂""歌""楚"三字巧妙地分置两句，表达与原典完全不同的感情。如此用典，可谓出神入化，巧手天成。知道其中用典的读者倍感其神妙浑化，不知道此处用典的读者也完全可以领会其神情风采，这正是唐诗雅俗共赏的一个范例。

无独有偶，四十多年后的开元十二年（724），大诗人李白沿着前辈诗人陈子昂走过的路线，由蜀中沿长江出峡，到荆门时，也写了一首著名的五律《渡荆门送别》，其前幅云："渡远荆门外，来从楚国游。山随平野尽，江入大荒流。"其中所展示的开阔广远境界和所蕴含的开朗舒展感受与陈诗可谓神合。蜀地为四塞之国，虽号称天府之国，却因地理形势之故，相对封闭。因此志向远大的诗人沿江出峡，进入荆楚之地，当浩阔的山川天地展现在面前时，每有一种新鲜兴奋、舒展解放之感。陈子昂与李白，不但同为蜀人，志向个性也有神似之处。因此这两首辞乡出峡度荆门望楚的诗便同样具有上述感受。这种感受，也从侧面反映了时代的精神面貌。

晚次乐乡县①

故乡杳无际②，日暮且孤征③。川原迷旧国④，道路入边城⑤。野戍荒烟断⑥，深山古木平⑦。如何此时恨，嗷嗷夜猿鸣⑧。

[校注]

①次，旅途中住宿。乐乡县，唐襄州属县，故城在今湖北荆门市北。此诗亦调露元年（679）自蜀入京途中作，在《度荆门望楚》诗稍后，系陆行。②故乡，指梓州射洪。杳，渺远。无际，不见边际，盖极形其远。③孤征，独自征行。④迷，迷茫不辨。旧国，指乐乡县城。《元和郡县图志·山南道·襄州乐乡县》："本春秋时郧国之城，在今县北三十七里郧国故城是也。在汉为若县地，晋安帝于此置乐乡县，属武宁郡。隋大业三年改属竟陵郡，皇朝改属襄州。"因其建置历史久远，故称"旧国"。⑤边城，荒远的城邑，亦同指乐乡县城。⑥戍，驻兵防守的城堡。野戍，指荒废的城堡。唐代军事区划有戍。宋王溥《唐会要·州县分望道》："凡天下军有四十，府有六百三十四，镇有四百五十，戍五百九十，守捉有三十五。"戍荒无人驻守，故曰"荒烟断"。庾信《至老子庙应诏》："野戍荒烟起。"⑦古木平，古树成片成林，远望不辨高低。⑧嗷（jiào）嗷，猿啼声。沈约《石塘濑听猿》："嗷嗷猿夜鸣。"两句意一贯，谓奈何值此旅途中思乡之情正浓时，又闻猿之悲啼呢。

[笺评]

方回曰：盛唐律，诗体浑大，格高语壮。晚唐下细工夫，作小结裹，所以异也。学者详之。又曰：起两句言题，中四句言景，末两句摆开言意，盛唐诗多如此。全篇雄浑整齐，有古味。（《瀛奎律髓》卷

十五、卷三十九）

顾璘曰：无句法，无字眼，天然之妙。（《批点唐音》）

王稚登曰：当此境才有此语。（《唐诗选》参评）

谭元春曰："古木平"便奇。若云山平、路平，则不成语景。（《唐诗归》卷二）

唐汝询曰：按，伯玉尝为武攸宜参军，从征契丹，此在道而怀乡也。言故乡既远，杳然无有涯际矣。而我之孤征未已。且川原所经，皆非旧国；道路所入，特边城耳。戍无烟火，山唯古木，荒凉可知。于是因哀猿而兴叹曰：奈何此时复有此声耶！是益吾之恨也。故乡、旧国，语若重叠，细味之当自有别。"迷"者，非行而迷失也。川原日益，念旧国所经，若迷耳。（《唐诗解》卷三十一）又曰：通篇纯雅，无字可摘，独"古木平"三字自经语化出，更见精炼。（《汇编唐诗十集·甲集》）

陆时雍曰：古澹。（《唐诗镜》卷三）

郭濬曰：五、六二句融浑。第七句亦一转法。（《增定评注唐诗正声》）

徐充曰：诗格以为应起体，谓赋诗命意，全在起句为主，次句便相应接，脉络贯串，气宇浑成，无饾饤互易之病。今取此体，第一句应在第四句，皆出天然之妙，所以为盛唐法也。（《删补唐诗选脉笺释会通评林·初五律》引）

周敬曰：子昂《次乐乡》《度荆门》二诗，古淡雅远，超绝古今。（同上）

周珽曰：通篇布格造语自然，工巧雅致，若不经思索而得者。（同上）

冯舒曰：黄（庭坚）、陈（师道）梦不到此。（《瀛奎律髓汇评》引）

查慎行曰："故乡""旧国"犯重。唐初律诗不甚检点，以后讲究渐精细，乃免此病。（同上引）

王尧衢曰：前解写题面，后解言晚次之情。中二联造语天然，而仄起亦复高古。"故乡杳无际，日暮且孤征。"起句言题。陈伯玉尝从武攸宜征契丹，在道怀乡，因言故乡杳远茫无涯际。当此日暮，而我之孤征未已，是"晚次乐乡县"题也。"川原迷旧国，道路入边城。"三句承首句，四句承二句。言此所经川原，皆非旧国，行之若迷。而所行道路，将入于边城耳。"野戍荒烟断，深山古木平。"转句言晚景之荒凉，以伏"恨"字。野戍荒凉，烟火断绝；深山穷僻，林木云平。此时孤征之客，眼见此景，不觉牵愁带恨矣。"如何此时恨，嗷嗷夜猿鸣。"合句却复摆开，作一转法。言此时之恨，固已不堪，如何复有夜猿之声，嗷嗷哀鸣，以添吾恨！此"夜猿"合"深山"句。起句"日暮"，此以"夜"结。（《古唐诗合解》卷七）

黄生曰：全篇直叙格。五、六写景平淡而极天然之趣，后来王、孟之祖也。七句用"如何"振起，章法警动。次乐乡则去故乡益远，此时未免有恨，如何更有夜猿嗷嗷，增我断肠乎！"如何"二字略断，以下五字续之，"此时恨"三字另读，谓之断续句。（《唐诗矩·五言律诗一集》）

叶羲曰：自述旅情。此诗气骨苍古。（《唐诗意》）

纪昀曰：此种诗当于神骨气脉之间，得其雄厚之味。若逐句排看，即不得其佳处。如但摹其声调，亦落空腔。"野戍"句同《岘山怀古》，唯第四字少异，亦未免自套。（《瀛奎律髓汇评》引）

许印芳曰：（纪评）论诗工拙，能见其大，足破流俗猥琐之谈。右诗虚谷选入"暮夜类"，又入"旅况类"，诗重出而评语不同。"暮夜类"评是合看法。至逐句拆看，起联点题，峭拔而有神。三承首句，"迷"字应"杳"字。四承次句，"入"字应"征"字。五、六承"边城"说，"深山"句景真语新。如此拆开细讲，方见句法、字法，以及起伏照应诸法。而章法之妙，因此可见。气体神骨，亦不落空矣。凡古人好文字，大者含元气，小者入无间，合看大处见好，拆看细处亦见好，方是真正妙手。若不耐入细，便是粗材，本领必多欠缺处。推之为人行事，无不皆然。后人学诗，果能如古人细针密缕，丝丝入扣，必有自出精神，逼肖古人处，断不至徒摹声调，堕落空腔。凡学盛唐而落空腔者，由于自矜，眼大如箕，而不能心细如发也。兹特于纪批外更进一解，以示后学。又按虚谷分类选诗，每类有序，语多浅陋。晓岚唯取"怀古""着题""论诗"诸序。"怀古"序尤佳。此诗前两联不相粘，今不可学。（同上引）

吴昌祺曰：疑此为还乡之作。盖至襄阳望蜀也。久不归，故曰"迷"。蜀为南徼，故曰"边城"。若从征契丹，与襄阳何与？（《删订唐诗解》）

沈德潜曰：前此风格初成，精华未备。子昂崛起，坚光奥响，遂开少陵之先。方虚谷云：不但《感遇》为古调之祖，其律诗亦近体之祖也。（《重订唐诗别裁集》卷九）

范大士曰：下字坚老。（《历代诗发》）

黄叔灿曰：诗忆故乡，故有"川原迷旧国，道路入边城"之语。"野戍""古木"，皆边城景色。触目结恨，何忍闻猿，故有落句。（《唐诗笺注》卷一）

顾安曰：将行役之苦说得一层深似一层，至第七句一齐顿住，跌起结句，究竟此苦仍说不了。故乡杳然矣，日暮矣，且孤征矣，迷旧国矣，入边城矣，野戍荒烟亦断矣，深山古木且平矣，此时之恨无可如何矣，而夜猿又嗷嗷鸣矣。又［增补］读原评是诚然矣，第末句似当云：而独复嗷嗷哀鸣，暮情旅思尚何言哉！如是方得此结之意。（《唐律消夏录》卷一）

吴瑞荣曰："古木平"隽语。（《唐诗笺要》）

卢麰曰：拔起自杰。中联是其高浑正调。结欲稍开，亦复琅琅在耳。徐中崖曰：三、四亦是分承一、二。"此时恨"系根上，六复作开展，笔更矫岸。（《闻鹤轩初盛唐近体读本》卷一）

王寿昌曰：唐人有诗虽佳而不免有病，初学不可不知者，如……陈子昂《晚次乐乡县》之前解……皆失粘。唐初诗律未严，是以诸家之作，时有出入，虽非病而亦不得不以为病。又：以句求韵而尚妥适者……陈拾遗之"野戍荒烟断，深山古木平"。(《小清华园诗谈》卷下)

[鉴赏]

此诗题内之"乐乡"，显指今湖北荆门市北之唐襄州乐乡县，而非汉高祖过赵，求乐毅后人，得其孙敖，封于乐乡（地在今河北清苑县境）之"乐乡"。故唐汝询谓诗作于从武攸宜北征契丹时，显误。且既随军出征，何曰"孤征"？河北清苑一带，为大平原，何来"深山"？此盖泥解"边城"所致。又，题内"次"字，系谓作诗的当晚准备在乐乡县城投宿，非谓诗中所写系次宿时所见之景。"日暮且孤征"一句为全篇主句，通篇所写的为自暮至夜征途中所见、所闻、所思、所感。而途中思乡则为一篇主意。诗为子昂初离故乡入京道中作，征途上思念故乡自是常情，李白《渡荆门送别》亦云"仍怜故乡水，万里送行舟"。

起联即揭出全篇抒情（思乡）叙事（日暮独自征行）主意。首句起势峭拔高远，写途中回望蜀中故乡，杳远无际，传出引领遥望、茫然不见故乡的空廓失落感。次句写日暮时分，尚独在征途匆匆赶路。日暮时的苍茫黯淡天色，本易触动乡愁旅思，何况又是孤身一人仆仆于道途之中，更增添了羁旅的孤寂感。"且"字透露出已倦于行旅，但仍不得不继续赶路的无奈。用笔轻而感情的分量颇重。下句五字，"日暮""且""孤征"，层层转进，而出语自然不着力。

颔联承"孤征"，写日暮征途上所见所感。"旧国"固可指故乡，但此处自指建置悠久的乐乡县城。否则首句已言"故乡杳无际"，此处复说故乡的川原迷失不见，不免犯复。"川原"犹言河川原野。异乡的川原山水，一切都是陌生的，暮色苍茫之中，独自征行，但见川原重复，而准备投宿的乐乡县城竟杳不知何处，故说"川原迷旧国"，透露的正是一种日暮异乡征途中那种找不着目的地的迷茫感和孤独感。下句"道路入边城"补足上句，说眼下走的这条道路正是通向荒远的"边城"——乐乡县城的。上句"迷旧国"，写迷茫感，下句"入边城"，写确定感，一反一正，写出旅人疑而后定的心理。说"入边城"，是指已入乐乡县的地界，而非指已进入乐乡县城，否则腹联与尾联就无法解释。这一句正点题内"乐乡县"，但题目的"次"字在整首诗中都只是将来时而非现在时或完成时。汉语的词无时态标志，往往容易引起误解。

腹联续写"孤征"途中所见暮景。出句写原野上的屯兵戍守的城堡，由于久已荒废，上面已看不到烟雾升腾缭绕。"断"是"绝"的意思，也是"无"的意思。此句写出原野上荒凉苍茫的景象。对句写道路旁的深山上，古木郁郁葱葱，但在一片苍茫暮色的笼罩下，却似平林一片，浑然不辨高低，即所谓"平林漠漠烟如织"。这"平"字写出了暮色苍茫中遥望深山古木特有的感觉，用字新隽而精切。

尾联承第六句"深山"，写"孤征"途中闻深山猿鸣时的感受。"如何"二字提起，直贯二句。"此时恨"三字总束以上六句所抒写的孤征途中的乡思羁愁，末句推进一层作收，谓本已怀着乡思别恨，更奈何又听到深山中传来的啼猿的哀响呢。猿声也是最易触动旅人的乡愁的，所谓"猿鸣三声泪沾裳"。日暮、孤征、陌生的川原、旧邑、边城、荒凉的野戍、苍茫暮色中的深山古木、猿猴哀鸣，层层转进，至此旅愁乡思，已难以禁受，故云"如何此时恨，噭噭猿夜鸣"。末句点"夜"，则时间已由"暮"而至"夜"，然"孤征"未已，人尚在途中。

这首诗通过旅途见闻抒写思乡之情。通篇以"孤征"途中自暮入夜的时间推移为线索，描绘所见所闻的一系列富于特征的景象，构成具有浓郁乡愁旅思色彩的氛围，使人有亲历其境的真切感。迤逦写来，并不用力，而气体高浑。

送魏大从军①

匈奴犹未灭②，魏绛复从戎③。怅别三河道④，言追六郡雄⑤。雁山横代北⑥，狐塞接云中⑦。勿使燕然上⑧，独有汉臣功⑨。

[校注]

①魏大，名未详，排行第一，故称。②匈奴，游牧民族，汉代常侵扰汉之北边。此借指突厥。《史记·卫将军骠骑列传》："天子治第，令骠骑（指骠骑将军霍去病）视之，对曰：'匈奴未灭，无以家为也。'由此上益重爱之。"③魏绛，春秋时晋国大夫。晋悼公时，山戎无终子请和，绛因言和戎五利，晋侯乃使绛与诸戎盟。晋无戎患，国势日振。八年之中，九合诸侯，复兴霸业。事见《左传·襄公四年》。从戎，从军。魏绛从戎，借指魏大从军。④三河，汉代称河内（今河南黄河以北地区）、河东（今山西南部地区）、河南（今河南黄河以南地区）三郡为"三河"。《史记·货殖列传》："昔唐人都河东，殷人都河内，周人都河南。夫三河，在天下之中，若鼎足，王者所更居也。"⑤追，追攀。六郡，指汉代陇西、天水、安定、北地、上郡、西河六郡。《汉书·地理志下》："天水、陇西，山多林木，民以板为室屋。及安定、北地、上郡、西河，皆迫近戎狄，修习战备，高上气力，以射猎为先……汉兴，六郡良家子选给羽林、期门，以材力为官，名将多出焉。"《汉书·赵充国传》："始为骑士，以六郡良家子善骑射，补羽林。"此以六郡良家子出身的名将比魏大，说他可以追攀汉代六郡豪雄之士。⑥雁山，即雁门山，山上有雁门关，是北方边塞的著名关隘。在今山西代县北。⑦狐塞，即飞狐塞，又称飞狐口。在今河北涞源县北。接，接连。云中，秦、汉郡名。唐代云中郡治在今山西大同市。⑧燕然，山名，即今蒙古国境内之杭爱山。东汉永元元年（89），

车骑将军窦宪率军出塞，大破北匈奴。登燕然山，刻石勒功，纪汉威德。事见《后汉书·窦宪传》。⑨汉臣，指窦宪。《全唐诗》此句原作"唯留汉将功"，据《文苑英华》卷三百所录改。

[笺评]

方回曰：刊本以"狐塞"为"孤塞"，予为改定。唐之方盛，律诗皆务雄浑。尾句虽拗平仄，以前六句未用意立论，只说行色形势，末乃勉励之，此一体也。（《瀛奎律髓》卷二十四）

杨慎曰：意调过人。（《删补唐诗选脉笺释会通评林·初五律》引）

唐汝询曰：此勉魏大树勋也。言因虏未灭，而君有此行。今自三河而往，当追古人之以六郡称雄者，盖指充国也。苟既出雁、狐之塞，便宜勒石燕然，毋使汉将独擅千秋之名也。高宗云："罔俾阿衡，专美有商。"此盖用其语意。（《唐诗解》卷三十一）

许学夷曰："勿使燕然上，独有汉臣功。"一作"唯留汉将功"，疑后人改以入律，选唐诗者姑从之。（《诗源辩体》）

吴山民曰：首句"犹"字起下"复"字。次句用事妥。（《删补唐诗选脉笺释会通评林·初五律》引）

周珽曰：首借魏绛比魏之远征。次欲魏继踵充国，矢志谋国。后望魏并美窦宪，树勋远夷。"雁山""狐塞"，纪其所历……总之，勉魏大建奇勋也。（同上）

冯舒曰：二首结一例。（《瀛奎律髓汇评》引）

吴昌祺曰：（魏）绛本和戎，而曰"从戎"，借用其姓也。（《删订唐诗解》）

沈德潜曰：绛本和戎，今曰"从戎"，此活用之法。一结雄浑。（《重订唐诗别裁集》卷九）

纪昀曰：陈、隋彫华，渐成饾饤，其极也反而雄浑。盛唐雄浑，渐成肤廓，其极也一变而新美，再变而平易，三变为恢奇幽僻，四变而绮靡，皆不得不然之势，而又各有其佳处，故皆能自传。元人但逐晚唐，是为不识其本，故降而愈靡。明人高语盛唐，是为不知其变，故袭而为套。学者知雄浑为正宗，而复知专尚雄浑之流弊，则庶几矣。次句借姓，开小巧法门。又曰：得（方回）此评，乃知今本"唯留汉将功"乃后人改本。（《瀛奎律髓汇评》引）

朱之荆曰：首句补题。此一句提出，下文便如破竹矣。次句正点题。次联接出"送"字。三联实写其地，唤起"燕然"字。结收转前半。（《闲园诗抄》）

陈德公曰：五、六自然雄句，不假怒张。陈律纯以音格标胜，绝不刻画，索之无异，上口便觉其高。于鳞尚格取音，故选诗无遗美。又曰：陈诗虽胜在音格，然生气跃然，中饶骨力，故能诣极浅。夫袭其皮毛，虚桁直率之敝，所必不免。（《闻鹤轩初盛唐近体读本》卷一引）

许印芳曰：晓岚此论，指点学者最为亲切，其要旨在"知变"二字，学者当细参。末句不粘，今不可学。（《瀛奎律髓汇评》引）

[鉴赏]

此送人赴北边征戍之五律，通体雄健高浑，一气直下，音节浏亮，初盛唐边塞五律中最常见之格调，从中可窥见初盛唐诗坛的审美趣向。后来高、岑边塞五律，颇多此种，高适之作，尤近此诗。从中亦可见陈诗对盛唐边塞诗的影响。

首联点题内"魏大从军"。首句用语典，次句用事典。魏绛本以和戎绥边著称于史，今"复从戎"，盖因匈奴未灭，边境不宁之故。前因后果，突出战争之正义自卫性质，"犹""复"二字见意。"复"字见为国从戎之壮举已非一次。以姓作拟，固小巧家数，但反用和戎之典，则有创意。

次联正面写送别。出句点别地。"三河"虽是一个集合性的地理名词，但读者心中自可唤起对三河少年、英雄才俊的联想；对句赞其此行可以追攀汉之赵充国。一从空间着眼，一从时间着眼。言外见今日三河道上壮别之魏大，即昔日屡败匈奴、威震北边之名将赵充国一类人物。"言追"之"言"，当指魏大的豪言壮语。上句"怅"字虽略露分别时的惆怅，下句随即以"雄"字挽转，溢出一股豪壮气概。

腹联承"送"字，遥想魏大从军途中所历的雄关险塞，以渲染其豪情壮怀。雁门山横亘于代北之地，其上有雄峻的雁门关。一"横"字突现出雁门山形势的险要和成为北方天然屏障的态势。飞狐塞则与云中郡遥相连接，同样突出了这一险要关塞对边地州郡的捍卫作用。而"接云中"的字面又给人以飞跃的高峻入云的壮伟联想。这一联连用四地名，而无堆垛之弊，关键在中间嵌入的两个形象感、动态感很强，气势豪壮健举，却又自然不着力的"横"字、"接"字。境界壮阔，声调高亢，确是自然雄句。

尾联以祈望魏大立功边塞，建立功勋作结，勿使燕然山上，独有汉臣窦宪之名，应转首句及第四句。语言雄直，气魄宏大，为全诗作了富于时代气息的收束。

诗的感染力其实主要不在音律格调，而在通篇贯注着一种昂扬健举的气势。这种贯注全诗的气势是诗人充沛激情的自然流露，它构成了全诗的灵魂。离开这种内在的感情和气势，专摹其音律格调，自不免流于肤廓。

魏大从军所往之地，或谓系东北边塞之契丹与唐军交战之地，恐非。腹联连用雁山、代北、狐塞、云中四地名，均在今山西北部一带，则征战之对象当为北方之突厥，如征契丹，当出榆关，上述四地均非途中所历。

春夜别友人二首 (其一)^①

銀燭吐青烟^②，金樽对绮筵^③。离堂思琴瑟^④，别路绕山川。明月隐高树，长河没晓天^⑤。悠悠洛阳道^⑥，此会在何年?

[校注]

①卢藏用《陈子昂别传》："年二十一，始东入咸京，游太学……以进士对策高第。属唐高宗大帝崩于洛阳宫，灵驾将西归，子昂乃献书阙下。"此题第一首有"悠悠洛阳道"之语，第二首有"愿上大臣书"之语，当为睿宗文明元年甲申（即武后光宅元年，684）在洛阳准备献书阙下时。友人，姓名未详。按：赵贞固本年二十七岁，来游洛阳，与陈子昂等交游，调齿州宜禄尉，见子昂《昭夷子赵氏碣铭》。第二首又有"紫塞白云断"之句，似与"齿州"相合，则友人或者可能指赵贞固。或谓此诗系诗人将赴洛阳，与蜀中友人惜别之作。②银烛，白色的蜡烛。③绮筵，华美的筵席。④《诗·小雅·鹿鸣》："我有嘉宾，鼓瑟鼓琴。"本指宴席上有嘉宾在座，奏起琴瑟以助兴。此句意谓离别的厅堂上奏起琴瑟，引动离别之悲。思，悲也。或谓"琴瑟"指友人，似非。⑤长河，指银河。⑥道，《全唐诗》校："一作去。"

[笺评]

顾璘曰：富丽，有味。(《批点唐音》)

王穉登曰：起语奇拔，后来岑参多用此。(《唐诗选》参评)

蒋一葵曰：五、六语佳，第"明月""长河"似秋夜，不见春景。(同上)

程元初曰：诗有论体写状、寄物方形者，如此三、四句是也。唐人又有赠别诗云："离情弦上怨，别曲雁边嘶。"亦是此体。(《初唐风绪笺》)

徐用吾曰：此篇托物自喻，结语优柔可怜。（《唐诗分类绳尺》）

李维桢曰：读此诗有"春气满林香"。又曰：造语极佳。（《唐诗隽》）

郭濬曰：蒋仲舒（一葵）以"明月"一联似秋夜，不知"隐"字内已有春在。或以八腰字皆仄为病，若将平声换去"隐"字，有何意味！（《增定评注唐诗正声》）

田艺蘅曰：八腰字皆仄声，不觉其病，然亦当戒。（陈继儒重校《唐诗选》）

唐汝询曰：此伯玉将之洛阳，饮饯于友人而作也。言彼张灯设席，丰盛如此，故我思其堂之所有，念别路之间关，未怨邃去也。于是月沉河没，天将旦矣。从此入洛，当以何年而续此会乎！（《唐诗解》卷三十一）

陆时雍曰：气满。老而劲。"明月""长河"，于秋时尤胜。（《唐诗镜》卷三）

周珽曰：说者病"明月""长河"如秋夜语，若令昭明见之，不同天朗气清之议乎！然通篇华美超越，纤瑕岂能掩巨瑜。（《删补唐诗选脉笺释会通评林·初五律》）

王夫之曰：雄大中饶有幽细，无此则一笨伯。又曰：结宁弱而不滥，风范固存。（《唐诗评选》卷三）

毛奇龄曰：前辈雅词，后人酌用无尽，未有如淮南"王孙""春草"语，沾润既多，愈出而不厌者也。王元长《饯谢文学离夜》诗云："离轩思黄鸟。"唐陈伯玉诗："离堂思琴瑟"……俱本于此。（《诗辩坻》卷三）

吴烶曰：全篇赋送别之情景。烛以膏为之，色如银也。金樽绮筵，言席之盛也。如鼓琴瑟离堂，则思山川险阻，别路多绕，对明月，望长河，未忍别也。驱马悠悠，良会无期，曲尽别友情况。（《唐诗选胜直解·五言律诗》）

王尧衢曰：前解是夜宴，后解是临别，而情思周挚见乎词矣……

"银烛吐青烟，金尊对绮筵。"起句写别筵。子昂将之洛阳别友，而饯席之丰美如此。古诗有"银烛"，谓银有精光如烛也。今倒用之。银烛吐烟，切春夜酌金尊以送别也。"离堂思琴瑟，别路绕山川。"此以别情承上，云如此华筵，设于离堂之上，我从别后思堂中之琴瑟，绕异路之山川，其悽恻何如哉！故宁坐终宵，而不忍遽别也。"明月隐高树，长河没晓天。"转笔云：我今竟终宵欢聚矣，起视明月隐于高树，长河没于晓天，则是天将旦矣。谢朓诗云："离堂华烛尽，别幌清琴哀。"殆此时之情思与？"悠悠洛阳去，此会在何年？"合句云：天既晓，我当行而入洛，但悠悠岁月，不知再会何年。此时此夜，真有难为情者。（《古唐诗合解》卷七）

黄生曰：（首二句）对起。（末二句）缩脉句，背面对。全篇直叙格，拈着便起兴，体极佳。声含凄怨曰"思"。谢朓："高琴时以思。"唐人"思深应带别""月思关山笛""鸟思江村路""边月思胡笳""黄鸟思参差""边风思鼙鼓""夜久孤琴思""啼春猿鸟思"。明月已隐高树，长河又没晓天，别思之急可知，用"已""又"二字分背、面，谓背面对。使不知此对法，未有不以"隐""没"二字为重复者矣。用"此会"二字绾住，起处写景方有着落。此题有二首，"春"字在第二首见。昔人病其五、六不切春景，此管窥之论也。八句云：重为此会在何年？（《唐诗矩·五言律诗一集》）

屈复曰：五、六是秋夜，非春夜，断不可学。若易"明月""长河"作"柳月""华星"，庶可耳。六句句法皆同，此亦初唐陈、隋旧习，盛唐不然。（《唐诗成法》卷一）

顾安曰：清晨送别，乃于隔夜设席饮至天明。此等诗，在射洪最为不经意之作，而后人独推之，何也？此诗不用主句，看他层次照应之法。又：射洪识见高超，笔力雄迈，胸中若不屑作诗，即一切法若不屑用，故读者一时难寻其端倪。及详绎之，则纵横变化之中，仍不失规矩准绳之妙，此文章中之《国策》《史记》也。唐人清旷一派，俱本乎此。（《唐律消夏录》卷一）

朱之荆曰："银烛"暗破"夜"字，"金樽"字补"饯"字。"离堂"二句写"别"字。"明月"二句，夜中兼有别况。七、八破所去之地，八拖出后会。（《闲园诗抄》）

吴瑞荣曰：折腰体。八句苦无变化，今人为之，便多指摘矣。（《唐诗笺要》）

陈德公曰：第四极作意语，亦乃苍然。"吐""隐""没"，字眼俱高。（《闻鹤轩初盛唐近体读本》引）

卢𡑭曰：第四乃豫道征途阅历，是空际设想语。五、六由昏达旦，启行在即。结黯然神伤，凄其欲绝。（同上）

姚鼐曰：从小谢《离夜》一首脱化来。（《今体诗抄》）（按：谢朓《离夜诗》云："玉绳隐高树，斜汉耿层台。离堂华烛尽，别幌清琴哀。翻潮尚知恨，客思眇难裁。山川不可尽，况乃故人杯。"）

王寿昌曰：诗之可宽者，如前所论王勃"披荆寻石磴"之字意重沓，陈子昂"银烛吐青烟"之八腰字皆仄。（《小清华园诗谈》卷下）

[鉴赏]

此春夜送别友人之作，送别之地在洛阳，非友人送别自己前往洛阳。之所以误解诗意，主要原因在于误据"悠悠洛阳去"之异文而致。

首联撇开有关送别的具体背景情事，不作任何交代，直入本题，描绘别筵场景：银白色的蜡烛静悄悄地吐着青烟，盛满酒的金樽默默地对着华美的筵席。烛吐青烟，是将烧尽时的情景，说明夜宴已经持续了很长一段时间。樽中虽然酒满，肴馔虽仍丰盛，但主客双方却再也提不起兴致，只能让金樽空对绮席。"吐""对"二字，将主客默默相对、依依惜别的情景隐隐透露出来。别筵的华美丰盛成为离情的反衬，虽不正面言别，而别情已蕴含其中。

领联正面写别筵离情。出句就别筵奏乐渲染气氛：摆设离席的厅堂上奏起了琴瑟，音调悲凄哀伤，更增添了彼此的离思别绪。这是就别筵现境抒写离情。对句则遥想朋友去路，迢递曲折，山川重叠，道路就缭绕着重重叠叠的山川逶迤而去。这是就想象中友人的去路抒写离情。一"绕"字不仅写出别路的迢递盘绕和山川的阻隔重深，而且写出了诗人神驰天外，追踪友人去路的情思之缭绕悠长。两句一实一虚，其间有场景的更换与神思的跳跃，读来倍感韵味的深长。

腹联撇开别筵，转写破晓时分的景物。明月西斜沉落，隐没于高树之中，银河西移垂地，隐没在破晓的天色之中。两句暗示这场别筵，自夜达晓，一直在进行着。随着月没河落，分手的时刻终于到来了。虽似一组空镜头，却流动着主客双方即将作别时浓郁的惜别情思。这就自然引出尾联的惆怅与慨叹来：

"悠悠洛阳道，此会在何年？"朋友就要沿着这条悠长的洛阳大道策马而去，一别之后，再有此会，又不知要到何年。怅此别之依依，叹后会之难期，语浅而情深。

和陈子昂的古诗风格每多质朴刚健不同，这首五律写得绮丽而缠绵。特别是首联，设色鲜妍秾丽，颇带六朝锦色。其他几联，也在流丽工致中寓有缠绵的情思与隽永的情韵。这说明，陈子昂并非一味追求质朴高古，他同样能为绮语、为情语。不过这种绮丽缠绵由于有真挚的感情作基础，故仍有气骨，而不落于纤巧。诗写得毫不着力，有一气呵成之感，这也正是其优秀五律的共同特点，显示出其艺术的功力。

张若虚

张若虚，生卒年未详。扬州人。曾任兖州兵曹。中宗神龙间（705—707），与贺知章、贺朝、万齐融、包融、邢巨等吴越之士，以文词俊秀名扬京师。玄宗开元初，又与贺知章、张旭、包融并称"吴中四士"。今存诗二首。

春江花月夜①

春江潮水连海平②，海上明月共潮生③。滟滟随波千万里④，何处春江无月明。江流宛转绕芳甸⑤，月照花林皆似霰⑥。空里流霜不觉飞⑦，汀上白沙看不见⑧。江天一色无纤尘，皎皎空中孤月轮。江畔何人初见月，江月何年初照人。人生代代无穷已，江月年年只相似⑨。不知江月待何人，但见长江送流水。白云一片去悠悠，青枫浦上不胜愁⑩。谁家今夜扁舟子⑪，何处相思明月楼⑫。可怜楼上月裴回⑬，应照离人妆镜台⑭。玉户帘中卷不去⑮，捣衣砧上拂还来⑯。此时相望不相闻⑰，愿逐月华流照君⑱。鸿雁长飞光不度⑲，鱼龙潜跃水成文⑳。昨夜闲潭梦落花㉑，可怜春半不还家。江水流春去欲尽㉒，江潭落月复西斜。斜月沉沉藏海雾㉓，碣石潇湘无限路㉔。不知乘月几人归，落月摇情满江树㉕。

[校注]

①《春江花月夜》，乐府清商曲辞吴声歌曲名。《乐府诗集》卷四十七录隋炀帝《春江花月夜二首》，均五言四句，解题引《唐书·乐志》曰："《春江花月夜》《玉树后庭花》《堂堂》，并陈后主所作。后

主常与宫中女学士及朝臣相和为诗，太常令何胥又善于文咏，采其尤艳丽者，以为此曲。"可见其原为宫廷艳曲。《乐府诗集》于隋炀帝之作外，又录隋诸葛颖、唐张子容、张若虚、温庭筠同题之作共五首。内容除咏春江花月夜之景外，或兼及爱情、离思，唯温作系讽隋炀帝荒淫佚游，蹈亡陈覆辙。②春江，指春天的长江。春天长江涨水，夜间涨潮，江面宽阔，与海相接，江海齐平，故云"春江潮水连海平"。张若虚是扬州人，唐代长江入海口距扬州较现在要近，诗中所描绘的当是诗人在他家乡扬州附近所望见的景象。③月之盈亏与潮之涨落存在自然的联系，从诗中"皎皎空中孤月轮"之句看，本篇所写当为满月之夜的景象。故月轮初上，潮水随之上涨，即所谓"海上明月共潮生"。《太平御览》卷四引《抱朴子》："月之精生水，是以月盛而潮涛大。"④滟滟，水波荡漾闪光的样子。此处实指月亮照映在浩阔的江面上反射出来的荡漾的波光。⑤宛转，曲折缭绕。芳甸，长满香花芳草的江边郊野。谢朓《晚登三山还望京邑》："杂英满芳甸。"⑥花林，繁花似锦的树林。霰，雪珠。⑦月色洁白如霜，而光波流动，故称"流霜"。这里将月光想象成空中流动的霜华，但又感觉不到它在飘飞，故曰"空里流霜不觉飞"。⑧汀，江边的沙洲。如霜的月光笼罩着沙洲，使汀上的白沙也看不见了。以上两句均写月色的皎洁。⑨只，《乐府诗集》作"望"。⑩青枫浦，湖南浏阳浏水有青枫浦，又名双枫浦。杜甫《双枫浦》："辍棹青枫浦，双枫旧已摧。"此处系泛指长满青枫的水口。《楚辞·招魂》有"湛湛江水兮上有枫，目极千里兮伤春心"之句，《楚辞·九歌·河伯》有"送美人兮南浦"之句，此处化用其意，以"青枫浦上不胜愁"暗点思妇伤离。上句"白云一片去悠悠"则象征游子如白云飘荡远去。⑪扁（piān）舟子，指乘一叶小舟远去的游子。⑫相思明月楼，指在明月映照下的楼上的思妇。曹植《七哀诗》："明月照高楼，流光正徘徊。上有愁思妇，悲叹有馀哀。"句意本此。⑬可怜，可爱。月裴回，同"月徘徊"，月光流动的样子。⑭离人，指思妇。⑮句意谓月光透过玉窗珠帘，照进闺室，引动思妇的离愁，故希望它不要透帘入室，但却无法卷之而去。⑯捣衣砧，捣衣用的砧石。古时衣服常用纨素一类织物制作，质地比较硬挺，须先置砧石上用木杵反复春捣，使之柔软，方可裁缝制作。句意谓月光照在捣衣砧上，勾起思妇对远方游子的思念，想拂之使去却拂而还来。古有捣衣裁缝寄远的习俗。⑰相闻，相见。句意谓思妇与游子虽可隔遥天对明月而彼此共望，却不能相见。⑱逐，追随。月华，月亮的光波。句意谓希望能追随月光的流动照见思念的远人。⑲句意谓鸿雁虽能飞越万里长空，却不能超越月光照及的范围。⑳句意谓月光照射进深水，使深藏水底的鱼龙也感受到光照，跃动起来，形成层层的水纹。古有鱼、雁传书的传说，这两句暗含对方所在遥远，鱼、雁亦难传书之意。㉑闲潭，平静寂寥的深潭。㉒江水流春，承上"闲潭落花"，谓江水漂送着落花，像是把春天都流送尽了。㉓海雾，从海上升腾而起弥漫笼罩一切的迷雾。沉沉，深貌，形容雾之深密。句意谓西斜的月亮已经隐没在海上升起的深浓迷雾中。㉔碣石，山名，在今河北昌黎县北。潇湘，即今湖南境内的潇水和湘水。一北一南，相隔遥远，故说"无限路"。㉕摇情，摇曳牵引思妇的离情别绪。句意谓江边的树林上荡漾着落月的光，在牵引着思妇的离情。或可径解为：落月的光洒满了江边的树林，像是摇曳着它那袅袅不尽的情思。

[笺评]

胡应麟曰：张若虚《春江花月夜》，流畅宛转，出刘希夷《白头翁》上，而世代不可考。详其体制，初唐无疑。（《诗薮·内编》卷三）

《唐诗训解》："江流宛转绕芳甸"，纡回曲折。"江畔何人初见月，江月何年初照人"，"人""月"二字，错综成文。"白云一片去悠悠……"，转入闺思，言愈委婉轻妙，极得旨趣。"昨夜闲潭梦落花……"，触物惊心，无非伤别。（卷二）

唐汝询曰：此望月而思家也。言月明而当春水方盛之时，随波万里，无所不照。霜流沙白，状其光也。因言月之照人，莫辨其始，人有变更，月常皎洁，我不知为谁而输光乎，所见唯江流不返耳。又睹孤云之飞，又想今夕有乘扁舟为客者，有登楼而伤别者，己与室家是也。遂叙闺中怅望之情，久客思家之意，因落月而念归路之遥，恨不能乘月而归，徒对此江树而含情也。(《唐诗解》卷十一)

钟惺曰：浅浅说去，节节相生，使人伤感，未免有情，自不能读，读不能厌。又曰：将"春江花月夜"五字炼成一片奇光，分合不得。真化工手。又曰："春江潮水连海平"，便像潮水。"江流宛转绕芳甸，月照花林皆似霰"，入"花"轻妙不觉，后更不说"花"，止带"昨夜闲潭梦落花"一语，妙在下一"梦"字，又似不实说，觉通篇"春""江""月""夜"四字中，字字是花。"空里流霜不觉飞"，静幻。"江畔何人初见月，江月何年初照人"，问得幻想迭见。"昨夜闲潭梦落花"，入此大妙。"江水流春去欲尽"，深。"落月摇情满江树"，"摇"字、"满"字，幻而动，读之目不能瞬。(《唐诗归》卷六)

谭元春曰："春江花月夜"，字字有情、有想、有故。(同上)

陆时雍曰：微情渺思，多以悬感见奇。(《唐诗镜》卷九)

周珽曰：语语就题面字翻弄，接笋合缝，铢两皆称。(《删补唐诗选脉笺释会通评林·盛七古》)

黄家鼎曰：五色分光，合成一片奇锦。不是补天手，未免有痕迹。(同上引)

汪道昆曰："白云一片"数语，此等光景非若虚笔力写不到，别有一种奇思。(同上引)

王夫之曰：句句翻新，千条一缕，以动古今人心脾，灵愚共感，其自然独绝处，则在顺手积去，宛尔成章，令浅人言格局、言提唱、言关锁者，总无下口分在。(《唐诗评选》卷一)

毛先舒曰：张若虚"春江潮水"篇，不着粉泽，自有腴姿，而缠绵蕴藉，一意萦纡，调法出没，令人不测，殆化工之笔哉！(《诗辩

坻》卷三)

贺裳曰：《春江花月夜》，其为名篇不待言。细观风度格调，则刘希夷《捣衣》诸篇类也。此诚盛唐中之初唐。且若虚与贺季真同时齐名，遽分初、盛，编者殊草草。吾读书至贺秘书，真若云开山出，境界一新。毋宁置张于初，置贺于盛耳。（《载酒园诗话又编·张若虚》）

吴乔曰：《春江花月夜》，正意只在"不知乘月几人归"。（《围炉诗话》卷二）

宋长白曰：唐人有《春江花月夜》一题，同时张若虚、张子容皆赋之。若虚凡二百五十二言，子容仅三十言，长短各极其妙，增减一字不得，读此可悟相体裁衣之法。（《柳亭诗话》卷十五）

吴烶曰：（"春江潮水连海平"至"汀上白沙看不见"）此篇是在春江之上，见月以寄怀也。虚虚笼"春江"字、"月"字。"明月共潮生"，言月至十五日潮满，月亦望也，波光万里。"似霰""流霜""白沙"，皆形容月夜之景。（"江天一色无纤尘"至"但见长江送流水"），次段见人与月有相关处。何人见月，何年照人，若无心对月，便等闲抛却，唯见江流而已。（"白云一片去悠悠"至"捣衣砧上拂还来"）此段见离别之苦。"谁家""何处""可怜""应照"，俱推开说。凡有离别者，无论舟中、楼上，同见此月，即同有此愁。"玉户帘中""捣衣砧上"，月光所照，皆足助人愁也。（"此时相望不相闻"至"鱼龙潜跃水成文"）此段见月明如水，河光如练，相思之怀，徒寄之想望、逐流光而已。鸿雁有翼而不能度，鱼龙潜跃而在水中，以眼前所见为比也。（"昨夜闲潭梦落花"至"落月摇情满江树"）此段方打入思归意。前只写江月，至此点出"花"字、"春半"字、"欲尽"字，以见抚时伤感之意。"月西斜""藏海雾"，照应题面"夜"字。"碣石"……"潇湘"……其间相去路遥。"不知乘月"句又推开，在"无限路"内之人，因己念及人，想亦同此未得归之心也。月将沉，而摇摇无定之情，若满江上之树，而树之摇动，又圆月照见也。

通篇淡淡描摹春江花月之景，末着"落月摇情满江树"一句，有许多寄慨，无限深情，一篇俱振。（《唐诗选胜直解·七言古诗》）

徐增曰：首八句使人火热，此处八句（指"江天"八句）又使人冰冷。然不冰冷则不见火热，此才子弄笔跌宕处，不可不知也。"昨夜闲潭梦落花"此下八句是结。前首八句是起，起用出生法，将春、江、花、月逐字吐出；结用清归法，又将春、江、花、月逐字收拾。此句不与上连，而意则从上滚下。此诗如连环锁子骨，节节相生，绵绵不断，使读者眼光正射不得，斜射不得，无处寻其端绪。春、江、花、月、夜五个字，各各照顾有情。诗真艳诗，才真艳才也。（《而庵说唐诗》卷四）

王尧衢曰：此篇是逐解转韵法，凡九解。前二解是起，后二解是收。起则渐渐吐题，结则渐渐结束。中五解是腹。虽其词有连有不连，而意则相生。至于题目五字，环转交错，各自生趣。"春"字四见，"江"字十二见，"花"字只二见，"月"字十五见，"夜"字亦只二见。于"江"，则用海、潮、波、流、汀、沙、浦、潭、潇湘、碣石等以为陪。于"月"，则用天、空、霰、霜、云、楼、妆台、帘、砧、鱼雁、海雾等以为映。于代代无穷、乘月望月之人之内，摘出扁舟游子、楼上离人两种，以描情事。"楼上"宜"月"，"扁舟"在"江"，此两种人，于春江花月夜最独关情。故知情文相生，各各呈艳，光怪陆离，不可端倪，真奇制也。"春江潮水连海平，海上明月共潮生。滟滟随波千万里，何处春江无月明。"首出"春江"二字，次出"月"字，便承二句以启"花"字。江水下海，海潮入江，春江水涨，故用海潮以见水大。潮来潮去，江竟与海平矣。且海潮应月而生，故即海带潮以出"月"字。滟滟，水月光也。随波者，月也。曰"千万里"，曰"何处无"，见水月之远，两不相离，正承上"连海""共潮"也。"江流宛转绕芳甸，月照花林皆似霰。空里流霜不觉飞，汀上白沙看不见。"一句将江流带起"花"字之影，一句将月伴出"花"字，二句描月夜。总上共八句，春、江、花、月，逐字吐出，而"夜"字在内矣。"江"字下添"流"字，正接上"滟滟随波"句意。"宛转绕"，正其"流"之有情也。"芳甸"，有花之处，谢朓诗："杂英满芳甸。"江流宛转绕之，盖又无处非花林矣。于是以月伴花，曰"月照花林皆似霰"者，从夜见水月花光交杂，如雨雪之杂下也。又以"霰"字生出"霜"字。曰"流霜"，月光照处，如霜之流，以其是春夜不寒，故又不觉霜飞也。江畔浅处有沙之地曰沙汀，既有水月花光相为映射，则汀上之白沙看不见矣。"江天一色无纤尘，皎皎空中孤月轮。江畔何人初见月，江月何年初照人。"此下将人情事，暂放春、花，单言江、月，而逼出"人"字，以春花有见有不见，而月则无人不见也。"江"字下又用"天""空"两字，便见月所从出，古今所由代谢，人生其间，真觉茫茫无际。"无纤尘"，乃见是"空"。皎皎月轮，独照万古，故见是"孤"。自天地初分，即有此月此江，又谁知是哪一个人始初见月，哪一夜月始初照人。人有死生，世有今古，而月则常常如此。这个根底，有何人能穷究得出。下二句交互言之，无限感叹。以下便承此意畅发。"人生代代无穷已，江月年年望相似。不知江月待何人，但见长江送流水。"承上将人、月关情处一叹，而仍转到"江""流水"。此"水"字，从首句"潮水"来。人之生死，代谢无穷；月之圆缺，年年无异。人知人之望月如此，不知月之照人何如。盖月无情，情生于望月者耳。月照何人既不可知，但见江水汤汤，日夜流而不返，则是江流又一无情之物也。"白云一片去悠悠，青枫浦上不胜愁。谁家今夜扁舟子，何处相思明月楼。"此以"江""云"生起愁来，又暗出"夜"字，转过明月，以言客思闺情，伏下文之本也。"白云"只有"一片"，而又去得"悠悠"，又是一无情之物也。因上文有"无纤尘"三字，故此云"一片"，已不免秽浊太清。"去悠悠"，去之不定，有似游子。青枫浦上，视此流云，自伤流荡，所以"不胜愁"也。青枫，江上多枫，枫叶青，又关着"春"字。扁舟子，是游子也；楼上人，是怀游子者也。今夜扁舟中不知是谁家之子，又安知思此游子者之闺人，住在何处楼哉！"可怜楼上月徘徊，应照离人妆镜台。玉户帘中卷不去，捣衣砧上拂还来。"此从月下言闺情，从扁舟子意中想出。"可怜"是客子意中可怜也。"离人"，客子谓其妇也。"应"是遥度之词。"徘徊"，楼上之月不去也。反照"白云"之"去"。月在楼照离人，断无不照镜台。下二句描徘徊不去之月光也。帘卷得去，月卷不去；捣衣砧上，只疑是霜，然拂拭亦不能去。视此月光之不去，反形游子之不来。客子料离人在楼，必定多愁，故先冠以"可怜"二字。"此时相望不相闻，愿逐月华流照君。鸿雁长飞光不度，鱼龙潜跃水成文。"此时客子离人，同时望月，而音信不相闻问。以下便放开客子，单说楼上离人。楼上人想月之光华照到夫君身上，愿随月华流照到夫君之前。复又转语曰：月华安可逐也。即如能飞者鸿雁，雁飞在月光中，此处月光鸿雁不能带去，故曰"不度"。又想浦上之月，鱼龙或可带来，谁知鱼龙深潜水底，并月光亦照不着，从月下视去，不过成水面波纹而已。然则"逐月""流照"岂不诬哉！"昨夜闲潭梦落花，可怜春半不还家。江水流春去欲尽，江潭落月复西斜。"此下八句作结，将春、江、花、月、夜五字逐字收拾。"昨夜"是望月之夜，已成"昨"矣。乃转"夜"而言"月"，从月而想起夜间之梦。闲潭，犹闺中之幽闭；落花，犹美人之迟暮。由思起梦，因梦生怜，此"可怜"是闺人心事。昨夜恰梦落花，此时却是春半。还家犹不负春，乃春半不还，渐渐而至于春之欲尽。此江流不歇，此春日难留，是江水把春来流尽者。春既欲尽，只有江潭之月，犹赖徘徊。乃复又西斜欲落矣。春、江、花、月，全然辜负了。"斜月沉沉藏海雾，碣石潇湘无限路。不知乘月几人归，落月摇情满江树。"此将春、江、花、月一齐抹倒，而单结了"情"字。可见月可落、春可尽、花可无，而情不可得而没也。月斜而至沉于海雾，月全无有也。此篇首以"海潮"起，故并"海"字结。碣石，海旁之山；潇湘，连江之水。从江溯海，其路无限。江安可尽耶？春去矣，月落矣，而人又不归。乘月无人，即有有谁知得，故曰"不知乘月几人归"，并归结"人"字。"落月"，则夜又尽；"满江树"，则花又无了。馀情袅袅，摇情于春江夜月之中。望海天之渺渺，感今古之茫茫，伤离别而相思，视流光而如梦。千端万绪，总在此"情"字内动摇无已。将全首诗情一总归结于其下，添不得一字，而又馀韵无穷，此古诗之所难于结也。（《古唐诗合解》卷三）

沈德潜曰：前半见人有变易，月明常在，江流不必待人，唯江流与月同无尽也。后半写思妇怅望之情，曲折三致，题中五字安放自然，犹是王杨卢骆之体。（《重订唐诗别裁集》卷五）

范大士曰：层层灵活，如剥蕉心，全不觉字句牵合重复。（《历代诗发》卷二十二）

管世铭曰：张若虚《春江花月夜》，何尝非一时杰作，然奏十篇以上，得不厌而思去乎？非开、宝诸公，岂识七言中有如许境界，何大复未之思也。（《读雪山房唐诗序例·七古凡例》）

王寿昌曰：结句贵有味外之味，弦外之音……张若虚之"不知乘月几人归，落月摇情满江树"……是皆一唱三叹，慷慨有馀音者。（《小清华园诗谈》卷上）

王闿运曰："江畔何人初见月，江月何年初照人"，奇想。"可怜楼上月徘徊，应照离人妆镜台。玉户帘中卷不去，捣衣砧上拂还来"，亦奇想也。接入春江，浩渺幽深，就便从花说到月，又说到江，意境幽曲。碣石则太远矣，是诗人不谙考据语，我则无此。（《手批唐诗选》卷七）又曰：张若虚《春江》篇，直用《西洲》格调，孤篇横绝，竟为大家。李贺、李商隐泄其鲜润，宋词元诗尽其支流，宫体之巨澜也。（《湘绮楼论唐诗》）

陈兆奎曰：《春江花月夜》，萧、杨父子时作之，然皆短篇写兴，即席口占。至若虚乃扩为长歌，浓不伤纤，局调俱雅。前幅不过以拨换字面生情耳。自"闲潭梦落花"一折，便飘缈幽远。王维《桃源行》，似从此滥觞。（《王志》卷二《论唐诗诸家源流》）

闻一多曰：在这种诗面前，一切赞叹是饶舌，几乎是亵渎。（"江畔"六句）（表现了）更夐绝的宇宙意识，一个更深沉更寥寂的境界，在神奇的永恒面前，作者只有错愕，没有憧憬，没有悲伤……对每一个问题，他得到的彷佛是更神秘的更渊默的微笑。他更迷惘了，然而也满足了。（"白云"以下一段）这里一番神秘而又亲切的、如梦境的晤谈，有的是强烈的宇宙意识，被宇宙意识升华过的纯洁的爱情，又由爱情辐射出来的同情心……这是诗中的诗，顶峰上的顶峰。（《唐诗杂论·宫体诗的自赎》）

李泽厚曰：这首诗是有憧憬和悲伤的，但它是一种少年时代的憧憬和悲伤……所以，尽管悲伤，仍然轻快；虽然叹息，总是轻盈……永恒的江山，无边的风月，给这些诗人们的，是一种少年式的人生哲理和夹着悲伤、怅惘的激励和欢愉。闻一多形容的"神秘""迷惘""宇宙意识"等等，其实就是这种审美心理和艺术意境。（《美的历程》第七章"盛唐之音"）

罗宗强曰：这首诗以清新自然的语言，婉转的音调，表现感情浓烈、韵味无穷的诗境。浓烈的感情氛围，深刻的人生哲理的思索，全融化在轻新的、如梦一般明净的美的春江月色里。这首诗的最大成就正在这里，它创造了完美的诗的意境。它的出现，说明唐代诗人们对诗歌意境的创造已经走向成熟。盛唐诗人们那种兴象玲珑的诗，那种炉火纯青的意境创造就要自然而然地到来了。（《唐诗小史》第41页）

[鉴赏]

这首诗从长期的被冷落，到被发现，直到被誉为"孤篇横绝""诗中的诗"，经历了一个曲折的过程。这一名篇接受史上罕见的典型现象，程千帆先生在《张若虚〈春江花月夜〉的被理解与被误解》这篇论文中作了精辟详尽的论析，读者可以自行研读。

诗每四句一转韵，形成九个小节，构成内容上的一个小单元。这九个小节又可并为三个段落。

第一段八句紧扣题目，描绘春江花月夜的美好景色。起首两句写春江水涨、海潮涌动、江海相连齐平的浩渺景象和一轮圆月涌现于海潮之上，仿佛与其共生的壮阔境界。视野广阔，大处落墨，既富气势，却又自然从容，毫无着力之迹。接下来两句，写极目骋望，月光的光波照映在浩阔的江面上，随波上下，闪耀动荡。在诗人的想象中，这月光与潮水的波光相映射的景象将随着月亮的升高与照临，直至千里万里，哪一处春江没有月亮的清辉呢？由于在骋望中织进了想象的成分，眼前的实景与想象中的虚景交融，境界便更加阔远，使诗人自然用咏叹的笔调来抒写对万里长江月明图景的礼赞。以上四句，不妨看作全诗的一个总冒，由月升潮涌、江海相接、波光动荡的实景到"何处春江无月明"的虚景、全景，写出了月亮给万里春江带来的明丽阔远之美。

五、六两句，就江、月写"花"。宛转曲折的江流，绕过长满各种香花嫩草的傍江郊野，使江流也染上了春天芬芳的气息；而皎洁的月光照射在江边的花树上，使枝头的繁花像是挂满了无数晶莹透明的雪珠。如果说，上句是写"花"的芬芳浸染了长江，下句便是写月的皎洁给花带来了玲珑别透的奇异之美。江、月、花互相作用，传达出无边的春色。

七、八两句，借天宇、汀沙极形月色的皎洁。上句以霜华形况月色，下句以白沙衬染月色，着意处在"不觉飞""看不见"，传达出澄澈的月色所造成的视觉错觉和奇妙景象。以上四句，承"何处春江无月明"，写明月映照花树、空中、汀沙，显现了清光笼罩下一片皎洁透明的世界。

以上八句是全篇的第一段，写明月从初升到逐渐升高时的春江夜景，写得很有层次，从海到江，又循江而芳甸，而花林，而汀洲，而月则始终笼罩照临这一切之上。在具体描写时，又处处不离"江"字，处处注意点出"春"的特征，写出"花"的芬芳和色彩。

第二段八句便由"何处春江无月明"的美好夜色进一步写对"月"引起的遐想。"江天"二句，承上分写芳甸、花林、空里、汀上的基础上总提一笔，说从江面到天空，都是一色的透明莹澈，没有丝毫微尘，在辽阔的天宇上，只高悬着一轮光辉皎洁的圆月，以突出月光的明净与月夜的皎洁，然后便由"孤月轮"逗起下文。由于整个世界是一色透明，这高悬中天的一轮孤月便特别引人注目和启人遐想。没有这两句，前面对春江花月夜的描写和后面对望月引发的遐思的抒发就容易脱节。写长篇歌行，这种转关过渡之处是否连接处理得好，关系到全篇能否成为一个艺术整体，很能见作者的艺术功力。

"江畔何人初见月，江月何年初照人。"月亮亘古长存，人类绵延不绝。诗人由如此美好的春江花月之夜，联想到无限的时空、无限的生命，思绪由广阔的空间进入无限悠远的时间，自然而然地引发出宇宙与人生的永恒思绪，提出这近乎天真而又带有神秘色彩的问题：在这永恒的宇宙时间长河中，是谁在这江边头一个见到"皎皎空中孤月轮"的呢？而皎洁的月亮又是在哪一年开始映照着这世上的哪一个人的呢？这两个问题原是一个，不过从不同角度提出来而已。这问题颇带有宇宙意识和哲理色彩，但如果真以为诗人在这美好的春江花月之夜生发出探讨宇宙、人生的科学兴趣，那不免大煞风景，也大减诗情。诗人只是出于好奇，出于一种诗意的遐想，而不是对宇宙与人生的哲学思考。他原不指望回答，也无须作答（在当时的历史条件下也无法作答），诗人更感兴趣的是这种带有哲理意味和悠远想象的问题本身所带来的诗趣。

"人生代代无穷已，江月年年只相似。不知江月待何人，但见长江送流水。"这四句从意蕴上自然紧承"江畔"两句，从"江""月"与"人生"的关系着笔，却撇开问题，而抒发感慨。或以为这四句是感慨人生短暂，而宇宙无穷，自然永恒。其实，诗人的意思正与此相反。前两句的意思是说，人生一代一代地往下传，永远没有穷尽；江月也年年岁岁，总是像现在这样，将皎洁的清辉洒向人间。一个是"无穷已"，一个是"只相似"。作为宇宙中每一个具体的个体（包括人在内），都是有生有灭，有始有终的；但作为整体，则人类与自然都是永恒的。因此每一个时代的人，都可以充分享受春江花月夜之美，这正是以"代代无穷已"的"人生",去面对如此美好的永恒不变的"江月",何尝有人生短暂的虚无感伤气息!这里所蕴含的正是对人生、自然的永恒的憬悟与喜悦。"不知"二句,说月亮年年岁岁都像现在这样,默默无言地照临着人间,好像有意在等待着什么人,但又不知道它究竟在等待谁,眼前只见空阔浩渺的长江在不停地送着流水。如果说上句是自然对人的永恒期待,那么下句就是人对永恒的自然、永恒的时间之流的一种神往。

这一段八句,写皓月中天时所产生的关于江月与人生的遐想和感触。无论是用提问题的方式或是用抒发感慨的方式,诗人所要表达的主要意思都是自然和人生的永恒,以及对这种永恒的诗意遐想和哲理憬悟。

接下来一大段,诗人又由对无限时空、永恒人生的遐想,回到眼前皎洁明丽的春江月夜之境,想象在如此美好的夜晚中思妇对游子的深情思念。共五小节二十句,每四句构成一个小的意义单元。

"白云"四句,是这一大段的总冒。"白云一片去悠悠",从写景的角度说,是遥承上段首句"江天一色无纤尘";从写意的角度说,则是以白云一片的悠悠远去兴起并象征游子的远去(汉魏古诗中常以浮云的意象象喻游子远离故乡)。"青枫浦上不胜愁"则暗示伤离的思妇愁绪满怀,以致在双方离别之处——青枫浦上也似乎笼罩着一层难以禁受的愁绪。"谁家"二句,即以"扁舟子"和"明月楼"点明游子和思妇的两地相思。说"谁家""何处",故作不定之词,说明今夜明月之下、春江之上,怀着离愁的游子思妇并不止一家一处。以下便撇开游子,专从思妇方面着笔。

"可怜"四句,承上"相思明月楼",想象今夜明月楼中的思妇,在流动徘徊的月光映照下触物生感、挥之不去的离思。妆镜台、玉户帘、捣衣砧这一切闺室内外的事物,无一不引发她的单栖独宿、怀念远人的愁绪,故不觉而欲避开它的撩拨,但却"卷不去""拂还来",离思无法排遣消解。而"可怜""应"则表现了诗人对思妇的深情体贴。

"此时"四句,续写思妇由"望月"思念远人而产生的痴想。由于相望相思而不能相见，思妇想象自己能追逐无处不在的月亮的光波，飘荡流动，映照着远在异乡的游子。这想象，新奇浪漫而又充满柔情的依恋。曹植《七哀诗》有"愿为西南风，长逝入君怀"的期盼，张诗师其意而不袭其语，而意境更加优美。然而"逐月华"而"流照君"，毕竟是不可能实现的痴想。女子于是自然想到托鱼雁传书，以表达自己的相思。然而，仰望长空，鸿雁尽管一直飞翔，却难以度越月光照临的范围；俯视江水，鱼龙深潜水底，跃动而形成水面的波纹。暗示鱼雁也难以把音书传到游子的身边。

"昨夜"四句，由昨夜的梦境联及目前的孤寂处境，抒写春尽月落的怅惘。用"闲潭"渲染寂寥的气氛，用"落花"象喻春天的消逝，透露女子的芳华将逝之感。春去花落，而游子犹不还家。眼看着江水漂送落花，整个春天就要消逝了，而江潭上的一轮落月，此时也已西斜。"江水流春"包含两重含义，一是承上江潭落花，说江水漂送着不断凋零的花朵，也漂送着春天的离去；二是说江水流逝，正如时间的流逝，在不知不觉中送走了春天。这两层含义都关合着美好景物和青春年华的消逝，而落月之西斜则又标示这美好的春江花月之夜也即将消逝，从而更加深了怅惘的情绪。

"斜月"四句，写斜月将落，深藏海雾，而游子思妇，仍然南北遥隔，未能团聚。遥想今夜，不知有几位游子乘月归来，只见落月的光洒满江树，在牵引着思妇袅袅不尽的情思。这四句写月落夜尽，仍紧扣游子思妇的睽离着笔。"不知"句故作摇曳之词，以"乘月"而归的他人反托游子的不归，末句以景寓情，尤有远韵。

《春江花月夜》原是陈代宫体诗的题目，原作虽佚，但从《新唐书·乐志》的记载中可以窥见它和《玉树后庭花》一样，是浮艳淫靡之音。隋炀帝继作的两首，有"汉水逢游女，湘川值两妃"之句，用郑交甫遇二妃的故实，也明显是宫廷艳诗，隋诸葛颖之作虽是单纯写景之作，但和张若虚同时的张子容所作的两篇，仍蹈袭隋炀余风，而有"分明石潭里，宜照浣纱人（指西施）""交甫怜瑶珮，仙妃难重期"等语，不脱陈隋旧习。但到张若虚手里，却对这一乐府旧题进行了彻底的改造。诗中所写的人物，从宫廷艳诗的常见主角交甫二妃变成了普通的游子思妇，所表现的感情也由艳情变成了离情，与此相应，语言风格也由艳丽华靡变为清新明丽。人物的平民化、内容的抒情化、感情的纯净化和语言的清丽化，使这首沿用陈隋旧题的乐府彻底洗清了宫体诗的淫靡华艳，而呈现出崭新的风姿面目。从这个意义上说，它不仅是"宫体诗的自赎"，更是对宫体诗的彻底改革。

不仅如此，张若虚的《春江花月夜》还是对初唐以来一系列七言歌行在思想境界上的一种提升。初唐的七言歌行中的名篇，从卢照邻的《长安古意》到骆宾王的《帝京篇》，从刘希夷的《公子行》到《代悲白头翁》，尽管内容有别，风格不同，但都毫无例外地贯串着人生无常的感慨，刘希夷的《代悲白头翁》尤为典型：

今年花落颜色改，明年花开复谁在……年年岁岁花相似，

岁岁年年人不同……宛转蛾眉能几时，须臾鹤发乱如丝。

尽管诗中也表现了对青春的珍爱流连和对人生的热爱与执著，但毕竟对人生的无常充满了强烈的感伤。而在张若虚的《春江花月夜》中，却不再是徒然叹息自然永恒、人生短暂，而是说"人生代代无穷已，江月年年只相似"。在这里，"人生"已不再是指每一个具体的个体生命，而是指代代相传、永无穷尽的整体生命过程。这就从根本上超越了对个体生命有限的悲慨，而转化为对世代相续的大人生的肯定和礼赞。一个是"代代无穷已"，一个是"年年只相似"，正好是以永恒对永恒，使每一代人都能充分享受这"春江花月夜"之美。超越了个体自我之后，带来的正是对人生的积极肯定，是对个体生命有限人生的更加珍惜。在这个思想基础上来写游子思妇的分离和思妇的离情，就分外显示出对青春的珍惜、对爱情的忠贞、对团圆的渴望、对人生的执著。尽管有思念和怅惘，却始终充满对美好生活的向往与期待，就连那落月的光洒满的江树，也摇漾着缠绵不尽的情思。这种深挚的思念和深情的期待中闪烁着人性美和人情美的光辉，能纯净人的灵魂。

这样的诗，不但是纯美的，而且是纯诗的，更是纯情的。

《春江花月夜》是一首篇幅较长的七言歌行，题目本身又包含了五个写景抒情元素，因此，如何进行整体的艺术构思，就成为这首诗艺术上成败的一个重要因素。清代评家选家对诗人如何在起、结处逐步吐出并收拾春、江、花、月、夜作过很中肯的分析，王尧衢的解说尤为细致，可以参看。但诗人对这五个写景抒情元素，并非等量齐观，使之在诗中平分秋色，更没有采取铺写分叙的平列方式，而是有主有次。在五者之中，"夜"是一个总的时间背景，在这首诗中，它是和月出到月落相终始的，因此，在写月的同时也就写出了夜色夜景，无须另作专门描写，诗中只出现两次"夜"字（今夜、昨夜），均为时间概念，而非对夜的具体描写，就是明证。"春"与"花"虽一为季节概念，一为具体景物，但二者有密切关联，写"花"自然体现出"春"的特征，标"春"则自可包含"花"在内。春的明媚妍丽，花的娇柔明艳，对"春江花月夜"的整体意境构成与游子思妇的情思的表达自然起着重要的作用，但相对于"江""月"而言，毕竟是次要的。五者之中，"江"是景物附丽、人物活动的场所，也是情思触发与寄托的载体；而"月"则自始至终，照临于一切景物、人物之上，同样是情思触发与寄托的载体。故在五者之中，"江"与"月"是主要的（"江"字十二见，"月"字十五见，亦可说明这一点）。但在"江""月"二者之中，"月"的地位与作用又显得更为突出。从写景的角度说，"春江花月夜"之所以美，之所以能显现出它特有的美，关键就在于有那一轮月亮。没有月，春、江、花、夜，就只是各自孤立的景物，连不成一个整体；没有月，春、江、花也就隐没在沉沉黑夜之中，根本无法显示它们的美。相反，抓住了月光，也就抓住了一切，"何处春江无月明""月照花林皆似霰"。月无所不在，诗人的笔，可以随着这一轮明月而随意流动转移，与"春"结合，与"江"结合，与"花"结合，构成春江花月夜的完整艺术画面。从抒情的角度说，抓住了月这个中心，就可以在写景的基础上展开对宇宙与人生的美丽遐想，可以联系到和这个春江花月之夜一样迷人的离人思妇的生活感情，使情、景、思交融在一起，构成一个多层次的和谐统一的艺术境界。诗人在以月为中心进行描绘和抒情时，又安排了一条时间的线索——从月随潮生到孤悬中天再到月沉海雾，顺着这条时间线索，将全篇分成三个不同的段落，描绘丽景、抒发遐思、抒写离情，而月则始终成为贯串一切的主要元素和载体。总之，诗人的高明处，就在于抓住了春江花月夜的中心和灵魂——一轮明月。

《春江花月夜》所展示的美感类型，从主导方面看，明显属于柔静和谐的优美范畴。无论是春的明媚妍丽、江的悠长深永、花的娇柔明艳、月的轻柔皎洁，还是夜的宁静和平，单就题目本身给人的暗示与联想，就足以构成一种柔静恬美的优美意境，但诗人却没有单纯地写静美柔美，而是在柔静恬美的基调中融入了一系列不同的乃至对立的因素，而且将它们很自然地融合为一个和谐的艺术整体，从而使诗的意境更丰富多彩，更深邃隽永。具体地说，有以下几个方面。

一是在柔静恬美的春江花月夜的景物描写中融入壮美浩阔的成分。诗一开始就展现出春江潮涌、江海相接的浩渺景象和一轮圆月涌现于海潮之上的壮阔境界。紧接着，又描绘出明月的清光随着涨潮的波涛涌进江来，照射着千里万里的广阔画面。在下面的一系列描写中，也时见这种壮美浩阔之境，像"江天一色无纤尘"，像"不知江月待何人，但见长江送流水"，像"谁家今夜扁舟子，何处相思明月楼""鸿雁长飞光不度""碣石潇湘无限路"，所展示的都不是眼前那一小块狭窄的天地，而是天南地北，万里江山。因而它虽写离情而并不给人以沉重的忧伤之感。而这种壮美浩阔的成分，是和整个柔静恬美的春江花月夜景组合在一起的，是和离人思妇的似水柔情组合在一起的，并没有破坏全诗柔静恬美的基调，而是使它变得更加丰富，更加吸引人。

二是在清丽的景物描绘中织入带有哲理性的诗意遐想。这首诗对春江花月夜的景物描绘，清新明丽，不纤不秾，极为出色。但如果只有这样的描绘，诗就不免显得清而浅。它的一个突出优点，就是在春江花月夜的景物描写的基础上，生发出一段关于江月与人生的带有哲理意味的抒情。正是这段抒情，使整首诗的意境深化了。这样的诗给人带来的，就不单纯是感官的愉悦，也不单纯是感情的慰帖，而是同时在思想上使人得到一种憬悟，一种启迪。但这种带有哲理意味的诗意遐想，又并非纯理性的哲学思考，而是由"江天一色无纤尘，皎皎空中孤月轮"的眼前景所自然引发的，又完全不离眼前景的极富诗的韵味的遐想，因此它既不脱离春江花月夜的描绘，又是对前一段景物描写的深化和升华。而且使后一段关于离人思妇的描写也带上了珍重人生的意味。诗之所以清而不浅，丽而不浮，深邃隽永，正是由于其中织入了与景相对相济的哲理性情思。

三是在宁静和谐的氛围中透露出淡淡的哀愁和轻微的怅惘。美好的春江花月之夜的整个氛围，是宁静和谐的。但这种宁静和谐并不是绝对的静谧与安闲，而是仍然有扁舟外出的游子和明月楼中怀念远人的思妇，有碣石潇湘、南北远隔的相思，有芳华将逝的哀愁与怅惘。生活是美的，和平宁静的，但并不是没有缺憾。而这种缺憾又并不妨碍对整个生活的肯定。恰恰是由于存在这种缺憾，才引发了对更加美好的生活的展望和追求。"不知乘月几人归，落月摇情满江树"，就在春尽月落更阑之际，思妇的柔情仍然在等待、召唤着游子的乘月归来。不妨说，这种淡淡的哀愁与轻微的怅惘，正是对更加美好的生活向往、追求的一种表现形式。

唐诗在艺术上的高度成熟，一个突出的标志，就是创造出情景浑融的艺术意境。这在短篇（如五七言律绝或七言短古）中比较容易达到，但在长篇歌行中，却很难实现。因为篇幅既长，便于铺陈，极易陷于发扬蹈厉、淋漓尽致，而忽略情景浑融意境的创造和隽永韵味的表达。张若虚的这首《春江花月夜》正是在长篇的形式中创造了丽景、深情、哲思相互交融的高度和谐的意境，从而标志着一个高度成熟的诗歌新时期的到来。在这个意义上，它在唐诗发展史上的标志性地位便非常明显而突出了。

贺知章

贺知章（659—744），字季真，自号四明狂客，越州永兴（今浙江杭州市萧山区）人，早年移居山阴（今浙江绍兴）。武后证圣元年（695）登进士第，授国子四门博士，迁太常博士。开元九年（721）为秘书少监。开元十一年，因宰相兼丽正院修书使张说之荐，入书院，与撰《六典》《文纂》，转太常少卿。十三年，迁礼部侍郎，加集贤院学士，又充皇太子侍读。翌年改工部侍郎。二十年，为秘书监。二十六年，李亨立为皇太子，迁太子宾客。天宝二年（743）冬，因病上表请归乡里，玄宗诏许，赐镜湖剡川一曲。三载正月启程，玄宗亲赐诗赠行，太子以下百官饯送并赋诗。归镜湖后不久病逝。知章性放旷，善谈笑，嗜酒，杜甫称其为饮中八仙之首。又善草、隶。擅长七绝。《全唐诗》录存其诗一卷。

咏　柳①

碧玉妆成一树高②，万条垂下绿丝绦③。不知细叶谁裁出，二月春风似剪刀④。

[校注]

①《全唐诗》校："一作《柳枝词》。"②碧玉，形容仲春杨柳的颜色碧绿而光润。说"碧玉妆成"，无形中将柳树比作亭亭玉立的年轻女子。南朝吴声歌曲有《碧玉歌》，碧玉为年方二八的小家女。这里用"碧玉"的字面，虽未必有意用典，却能引发读者这方面的联想。③绦（tāo），丝带，喻柳枝。④似，《才调集》作是。

[笺评]

钟惺曰：（三、四二句）奇露语，开却中、晚。（《唐诗归》卷五）

陆时雍曰：春风如刀，即柳叶如彩，此其为风味之佳。（《唐诗镜》卷八）

黄周星曰：尖巧语，却非由雕琢而得。（《唐诗快》卷十五）

黄叔灿曰：赋物入妙，语意温柔。曰"裁出""似剪刀"，工甚。（《唐诗笺注》卷八）

刘拜山曰："不知"二句，语意新奇，生机盎然，咏春柳入妙。（《千首唐人绝句》）

[鉴赏]

这是一首巧为形似之言、别无寓托的咏物诗。它之所以流传众口，不仅由于设喻的新颖巧妙，而且在于通过新警生动的比喻显示了盎然的春意和诗人对仲春景物的独特诗意感受。

首句是对仲春杨柳的整体描写。早春的杨柳，鹅黄嫩绿；到仲春季节，已转为碧绿，用"碧玉"来形容，不仅显示出它的颜色，而且写出了它的润泽。说"碧玉妆成一树高"，无形中将一树翠绿的杨柳比成一位新妆初就、亭亭玉立的年青女子。而因《碧玉歌》与"碧玉"在字面上的关合，又自然容易引发"碧玉小家女""碧玉破瓜时"一类联想，使"碧玉妆成"的意蕴更为丰富而具吸引力。

次句写仲春杨柳的枝条。这里又将千万条纷披下垂的柳枝（诗人所写的当是垂柳）比作女子衣裳上垂拂的绿丝带。说"万条"虽是渲染夸张之词，但也透露出诗人眼中的柳并非单株独树，而是一片翠绿的柳林，这才能充分展现春天的繁茂和生机，以与三、四句相应。"垂"字要和末句的"春风"联系起来体味，它不是静止不动的下垂，而是带有动感的"垂拂"，从中可以想象万千条柳枝随风飘拂的轻盈飘逸的身姿。

一、二句由整体的柳树写到局部的柳枝，三、四句又进而由柳枝写到柳叶，观察的步骤和描写的次序显然。这两句仍是一个比喻，但由于这个比喻包含了极为新奇巧妙的联想和想象，写得又极为明快而生动，因而显得特别新警而隽永，富于诗情、诗趣和诗韵。面对千枝万条上碧绿的细叶（初春柳枝初发时只有嫩芽而无细叶，暮春则柳叶舒展，柳阴浓密，堆烟笼雾。"细叶"正切仲春的柳叶），诗人不由得惊异于造化的神奇而发出"不知细叶谁裁出"这极富诗趣的设问，紧接着又异想天开，端出了问题的答案——"二月春风似剪刀"。这是一个从未有人用过的比喻。春风是无形的，似乎与日常的用物剪刀根本挂不上钩。但春风温煦，化育万物，春天的一切花草树木的滋生繁茂都与温煦的春风化育密切相关。正是这个总体的感受与柳叶纤细整齐如同巧手裁剪而出的形象启发了诗人的想象，从而创造出了"二月春风似剪刀"这一极新颖奇警而又生动贴切，富于独创性、启示性的比喻。它不仅充分表现了大自然神奇的创造力，展现了盎然的春意和活泼的生机，也洋溢着诗人对春天、对大自然的神奇美好的热爱。仲春杨柳的形象、方兴未艾的春天景象以及诗人自身的审美情趣，通过这个比喻，都生动地展现出来了。自从贺知章创造出这一新警工巧、含意隽永的比喻以后，诗人们运用类似比喻的便层出不穷，花样翻新。从杜甫的"焉得并州快剪刀，剪取吴淞半江水"，到李贺的"欲剪湘中一尺天，吴娥莫道吴刀涩"，再到温庭筠的"江风吹巧剪霞绡"，都不难看出贺知章这一巧喻和用字的影响。造语过于尖新，易流于纤巧，但贺知章这首诗的"裁"字、"剪"字却无此弊，原因就在于新巧的比喻中有丰富的蕴含和隽永的诗味、活泼的诗趣。透过它，读者可以感受到一个方兴未艾的春天。

回乡偶书二首 (其一)①

少小离乡老大回②，乡音难改鬓毛衰③。儿童相见不相识，笑问客从何处来④。

[校注]

①贺知章天宝三载（744）正月启程还乡，于是年二月抵达越州山阴，《回乡偶书》第二首有"春风不改旧时波"之句可证。此二首即初抵山阴时所作。②诗人三十七岁登进士第之前已离开家乡，到回乡时年八十六，离乡时间最少五十个年头。曰"少小离乡"，则离乡时间当更早于已入壮年的三十七岁时。乡，《万首唐人绝句》作"家"。③衰（cuī），稀疏脱落。难，《唐诗品汇》作"无"。④笑，《全唐诗》校："一作借，一作却。"

[笺评]

范晞文曰：卢象《还家》诗云"小弟更孩幼，归来不相识。"贺知章云："儿童相见不相识，笑问客从何处来。"语益换而益佳，善脱胎者宜参之。近时严坦叔《还家》诗，亦有"旧时巷陌浑忘记，却问新移来住人"。颇得知章之遗意。（《对床夜语》卷三）

刘辰翁曰：说透人情之的。（《唐诗品汇》卷四十六引）

唐汝询曰：鬓毛摧，貌非昔也；儿童不相识，人非昔也。模写久客之感，最为真切。（《唐诗解》卷二十五）

钟惺曰：（"儿童"二句）似太白。（《唐诗归》卷五）

谢榛曰：凡字有两音，各见一韵。如……贺知章《回乡偶书》云："少小离乡老大回，乡音无改鬓毛衰。"此灰韵"衰"字，以为支韵"衰"字误矣。（《四溟诗话》卷三）

王尧衢曰：此作一气浑成，不假雕琢，兴之偶至，举笔疾书者。"少小离家老大回"，便见得是久客。"乡音无改鬓毛摧"，音虽犹昔而貌已非昔也。"儿童相见不相识，笑问客从何处来。"二句转、合，分拆不开。（《古唐诗合解》卷五）

宋宗元曰：情景宛然，纯乎天籁。（《网师园唐诗笺》卷十五）

刘宏煦、李德举曰：人皆知气象开展、音节宏亮为盛唐，不知盛唐中有如此淡瘦一种，却未尝不是高调。（《唐诗真趣篇》）

刘仲肩曰：朴实语，无限感慨。（同上引）

富寿荪曰：写眼前事，一往任笔，轻松活泼，情趣盎然。而无穷感慨，即寓其中。此境在唐人七绝中殊不多见。（《千首唐人绝句》）

[鉴赏]

一个青年时代就离家远游的人，在历经半个多世纪的人事沧桑之后，于垂暮之年终于回到自己既熟悉又陌生的故乡，遇到一个意料之外的戏剧性场景，不禁引发无穷的人生感慨。他把这场景写成一首小诗，这就是被评家誉为“纯乎天籁”的贺知章《回乡偶书》的第一首。偶书，偶有所遇而即事（或即景）抒感。

首句平平叙起。“少小”与“老大”之间，横跨着半个多世纪的悠悠岁月，包含着无数人生经历和体验。这在诗中，是一大片未曾正面显示的空白。正是这片空白，成为全诗叙事抒情状景的总根。这是读这首诗时首先应当注意的。

第二句款款承接。“乡音难改”与“鬓毛衰”，对举成文，相互映衬，非常富于蕴涵。一个人从小学会的乡音，固然不易改变，但这里与“少小离乡老大回”相联系，与“鬓毛衰”相映衬的“乡音难改”，却含蓄地显示了客子难以消磨的思乡之情和他身上难以改变的乡风乡俗。“乡音”在这里同时也意味着保存在自己身上的故乡的一切印迹。尽管“乡音难改”，当自己终于回到故乡时，却已鬓发稀疏，皤然白首了。对比之下，又有无穷感慨。这一句的“乡音难改”承上句“少小离乡”，“鬓毛衰”承上句“老大回”，两句句内又各自对应，句子结构整齐对称，读来意致顺畅，有一种自然流走的风调之美。

三、四两句紧承“回”字，集中笔墨，描绘出一个极富生活情趣和戏剧性的场景。当诗人怀着亲切而激动的心情走向故乡的时候，一群天真活泼的孩子围拢过来，他们怀着好奇的心情，用陌生的眼光打量着这位鬓发稀疏的老爷爷，其中大胆一点的便上前笑着发问："老爷爷，您这是从哪里来的呀？"这个看来极平常，却是从实际生活中提炼出来的典型场景，以其突出的戏剧性和丰厚的感情内涵给读者以丰富的联想和隽永的回味。说它带有戏剧性，不仅是由于它描绘了一个生动风趣的有人物、有对话的活动场景，而且因为其中透露出当事者的巨大心理反差和现实场景反差。久离故乡的人，对故乡的变化往往只是在理性上有抽象的推测，在感性上则相当模糊。当他突然看到一群素不相识的孩子成为故乡的新主人，而从小生长在这里的自己在他们眼中反倒成为不相识的远方来客，原来记忆中十分熟悉的故乡好像一下子变得有些陌生了。想象中的故乡与现实的故乡之间这种意想不到的区别，特别是从旧主人变为新客人的意外冲击，构成了巨大的心理反差，使诗人在这一刹那间产生了一种茫然惘然的失落感。不仅如此，这里还有一系列现实场景的反差：八十六岁高龄的老翁，面对着幼小的儿童，中间隔了几代人，这老少相对的反差，不能不引起诗人的恍如隔世之感。而"春风不改旧时波"的门前镜湖，依稀仿佛的房舍道路，同完全陌生的儿童之间的对照，更使诗人产生一种如梦如幻的恍惚感。这一切心理反差、现实场景反差所引发的既亲切又陌生，既真切又恍惚，既欣慰又失落的心态，确实把久客还乡的人丰富复杂的感受生动地展现了出来。但所有这一切，都不是诉之直接抒情，而是只推出一个戏剧性场景，让读者自己去涵泳体味，因此又显得非常精练含蓄、隽永耐味。

如果再深一层体味，还可以发现在上述丰富复杂的感情深处，蕴含着一种更具普遍性的人生感慨。人们总是在对照中才强烈感受到自然的永恒和人世的沧桑。"儿童相见不相识，笑问客从何处来"，这老与少的对照，正显示了几十年来故乡人事变化的巨大。山川风物依稀如昔，人却换了几代，前者仍然熟悉，后者完全陌生。对照之下，自不免产生"人事有代谢，往来成古今"的感慨。第二首就把这种蕴含在具体戏剧性场景中的人生感慨直接挑明了，即一方面是门前镜湖，"春风不改旧时波"，一方面是"近来人事半销磨"。但这首诗中蕴含的人生感慨，却并不给人以沉重的伤感，相反地，倒是洋溢着一种轻松幽默的生活情趣。诗中所描绘的这个场景，其中所透露的并不是"所遇无故物，焉得不速老"这种沉重的悲叹，也不是"访旧半为鬼，惊呼热中肠"这种强烈的惊呼，而是一种对人事代谢的达观态度。诗人好像怀着浓厚的兴趣，注视着眼前这生动的一幕。"笑问客从何处来"的"笑"字，不仅生动地表现了儿童天真中稍带顽皮的情态，而且从侧面显示了诗人也同样面带微笑面对儿童的围观与发问。诗人对自己离乡多年归来后竟然成为故乡的"客"人这一事实，固然感到有些意外和茫然，产生过一时的陌生感、失落感和沧桑感。但诗的整个基调是轻松愉悦的，流露出对眼前这一幕戏剧性场景耐人寻味的幽默。这表明八十六岁的老诗人的心境并不颓唐，面对天真而好奇的一群儿童，他自己的童心似乎也在复苏。这正是这首诗更加内在的感情本质，也是它成为纯粹的盛唐之音的一个根本标志。贺知章旷达诙谐的性格，在这首诗中也显露出来了。诗人生活在承平昌盛的时代，仕途一直比较顺利，声名烜赫，受到皇帝的尊宠。辞官还乡时，更受到隆重的礼遇。这样一种时世身世、性格气质，使得这首寓含着人生感慨的诗，不但不显得沉重悲怆，反而有一种轻松幽默的情趣。不妨说，戏剧性的场景与幽默情趣，与带有普遍性的人生感慨的融合，正是这首诗主要的审美特征。

范晞文说此诗的三、四两句脱胎于卢象《还家》诗"小弟更孩幼，归来不相识"，卢象与王维同时，年辈晚于贺知章，说贺诗脱胎于卢诗，显然不符合事实。但贺诗优于卢诗，则很明显。卢诗只是客观地叙写情况，看不出诗人的感情反应。贺诗则在用白描手法描绘戏剧性场景的时候，笔端充满感情，言外寓含无限感慨。前者言尽意止，后者意余言外。卢诗朴直拙涩，贺诗则富于摇曳流美的风致。这说明，即使是相近的生活素材，在具有不同艺术素养的诗人笔下，其审美价值与效果也会有很大差距。

一个从生活中提炼出来的典型性场景或情节可以说是艺术上的一种新发现。自从贺知章创造出这一典型场景以后，诗歌中便经常会出现类似的构思与场景。像首句提及的卢象诗和杜甫诗（"访旧"二句），像李益的《喜见外弟又言别》："问姓惊初见，称名忆旧容。"司空曙的《云阳馆与韩绅宿别》："乍见翻疑梦，相悲各问年。"但它们中的多数寓含的人事沧桑之感，已经染上了浓重的时代乱离的悲凉色彩，与贺知章诗中流露的幽默情趣已是两个不同时期的精神风貌了。

盛唐七绝一般兴象玲珑，意境浑融，较少写日常生活情事，即使写也往往带有浪漫色彩。这首诗却以日常生活中的情景作为主要内容，而且把人物对话也写进诗中。在七言绝句史上，写人物对话，这首诗可能是首创。它使绝句增加了浓郁的生活情趣。由于诗人选取的这个场景本身具有典型性，因此它并不流于琐细浅率，而是实中寓虚，在具体的场景描写中寓有普遍性的人生感慨。中唐以后，七言绝句中写日常生活情事的越来越多，但意境往往比较实，与这首诗实中寓虚的写法便不大相同了。

张　说

张说（667—731），字道济，一字说之。祖籍河东，十四岁丧父后迁居洛阳。武则天载初元年（689）应贤良方正举，对策第一，授太子校书。后两度使蜀。万岁通天元年（696）从武攸宜讨契丹，为管记。累迁凤阁舍人。长安二年（702）坐忤旨流配钦州。神龙元年（705）召还，授兵部员外郎，历工部、兵部侍郎，兼修文馆学士。睿宗景云二年（711）同中书门下平章事，监修国史。因排斥太平公主一党，坚请太子监国，罢相。玄宗即位，检校中书令，封燕国公。因与姚崇不合，贬相州刺史。开元三年（715），再贬岳州刺史。六年，任幽州都督。九年入朝为兵部尚书，同中书门下三品。十一年正除中书令、右丞相。十三年充集贤殿书院学士，知院事。十五年致仕。十七年复为右丞相，知集贤院事，迁左丞相。十八年十二月二十八日卒，谥文贞。一生历仕四朝，"掌文学之任凡三十年"，朝廷重要文诰，多出其手，对玄宗开元年间文化政策的制定起过重要作用。重视奖掖后辈，对盛唐文学的发展亦有积极影响。工诗善文，长于碑志。有《张说之集》三十卷，有影宋钞本（据蜀刻本）传世。《全唐诗》编其诗为五卷。

邺都引①

君不见魏武草创争天禄②，群雄睚眦相驰逐③。昼携壮士破坚阵，夜接词人赋华屋④。都邑缭绕西山阳，桑榆汗漫漳河曲⑤。城郭为虚人代改⑥，但有西园明月在⑦。邺旁高冢多贵臣，蛾眉曼睩共灰尘⑧。试上铜台歌舞处⑨，唯有秋风愁杀人。

[校注]

①邺都，三国时曹操为魏王，定都于邺，旧址在今河北临漳县。

邺都周二十余里，北临漳水。城西北隅列峙金虎、铜雀、冰井三台。引，古代乐府命题之一。唐人乐府以引为题者，有沿用乐府古题者，亦有根据诗的内容自立新题者，本篇属于后者。宋郭茂倩《乐府诗集》卷九十一新乐府辞乐府杂题收入此首。诗当作于开元二年（714）贬相州刺史期间，据末句，当作于是年秋。②魏武，指魏武帝曹操，武帝系死后谥号。建安十八年（213），操封魏王，都邺。草创，创建鼎足三分的霸业。天禄，天赐的福禄。《尚书·大禹谟》："四海困穷，天禄永终。"后多指帝王之位。③群雄，指东汉末割据一方互相争斗并吞的诸侯，如袁绍、袁术、孙坚及后来的孙权、刘备等。睚眦（yá zì），怒目而视。相驰逐，相互争斗追逐。④接，偕，与……一起。词人，指文士。时著名文士如王粲、陈琳、阮瑀等均在曹操军幕。赋华屋，在华美的房屋中吟诗作赋。⑤都邑，指邺都的城邑。汗漫，漫无边际貌。形容平衍的土地上桑榆连成一片，看不到边。⑥虚，同"墟"，废墟。人代，人世，朝代。⑦西园，即铜雀园，曹操所建，在文昌殿西，故称。曹操父子与邺中文士常宴游于此，吟咏诗歌。曹植《公宴诗》："清夜游西园，飞盖相追随。明月澄清影，列宿正参差。"西园明月，当年照临西园的明月。⑧曖眿，形容女子目光明丽动人。《全唐诗》校："一作曼眿。"语本《楚辞·招魂》："蛾眉曼眿，目腾光些。"⑨铜台，即铜雀台。建安十五年（210）冬曹操所建，置大铜雀于楼顶，故名。晋陆翙《邺中记》："铜雀台高一十丈，有屋一百二十间。"铜雀台是曹操晚年歌舞娱乐之所，其遗令中尚要求歌舞伎人每月朔、十五，在帐前歌舞以供其灵魂娱乐。

[笺评]

《唐诗训解》：苏（轼）曰："（操）固一世之雄也，而今安在哉！"即此意。（卷二）

郭濬曰：无甚深意，却自悲感。（《增定评注唐诗正声》卷四）

唐汝询曰：邺者，操所都也。想其创业之始，群雄并驰，彼独能奄有中原者，以才兼文武，而英俊为之用耳。是以都邑渐广，桑榆蓊郁，民物盛矣。至于今城阙为墟，人代尽易，唯有明月为西园故物，可胜慨乎！又见邺旁高冢，想贵臣宫妾，亦皆灰灭。况铜台为歌舞之地，而但闻悲风萧条之声，能不令人愁叹乎！（《唐诗解》卷十一）

周珽曰：创业之初，声势极其雄盛；改世之日，眺听不堪萧条。夫开国承统，何代无之？抚邺都而想见其奸雄之处，即老瞒有知，亦应有弑夺之悔矣。此诗从群雄争逐，壮士词人，说到贵臣蛾眉，同归灰尘，思致岂不深沉！似笑似悲，似詈似吊耶？（《删补唐诗选脉笺释会通评林》卷十五）

沈德潜曰：声调渐响，去王杨卢骆体远矣。"草创"二字，居然史笔。"昼携壮士"二句，叙得简老。（《重订唐诗别裁集》卷五）

管世铭曰：张燕公《邺都引》："昼携壮士破坚阵，夜接词人赋华屋。"王（维）、岑（参）而下，均不能为此言。（《读雪山房唐诗序例·七古凡例》）

王闿运曰："昼携壮士破坚阵，夜接词人赋华屋"，太宗足以当之，我亦能之而未肯为，曾、胡皆未逮也。又："城郭为墟人代改，但有西园明月在"，不及"分香"事，亦颇避熟。（《手批唐诗选》卷七）

[鉴赏]

在由初唐到盛唐的七言歌行发展史上，张说的《邺都引》是一首带有标志性的杰出作品，显示出由繁富婉畅向简练浑括、骨格老苍、气韵沉雄转变的趋势。

邺城作为魏都，与一代枭雄曹操的业绩事功紧密相连（曹丕代汉而立正式称帝后，将都城迁往洛阳），因此诗一开头就从魏武乘时崛起，与群雄角逐，争夺天下起势。"君不见"虽为乐府套语，但用在篇首，当头喝起，不仅起着提示读者注意的作用，而且带有强烈的咏叹意味，为全诗定下一个抒情唱叹的基调。"草创争天禄"五字，是对曹操一生创建魏国基业，争夺天下的事功的高度概括。"草创"二字，尤见创业之艰难，沈德潜赞其"居然史笔"，正道出诗人对魏武开国奠基业绩的赞颂之情。"群雄睢盱相驰逐"，是对"争天禄"的具体化，也是对其时代背景的展示。曹操一生，"挟天子以令诸侯"，平吕布，征张绣，破袁绍，平乌桓，征刘表，平荆州，终于统一中原，创建与吴、蜀鼎足三分的霸业，为此后西晋统一全中国奠定坚实基础。用"睢盱相驰逐"形容群雄虎视眈眈、逐鹿中原的态势，不仅进一步突出了其"草创"事业之艰难，而且反衬出其削平群雄、统一中原的决心与气概。

三、四两句，分咏曹操的文才武略，文事武功。曹操素以唯才是举著称，他的麾下，文士众多，猛将云集。从建安以来，多方罗致文人，至建安十五年（210），邺下文士数将百计，王粲、刘桢、陈琳、阮瑀、应玚、徐幹、吴质等尤为之最。"昼携壮士破坚阵"，概述其统率军队征服强敌、所向披靡的业绩和威势；"夜接词人赋华屋"，概述其偕同文士吟诗作赋的风流雅事。这种于戎马倥偬的激烈战斗中横槊赋诗的生活贯串了他的大半生，使他成为中国历史上少见的文武全才型的统治者。诗人将他的文事武功、文才武略高度概括于"昼携""夜接"的活动中，给人的印象便分外鲜明突出。曹操一生的军事、文学活动，足可写一部大书，初唐卢、骆等人如遇到这种题目，势必运用赋法，尽情铺排渲染，而诗人却将其凝练为两个形象的场景，确实是以少概多、以一当十的范例，表现出高度的艺术概括力。而于"昼携壮士破坚阵"的金戈铁马紧张激烈战斗后紧接"夜接词人赋华屋"的场景，更凸显出其从容闲暇的气度和儒雅风流的气质。

"都邑"二句，紧承"草创"功成，正面描写邺都的繁华富盛，用的却仍然是极简劲的笔墨。"都邑缭绕西山阳"，写都邑之广；"桑榆汗漫漳河曲"，写田畴之盛。前者见邺都缭绕西山之阳逶迤分布的形势，后者见庄稼树木繁茂葱郁、农桑生产繁荣丰饶的局面。均如三、四二句，以形象的描绘代替枯燥的叙述。二句直似一篇压缩了的《魏都赋》。

以上六句，以省净简括的笔墨写出魏武草创霸业的文才武略和邺都的繁荣富盛，七、八两句，急转直下，从历史的回顾转到眼前的现实景象，从怀古转到慨今。"城郭为虚人代改"，一笔跨越了五百年。眼前的邺都旧址，已是城郭丘墟，满目荒凉，朝代更替，人事沧桑。当年活动在这里的英雄豪杰、文士才人，以及热闹的街市、豪华的建筑均已荡然不存，只有当年曾经照临飞盖追逐的西园的一轮明月，如今还在照临荒城。"但有西园明月在"，正透露生前的一切繁华景象，都已被历史的风雨所涤荡湮没。

九、十两句，在"城郭为虚"的基础上选取"邺旁高冢"来抒发感慨。邺城郊外，高冢累累，其中埋葬的大都是魏国的贵臣，当年他们位居将相，意气凌厉，生活豪奢，而现在均已化为尘土。不但如此，连当年围绕着这些贵臣清歌曼舞的绝代佳人也都长眠地下。上句是即目所见，下句是即景想象，前实后虚，以实引虚，而"富贵荣华能几时"的感慨已得到有力的表达。

末二句于"城郭为虚"中专就与曹操关系密切的铜雀台抒慨作收。今日登临铜雀荒台旧址之上，旧日的清歌曼舞、豪华繁盛均成陈迹，唯有萧瑟的秋风，阵阵袭来，令人悲凉不尽，愁绪满怀。这个结尾，借景抒情，感慨深沉，韵味悠长。

初唐歌行中抒写盛衰不常、繁华倏忽、人生短暂、青春易逝之感，是一个屡见不鲜的主题。这首凭吊邺都古城的登览怀古诗，追怀昔日魏武创建霸业的英雄气概和文才武略，邺都的繁华富盛，感慨今日城郭为墟、繁华消歇，铜台歌舞，唯余秋风萧瑟，在思想内容和主题上并没有多少新警之处。但它在艺术表现上，却化赋体的铺排渲染为诗歌的唱叹抒情，化繁富尽致为简练概括，化叙述议论为形象描写，化婉转流丽为苍劲道健，从而使七言歌行朝着更加精练概括的方向发展。

即以与它同属过渡性的作品李峤《汾阴行》而论，李诗后段十二句抒"富贵荣华能几时"之慨虽淋漓尽致，感慨深沉，但前段极力铺排西京全盛时汾阴祭祠的盛况，却不免沿袭卢、骆长篇歌行用赋法铺叙渲染的故伎，虽步骤井然，却仍有繁芜之弊。较之张说此篇，艺术概括力显然较弱。

幽州夜饮①

凉风吹夜雨，萧瑟动寒林。正有高堂宴，能忘迟暮心②？军中宜剑舞③，塞上重笳音④。不作边城将，谁知恩遇深？

[校注]

①幽州，唐河北道州名，治所在今北京市西南。唐玄宗开元六年至七年（718—719），张说任幽州都督、河北节度使。诗约作于六年秋冬间。②迟暮心，屈原《离骚》有"惟草木之零落兮，恐美人之迟暮"，"老冉冉其将至兮，恐修名之不立"等句。"迟暮心"当指年已迟暮而功业未建、修名不立之慨。时张说年过五十。又曹操《步出夏门行·龟虽寿》有"烈士暮年，壮心不已"之句，"迟暮心"或亦兼含此意。③《史记·项羽本纪》："（项）庄……曰：'君王与沛公饮，军中无以为乐，请以剑舞。'""军中剑舞"语本此。此处"剑舞"或指当时流行之剑器舞。详参后杜甫《观公孙大娘弟子舞剑器行并序》。④笳，指胡笳。《文选·李陵〈答苏武书〉》："凉秋九月，塞外草衰。夜不能寐，侧耳远听。胡笳互动，牧马悲鸣。吟啸成群，边声四起。"

[笺评]

蒋一葵曰：本非乐意，而殊无愁语。（《唐诗训解》卷三）

王穉登曰：俱切"夜饮"。（《唐诗选》参评）

蒋仲舒曰：浅显处最圆活。（《唐诗广选》）

唐汝询曰：此有不乐居边意。言因夜而命酒高堂，是自适也。然不能忘迟暮之心，已又舞剑吹笛，极军中之乐。而曰：不作边将，安知天子宠遇乎？自宽之词也。（《唐诗解》卷三十二）

钟惺曰：倒说恩遇，妙，妙！远臣不可不知此语。（《唐诗归》卷四）

周敬曰：三、四深妙。结句雄厚。（《删补唐诗选脉笺释会通评林》卷二十八）

周珽曰：玄宗迁说为幽州都督，此诗盖有激烈图报意。因雨中夜宴而动迟暮之悲，末复自励，谓舞剑吹笛，极军中之乐，皆由主上宠渥所致，可不知所报答也，正不忘迟暮处。唐解谓"有不乐居边意"，末乃"自宽之词"，恐说淡了。（同上）

郭濬曰："深"，妙。（《增定评注唐诗正声》）

王夫之曰：一气顺净。（《唐诗评选》卷三）

徐增曰：此燕公出为幽州都督不得志而作也。幽州乃边庭极苦之处……说上说下，总是一个不乐幽州。世称燕公诗为大手笔（按：当指其制诰之文），吾嫌其尖刻。此诗毕竟非忠厚和平之什，不免狭小汉家矣。（《而庵说唐诗》卷十三）

吴昌祺曰：燕公诗清而健，去"四友"之堆砌矣。（《删订唐诗解》）

黄生曰：尾联寓意格。说为幽州都督，不得志，故有此诗。高堂夜宴，宜若可乐，而终不能忘迟暮之悲，意盖可见。"剑舞""笳音"，军中之乐止此，岂京师内地清歌妙舞可同日而语乎？意不无怨望。盖立言贵乎忠厚，本风人之遗旨。（《唐诗矩·五言律诗一集》）

王尧衢曰：前解写幽州夜饮，后解因夜饮而自伤身在边城也。"凉风吹夜雨，萧瑟动寒林。"从幽州夜起。公时为幽州都督，幽州地寒，何况是夜。又且凉风吹雨，分外凄冷。其萧瑟之况，摇动寒林，心中有无限感慨。"正有高堂宴，能忘迟暮心。"此以夜饮承。言当此风雨萧条之夜，正幸有高堂宴饮，暂忘此迟暮之感也。是虽饮亦不成欢。"军中宜剑舞，塞上重笳音。"此以边城事作转。言军中宜于剑舞，非剑则不相宜；塞上重于笳音，非塞则笳亦不重耳。"不作边城将，谁知恩遇深。"此以感恩作反结。言舞剑闻笳，边城将才有此境。我如不作边城将，当此苦况，谁知昔日在朝恩遇之深。总因心中不乐幽州，故以昔时恩遇，反形出边城今日之苦也。（《古唐诗合解》卷七）

沈德潜曰：此种诗，后唯老杜有之。远臣宜作是想。（《重订唐诗别裁集》卷九）又曰：收束或放开一步，或宕出远神，或本位收住。张燕公"不作边城将，谁知恩遇深"，就夜饮收住也。（《说诗晬语》卷上）

屈复曰：一、二景中有情，故四得插入。五、六写其雄壮，正见悲凉，与一、二对看。结与四对看，自知用意所在。（《唐诗成法》卷一）

顾安曰：边塞之地、迟暮之年、风雨之夜，如此苦境，强说恩遇，其心伪矣。"正有"、"能忘"、"宜"字、"重"字、"不作"、"谁知"，只在虚字上用力。要说是"恩遇"，却究竟拗不过"边塞""迟暮""风雨"六字。诗可以观，岂不信哉！（《唐律消夏录》卷二）

吴瑞荣曰：末联浅语极深，远臣须如此。（《唐诗笺要》）

陈德公曰：前如一气直笔，五、六稍一顿，结以浑厚语意振之，遂不淡率。（《闻鹤轩唐诗近体读本》卷二引）

卢舜曰：满腔萧瑟之感，"剑舞""笳音"，亦见止此或堪自遣耳。结故缴言边城不如内臣之恩遇，章法最有开拓。（同上）

姚鼐曰：托意深婉。（《五七言今体诗钞》卷一）

冒春荣曰：唐人佳句，二联为多，起次之，结联又次之，可见结之难工也。其法有于结句见诗意者，有点明题字者，有放开一步，或宕出远神，或就本位收住者。有寓意者，有补缴者。张说"不作边城将，谁知恩遇深"，就题上"夜饮"作收也。（《葚原诗说》卷一）

王寿昌曰：何谓格调？曰：如张燕公之……《幽州夜饮》。（《小清华园诗谈》卷上）

[鉴赏]

此诗自明代唐汝询以来，一直受到误解。以为张说"有不乐居边意"，诗"非忠厚和平之什"，谓末联乃"自宽之词"，或谓"恩遇"指"昔日恩遇"或"内臣恩遇"，甚至谓"如此苦境，强说恩遇，其心伪矣"。虽周珽、沈德潜等少数评家持正面评价，但不为人所注意。实则此诗颇见诗人之襟怀品格，诗亦沉雄悲壮，骨气端翔，洵为盛唐正音。

《旧唐书·张说传》云："始玄宗在东宫，说已蒙礼遇。及太平用事，储位颇危，说独排其党，请太子监国，深谋密画，竟清内难，遂为开元宗臣。前后三秉大政，掌文学之任凡三十年。"开元元年（713）虽因与姚崇不叶（姚、张之矛盾，或因出于个人私见）而贬相州，继又贬岳州三年。但开元四年末姚崇罢相后不久，于翌年二月即迁荆州大都督府长史，被重新起用。六年二月又迁右羽林将军、幽州都督、河北节度使，被委以安定东北边境之重任。故无论从玄宗与张说的总体、长期关系来看，或贬官后被重新起用委以重任来看，诗中所称"恩遇深"，当是出于真实感情，而非门面语，更非伪饰之言。说在幽州，"一年而财用肃给，二年而蓄聚饶美，军声武备，百倍于往时矣"，"自受命处此，声振殊俗，终公之代，不敢近边"（孙逖《唐故幽州都督河北节度使燕国文贞公遗爱颂并序》），亦颇著业绩，可见他确实是将幽州之重任作为玄宗的"恩遇"而黾勉从事的。

诗的首联点明环境节候，渲染"幽州夜饮"的氛围。时值深秋初冬，凉风吹送夜雨，萧瑟的寒风冷雨掠过树林，发出一阵阵带着寒意的声响。这景象萧瑟凄清而阔大峭劲，显示出北方边地秋冬雨夜的特有氛围，为"夜饮"营造了一个适宜的环境。这一联写法颇似谢朓的名诗《观朝雨》的起联"朔风吹飞雨，萧条江上来"，起得超忽挺拔，但谢诗是清晨坐观江上朝雨飞洒，张诗是夜间聆听寒雨吹林，前者主要诉诸视觉，后者主要诉诸听觉，而"萧条""萧瑟""寒林"中又兼含触觉和人的心理感受。其均工于发端，善于营造环境气氛亦同。

颔联明点"夜饮"，正面抒写宴饮时的心境。"正有"紧承首联，表明是在这种环境氛围中举行"高堂宴"，"能忘"强调虽高堂盛宴，又岂能因此而"忘迟暮心"？"迟暮"自与首联的"凉风""萧瑟""寒林"所标志的季节时令已近岁暮有关，但"迟暮心"的内涵却并非消极慨叹年华迟暮。"迟暮"之语，显用屈原《离骚》"唯草木之零落兮，恐美人之迟暮"及"老冉冉之将至兮，恐修名之不立"之意，其精神是积极的，渴望建功立业，树立美名。张说早年于玄宗为太子时即蒙礼遇，后又因安储靖难大功，于开元元年（713）即检校中书令。方将辅佐玄宗成就鸿业，遂己宏图，不料外贬四年之久。作此诗时，方得玄宗重新委以安边重任，而已年过五十，故常怀年届迟暮，功业未建、修名未立之心。联系曹操"烈士暮年，壮心不已"的著名诗句，则"迟暮心"中当兼包此意。他的另一首《巡边在河北作》说："沙场碛路何为尔，重气轻生知许国。人生在世能几时，壮年征戍发如丝。会待安边报明主，作颂封山也未迟。"正可为"迟暮心"所包含的感年华之迟暮，慨功业之未建，恐修名之不立，望安边以报明主等内涵作一注脚。因此这一联实际上是表明自己虽高堂夜宴，却不忘以迟暮之年报效君国、安边靖塞之意。"能忘"二字，正强调此"心"之无时或忘。既非消极悲叹年华迟暮，更非怨望远居边塞苦寒之地。

腹联写夜宴时歌舞奏乐，系夜饮之现境，非泛泛叙写议论。"军中""塞上"贴"幽州"，"剑舞""笳音"则又切"军中""塞上"。总之是体现北方边塞军中宴饮的特点，渲染雄武刚健之气与悲壮慷慨之情。曰"宜"、曰"重"，正显示虽高堂夜饮而不忘尚武精神与边境警备之意。

尾联突出全篇主意："不作边城将，谁知恩遇深?" 意思是说，如果不是身为边城主将，身系边境的安危，又有谁能真正理解、深切感受君主的恩遇之深呢? 这是诗人从守边的实际生活中切实感受到其责任之重大以后得出的结论。从上引孙逖所撰《唐故幽州都督河北节度使燕国文贞公遗爱颂并序》所记述的张说在幽州都督任上的显著业绩看，他对自己的"迟暮心"——抓紧垂暮之年的宝贵时间建功立业的烈士壮心，是认真地践行的，对玄宗的"恩遇"之"深"也是用实际业绩作了酬报的。这一联思想感情的深刻性还在于：在人们的习惯认识中，总以为在君主左右，在朝廷当权才是深受恩遇，而在边塞艰苦之地任职，即使担当像幽州都督这样的重任，则往往被看成不受重视，甚至产生弃置边地的怨望。张说正是通过自己亲历边城的实践，才真正体会到"作边城将"对安边保民卫国的重要性，也才真正感受到君主的"恩遇"之"深"。这里正蕴含着以国事为己任的人生价值观和以艰苦的戍边生活为荣的荣辱观，这才是全诗的核心和灵魂。有此一结，诗意诗境才得到了升华。而这种基于实践的深刻感悟又是用一种深婉和平的语调道出的，使人倍感其感情的深挚厚重。历代的文学作品（尤其是诗歌）中，凡言及君主恩遇者，大多言不由衷甚至似颂实讽，诸葛亮的《出师表》和张说的这首诗可算得上是少见的例外。

深渡驿①

旅泊青山夜，荒庭白露秋。洞房悬月影②，高枕听江流③。猿响寒岩树，萤飞古驿楼④。他乡对摇落⑤，并觉起离忧⑥。

[校注]

①深渡驿，中唐朱长文有《宿新安江深渡馆寄郑州王使君》："霜飞十月中，摇落众山空。孤馆闭寒木，大江生夜风。"写景同此诗。驿即馆驿。或指在唐江南东道歙州（今安徽歙县）之东新安江北岸之驿站，

系由歙州至睦州（今浙江建德）水路通道上的古老驿站，今犹存深渡镇。具体写作年代未详。②洞房，深邃的内室，指驿站的卧室。《楚辞·招魂》："姱容修态，绹洞房些。"③江流，或指新安江。④古驿楼，指深渡驿的驿楼。⑤《楚辞·九辩》："悲哉秋之为气也，萧瑟兮草木摇落而变衰。"摇落，指秋深草木枯黄凋落的萧瑟景象。⑥并，更。离忧，离乡的忧愁。

[笺评]

吴开曰：张说有《深渡驿》诗云："洞房悬月影，高枕听江流。"杜子美用其意，见于《客夜》篇云："入帘残月影，高枕远江声。"（《优古堂诗话》）

胡应麟曰：燕国如《岳州燕别》《深渡驿》……皆冲远有味，而格调严整，未离沈、宋诸公。至浩然乃纵横自得。（《诗薮·内编·近体上·五言》）

陆时雍曰：三、四语气清高，非追琢可拟。（《唐诗镜》卷七）

吴烶曰：题面无"宿"字。首二句补夜宿之意，以下均从首句生出，见古驿之荒凉也。"洞"，深也。月色到户，江声到枕，而又闻猿啸，见萤飞，种种动人离愁，心绪宁不摇落而生忧思乎！（《唐诗选胜直解·五言律诗》）

顾安曰：旅愁展转，一夜无眠，看见"月影"，又看见"萤飞"；听得"江流"，又听得"猿响"；既在"他乡"，更逢"摇落"，并成一片，来搅"离忧"也。又曰：昌黎云："欢愉之词难工，穷苦之言易好。"燕公亦就其易，吾不信也。（《唐律消夏录》）

屈复曰："悬""听"二字犹有痕迹，而杜之"卷帘残月影，高枕远江声"远矣。（《唐诗成法》卷一）

黄叔灿曰：上六句何尝不是写离忧，结语却以"他乡对摇落"句钩勒，觉离忧意在言外，似通首皆言摇落。意分两层，妙。（《唐诗笺

注》卷一)

陈德公曰：高警不浮，唐人正调，绝未容易。"洞""高"二字，于"悬""听"有情，知非泛着。通首重"秋"字，故有第七。前六莫非感触，结二缴束，"并"字最有力。(《闻鹤轩初盛唐近体读本》卷二引)

卢弅曰：五、六出句更胜，着"响"字是字法，若近人便着"啸"字矣。"寒猿""古驿"皆现成字，"寒"与"猿响"有情，"古"与"萤飞"有情，叠字亦极不苟。(同上)

王寿昌曰：诗之天然成韵者，如……张燕公之"洞房悬月影，高枕听江流"……(《小清华园诗谈》卷上)

[鉴赏]

此诗写秋夜旅宿依山傍水的江南古驿，颇富情致与韵味。首联点出秋夜旅宿古驿。题称"深渡驿"，首句曰"旅泊"、曰"青山"，故知此驿系依山傍水而建。次句"白露"明点秋令，见景物之萧瑟；"荒庭"明点"驿"字，见水驿之古老荒寂。起二句从容有致，已将诗中山、水、秋、夜、驿五要素囊括无遗，"旅泊"二字更贯串全诗，遥启末句"离忧"之主意。"白露秋"三字，似复而非复，不仅点时令，且透出夜深白露滋生之凉意和旅泊古驿的诗人心绪的凄冷。

领联写诗人夜卧内室目睹月色、耳听江声的情景。卧床而见秋月悬于天空，暗示夜深月斜。着一"影"字，凸现出月色之淡，月轮之孤，而旅人孤子无伴之感亦曲曲传出。"高枕"而卧听"江流"，则不但清晰可闻新安江水流淌的声响，且仿佛可见江流的身影，其中有诗人的想象，写夜闻江声之神韵入微，而旅泊者永夜不寐的情景亦如在目前。"悬""听"二字虽稍显用力之痕，但仍隽永有味，非刻意雕琢语，不能用后出而富远神的杜句"入帘残月影，高枕远江声"来贬低原创的张句。

腹联写夜宿古驿闻清猿之啼，见流萤之飞的凄清荒寂情景。驿旁有青山，故有"猿响"，亦见山之幽深，"寒岩树"系出之想象；驿楼萤飞，见驿之荒寂。点出"古"字，为驿楼的悠久历史文化色彩作了渲染，引发读者的遥想。

　　以上两联，均一诉诸视觉，一诉诸听觉，既写出深渡驿之荒凉冷落，亦暗透旅宿古驿的诗人永夜不寐的孤寂凄清情怀，意境幽寂而饶有诗情画意。其中虽有旅愁，也蕴含着对这种古驿秋夜幽寂境界的诗意感受。

　　尾联总收。点明异乡秋夜旅宿逢此萧条冷落之境，更增离乡之忧愁这一主旨。出句遥应首句，对前六句所抒写的情景作一总束；对句紧承上句，"他乡"而"对摇落"的层叠递进和重笔勾勒，用"并觉"再作强调，揭出"起离忧"的主旨，倍感表达感情的强度。不过，全诗的感情内涵，并非"离忧"二字所可包括，如前所述，其中自含有对江南依山傍水古驿秋夜旅宿时所发现的幽寂境界的诗意感受。这是前人诗中尚未成功表现过的境界。

张九龄

张九龄（678—740），字子寿，韶州曲江（今广东韶关）人。长安二年（702）擢进士第。后又登材堪经邦科、道侔伊吕科，授左拾遗。开元六年（718）迁左补阙，历礼部员外郎、司勋员外郎。十年张说为相，擢九龄为中书舍人内供奉。十四年改太常少卿。十五年，出为洪州刺史。十八年转桂州刺史，翌年入为秘书少监，转工部侍郎兼知制诰。迁中书侍郎。开元二十一年十二月，以本官同中书门下平章事。明年迁中书令。二十三年封始兴县伯。二十四年为李林甫所毁，罢相。翌年贬荆州长史。二十八年春告病南归，五月卒。九龄为开元时期最后一位贤相，其被逐去职成为治乱的分水岭。为张说之后的文坛领袖，喜提携奖掖后进文士。有《曲江集》二十卷传世。《全唐诗》编其诗为三卷。

感遇十二首（其一）[①]

兰叶春葳蕤[②]，桂华秋皎洁[③]。欣欣此生意，自尔为佳节[④]。谁知林栖者[⑤]，闻风坐相悦[⑥]。草木有本心[⑦]，何求美人折[⑧]？

[校注]

①《感遇十二首》，作于张九龄罢相后贬官荆州长史期间，系远绍阮籍《咏怀》、近承陈子昂《感遇》的咏怀之作，多借咏物寓托自身的品格心志及遭际感受。亦有直抒者。②兰，指泽兰或兰草。葳蕤（wēi ruí），草木枝叶纷披繁茂貌。③桂华，即桂花。④自尔，自然。二句意谓春兰秋桂因其自身欣然的生意，自然成为春秋佳节的标志。⑤林栖者，指隐居山林的高士。⑥闻风，风中传送来春兰秋桂的芬芳。坐，因而。⑦本心，本性，此指兰桂本就具有的芬芳皎洁的美质。

⑧美人，理想中的人物。此喻指君主。

胡震亨曰：张九龄诗："兰蕊春葳蕤，桂花秋皎洁。"段成式云："桂花三月生，黄而不白。曲江云'桂花秋皎洁'，妄矣。"按《图经》："桂有三种：菌桂、牡桂及单名桂。"宾、宜、韶、钦诸州，种类亦各不同。有二月、四月生花，全类茱萸者；亦有八、九月生花者。今东南桂皆然。其花色黄、白之外，亦有丹者。段成式安得据所见，遂谓曲江为妄乎？（《唐音癸签·诂笺五》）

钟惺曰：平平至理，非透悟不能写出。（《唐诗归》卷五）

谭元春曰：冰铁老人见透世故，乃有此感。（同上）

周敬曰：曲江公诗雅正沉郁，言多造道，体合风骚。五古直追汉、魏深厚处。（《删补唐诗选脉笺释会通评林》卷二）

程元初曰：诗欲气高而不怒，怒则失于风流。此诗气高而不怒。（《唐诗绪笺》）

邢昉曰：透骨语出之和平。（《唐风定》）

王尧衢曰：此寄志幽栖，无用世之意也。言兰叶则盛于春，桂花则荣于秋，物性顺时，欣欣自有生意。彼何求于人，亦自尔为佳节耳。安所望于林栖者之闻风而相悦乎？故知草木亦有本心，不以无人而不芳。美人即不折取，未尝不高其佳节也。《楚辞》多以美人比君。"坐"字内有一种高贵意。（《古唐诗合解》卷一）

沈德潜曰："草木有本心，何求美人折。"想见君子立品，即昌黎"不采而佩，于兰何伤"意。（《重订唐诗别裁集》卷一）

方东树曰：言物各有时，人能识此意，则安命乐天。兴而比收，所谓"运命唯所遇"。（《昭昧詹言》卷七）

陈沆曰：君子自修之初志也。《楚辞》："不吾知其亦已兮，苟余情其信芳。"韩愈《猗兰操》："不采而佩，于兰何伤？"士不为遇主而

修行，故亦不因捐废而陨获。（《诗比兴笺》卷三）

王闿运曰：有万物得所之意。（《手批唐诗选》卷一）

[鉴赏]

张九龄《感遇十二首》的首篇，展示的是一种内在自足的人格美和对这种人格美的自赏。

起二句拈出春兰、秋桂这两种具有幽洁芬芳美质的事物作为贯穿全篇的象征性意象。不取春兰秋菊这一更早的并称意象而取春兰秋桂，是因为兰、菊虽可象征幽洁，但菊在芬芳的美质上远逊于桂花，从中可见诗人在选择象征意象时考虑的细致，并与下文"闻风"相应。于兰曰"叶"，而用"葳蕤"状其绿叶纷披、茂密繁盛，见其欣然的生意；于桂曰"华"，而用"皎洁"状其幽洁的品性。虽各有侧重，而又同具芳香的美质。二句互文兼融，见春兰秋桂，葳蕤皎洁，既饶生意，又芳香幽洁。兰花幽雅高洁，迥异于桃李等的俗艳，用"皎洁"来形容同样切合。而秋桂绿叶繁茂光润，用"葳蕤"形容其欣然生意亦复精切。

三、四句承上"葳蕤""皎洁"，赞美春兰秋桂既同具欣然生意与幽芳美质，故自然而然地成为春秋佳节的典型标志。"自尔"二字，强调的意味虽很明显，出语却从容自在，表明其擅美于春秋佳节完全取决于其内在的生命力和美质，不必假借任何外在的力量。

五、六两句，用"谁知"两字捩转，谓春兰秋桂虽自具生意与美质而无须求助于外力、求赏于他人，但那些栖隐于山林的高士却因风传送其幽洁的芳香而深相慕悦。"谁知"二字中，寓含有对兰桂的赞叹自赏意味，说明兰桂虽不求人知赏，却因其芬芳幽洁的美质而得到高士的追慕赏爱。

七、八两句，是全篇寓意的集中表现。"本心"，指本性，就兰、桂而言，即指其自身的生意与芬芳幽洁美质。"美人"，或以为即指上文"相悦"的"林栖者"。但古代作为比兴象征的"美人"意象，实常指君主。诗人对于"林栖者"的慕悦兰桂，并无任何贬抑排斥之意，相反地还因林栖者的相悦流露出自赏之意，但对"美人"之赏爱攀折，却用了"何求"这种排斥、无求甚至不屑的口吻，故此处的"美人"仍以指君主为宜。春兰秋桂本性芳香幽洁，即便没有"美人"的赏爱，也丝毫无损于它那幽芳的本性，以比喻具有高洁品格的士人即使得不到君主的赏识，也不减其人格美的光辉。

封建时代的才士为了施展自己的才能，实现远大的抱负，总是希望得到君主的赏识知遇，并常常因此牺牲独立的人格。这是一种历史的悲剧。这首诗的春兰秋桂作为幽洁芬芳品格的象征性意象，突出强调人格美本身的生命力和道德、审美价值，认为即使得不到君主的赏识重用，也无损其品格的光辉与影响力。这是一种对自身人格的高度自信自赏，是独立人格意识的觉醒。

诗的思想意蕴相当深刻，但艺术表现却温厚和平，无怒张之态，无激厉之音，在平和从容的语调中透露的正是对独立自足的人格之美的自赏自信。

湖口望庐山瀑布泉①

万丈洪泉落，迢迢半紫氛②。奔飞流杂树③，洒落出重云。日照虹蜺④似，天清风雨闻。灵山多秀色，空水共氤氲⑤。

[校注]

①湖口，指鄱阳湖口，唐属江州（治今江西九江市），于其地置湖口戍。诗约作于开元中赴洪州刺史任途中。②紫氛，指天空。刘桢《赠从弟》之三："奋翅凌紫氛。"③流，《全唐诗》校："一作下。"④蜺，同"霓"，即副虹，雌霓。⑤灵山，对山的美称。此指庐山，为佛教名山，故称。空水，指天空和瀑布水。谢灵运《登江中孤屿》："云日相辉映，空水共澄鲜。"氤氲，云烟迷茫弥漫貌。

[**笺评**]

钟惺曰:"似"字幻甚、真甚。唯望瀑布,故"闻"字用得妙;若观瀑,则境近矣,又何必说"闻"字。(《唐诗归》卷五)

谭元春曰:瀑布诗此是绝唱矣,进此一想,则有可知不可言之妙。(同上)

唐汝询曰:泉自天半而落,飞洒乎杂树重云之间,状若虹霓,声若风雨,真奇观也。岂非山灵之秀,空水混合之处乎!(《唐诗解》卷三十二)

《唐诗广选》:("奔飞"句)直欲逼真。

蒋一梅曰:摹揣最肖物。(《删补唐诗选脉笺释会通评林》卷二十八引)

周珽曰:结"空水"二字更奇,令人另豁眼缝。(同上)

王夫之曰:曲江自古诗好手,近体大有食梅衣葛之苦。唯此较郑重,他不足纪也。又:"空水"句不以色取瀑布,自然瀑布。(《唐诗评选》卷三)

王尧衢曰:前解描写瀑布之落,后解则状其神秀也。"万丈红泉落,迢迢半紫氛。"起句写瀑布之远,切"望"字。万丈之泉,如在天半,故迢迢而望之,半皆紫氛。紫氛,天气也。谢灵运赋:"托丹砂于红泉。"有丹砂处,则有红泉。(按:王氏首句作"红泉","红"字误。)"奔流下杂树,洒落出重云。"承上红泉之落,飞洒乎云树之间,而见其从高而落也。"日照虹霓似,天清风雨闻。"此写瀑布之状,日照之,则虹霓相似。天清本无风雨,而如闻风雨之声也。"灵山多秀色,空水共氤氲。"此以山灵故水秀为合,言瀑布之奇如此。祇以山灵之秀,得此空水澄鲜,共含元气之混濛而已。氤氲,天地混元之气也。(《古唐诗合解》卷七)

屈复曰:"秋(按:当作海)风吹不断,江月照还明(按:当作

空）",自是仙笔,全无痕迹。曲江"天清"句雄浑,又"共氤氲"三字传神。(《唐诗成法》卷一)

沈德潜曰:任华爱太白瀑布诗,系"海风吹不断,江月照还空"二语,此诗正足相敌。(《重订唐诗别裁集》卷九)

黄叔灿曰:匡庐瀑布,天下奇观。此诗写状自好。中四句极刻画,第三联尤妙。(《唐诗笺注》卷一)

陈德公曰:通首生动有气势,结松率,然不忍刊。又曰:"洪"一作"红",可与"紫"字相映。然庐山瀑布作"洪"乃当,从"万丈"生;"迢迢"字从"洪"字生,"紫"取假对亦得。"似""闻"二字俱峭,"奔飞""洒落"亦乃排纵。(《闻鹤轩初盛唐近体读本》卷三引)

胡本渊曰:清思健笔,足与太白相敌。(《唐诗近体》)

俞陛云曰:"日照虹霓似,天清风雨闻。"诗咏庐山瀑布,以健笔写奇景,有声有色,如在云屏九叠之前,与太白之"海风吹不断,江月照还空"同极工妙。张在日中观瀑,故言日光与水气相射发,五色宣明,如长虹之悬空际。李诗在月下观之,故言皓月与银练之光,浑成一白,荡入空明。二诗皆用"风"字,张诗状瀑声之壮,虽当晴霁,若风雨破空而来。李诗状瀑势之劲,虽浩浩长风,仍凌虚直泻。诵此二诗,知"一条界破青山色"七字,未足尽瀑布之奇也。(《诗境浅说》乙编)

[鉴赏]

张九龄描绘庐山瀑布的诗有两首,另一首是五古《入庐山仰望瀑布水》,系进入庐山之后近观仰望瀑布,与本篇在湖口远眺瀑布,立足点与视角均有别。这一首写得气势宏伟雄健,传出了庐山瀑布的神采,艺术成就远超另首五古。而题内"望"字,则是感受理解全诗的关键。

起联写瀑布从高山半空中直泻而下的情状，是从湖口远望所见瀑布的全景镜头，也是诗人初见瀑布的突出印象。"万丈"状瀑布之长，"洪泉"状瀑布之壮，句末着"落"字，似不着力而自有雷霆万钧之势。"迢迢"有高、远二义，此取高义。"迢迢半紫氛"，状其如在半空中直泻而下的态势。"紫氛"虽前人诗语，此处用之，正与下"日照"句相呼应。二句起势雄健，取境高远，由于是遥望，方能摄其全体。

颔联承"洪泉落"，写万丈瀑布奔泻而下的过程中喷洒飞溅在杂树、层云上的情景。瀑布在两山之间，所经之处，杂树茂密，丛林葱郁，山间云雾重重，缭绕浮动，故有"流杂树""出重云"的视觉感受，这是借其他景物衬托瀑布直泻而下时冲决一切的气势与力量。

腹联转写瀑布的色彩和声响。瀑布本如素练，但在晴日阳光的照射下，却幻化出虹霓般七彩缤纷的颜色，绚丽瑰奇；天清气朗之时，本无风雨，但万丈洪泉直泻而下时发出的巨大声响，却使人有急风骤雨杂沓的听觉感受。在湖口远望庐山瀑布，是否真能听到它所发出的巨大声响，并不重要。关键是诗人从万丈洪泉直泻而下的气势中，仿佛听到了风狂雨骤般的杂沓声响。句末的"闻"字与上句的"似"字对举互文，本身就包含了"似闻"的意蕴。这是一种似真似幻的听觉感受，其传神处正在亦真亦幻之间。若认定"闻"字是几十里外清晰听到瀑布的巨响，反而拘泥而失语妙。

尾联总收，以"灵山"应题内"庐山"。"空水共氤氲"一语，将庐山上空云雾弥漫的情景，与瀑布倾泻如云气迷茫的情状浑为一体，以充分体现此灵山胜境之秀色美景。以赞叹作结，符合诗人的真切感受，收得自然妥帖，有"篇终接混茫"的意境。

此诗写庐山瀑布，由于是远望，故侧重表现其整体面貌与雄伟的气势力量，而不重细部描绘，"天清"句特具远神远韵。虽意境壮伟宏阔，仍透出闲远意态，与近观仰视时惊心动魄的感受仍自有别。

望月怀远①

海上生明月，天涯共此时②。情人怨遥夜③，竟夕起相思④。灭烛怜光满⑤，披衣觉露滋⑥。不堪盈手赠⑦，还寝梦佳期⑧。

[校注]

①怀远，怀念远方的人。所怀对象，不得而知。作者另一首五律《秋夕望月》云："清迥江城月，流光万里同。所思如梦里，相望在庭中。皎洁青苔露，萧条黄叶风。含情不得语，频使桂华空。"内容意蕴与本篇相近。诗中"所思"对象，或即本篇"怀远"对象。视"江城"语，似晚年贬荆州长史期间所作。则所怀之人未必是女子，可能另有托寓。②天涯，天边，泛称远方。"共此时"，指海上生明月之时，远隔天涯的双方均共对此一轮明月而彼此思念。谢庄《月赋》："美人迈兮音尘阙，隔千里兮共明月。"此化用其语意。③情人，多情的人，指有怀远之情的抒情主人公。遥夜，长夜。常指秋夜。《楚辞·九辩》："靓杪秋之遥夜兮，心缭悷而有哀。"④竟夕，通宵、彻夜。⑤怜，爱。⑥滋，滋生、湿润，这里形容露浓。⑦陆机《拟明月何皎皎》："照之有馀辉，揽之不盈手。""盈手赠"，将月光握持满手以赠远人。⑧佳期，会合之期。

[笺评]

郭濬曰：清浑不着，又不佻薄，较杜审言《望月》更有馀味。又曰：第二句情无限，第五句着于看月。（《增定评注唐诗正声》卷六）

唐汝询曰：与《秋夕望月》诗并妙。彼篇响，此篇幽。（《删补唐诗选脉笺释会通评林》卷二十八引。按：《唐诗解》未选此篇。此或引自唐氏《汇编唐诗十集》）

钟惺曰：虚者难于厚，此及上作（指《初发曲江溪中》）得之，浑是一片元气，莫作轻松看。（"海上"二句）情无限。（"灭烛"句）深于看月。（《唐诗归》卷五）

陆时雍曰：起、结圆满。五、六语有姿态，几为踯躅彷徨。（《唐诗镜》卷八）

周珽曰：通篇全以骨力胜，即"灭烛""光满"四字，已尽月之神，比"露濯清辉苦，风飘素影寒"更饶奇想。用一"怜"字，便含下结意，可思不可言。（《删补唐诗选脉笺释会通评林》卷二十八）

黄生曰：全篇直叙格。一、二对，三、四反不对，宋人谓之偷春体，其名欠确，今谓之换柱对。后仿此。因怨遥夜，故起而望月，因感月之天涯相共，故复相思。又因月之不堪持赠，故复还寝以冀梦中相遇。语意极其曲折。陆机《拟明月何皎皎》云："揽之不盈手。""不堪盈手赠"，所思之不在目前也。然即使在目前，亦岂可持赠之物？至作梦，是极无据事，却又说得如此认真，可谓极幻之想，极痴之语矣。是知作诗而不具至情者，不可以为诗人；作诗而不带痴情者，亦不可以为诗人也。（《唐诗矩·五言律诗一集》）

沈德潜曰：（"海上"二句）情至语。（《重订唐诗别裁集》卷九）

屈复曰："共"字逗起"情人"，"怨"字逗起"相思"。五、六亦是人、月合写，而"怜""觉""滋""满"，大有痕迹。七、八仍是说月、说相思，不能超脱，不过捱次说出而已，较射洪、必简去天渊矣。（《唐诗成法》卷一）

黄叔灿曰：首二句领得妙。"情人"一联，先就远人怀念言之，少陵"今夜鄜州月"诗同此笔墨。"灭烛"一联，切自己说，跟"相思"二字转。落句言如此夜月，不能持赠，故欲与梦为期耳。（《唐诗笺注》卷一）

顾安曰："共"字逗起"情人"，"怨"字逗起"相思"。以下四句，皆是摹写情人竟夕无聊景况，与射洪、必简作一样用意。（《唐律消夏录》）按：屈复《唐诗成法》刊于乾隆八年（1743），顾安《唐律消夏录》刊于乾隆二十七年（1762），顾评前数语袭屈评，后数语则与屈评意异，似针对屈评而发。

陈德公曰：五、六生姿，极是作意。结意尤为婉曲。（《闻鹤轩初盛唐近体读本》引）

卢麰曰：三、四一意递下，又复紧承起二情绪。落句更与三、四相映。（同上）

姚鼐曰：是五律中《离骚》。（《五七言今体诗钞》）

王寿昌曰：近体如"海上生明月，天涯共此时"之清远……皆可法也。（《小清华园诗谈》）

高步瀛曰：（前四句）纯以神行。（《唐宋诗举要》卷四）

[鉴赏]

这首诗用轻淡的笔触描绘出一片清空阔远、深情绵邈的艺术意境，写得特别空灵蕴藉，富于情致和韵味。

起句大处落墨，展现出一轮皓月，涌现于东方海天相接之处的阔远境界。在安恬舒缓的语调中透露出对这种空明阔远境界的欣赏与神往，在朴素自然的语言中显现出一种静谧旷远的诗美。在唐诗的名句之林中，这可能是最自然淡远的一类。次句化用谢庄《月赋》"隔千里兮共明月"语意。上句写海月之生，已隐含"望"字；下句写天涯相共，更点醒"怀远"之情，但都只淡淡着笔，意蕴虚涵。"共此时"，既包含共对皓月、共此良时之意，又含有相隔天涯的双方在月下同时默默思念对方的意蕴。对照一下白居易的诗句："共看明月应垂泪，一夜乡心五处同。"可以明显看出白诗比较发露，而张诗比较蕴藉。前人称赞"海上"二句为"情至语"，可能正是着眼于它在淡语中蕴蓄的深情远韵。这一联"海上""天涯"，取境阔远，为全诗所抒写的深情远意提供了适宜的背景。

接下来一联，直接抒写月夜相思之情的悠长。秋夜本来就比较长，相思怀远的至情之人自然更感到它的漫长而对它产生怨意；但长夜不因多情人之怨而缩短，结果自然是多情人"竟夕"不眠，为相思所萦绕了。也不妨反过来说，正因为竟夕相思，夜不能寐，因此越发怨恨秋夜之漫长。诗歌语言往往只直接描写事象、物象或心象，对这些现象间的逻辑联系、因果关系则不加说明，这反而使诗意更加蕴藉，可以从多角度体味。律诗的颔联一般多用比较工整的对句，这里特意采用两句一意贯串，类似散句的格式，显得特别自然流动，飘逸有致，和上一联的勾连也非常紧，读来只觉得前四句蝉联而下，神理一片，所谓"纯以神行"，正是指此。这一联明点"怨"和"相思"，但也只是虚提轻点，不作具体的描绘刻画，笔意仍很空灵蕴藉。

腹联承"竟夕起相思"，写从中宵到凌晨的过程中对月怀远的情景。出句写室内望月，说灭烛之后，但见明月的清辉洒满一室，更感到它的素洁明净，令人怜爱。这句似只写到赏月，实际上"怀远"之意已自然融合在"怜光满"的心理状态中。月色皎洁柔和，它那流动徘徊的清辉常常是触发思妇怀人之情的媒介，也是思妇缠绵柔情的外化或象征。作者《自君之出矣》说："思君如满月，夜夜减清辉。"即以月亮的清辉象喻怀着缠绵柔情的思妇。故这里将月光想象成对方的化身而感到满室清辉之可爱。对句写室外望月，说久立凝望，心驰神往，夜凉侵人，披衣御寒，这才发觉露水已经很浓，天也接近清晨了。妙在"披衣"的行动在前，"觉露滋"的感觉在后，暗示抒情主人公在伫立凝望中夜逐渐深了，露水也越来越浓，而却因望月怀远而浑然不觉，直至因夜凉披衣而方觉露已滋。这就不仅透露望之久，而且透露思之深，情之专注。这一联由室内而室外，写出了望月过程中时间的推移，并不露痕迹地写出了"竟夕起相思"而对月无眠的情景。前两联一气贯注，格调接近古诗；这一联改用工整的对偶，诗就显得顿挫有致，不致直泻而下。而在表现"怀远"之情方面，则更蕴藉不露。

末联又由室外凝望而"还寝"，由怀远不见而寻"梦"。由于深切怀念远人而又无法与之相见，面对皎洁的月光，情不自禁地产生将月光赠给远人，以寄满腔相思的情感。但月光无形无质，不能把握，因而不得不发出"不堪盈手赠"的叹息。无奈之下，只好再回到室内就寝，希望能在梦中实现与对方相会的美好愿望。"梦佳期"是"怀远"而不得见的结果，也是"怀远"之情的深化。这一联包含一系列感情的发展过程，但写得自然浑成，不露转折之痕。最后在失望与希望的交替中徐徐收住，尤其显得韵味深长。

月在诗中成为贯串始终的抒情线索。从开篇的海月初升，到对月相思怀远，再到灭烛怜光，望月露滋，以月赠远，最后辞月还寝，笔笔不离明月，写明月又笔笔不离相思怀远之情，但又笔笔都不重复。月在诗中，时而是双方联系的桥梁，时而是引起怀远之情的媒介，时而是对方缱绻柔情的象征，时而又是欲寄相思的凭借。同一明月，所引起的联想，所寄寓的情思各不相同，但又都显得那样自然妥帖。可谓变化多端，妙用无穷。全诗对怀远相思之情除第四句轻点之外，始终不作具体的正面描写，只通过"望月"侧面表现。这就使诗的整体风格显得特别空灵淡远、蕴藉有致。

朱 斌

　　朱斌，生卒年及仕历均不详。据芮挺章天宝三载（744）所编选之《国秀集》卷下收其《登楼》诗（即历代传诵，题为王之涣《登鹳雀楼》诗者），目录称"处士朱斌"来看，至天宝三载尚未入仕。

登　楼①

白日依山尽②，黄河入海流。欲穷千里目③，更上一层楼。

[校注]

　　①《国秀集》卷下载此诗，题为《登楼》，朱斌作。而《文苑英华》卷三百一十二、司马光《温公续诗话》、《万首唐人绝句》、《唐诗纪事》卷二十六均作王之涣《登鹳雀楼》。佟培基《全唐诗重出误收考》云："但建中间李翰作《河中鹳雀楼集序》未言有之涣诗。范成大《吴郡志》二二谓朱佐日诗，云：'朱佐日，郡人。两登制科，代济其美。天后尝吟诗曰：白山依山尽……问是谁作，李峤对曰：御史朱佐日诗也。'注出自《翰林盛事》。《吴都文粹》卷六，宋王象之《舆地纪胜》五、《永乐大典》二三六八引《苏州府志》皆云朱佐日诗。按《千唐志斋藏志》九〇〇有朱佐日墓志，《大唐故（信）都郡武强县尉朱府君墓志》云：'佐日，会稽人也。'已与《吴郡志》所载之'郡人'不合。后云其年三十国子进士及第，居无何署信都郡武强县尉，以判选也。天宝十三载（754）七月终于睦仁里私第，春秋四十九，并云屈于黄绶，那么其平生仅官至县尉，与《吴郡志》所云'三为御史'又不合。墓志所载之朱佐日当生于705年，为中宗神龙元年，而天后武则天于此年十一月卒，则《吴郡志》所云'天后尝吟

（其）诗'是决不可能之事，故颇疑《吴郡志》所引有误，或为另一朱佐日？《吴郡人物志》七又云此诗为朱佐时作。《新唐书》七四下《宰相世系表》四下有朱佐时，为隋睢阳太守朱操之七世孙，亦当为开元、天宝间人。但《国秀》纂成于此时，载作朱斌诗，而朱佐日、朱佐时、王之涣皆同时人，故当依《国秀》作朱斌诗。陈尚君《全唐诗补遗六种札记》认为是朱斌作。另《社会科学战线》1982年4期刊林贞爱《登鹳雀楼非王之涣诗》，《学术月刊》1987年2期史佳《登鹳雀楼作者质疑》，《江西社会科学》1987年5期刊张军《登鹳雀楼作者考略》等文，皆可参考。"撰者按：朱佐日墓志言其年三十国子进士及第，居无何即署信都郡武强县尉。其进士及第之年当在开元二十二年（734），而天宝三载编就之《国秀集》犹称"处士朱斌"，故可决此朱斌与开元、天宝间之朱佐日或朱佐时并非一人，与《吴郡志》引《翰林盛事》所载武后时"两登制科，三为御史"之朱佐日更了不相关。芮挺章与朱斌、王之涣为同时代人，《国秀集》卷下兼选二人之诗而将《登楼》收于朱斌名下，当属可信，兹从之。《登楼》诗未言所登之楼名，自地理形势言之，所登当为河中府之鹳雀楼。陈尚君谓"司马光《温公续诗话》、沈括《梦溪笔谈》卷九又云鹳雀楼上有之涣、畅诸等诗，然李翰……仅云楼上有畅诸题诗，不及之涣……是宋时楼上之诗，为后人补题，非唐人原题"（《唐才子传校笺》卷五第85页），亦是。《大清一统志》："山西蒲州府：鹳雀楼在府城西南城上。旧志：旧楼在郡城西南，黄河中高阜处，时有鹳雀栖其上，故名。"鹳雀，一种水鸟。《诗·豳风·东山》："鹳鸣于垤。"陆玑疏："鹳，鹳雀也。似鸿而大，长颈赤喙，白身黑尾翅。"②山，指中条山。③穷，尽。

[笺评]

司马光曰：唐之中叶，文章特盛，其姓名湮没不传于世者甚众。

如河中府鹳雀楼有王之涣、畅诸诗……王诗曰："白日依山尽，黄河入海流。欲穷千里目，更上一层楼。"二人者，皆当时贤士所不数，如后人擅诗名者，岂能及之哉！（《温公续诗话》）

胡仔曰：古今诗人，以诗名世者，或只一句，或只一联，或只一篇。虽其馀别有好诗，不专在此。然播传于后世，脍炙于人口者，终不出此矣，岂在多哉！如……"白日依山尽，黄河入海流。欲穷千里目，更上一层楼。"此王之涣也……凡此皆以一篇名世者。（《苕溪渔隐丛话·后集·楚汉魏六朝下》）

魏庆之曰：上联向背句法。（《删补唐诗选脉笺释会通评林·盛五绝》引）

胡应麟曰：对结者须意尽，如王之涣"欲穷千里目，更上一层楼"，高达夫"故乡今夜思千里，霜鬓明朝又一年"，添着一语不得乃可。（《诗薮·内编·近体下·绝句》）

唐汝询曰：日没河流之景，未足称奇。穷目之观，更在高处。（《唐诗解》卷二十三）

《唐诗选》：玉遮曰：不明说"高"字，已自极高。

《唐诗训解》：结语天成，非可意撰。

周敬曰：大豁眼界。（《删补唐诗选脉笺释会通评林·盛五绝》）

周珽曰：日从山尽，河向海流，亦称奇观矣。登望之意，犹为未足，其襟怀如何。"欲穷""更上"四字，有味，妙。（同上）

黄生曰：空阔称题。空阔中无所不有，故空阔而不疏寂。楼在河中府，要知诗中"山"字，指中条山而言，气势方宏阔，与下句"海"字相敌。（《唐诗摘抄》卷二）

朱之荆曰：两对工整却又流动。五言绝，允推此为第一首。（《增订唐诗摘抄》）

王尧衢曰："白日依山尽。"楼前所望者中条之山，其山高大，日为所遮，本未尽而若依山尽者，山高可知。"黄河入海流。"黄河苍茫，其势直下，如见其入于海者。二句皆从楼上望见，已尽目力所穷矣。"欲穷千里目。"此转语，犹以为目力未穷，不能见及千里外也。"更上一层楼。"若欲穷目力之胜，于此楼上再上得一层才好，此皆诗人题外深一层写作，设此虚想，非真有楼上楼尚未登也。此截中二联对法，却又做不得中联。（《古唐诗合解》卷四）

徐增曰：作诗最要眼界开阔。鹳雀楼，今在河中府，前瞻中条，下瞰大河，已极壮观。而之涣此诗，亦遂写煞。（《而庵说唐诗》）

黄培芳曰：对起顺叠收。上二句横说楼所见之大，下二句竖说楼所临之高。（《唐贤三昧集》评）

沈德潜曰：四语皆时，读去不嫌其排，骨高故也。（《重订唐诗别裁集》卷十九）

黄叔灿曰：通首写其地势之高，分作两层，虚实互见……上十字大境界已尽，下十字以虚笔托之。（《唐诗笺注》）

李锳曰：此诗首二句先切定鹳雀楼境界，后二句再写登楼，格力便高。后二句不言楼之高，而楼之高已极尽形容，且于写景之外更有未写之景在。此种格力，尤臻绝顶。（《诗法易简录》）

许印芳曰：五绝全对者，王之涣《登鹳雀楼》、司空曙《送卢秦卿》、柳宗元《江雪》、张祜《宫词》。数诗皆语平意侧，一气贯注。凡作排偶文字，解用此笔，自无板滞杂凑之病。（《诗法萃编》）

潘德舆曰：之涣"白日依山尽"一绝，市井儿童，皆知诵之，而至今斩然如新。（《养一斋诗话》卷九）

施补华曰：五言绝句，截五言律诗之半也。有截前四句者……有截后四句者……有截中四句者，如"白日依山尽，黄河入海流。欲穷千里目，更上一层楼"是也。（《岘佣说诗》）

俞陛云曰：前二句写山河胜概，雄伟阔远，兼而有之；后二句复徐劲穿甲。二十字中，有尺幅千里之势。同时畅当亦有《登鹳雀楼》五言诗云："迥临飞鸟上，高出世尘间。天势围平野，河流入断山。"二诗工力悉敌。但王诗赋实境在前二句，虚写在后二句，畅诗先虚写而后实赋，诗格异而诗意则同。以赋景论，畅之"平野""断山"二

句，较王诗为工细。论虚写，则同咏楼之高迥，而王诗更上一层，尤有馀味。(《诗境浅说》续编)

刘拜山曰：前半写登临所见，气象宏阔，有咫尺万里之势。后半拓开一层作结，以传登高望远之神，既切鹳雀楼处势，又见作者胸襟。四句皆对，而一气流走，悠然不尽，实缘审意高也。(《千首唐人绝句》)

[鉴赏]

这首登览诗的出名，和它用最短小的篇幅描绘出雄伟阔远的山河胜景，体现出诗人高远的胸襟和蓬勃向上的精神风貌有密切关系。不妨说，它所表现的是一种特定时代环境中的典型情绪。

首句写登楼西眺所见白日沉山之景。这里特意选用"白日"，而不用"红日""夕阳""斜照"一类词语，是有讲究的。平原地区的落日，是贴近地平线缓缓落下去的，显得又大又红，用"红日"自然比较合适。而鹳雀楼在今晋陕交界处的黄土高原上，作为河中府西南黄河高阜上的高楼，面对的就是苍苍莽莽、绵延巍峨的中条山，因此落日是紧贴着山峰西沉的。这时的太阳仍然是光明璀璨的"白日"，而不是贴近地平线的"红日"。这是从写实的角度来看。尤为重要的是从艺术意境和效果上来看，"白日"一词，因其光明璀璨的视觉印象，给人一种壮阔飞动之感，这和用"斜日""斜照""残照"之类的词语给人以衰飒凋残之感固然大异其趣，和作为落日的"红日"之带有苍茫感也有区别。整首诗的雄伟壮阔境界，正需要用"白日"来指称形容诗人所见到的落日，才显得意象、意境，一等相称。写落日，用了"依山尽"三字。"依"和"尽"乍读似感矛盾，细味则"依山尽"正体现出一个动态的时间过程，即一轮光明璀璨的白日从开始时贴近西南边的峰峦，到渐次隐没半轮，直至最后沉下峰峦的全过程，而诗人站在鹳雀楼上，遥望西峰落日，目注神驰的情景也从中自然透出。

朱 斌 ｜ 247

这不仅是为落日本身的壮观所吸引，而且为落日映照下的山河壮观所吸引。左思《咏史》"皓天舒白日，灵景曜神州"，描绘的是日在中天照临神州（京城）的壮观；朱斌的"白日依山尽"则描绘了落日山河的壮观。二者各具胜场，而同为壮阔之境。

次句写楼下奔腾东泻的黄河。黄河在晋、陕黄土高原的峡谷间奔流的这一段，山高谷深，水流湍急，离鹳雀楼不远的壶口瀑布，落差巨大，洵为天下奇观。诗人站在楼上，视线由近而远，一直望到黄河隐入沉沉暮霭之中。和上句纯为实写不同，这一句写远望之景已经融入了想象的成分。"黄河入海流"固然是事实和常识，但从望远所见的景象而言，诗人目力所及的恐怕正如畅诸所写，是"河流入断山"。诗人在这里所写的，乃是黄河奔腾倾泻、一往无前、冲决一切的气势和力量所引起的想象，从中可以窥见诗人为黄河的雄伟气势、力量所深深吸引，强烈震撼的心灵。两句写登鹳雀楼骋望之景，舍弃了楼前一切琐细平常的事物（如烟树人家之类），全从大处着眼，大处落墨，只选取了日、山、河、海四种最能体现祖国山河壮伟阔远的事物，组成一幅落日山河的壮美图画。其中渗透着对祖国壮美山河的热爱和礼赞。

正由于第二句"黄河入海流"的描写中已经包含了想象的成分，其中已隐隐透露出所见之景虽阔远却未能穷尽千里的意蕴，因此便自然激发出三、四句更高远的展望："欲穷千里目，更上一层楼。"鹳雀楼高三层，从末句看，前两句所写之景有可能是在第二层上登览所见，当然也有可能是诗人已登上最高层，"更上一层楼"仅仅是一种愿望的表达。这不必拘泥。关键是通过这两句虚拟之词，表达了诗人在登览祖国壮伟阔远河山的审美愉悦激发下，产生的对饱览更加阔远境界的强烈向往和追求。这里自然可以引申出人生的哲理：要想看得更远，必须站得更高。但就诗人的本意来说，他只是要表达一种愿望，一种对更加高远境界的展望和精神追求，本质是抒情，而不是有意表现某种生活哲理。对比一下王安石的《登飞来峰》："不畏浮云遮望眼，只缘身在最高层。"便可发现王诗是有意借登高峰寄托人生哲理，而朱诗则是在写景抒情中自然寓含了人生哲理。前者是明确的比喻，后者则是寄托在有意无意之间的"兴"。其间的区别也正反映了唐诗与宋诗的区别。

这首诗的成功之处，既表现在前二句从大处落墨，用高度概括的手法描绘出雄伟阔远的大境界，更表现在以实托虚，使前两句所描绘的高远阔大境界成为后两句表现更加宏远壮伟境界和胸襟的有力衬托。"更上一层楼"后所见境界，不须更着一字，读者自可根据前两句所展示的境界想象得之，而以实托虚手法之所以运用得成功，又缘于前两句的描绘十分出色。

前代评家有不少注意到此诗用对起对结格式却不板滞的现象，指出这是由于"骨高"或气盛之故。这是很有见地的。读这首诗，可以明显感受到流注在字里行间的那股包举宇内、吞吐山河的磅礴气势，那种像黄河一样奔腾冲决、一泻千里的力量，特别是那种蓬勃向上、永不满足于眼前境界的高远精神追求。正是这种内在的气势、力量和精神，使全诗血脉贯注，浑然一体，不见排偶之迹。与此同时，第二句融入想象成分，使之成为第三句"欲穷千里目"的引线，前后幅之间密合贯通，毫无割裂之感。三、四句"欲穷""更上"又前呼后应，一气呵成，虽对而不觉其为对。这一切都增强了全诗的整体感。

诗中所表露的阔大胸襟气魄和对更高远境界的展望和追求，正是盛唐那样一个开放的蓬勃向上的时代精神的反映。从表现时代精神的直接和充分来说，这首诗很有代表性和典型性。

王之涣

王之涣（688—742），字季凌，本家晋阳（今山西太原市西南），五世祖王隆之北魏时任绛郡（今山西新绛）太守，遂占籍绛郡。开元中初任冀州衡水主簿，因遭诬构，拂衣去官，优游山水，足迹遍及黄河南北数千里，前后达十五年。开元二十年（732）前后，曾游寓蓟门（今北京），与高适交游。晚年出任文安县（今属河北）县尉，天宝元年（742）二月卒于官舍，年五十五。之涣"慷慨有大略，倜傥有异才。尝或歌从军，吟出塞……传乎乐章，布在人口"（靳能《唐故文安郡文安县尉太原王府君墓志铭并序》）。薛用弱《集异记》，载其与王昌龄、高适旗亭画壁故事，虽小说家言，亦反映其绝句在当时"传乎乐章，布在人口"的情况。《全唐诗》录存其诗六首，均为五、七言绝句。

凉州词①（其一）

黄河远上白云间②，一片孤城万仞山③。羌笛何须怨杨柳④，春风不度玉门关⑤。

[校注]

①《凉州词》，宋郭茂倩《乐府诗集》卷七十九近代曲辞有《凉州歌》，解题引《乐苑》曰："《凉州》，宫调曲。开元中，西凉府都督郭知运进。"《新唐书·乐志》："天宝间乐曲，皆以边地为名，若《凉州》《伊州》《甘州》之类。"《凉州词》，即据凉州地方的曲调写的歌词。凉州，治今甘肃武威市。原题二首，本篇为第一首。《唐诗纪事》题作《出塞》，《文苑英华》题作《凉州》。②芮挺章《国秀集》卷下选录王之涣《凉州词》二首，第一首前二句作"一片孤城万仞山，黄

河直上白云间"。河,《集异记》《文苑英华》《万首唐人绝句》《唐诗纪事》并作"沙"。③仞,古代长度单位,七尺(或云八尺)为一仞。④羌笛,古代管乐器,长二尺四寸,三孔或四孔,因出于羌中,故名。用两根竹管并在一起,用丝线缠绕,留出直径约二厘米的筒孔,插上约四厘米长的竹制吹嘴,竖起吹奏。作为一种古老的单簧管气鸣乐器,羌笛已有两千多年历史,汉代已流行于今甘肃、四川等地,唐代则成为边塞常见的乐器。怨杨柳,指吹奏起哀怨的《折杨柳》曲。《折杨柳》为乐府鼓角横吹曲。北朝乐府《折杨柳枝》云:"上马不捉鞭,反拗杨柳枝。下马吹横笛,愁杀行客儿。"南朝至唐,《折杨柳》多为征人思妇伤别之词。⑤玉门关,汉武帝时置,因西域输入玉石时取道于此而得名。汉时为通往西域各地的门户。故址在今甘肃敦煌市西北小方盘城。风,《国秀集》作"光",《唐诗纪事》同。度,《唐诗纪事》作"过"。《全唐诗》此句原作"春光不度玉门关",据《集异记》所引改。

[笺评]

薛用弱曰:开元中,诗人王昌龄、高适、王涣之齐名……一日天寒微雪,三诗人共诣旗亭,贳酒小饮……俄有妙妓四辈,寻续而至……昌龄等私相约曰:"我辈各擅诗名,每不定其甲乙,今者可以密观诸伶所讴,若诗人歌辞之多者,则为优矣。"俄而一伶拊节而唱,乃曰:"寒雨连江夜入吴,平明送客楚山孤。洛阳亲友如相问,一片冰心在玉壶。"昌龄则引手画壁曰:"一绝句。"寻又一伶讴之曰:"开箧泪沾臆,见君前日书。夜台何寂寞,犹是子云居。"适则引手画壁曰:"一绝句。"寻又一伶讴曰:"奉帚平明金殿开,强将团扇共徘徊。玉颜不及寒鸦色,犹带昭阳日影来。"昌龄则又引手画壁曰:"二绝句。"涣之自以得名已久……因指诸妓之中最佳者曰:"待此子所唱,如非我诗,吾即终身不敢与子争衡矣。脱是吾诗,子等当须列拜床下,奉吾为师。"因欢笑而俟之。须臾,次至双鬟发声,则曰:"黄沙远上白云间,一片孤城万仞山。羌笛何须怨杨柳,春风不度玉门关。"涣之即揶歈二子曰:"田舍郎,我岂妄哉!"因大谐笑……(《集异记》卷二)

《绝句衍义笺注》:此诗言恩泽不及于边塞,所谓君门远于万里也。(卷一)又作杨慎评,见《升庵诗话》,又作焦竑评。

杨慎曰:唐世乐府,多取当世名人之诗唱之,而音调名题各异……王之涣"黄河远上白云间"为《梁州歌》。(《升庵诗话·子美赠花卿》)

王世懋曰:于鳞选唐七言绝句,取王龙标"秦时明月汉时关"为第一,以语人,多不服。于鳞意止击节"秦时明月"四字耳。必欲压卷,还当于王翰"葡萄美酒夜光杯"、王之涣"黄河远上"二诗求之。(《艺圃撷馀》)

吴逸一曰:神气内敛,骨力全融,意沉而调丽,满目征人苦情,妙在含蓄不露。(《唐诗正声》评)

唐汝询曰:此状凉州之险恶也。河出昆仑,东流渐下,今西上视之,则远上云间矣。城在万山之中,犹为险僻,是真春光不到之地也。春不至则柳不生,羌笛何须怨之哉!王元美取此诗为绝句第一。(《唐诗解》卷二十七)又曰:一语不及征人,而征人之苦可想。(《汇编唐诗十集》)

陆时雍曰:此是怨调,思巧格老,跨绝人远矣。(《唐诗镜》卷十六)

《唐诗训解》:句奇、意奇。

魏庆之曰:《三百篇》之馀味,黯然犹存。(《删补唐诗选脉笺释会通评林》引)

孙鑛曰:释氏谓食蜂蜜中边甜,此唯"黄河远上"足当之。总看佳句,摘其落意,可解不可解间,亦佳,以当第一,无愧也。(《删补唐诗选脉笺释会通评林》引)

高仁立曰：此诗有齐梁之风。（同上引）

周敬曰：落句明以天道不与夷狄诛厌犹夏之心，隐然笔下。（同上）

周珽曰：何仲德为警策体，谓机警、超卓。又曰：笛有《梅花落》曲，李白诗则曰："黄鹤楼中吹玉笛，江城五月落梅花。"笛有《折杨柳》曲，王之涣诗则曰："羌笛何须怨杨柳，春光不度玉门关。"二诗均借笛曲以寄情，而李诗似怨吹笛扰乱客思，致五月有落梅之凄。王诗似怪笛空闻春光不到，无容可怨之处，思奇调绝，巧夺天工。（同上）

吴乔曰：《唐诗纪事》王之涣《凉州词》是"黄沙直上白云间"，仿本作"黄河远上白云间"，黄河去凉州千里，何得为景？且河岂可言"直上白云"耶？此类殊不少，何以取证，为尽改之。（《围炉诗话》卷三）

王士禛曰：考之开元、天宝已来，宫掖所传，梨园弟子所歌，旗亭所唱，边将所进，率多当时名士所为绝句尔。故王之涣"黄河远上"、王昌龄"昭阳日影"之句，至今艳称之。（《唐人万首绝句选·序》）

邢昉曰：字字雄浑，可与王翰《凉州》比美。（《唐风定》）

王尧衢曰："黄河远上白云间。"黄河源出昆仑，东流于边外之地，故从西望之，其渺远无际，如挂在白云间者，亦以见边地之空阔，所见唯黄河而已。"一片孤城万仞山。"城之孤而曰"一片"，见其小也。山既高削，林木必然稀少。上句"黄"字与"白"字应，下句"一"字与"万"字应，是各为自对。"羌笛何须怨杨柳。"笛在羌，故云羌笛。绝域而闻笛声之哀，必然有离别之感。而怨及杨柳，盖因笛曲有《折柳》，而人将别必折柳，故怨杨柳。今若为呼羌笛而劝之，何须怨柳，正以玉门关外柳不受怨也。"春风不度玉门关。"何以玉关外之杨柳不受人怨，盖杨柳须得春风吹荡而生。今春风不过玉门，则玉门关外安得有任怨之柳！玉关外之寒苦如此。（《古唐诗合解》

卷五）

田雯曰："工夫转换之妙，全在第三句。若第三句用力，则末句易工。"沧溟之言韪矣。然实二十八字俱有关合，乃成一首。学者细玩"黄河远上"之篇，思过半矣。（《古欢堂集·论七言绝句》）

徐增曰：此诗只要说玉门关外之苦而苦见矣。风致绝人，真好诗。（《而庵说唐诗》）

黄生曰：（次句）数目点缀。（三、四句）倒叙。意馀言外。《集异记》"河"作"沙"，"光"作"风"，似胜。《折杨柳》，笛中曲名。怨，谓其声哀怨也。言春光不度玉门关，塞外本无杨柳，羌笛何须作此哀怨之声，使征人重增愁思乎？王龙标"更吹羌笛关山月，无那金闺万里愁"，李君虞"不知何处吹芦管，一夜征人尽望乡"，与此并同一意。然俱不及此作，以其含蓄深永，只用"何须"二字略略见意故耳。（《唐诗摘抄》卷四）

朱之荆曰：此状凉州之险恶也。"远上"二字下得奇险。"一片孤城万仞山"，春光之所不到也。春光不到，则无杨柳；不睹此春光杨柳，征人之愁犹未甚也。乃羌笛何须作《折杨柳》之曲，使闻者重增愁思乎？"何须"二字，若恨其曲之哀，正见征人之哀愈不可解。（《增订唐诗摘抄》）

田同之曰：王龙标、高达夫、王并州偕饮旗亭，伎歌三人绝句，至"黄河远上"篇，并州自赞，二公亦皆帖服。若今人则各不相下矣。何者？音外之音，味外之味，正自索解人不得也。（《西圃诗说》）

沈德潜曰：李沧溟推"秦时明月"为压卷，王凤洲推王翰"葡萄美酒"为压卷，本朝王阮亭则云："必求压卷，王维之《渭城》，李白之《白帝》，王昌龄之'奉帚平明'，王之涣之'黄河远上'，其庶几乎？而终唐之世，亦无出四章之右者矣。"沧溟、凤洲主气，阮亭主神，各自有见。愚谓李益之"回乐烽前"，刘禹锡之"山围故国"，杜牧之"烟笼寒水"，郑谷之"扬子江头"，气象虽殊，亦堪接武。（《说

诗晬语》卷上、《重订唐诗别裁集》卷十九)

薛雪曰：贺黄公极赞"儿家门前重重闭，春色何因入得来"，以为苦思激成快响。殊不知"羌笛何须怨杨柳，春风不度玉门关"，其苦思妙响，尤得风人之旨。(《一瓢诗话》)

黄培芳曰：此状凉州之险恶也。笛中有《折杨柳》曲，而春光已不到，尚何须作杨柳之怨乎！明说边境苦寒，阳和不至，措词宛委，深耐人思。(《唐贤三昧集笺注》卷中)

宋宗元曰：深情蕴藉。(《网师园唐诗笺》)

鲁九皋曰：而乐人所歌，又在诸名人绝句，如王之涣之《凉州词》、王维之《阳关三叠》，其尤著者。(《诗学源流考》)

李锳曰：诗韵格力，俱臻绝顶。不言君恩之不及，而托言春风之不度，立言尤为得体。(《诗法易简录》)

管世铭曰：摩诘、少伯、太白三家，鼎足而立，美不胜收。王之涣独以"黄河远上"一篇当之。彼不厌其多，此不愧其少，可谓拔戟自成一队。(《读雪山房唐诗序例·七绝凡例》)

詹去矜曰：诗家唯唐诗最严，如太白之《清平调》，君平《寒食》诗，二王《凉州词》《闺怨》，既已优伶习之，弦索和之，何必非乐府乎！(梁章钜《退庵随笔》引)

潘德舆曰：李于鳞论唐人七绝，以王龙标"秦时明月"为第一，人多不服。王敬美曰："于鳞击节'秦时明月'四字耳。"按：于鳞雅好饤钉字句为奇，故敬美用此刺之。然敬美首选"黄河远上""葡萄美酒"二诗，究之调高论正，仍以"秦时明月"一首为最，不得缘于鳞好奇，而抑此名构也。(《养一斋诗话》卷九)

施补华曰："秦时明月"一首、"黄河远上"一首、"天山雪后"一首、"回乐烽前"一首，皆边塞名作，意态绝健，音节高亮，情思悱恻，百读不厌也。(《岘佣说诗》)

俞陛云曰：此诗前二句之壮采，后二句之深情，宜其传遍旗亭，推为绝唱也。(《诗境浅说》续编)

叶景葵曰：诗句有一字沿讹为后人所忽略者，如《凉州词》"黄河远上白云间"，古今传诵之句也。前见北平图书馆新得铜活字本《万首唐人绝句》，"黄河"作"黄沙"，恍然有悟。后诵此诗，即疑"黄河"两字与下三句皆不贯串，此诗之佳处不知何在！若作"黄沙"，则第二句"万仞山"便有意义，而第二联亦字字皆有着落。第一联写出凉州荒寒萧索之象，实为第三句"怨"字埋根，于是此诗全体灵活矣。(《卷盦书跋》)

刘永济曰：此诗各本皆作"黄河远上"，唯计有功《唐诗纪事》作"黄沙直上"。按：玉门关在敦煌，离黄河流域甚远，作"河"非也。且首句写关外之景，但见无际黄沙直与白云相连，已令人生荒远之感，再加第二句写其空旷寥廓，愈觉难堪。乃于此等境界之中忽闻羌笛吹《折杨柳》曲，不能不有"春风不度玉门关"之怨词。(《唐人绝句精华》)

刘拜山曰：前半以黄沙孤城直写边塞荒凉，后半以春风杨柳暗逗征人归思。第三句故作宕开之笔，为末句造势，极尽吞吐之妙。(《千首唐人绝句》)

[鉴赏]
据著名唐史专家岑仲勉先生考证，"《全诗》三函高适四《和王七听玉门关吹笛》云：'胡人吹笛戍楼间，楼上萧条海月闲。借问落梅凡几曲，从风一度满关山。'押间、山二韵同之涣诗，余认为此王七即之涣"(《唐人行第录》第10页)。所考极是。据此，则王之涣原诗的题目当作《听玉门关吹笛》。入乐歌唱后，因其配合《凉州》曲歌唱，故改称《凉州词》。这和王维的《送元二使安西》，入乐后改称《渭城曲》，情况相类。据今人考证，王之涣家居十五年之前曾沿黄河西游出塞，其《听玉门关吹笛》当作于此期间（约当开元十年至十五年，722—727）。从《国秀集》收此诗已题作《凉州词》来看，此诗

在王之涣在世时即已"传乎乐章，布在人口"。后世更一直受到选家、评家和读者的一致推崇。在流传过程中，产生了一些文字上的歧异，其中最重要的歧异是"黄河"一作"黄沙"，"远"一作"直"，及一、二两句次序互换。末句"风"一作"光"，则义近两通，关系不大。如果从恢复王诗原貌的角度来作文字校勘，除题目应作《听玉门关吹笛》外，诗的文字应为："一片孤城万仞山，黄沙直上白云间。羌笛何须怨杨柳，春光不度玉门关。"由于"沙""河"二字行草形近，极易淆误，而玉门关与黄河的最近距离至少有一千公里，如果原题是《听玉门关吹笛》，则诗中无论如何不应出现"黄河"。唐代经过河西走廊到玉门关甚至更远的西边的人很多，他们不可能没有起码的地理常识，以为在玉门关一带能看到"黄河直（远）上白云间"的景象。而"黄沙直上白云间"则是玉门关附近地区常见的景象（即今之沙尘暴）。沙尘暴初起时，高空仍是白云，底下却是黄沙漫卷直上，故云"黄沙直上白云间"。沙尘暴刮得时间稍长，便是"平沙莽莽黄入天"，整个天地一片昏黄了。至于一、二两句的次序，从题目《听玉门关吹笛》看，似亦应首出"一片孤城万仞山"以应题内"玉门关"（"一片孤城"即指玉门关），这也是最早见到此诗的《国秀集》的次序。后来由于《国秀集》已误"沙"为"河"，有人感到"黄河直上白云间"不大符合实际，又改"直"为"远"，这和末句的改"光"为"风"，都发生在时代较后的明代，主要是出于艺术上的考虑。

　　如果上述推断大体近是，我们今天仍会觉得王之涣的原作是一首好诗（但感情内涵并不单纯是怨恨边塞的荒寒，更未必有托寓恩泽不及于边塞之意）。但如果换一个角度来考虑问题，即将优秀唐诗的流播过程中对原作的改动看成有广大同时代或不同时代读者（包括乐工伶人、听众、评家、选家）参与的再创作过程，那么今天广泛流传的《凉州词》的面貌正可以看成历代读者共同的创作成果。尽管它与王作原貌已有不同，但它本身已是一件独立的艺术作品。特别是入乐传唱以后，被冠以《凉州词》的题目，就使它的内容和原题《听玉门关吹笛》相比，有了更大的伸缩理解余地。因为所谓《凉州词》，只是指在入乐歌唱时用的是《凉州》曲，其歌词的内容并不一定与凉州直接有关，王翰的《凉州词》（葡萄美酒夜光杯）就是明显的例证。可以说，它就是歌咏西北边塞征戍生活、风土人情的，是西北边塞之歌的一种泛称。既然如此，"一片孤城"不必定指玉门关，在诗中出现黄河的形象也就不足为怪了。最初载录这首诗的《国秀集》，编于天宝三载（744），诗题已称《凉州词》，且已作"黄河直上白云间"。如果排除了《国秀集》在传抄刊刻过程中误"沙"为"河"的可能性，则在王之涣卒前，当这首诗"传乎乐章，布在人口"时，就已经用"黄河"替代了"黄沙"。这种有意或无意的改动，是否得到了作者本人的首肯，不好妄测，但从此诗以后（主要是明清两代）流传的情况看，读者和评家、选家是肯定并赞扬了这种改动的。尽管吴乔曾经提出过相反的意见，但并没有引起人们的注意。因此，我们今天不妨以历代流传的这个修改本王之涣《凉州词》作为典型案例，对它进行鉴赏和评说。

头一句描绘的是这样一种景象：逆着黄河的流向由下向上极望，但见它像一条黄色的飘带，向源头方向蜿蜒伸展，最后渐渐连接天际，融入白云中间。这样一种视角和景象，想象的成分可能更多于实地观察的成分。但从意境的创造和艺术欣赏的角度看，却描绘出了一种辽阔壮美、令人神远的境界。林庚先生曾经拿这句诗跟李白的名句"黄河之水天上来"作过这样的对比："说'黄河之水天上来'或'黄河远上白云间'，不过一个是远说到近，一个是近说到远，但却有着动静的不同。'黄河之水天上来'是结合着水势说，是动态；'黄河远上白云间'是作为一个画面来写的，是静态。'黄河之水天上来'因此带有强烈的奔流的感情，'黄河远上白云间'却近于一个明净的写生。"这段精辟的比较分析，揭示了以黄河为描写对象的这两个名句所给予人的不同审美感受。如果说李白的诗句渲染了黄河自上游高处奔腾倾泻而下的气势和诗人奔腾激荡的感情，表现了一种冲决动荡的雄奇之美，那么王之涣的诗句则描绘了黄河向上游蜿蜒伸展的闲远意态和源远流长的面貌。透过这个富于静态美的画面，可以想象整个西北高原的壮阔辽远和诗人心胸的阔大舒展。这种境界，在壮美之中又带有优美的成分。

第一句展示了黄河蜿蜒伸展的整个西北边塞广远壮阔的大背景，第二句就把笔墨收拢到一个比较具体的空间范围上来："一片孤城万仞山。"孤城是诗中戍边将士驻防之地。"孤城"而说"一片"，显示出这座孤零零地处于西北高原大漠中的小城荒凉萧索的景象。在这"一片孤城"之旁，则矗立着万仞的高山。"万仞山"与"一片孤城"相互映衬，一方面越加突出了孤城的孤单渺小；另一方面，由于它是边防将士的驻防之地，在"万仞山"的映衬下，又更显示出它在军事上的重要地位。因此，这孤城的意象，在读者心中唤起的，便不单纯是孤单与荒凉，而是戍边将士坚守军事要冲的责任感与使命感。

前两句以"黄河远上白云间"所显示的西北高原壮阔辽远的大背景和"万仞山"作为依傍的小背景，鲜明地突出了"孤城"在画面上的中心地位；后两句就进一步抒写戍边将士在这样一种环境中丰富复杂的感情。"杨柳"指《折杨柳》曲，曲词多写离情别绪，曲调凄凉哀怨。所谓"怨杨柳"，是说《折杨柳》的笛曲声凄凉哀怨，但同时它又有另一层双关的含义。《折杨柳》的曲子使人自然联想到杨柳和春色，但是眼前的西北边塞，尽管时令已到春天，却看不到柳丝吐绿。因此这凄怨的笛声仿佛又传达出对这荒寒萧瑟的边塞的怨思。李白《塞下曲》前半说："五月天山雪，无花只有寒。曲中闻折柳，春色未曾看。"抒写的正是这首诗中"怨杨柳"的后一层意蕴。这两层意蕴实际上都是表现西北边塞的荒寒萧索，只不过一层是说曲调本身的声情，一层是从曲调的名称产生的联想。

然而，诗人却在"怨杨柳"三字之上安了"何须"二字。何须，即何必。这个词语的意思相当活泛。它像是故作婉辞，自我宽解；又像是委婉地否定"怨"思。不管是哪一种意思，或者是兼有上两种意思，这"何须"二字都是一种提示和转折顿挫，目的是为了引出下一句，使它更引人注目，更富于含蕴，更具有摇曳不尽的情致风调。两句字面的意思是说，羌笛啊，你何必老是吹奏出凄凉哀怨的《折杨柳》曲调，好像埋怨边地没有春色，引动征人的怨思愁绪呢？要知道，春色是从来就不曾度越玉门关的啊！毫无疑问，这里突出了边地的荒寒，也包含着悠长的思乡之情，但感情并不单一。"何须"二字，最宜仔细玩味。它一方面含有边地本就荒寒，这是不可改变的自然界的严酷现实，虽怨亦无益的意思。说是"何须怨"，骨子里仍有一种难以消除宽解的怨思。这层意蕴，尽管表达得比较委婉，却并不难意会。另一方面，它又含有尽管荒寒萧索，春风不度，却无须怨、不必怨的意蕴。这后一层意蕴，就必须结合开元中期那个特定的时代，结合那个时代新的审美意识，结合全诗的意境，并与其他时期同类题材的诗进行比较，才能真正体会。

诗的前两句，描绘了一种既壮阔辽远，又荒寒萧索的境界。生活在这种环境中的戍边将士，既对自己的处境不无悲怨，又有一种守卫边疆的责任感和光荣感。这后一种更高层次上的感情，不但多少缓解了环境艰苦、生活单调和思念家乡亲人所引起的悲怨，而且将这种单纯的悲怨升华为一种纵然艰苦也要为国效力的悲壮情怀。正像前面所引李白《塞下曲》的后半所描写的那样："晓战随金鼓，宵眠抱玉鞍。愿将腰下剑，直为斩楼兰。""何须怨"的后一层意蕴的感情基础及内涵从这里正可以得到解释和印证。从审美的角度看，西北边地的自然景观，诚然荒寒，但这种带有原始形态的荒寒和它的壮阔苍莽正是天然而有机地结合在一起的，它本身就是构成西北边塞特有的壮美风光的重要因素。在唐代以前，边塞的荒寒在诗文中往往是作为一种令人畏惧的否定性形象出现的。只有到了唐代，特别是国力强盛、国威远扬的开元时期，这种雄阔中交织着荒寒的自然美才作为被歌咏和欣赏的对象大量出现在诗中。这反映出人们审美观念的更新。当荒寒辽阔跟审美主体勤劳国事的实践活动联系在一起，当戍边将士不但战胜了强敌，也克服了艰苦荒寒的自然环境带来的困难时，后者也就自然成为欣赏的对象，成为戍边将士悲壮精神境界的映衬，而折射出壮美的色彩。岑参的《碛中作》写道："走马西来欲到天，离家见月几回圆。今夜不知何处宿，平沙万里绝人烟。"这境界诚然荒寂，但同时又具有一种无限壮阔的美感。盛唐诗人不但将荒寒辽阔的边塞诗化了，而且把战争中的牺牲也诗化了："醉卧沙场君莫笑，古来征战几人回？"这神情口吻跟"羌笛何须怨杨柳，春风不度玉门关"何其神似！一个是"君莫笑"，一个是"何须怨"；一个是"古来征战几人回"，一个是"春风不度玉门关"，都是用豁达的态度面对荒寒艰苦或壮烈牺牲。这并不是故作豪爽，盛唐诗人往往就是用这种审美态度对待边塞的荒寒和牺牲的。只有真正理解盛唐时代和盛唐诗人的主流审美心态，才能真正理解《凉州词》这类诗。

如果我们在初、盛、中、晚四个时期各选一首同样写到边塞荒寒景象的七绝作为典型代表——张敬忠的《边词》、王之涣的《凉州词》、李益的《夜上受降城闻笛》、周朴的《塞上曲》，就会明显感到它们的情调、意境竟像经历了春、夏、秋、冬四季。这绝不是偶然的。王之涣的《凉州词》之所以成为盛唐之音的代表，就因为它不是单纯地描绘荒寒，而是在承认荒寒的同时豪爽地面对荒寒，用新的审美态度描绘出一个阔大悲壮的境界，奏出一曲气势雄浑的西北边塞之歌。而从"黄沙直上白云间"到"黄河远上白云间"的演变，是否也反映出在读者和评家的潜意识中，"黄河远上白云间"更能体现西北边塞的壮美，也更能显示盛唐之音的特质呢？

王　翰

　　王翰，字子羽，生卒年未详，并州晋阳（今山西太原市西南）人。少豪荡不羁。景龙四年（710）登进士第。复举直言极谏科，调昌乐县尉。又举超拔群类科。开元四至八年（716—720），张嘉贞为并州长史，礼接甚厚。八年春，张说继任，礼翰益至。九年九月，张说入相，擢翰为秘书省正字，迁通事舍人、驾部员外郎。开元十四年，张说罢相。约十五年，翰出为汝州长史，仙州别驾。至郡，日聚英豪纵禽击鼓，恣为观赏。再贬道州司马，卒。有文集十卷，今佚。《全唐诗》编其诗为一卷。

凉州词二首（其一）①

　　葡萄美酒夜光杯②，欲饮琵琶马上催③。醉卧沙场君莫笑，古来征战几人回？

[校注]

　　①《凉州词》，参王之涣《凉州词》题注。原题二首，此选第一首。②葡萄美酒，西域盛产葡萄，以之制成的美酒。《史记·大宛列传》："（大宛）去汉可万里，有蒲桃酒。"晋张华《博物志》卷五："西域有蒲桃酒，积年不败。彼俗云：可至十年饮之，醉弥月乃解。"庾信《燕歌行》："蒲桃一杯千日醉。"夜光杯，美玉所制的酒杯，因夜间发光，故名。《海内十洲记·凤麟洲》："周穆王时，西国献昆吾割玉刀，及夜光常满杯。刀长一尺，杯受三升。刀切玉如切泥，杯是白玉之精，光明夜照。"③琵琶，原流行于波斯、阿拉伯等地的弹拨乐器，汉代由西域传入中国。《释名·释琵琶》："琵琶本出胡中，马上所鼓也。"《乐府杂录·琵琶》："始自乌孙公主造，马上弹之。"催，

此指催人痛饮。酒宴上有管弦之乐伴奏，催促与宴的人尽兴饮酒。李白《襄阳歌》："车旁侧挂一壶酒，龙管凤笙行相催。"刘禹锡《洛中送韩七中丞之吴兴口号》："今朝无意诉离杯，何况清弦急管催。""催"均催饮之意。或云指催人出征，非。

[笺评]

敖英曰：语意远，乃得隽永。(《唐诗绝句类选》)

王世贞曰："可怜无定河边骨，犹是春闺梦里人"，用意工妙至此，可谓绝唱矣。惜为前二句所累，筋骨毕露，令人厌憎。"葡萄美酒"一绝，便是无瑕之璧。盛唐地位不凡乃尔。(《艺苑卮言》卷四)

唐汝询曰：此为戍客豪饮之词。言注美酒于玉杯之中，既将饮矣，而适有琵琶以侑觞，可不称快乎！于是语其同侪者曰：君无笑我之狂，观古来战士，生还者几人，而可不饮乎？(《唐诗解》卷二十五)

谭元春曰：唯其不易"回"，所以终日"醉卧"。(《唐诗归》卷五)

陆时雍曰：跌落。(《唐诗镜》卷八)

叶羲昂曰：悲慨在"醉卧"二字。(《唐诗直解》卷七)

朱之荆曰：诗意在末句，而以饮酒引之，沉痛语也。若以豪饮解之，则人人所知，非古人之意。(《增订唐诗摘抄》卷八)

徐增曰：此诗妙绝，无人不知，若非细细寻其金针，其妙亦不可得而见……先论顿挫。"葡萄美酒"一顿，"夜光杯"一顿，"欲饮"一顿，"琵琶马上催"一顿，"醉卧沙场"一顿，"君莫笑"一顿，凡六顿。"古来征战几人回"方挫去。凡顿处皆截，挫处皆连，顿多挫少，唐人得意乃在此。(《而庵说唐诗》卷十)

王尧衢曰：凡绝句不用对偶，俱是截起结法。"葡萄美酒"，大宛富人藏葡萄酒，故曰美酒，而必曰"葡萄"者，以其出自凉州也。且言美酒而殽馔之丰可见。此四字起为一顿。"夜光杯"……此言酒器。

以夜光杯之美，而其他器皿可见。三字又为一顿。此起句见如此盛筵，不可不醉饮，而见催起身者之不堪也。"欲饮"又一顿，言主将尚未饮，而将士环立以待起身。"琵琶马上催"，将士不敢催促主将，只将琵琶在马上撩拨，以代将士之催，此又一顿。"醉卧沙场"，此特大为跌顿，说个尽情虚张之局，以取势而逼出末句也。夫欲饮而琵琶已催，岂是尽兴之时而至于醉，且大醉而卧沙场，若想到末句，则醉卧沙场殊未为丑也。"君莫笑"，主将潦倒，麾下定笑，今劝将士且莫笑我"醉卧"，却是有个不必笑的缘故。"古来征战几人回"，此便是"君莫笑"之故也。夫古来征战之处，白骨如麻，生还者能有几人？诸将士想到这个去处，方知"醉卧沙场"未为过也。已上六顿，此句为挫，须知此诗顿挫之妙。(《古唐诗合解》卷五)

沈德潜曰：故作豪饮之词，然悲感已极。杨仲弘论绝句，以第三句为主，而第四句发之，盛唐多与此合。(《重订唐诗别裁集》卷十九)

黄叔灿曰：琵琶，边塞之乐。"欲饮琵琶马上催"，言恋此而不欲舍。然沙场岂醉卧之乡，征战鲜生还之日，凄然心事，正欲借醉卧而忘，而又不得，悲哉！(《唐诗笺注》卷八)

宋宗元曰：(后二句)悲咽。(《网师园唐诗笺》卷十五)

李锳曰：意甚沉痛，而措语含蓄，斯为绝句正宗……"君莫笑"三字喝起末句，最有力。(《诗法易简录》卷十四)

宋顾乐曰：气格俱胜，盛唐绝作。(《唐人万首绝句选》评)

施补华曰：作悲伤语读便浅，作谐谑语读便妙。在学人领悟。(《岘佣说诗》)

俞陛云曰：诗言强胡压境，杖策从军。判决生死之锋，悬于顶上，何不及时为乐。檀柱拨《伊》《凉》之调，玉杯盛琥珀之光，拚取今宵沉醉，君莫笑其放浪形骸，战场高卧，但观白草萦骨，黄沙敛魂，能玉关生入者，古来有几人耶！唐人出塞诗，如归马营空，春闺梦断，已满纸哀音。此千百死中，始纵片时之乐，语尤沉痛。(《诗境浅说》

续编）

富寿荪曰：前半写美酒琼杯，琵琶侑觞，着意渲染军中宴饮，以反跌下文。后半作转笔，悲慨而以豪旷语出之，弥觉沉郁苍凉，风致迥异。（《千首唐人绝句》）

[鉴赏]

此诗被评家誉为盛唐七绝的绝唱，赞为"无瑕之璧"。但对它的意蕴、情调，则大都理解为"悲慨""沉痛""故作豪饮之词，然悲感已极""凄然心事，正欲借醉卧而忘""千百死中，姑纵片时之乐"。盛唐边塞诗中，确实也有不少渲染战争的惨烈与牺牲，乃至明确反对黩武开边战争的，如"纷纷几万人，去者无全生""黄尘足今古，白骨乱蓬蒿""年年战骨埋荒外，空见葡萄入汉家""边庭流血成海水，武皇开边意未已""士卒涂草莽，将军空尔为"，等等。但王翰这首诗，却并不是渲染战争的残酷与牺牲，抒写征戍将士的沉痛悲愤之情的；而是一首豪放慷慨、痛快淋漓的浪漫醉歌与战歌。关键在于准确感受与把握全诗的感情基调。

一开始便是一个军中盛宴场景的特写：洁白晶莹、玲珑别透的夜光玉杯中盛满了鲜红的葡萄美酒。这虽是宴席的一个局部，却具有典型性和启示性。透过它可以联想到肴馔的名贵丰盛，布置的华美豪奢，色彩的缤纷夺目，气氛的热烈欢快，乃至主客的显赫身份地位和人声鼎沸的热闹场景。岑参在《玉门关盖将军歌》中曾淋漓尽致地描绘将军夜间盛宴的场景："暖屋绣帘红地炉，织成壁衣花氍毹。灯前侍婢泻玉壶，金铛乱点野驼酥。紫绂金章左右趋，问着只是苍头奴。美人一双闲且都，朱唇翠眉映明胪（眼珠）。清歌一曲世所无，今日喜闻凤将雏。"歌行可作肆意铺叙渲染，绝句却只能选取具有典型性的一个局部来反映全貌，起到以一当十、画龙点睛的效果。葡萄美酒传说可以"千日醉"，这正为第三句"醉卧沙场"预作了铺垫。

第二句"欲饮琵琶马上催"，进一步用促柱繁弦、欢快热烈的琵琶演奏声，将军中宴饮迅速推向高潮。正在主客举杯欲饮的时刻，侑酒助兴的马上琵琶声奏出了急骤热烈的旋律，在催促参与盛宴的人们频频举杯，开怀畅饮。琵琶本系马上演奏之乐，今传唐三彩犹可见在马上演奏琵琶的陶俑雕塑。这里说"琵琶马上催"，可能透露出这军中盛宴就在营帐之外的宽广空地上举行，则场面之盛大、人数之众多、气氛之热烈更有如卢纶《和张仆射塞下曲》之四所描绘的"野幕敞琼筵，羌戎贺劳旋。醉和金甲舞，雷动鼓山川"了。句末的"催"字是个句眼。它不但透露了琵琶演奏节奏旋律的急骤、奔放、热烈，而且传出了整个宴饮场面的热烈欢快和喧哗热闹，连与宴者因鲜红的葡萄美酒与急骤奔放的琵琶旋律而变得兴奋激扬的心情律动也透露出来了。虽未正面写到醉，但这场景气氛已经酿造了与宴者的醉意。因此第三句便由对盛宴场景气氛的描写转到"醉"意豪情的抒写上来。

　　"醉卧沙场君莫笑，古来征战几人回？"这是为葡萄美酒和酒宴上的热烈欢快气氛所感染和陶醉的将士自然激发出来的豪情壮采。"醉卧沙场"自然是承前二句痛饮"葡萄美酒"而来，但在这里却已转化为"战死沙场"的同义语，这一点联系下句"征战几人回"自明。但它的口吻、它的情调，却不是对战死沙场的悲伤和沉痛无奈，而是透露出一种视死如"醉卧"长眠式的豁达、风趣和幽默，"君莫笑"三字正点醒了"醉卧沙场"四字中蕴含的感情内涵。如果诗人的感情是悲感沉痛，那干脆写成"战死沙场君莫悲"岂不更明白直截，何必故作旷达豪爽。但这样写，与前两句所描绘的热烈欢快气氛显然不合。这就反过来说明，"醉卧沙场君莫笑"决不是"战死沙场君莫悲"的谐谑化，而是对战死沙场的诗化和浪漫化表述。紧接着"古来征战几人回"这一句，就是进一步申述和补足"醉卧沙场君莫笑"的。"古来征战几人回"是一种客观事实和存在，这里自然有渲染乃至夸张，但问题的关键是诗人对它的感情反应或态度。在唐诗中，不同的时期、不同的诗人、不同的诗歌主题在展示这一事实时，感情与态度是不同的，不能以彼例此，更不能无视全诗的基调而孤立地理解。就这首诗来说，前两句的感情基调是热烈奔放的，第三句又突出表现了视战死沙场如"醉卧"长眠式的豪旷和风趣幽默，因而落句所展示的这个事实或现象便正好成了持这种态度的"理由"，它的语调口吻同样是轻松幽默的，透露出诗人正是以坦然的、豁达的态度来面对这种现象。

盛唐诗人对战争的艰苦和牺牲不是回避和无奈，而是勇敢和坦然地面对，这正是那个国力强盛、国威远扬、爱国感情得到充分发扬的时代的产物，是时代精神的体现，而将这种感情和精神发挥到极致的，就是对战争和牺牲的诗化和浪漫化。从全面反映历史真实的角度说，这种诗化或许有些片面。但从表现民族自豪感、自信心和时代主流精神方面看，这类诗的思想价值和美学价值却不容忽视。

前代评家之所以误解此诗，和孤立地强调末句有密切关系。其实，在这首诗中，给人印象最深刻最强烈的并不是末句所揭示的事实，而是第三句所表现的对战死沙场所持的那种诗化、浪漫化的感情态度，它才是全诗的主意和灵魂，而末句只是对第三句的一种说明和补充。必须将末句和全诗的基调，特别是第三句所表现的对牺牲的感情态度联系起来，才可能有真切的感受和理解。

王　湾

　　王湾，生卒年未详，洛阳（今属河南）人。先天二年（713）登进士第。开元初为荥阳主簿。开元五至九年（717—721），先后参与马怀素、元行冲所主持的校理群书、编撰《群书四部录》的工作，专司集部书的校理编目。后任河南府洛阳县尉。开元十七年，曾在朝任职，官职不详。此后行迹未详。湾词翰早著，为天下所称。往来吴、楚间，其《次北固山下》（一作《江南意》）"海日生残夜，江春入旧年"一联，张说为相时，手书题于政事堂，每示能文之士，以为楷式。《全唐诗》录存其诗十首。

次北固山下①

　　客路青山外，行舟绿水前②。潮平两岸阔③，风正一帆悬④。海日生残夜，江春入旧年⑤。乡书何处达，归雁洛阳边⑥。

[校注]

　　①次，旅途上停宿。北固山，在今江苏镇江市东北，有南、中、北三峰，北峰三面临江，形势险要，故名"北固"。《国秀集》卷下选录此诗，题末有"作"字，诗之正文文字与此相同。而《河岳英灵集》卷下选录此诗，题作《江南意》，诗之正文文字与此有多处歧异，详见以下诸句校注。②"客路"二句，《河岳英灵集》作"南国多新意，东行伺早天"。客路，即诗人继续乘舟东南行的水路，亦即江南一段的运河水路。青山，指北固山。行舟，指长江上正在行驶的船。绿水，指长江。此次诗人当是渡过长江后前往吴地，仍乘舟循江南运河前行。③阔，《河岳英灵集》作"失"。④一，《河岳英灵集》作

"数"。⑤残夜，指夜将尽时。旧年，旧的一年，指年将终时。二句谓海日生于残夜将尽之际，江南的春意在旧年将终时就已潜入显现。⑥"乡书"二句，《河岳英灵集》作"从来观气象，唯向此中偏"。王湾家居洛阳，故想象自己将托归雁寄乡书至洛阳。

[笺评]

殷璠曰：湾词翰早著，为天下所称最者，不过一二。游吴中，作《江南意》诗云："海日生残夜，江春入旧年。"诗人以来，少有此句。张燕公手题政事堂，每示能文，令为楷式。（《河岳英灵集》卷下）

黄庭坚曰：唐人诗有曰"海日生残夜，江春入暮年"者，置"早"意于残晚中。（《苕溪渔隐丛话·前集·半山老人二》）

方回曰：唐人芮挺章天宝三载编次《国秀集》……题云《次北固山下作》，于王湾下注曰：洛阳尉。而天宝十一（按：当作二）载殷璠编次《河岳英灵集》……题曰《江南意》，诗亦不同……似不若《国秀》之浑全，兼殷璠语亦不成文理，可笑云。（《瀛奎律髓》卷十）

顾璘曰：（三、四句）工而易拟，（五、六句）淡而难求。（《批点唐音》）

胡应麟曰：盛唐句如"海日生残夜，江春入旧年"，中唐句如"风兼残雪起，河带断冰流"，晚唐句如"鸡声茅店月，人迹板桥霜"，皆形容景物，妙绝千古，而盛、中、晚界限斩然。故知文章关气运，非人力。（《诗薮·内编》卷四）

徐充曰：此篇写景寓怀，风韵洒落，佳作也。"生"字、"入"字淡而化，非浅浅可到。（《删补唐诗选脉笺释会通评林》卷二十九引）

程元初曰：此诗三、四形容宽大平直之象，五、六形容流行不息、新意无穷之象。（《盛唐风绪笺》）

李维桢曰：中"潮平"两联，浓淡相生，种种合律。（《唐诗隽》）

唐汝询曰：此泊舟北固而叙江中之景，因风气之异而起故园之思也。海上之日未旦而生，江南之春方冬而动，则与洛中异矣，故欲因归雁而附以书。(《唐诗解》卷三十七)

钟惺曰：("海日"二句)真奇秀。(《唐诗归》卷六)

谭元春曰：("海日"二句)不朽。(同上)

许学夷曰：尝观唐人诸选，字有不同，句有增损，正由前后窜削不一故耳……《国秀集》载王湾《次北固山下作》……《河岳英灵集》……题曰《江南意》，其工拙更为霄壤。若谓后人窜易，岂至并其题而易之耶？(《诗源辩体》卷十三)

陆时雍曰：王湾此诗，世赏已久，余阅之了无佳处。"潮平"二语，俚气殊甚。"海日生残夜"，略有景色；"江春入旧年"，此溷语耳。余且问旧年景象何似？今下此语，将谓意入感慨，语病突矣。且一切物色，何处不可云"入旧年"，此非一套语耶？张说手题此诗，示为楷式，缘说平生诗好华美，一见此作，便谓雅澹，其实非也。(《唐诗镜》卷九)

叶羲昂曰：皇甫子循曰：王湾《北固》之作，燕公揭以表署。才闻两语，已叹服于群众……美岂在多哉！中联真奇秀而不朽。(《唐诗直解》卷三)

邢昉曰：高奇与日月常新，非摹仿可得。(《唐风定》卷十三)

王夫之曰：的是江南风景，非特语似，抑亦神肖。又，此诗见《全唐诗话》，其传旧矣。《品汇》据别本作"客路青山外，行舟绿水前。潮平两岸阔，风正一帆悬。海日生残夜，江春入旧年。乡书何由达？归雁洛阳边"。不但塞拙，失作者风旨，且路由青山，舟行绿水，是舟车两发，背道交驰矣。北固，江间一卷石耳，安所得青山之外有路邪？颔、腹二联取景和美，了无客路之感。"乡书""归雁"，其来无端，"洛阳边"三字，凑泊趁韵。此必俗笔妄为改窜，窃取少陵"戎马关山"、崔颢"日暮孤舟"之意，割裂补缀而成。乃不知杜诗"吴楚""乾坤"之句，早成悲响，崔作"历历""萋萋"之语，已寓远怀。其上有金者，其下有玉；其上有酒者，其下有食。故曰八风从律而不奸。今试以"河洲""黄鸟"起弃妇之怨，"谷蓤""下泉"兴好逑之乐，人项鸟膺，亦积惊之府矣。自当仍存原璧，损其稂莠，庶使依永和声，群分类聚耳。(《唐诗评选》卷三)

吴烻曰："客路"是目中所见，"行舟"则身在舟中矣。"潮平""风正"，江行快事也。日行地中，转东则五更鸡唱，是生于残夜也。江上逢春，则立春在腊月，是入旧年也。雁足传书，乡书可达，自慰之也。(《唐诗选胜直解·五言律诗》)

贺裳曰：王湾《北固山下》曰："潮平两岸阔，风正一帆悬。"或作"两岸失"，非是。凡波浪汹涌，则隔岸不见，波平岸始出耳。"阔"字正与"平"字相应。若使斜风，则帆欹侧不似悬矣。(《载酒园诗话·疑误》)

冯舒曰："失"字别致。(《瀛奎律髓汇评》卷十引)

冯班曰：腹联绝唱，北固山绝唱。(同上引)

查慎行曰：大历以后无此等气格矣。(同上引)

徐增曰：北固山在京口，临大江。王湾，洛阳人。残岁不得归，舟次其下，故作此诗。(《而庵说唐诗》)

黄生曰：("客路"二句)对起。("潮平"二句)呼应句。("海日"二句)倒装句。正意反挑。("乡书"句)倒叙。("归雁"句)倒剔句。尾联见意。五、六以"残夜"反挑"早"字，以"旧年"反挑"新"字，名"正意反挑法"。五、六奇秀不可言，当时主司榜之都堂，以为多士楷式，可称真赏音矣。"何处达"，言无处达也。洛阳正在归雁边，乡书却从何处达，深见思乡之情。顺看即不然，此唐人句调，粗心人未易识也。倒剔句，亦名错装句。(《唐诗摘抄》卷一)

朱之荆曰：此因风气之异而起故园之思也。首联写其地。三、四是行舟之景。五、六是住舟之景。七、八见当时情况。海上之日，未旦先生；江南之春，于冬先动，故五、六云云。(《增订唐诗摘抄》)

吴昌祺曰："多新意"不佳。结亦不相接。(《删订唐诗解》)

王谦曰：今细玩之，三、四洵"工而易拟"，五、六则"淡而难求"也。（《碛砂唐诗纂释》）

何焯曰：方（回）说"不若《国秀》之浑全"，非是。不惟名句，而亦治象。武、韦继乱，忽睹开元之政，四海皆目明气苏也。（《瀛奎律髓汇评》引）　又曰：开元数纪重见太平，五、六气象非常。落句正言更不假寄书也。（《唐三体诗评》）

纪昀曰："潮平"二句最拙。"阔"一作"失"，然"失"字有斧凿痕，唐人不甚用此种字，归愚主之，未是。（《瀛奎律髓汇评》引）

沈德潜曰："两岸失"，言潮平而不见两岸也。别本作"两岸阔"，少味。江中日早，客冬立春，本寻常意，一经锤炼，便成奇绝，与少陵"无风云出塞，不夜月临关"一样笔墨。五、六语张燕公手书进士（当作政事）堂，以示楷式。（《重订唐诗别裁集》卷十）

范大士曰："海日"二语，烹炼之至。（《历代诗发》）

顾安曰：妙在是北人初至江南，处处从生眼看出新意，所以中间两联便成奇景妙语。后人将此题改作《次北固山下》，起、结全换，是何见解，可叹可叹！（《唐律消夏录》）

黄叔灿曰："潮平"一联，写得宏阔，非复寻常笔墨。至"海日"二句，更非思拟所及。日出则晓矣，偏说"残夜"；春到岁除矣，却说"旧年"，而确不可易。总妙在"生"字、"入"字上落想，炼句奇甚。玩此一联，更多伤感情思，故有落二句。"归雁洛阳边"，望其故乡也。（《唐诗笺注》卷一）

宋宗元曰：（"潮平两岸失"）"失"字炼。（《网师园唐诗笺》卷七）

黄培芳曰：力量酣足。（吴煊、胡棠《唐贤三昧集笺注》批）

陈德公曰：盖是侵晓行舟，复值岁前春旦，字字工刻，作语故极婉琢，足以脍炙一时。五、六"残夜""旧年"，字法作意不必言，著"海""江"二字更为增致。（《闻鹤轩初盛唐近体读本》卷三）

潘德舆曰：殷璠《河岳英灵集》选王湾《江南意》云（略）。芮挺章《国秀集》选王湾《次北固山下》云（略）。殷、芮皆唐人，何所传各异如此？愚按："两岸阔""阔"字不如"失"字之隽。而首、尾四句，当以芮选为正。殷选首、尾词意，殊欠老成，未免任意取携。（《养一斋诗话》卷八）

吴汝纶曰：（"海日"二句）精语妙绝。（《唐宋诗举要》卷四引）

[鉴赏]

王湾这首五律，不仅在当时就被当朝宰相兼文坛领袖张说手书题于政事堂示为楷式，且被文学史家推为盛唐气象的代表作。但围绕它的争论，也一直不断。争论的焦点，集中在两个问题上，一是异文问题，二是诗人的行程问题。由于这两点都直接牵涉到对诗意的理解和品鉴，因此需要先作必要的考论说明。

先说异文问题。一般诗歌的异文，往往局限于个别字句文字上的歧异，而此诗的异文却是首、尾两联文字完全不同，题目亦迥异（此外，还有第二联"阔""失"、"一""数"之异）。更为特殊的是，这两种不同出处的异文竟是诗人生活的当代两个著名的选本《国秀集》及《河岳英灵集》所载。这一现象似可说明，王湾这首诗自张说手题于政事堂，在社会上广泛流传之后，出现了两个面貌殊异的版本。如果说流传时间较长的诗，有可能遭到后人的窜改，那么在当时流传的作品遭到如此大范围的窜改的可能性很小，因为这很容易为诗人本人及熟知此诗的同时人所发现，并加以否认与指责。无论是芮挺章或殷璠，也都不可能在编选当代诗人作品时对原作进行肆意窜改。如果单从诗句文字的工拙来判断拙者非王湾原作，也不科学。比较合乎情理的推断是：这两种歧异很大的版本文字，其实均出于诗人之手，即其中一种是初稿本，另一种是修改后的定稿。从文字的工拙情况看，《河岳英灵集》所载的《江南意》应是初稿，而《国秀集》所收的《次北固山下作》应是修改后的定稿。至少在张说手书此诗于政事堂时应题为《江南意》，而首、尾两联应作"南国多新意，东行伺早天""从来观气象，唯向此中偏"，第二句应作"潮平两岸失"，可以看出，题意与首、尾两联的意思正相切合。说明此诗写作的原意，就是要抒写诗人对江南春意早早来到的诗意感受，末联出句的"气象"即体现春意的景象。"此中"即指江南。"偏"者，偏早也。在流传过程中，由于感到诗题未能明示作诗的具体地点，首、尾两联的文字又比较拙涩，与中间两联（特别是流传众口的腹联）不大相称，遂将它改为"客路青山外，行舟绿水前""乡书何处达，归雁洛阳边"，诗题也由原先的揭示题旨变为交代作诗地点，并将第三句原来较显雕琢之痕的"失"字改成比较自然的"阔"字。将第四句的"数"字改为"一"字。如果以上的推断大体符合实际，则可以得出这样一个结论：两种版本的文字反映的都是诗人所历所感的实际情况。它们共同透露的讯息是：一、写诗时诗人正泊舟停宿在北固山下。二、诗人离北固山后将循"客路"东行。三、诗的主要意蕴，是表达诗人对江南早春气息、气象的诗意感受。

再说诗题与诗人行程。诗题内的"次"字是旅途中住宿的意思。根据诗中所描绘的清晨景色，此诗当是头天晚上在北固山下泊舟住宿，清晨所见江上景象，并由此引起思乡之情。据《江南意》"东行"之语，诗人当继续向东行进。那么这"东行"究竟是循长江继续东下，还是沿运河东去呢？唐人赴江南地区，由扬州渡江至京口，往常州、无锡、苏州一带去的，一般均取舟行运河之路，而不由长江东下。故所谓"客路"实指运河水路。或有谓颔联所写景象系诗人乘舟在长江上所见，当非。因为题既云"次北固山下"，"东行"又系沿运河东去，则颔联当是清晨泊舟北固山下尚未启程时所见长江上潮平岸阔、风正帆悬的景象，次句的"行舟"与第四句的"帆"都是泊舟北固山下所望见的景象。按《河岳英灵集》殷璠评王湾诗云："湾词翰早著，为天下所称最者，不过一二。游吴中，作《江南意》诗云：'海日生残夜，江春入旧年。'"明确指出此诗系诗人游吴中时所作。湾之游吴中，有《晚春诣苏州敬赠武员外》一诗可证。据傅璇琮所考，此武员外系武平一，中宗时迁考功员外郎。玄宗立，贬苏州司功参军。诗中云"持此功曹掾，初离华省郎"，与武平一之仕履合，"平一既于玄宗初即位时贬苏州（功曹）参军，王湾又于先天元年（按：当为二年）登进士第，则其游江南及作《江南意》诗，当在进士登第后一两年内"（《唐才子传校笺·王湾》），《唐五代文学编年史》系此诗于开元二年（714）岁末。但开元二年六月，王湾已为高陵县簿尉（见《唐五代文学编年史》第508页），则诗亦可能作于开元元年岁末。据《晚春诣苏州敬赠武员外》"苏台忆季常，飞棹历江乡"之句，王湾此次系舟行诣苏州。故《江南意》之"东行"当即指此次吴中之游。岁末在北固山下，晚春舟行抵苏州，沿途当有逗留，时地亦合。故王湾此次行程，当是开元元（或二）年末由扬州渡江，次润州北固山下，复舟行沿运河东下，于晚春抵吴中。至于张说手书其诗于政事堂之事，当在其第二次为相（开元九年至十四年）期间。说第一次为相在景云二年（711）正月至十月，其时王湾尚未游吴中作此诗。第二次为相时，说之政坛兼文坛领袖身份始显，故有题诗示范之举。弄清上述与此诗写作有关的情况，对诗意方能有比较切实的理解。

"客路青山外，行舟绿水前。"起二句是舟次北固山下的前瞻与回顾。"客路"，指前面还要走的旅程，但不是陆上的道路，而是水路——江南运河。瞻望前路，运河缭绕逶迤于青山（指北固山）之外；回顾来路，行舟飞驶于绿水（指长江）之中。两句正透露出诗人所在的位置——北固山下的泊船中。两句音调流美，对仗工整，色彩鲜明，流注着诗人面对江南的青山绿水时轻松愉悦、流连称赏的感情。联系当时正处旧岁的隆冬，则这"青山""绿水"的景物便已体现出江南的春意之早。第二句的"行舟"并非诗人自己乘坐的船，而是长江江面上正在行驶的船。如果是指诗人所乘的船，当作"泊舟"。这首诗自始至终，诗人乘坐的船一直停泊在北固山下，并未解缆东行。

颔联承次句，写望中长江阔远之景。"潮平"句写清晨长江涨潮，潮水满盈，与岸齐平，只见江水与两岸连成一片，混茫无际，与天地相接，益发感到境界的阔远。"阔"原作"失"，"失"字虽然也生动真切，但一则稍显着意之痕，二则意蕴比较着实，不如"阔"字自然浑成，且更能给读者以想象的余地。"风正"句写望中所见长江上的船只。清晨船只稀少，"一帆"正是实情。由于风势正顺着船行的方向，故一帆高悬，正在破浪飞驶。这一句使望中长江景象于壮阔中更兼飞动之致。在如此浩阔的江面上，"一帆"高悬，更映衬出水天阔远之境。而诗人目接此阔远壮伟之境时心旷神怡的感受亦曲曲传出。

腹联紧扣题内"次"字，写清晨泊舟北固山下所见海上日出之景和所感江南春早之意。润州唐代较现在更近海，清晨见海上日出本很平常；又因地处江南，地气早暖，虽尚在冬暮，却已感受到和煦春气萌动的气息，这也是由北而南的旅人突出的感受。但"海日生残夜，江春入旧年"却并不是对"海上之日未旦而生，江南之春方冬而动"的一般化表述，而是异常警切地表达了诗人对上述景象的全新诗意感受。关键就在于诗人在"海日"与"残夜"，"江春"与"旧年"这两组原本似乎对立的景象之间，分别用一"生"字、一"入"字加以连接，创造出全新的对立统一的诗境。使人突出地感受到，那光华璀璨的一轮海日，好像突然从残夜中涌现出来，光明代替黑暗，仿佛只是转瞬间发生的事；而那江南的和煦春意也好像等不及新年的到来，早早地进入了旧年（残冬）。这是一个长期生活在北方内地的人初次来到江南滨海地区，第一次看到海上日出、感到江南春早时非常新鲜奇异的诗意感受。内地远海地区，日出之前，天色已逐渐转亮，像近海地区那样，光明璀璨的日轮生于残夜的朦胧中的景象从未见过；而北方春迟，新年过后相当长一段时间，气候仍很寒冷，不见陌头柳色的情况也属司空见惯。而初到江南，虽值残冬岁暮，却已感到在湿润温煦的空气中有春天的暖意在萌动。"诗的本质就是发现，诗人永远要像婴儿一样，睁大了好奇的眼睛去看周围的世界，去发现世界的美。"（林庚）这"海日生残夜，江春入旧年"，就是王湾这位好奇而敏感的诗人第一次看到海上日出、感到江南春早时所获得的独特诗意发现。景象是平常的，早就存在的，但王湾的发现与艺术表现却是全新的。不仅富于诗美，而且寓含了哲理的意味，客观上展现了自然界中光明生于黑暗，春意寓于严冬，新事物孕育于旧事物之中的哲理。只不过唐人（特别是盛唐诗人）不习惯言理，不习惯将自己的感受化为明晰的哲理感悟和理趣，特意挑明给读者看；他们宁可将自己的感受融化在生动的形象与奇警的诗境当中，因此显得特别浑涵不露。"生"字"入"字，还将本来无生命的"海日""江春"拟人化了，使它们变成了有生命有灵性的事物，仿佛迫不及待地在残夜未明之时，残冬未尽之际就提前降临，进入于人间。这就使诗境在新警、深邃之余增添了一份生动的情致。

尾联是仰望寥廓高天，由春天归雁北飞而引动的乡思，想象托雁传书，带回洛阳。与前三联为泊舟北固山下望中所见虽有实写与想象之别，而在由江南景物气候与故乡的殊异而引发乡思这一点上，同样显得很自然。虽抒乡思，但境界寥廓，仍与前三联相称。

整首诗给人的突出感受是，气象高华，境界阔远，声调浏亮，充满了对前景的乐观展望，相当典型地体现出盛唐诗歌的特征。

张　旭

　　张旭，开元、天宝时期诗人，大书法家。生卒年未详。字伯高，行九，苏州吴（今江苏苏州）人。曾为常熟尉，金吾长史，故后世称"张长史"。狂放嗜酒，善草书。每醉后号呼狂走，索笔挥洒，甚至以头濡墨而书，既醒自视，以为神，不可复得，世呼"张颠"。曾观公孙大娘舞《剑器》而得其神，后世尊为"草圣"。杜甫《饮中八仙歌》将其与李白、贺知章等称为"饮中八仙"。唐文宗将李白歌诗、张旭草书、裴旻剑舞称为"三绝"。诗与贺知章、包融、张若虚齐名，称"吴中四士"。今存诗十首，七绝清逸隽永，堪称盛唐佳作。

山行留客①

　　山光物态弄春晖②，莫为轻阴便拟归③。纵使晴明无雨色，入云深处亦沾衣④。

[校注]

①题内"行"字，一作"中"。②弄，显示、卖弄。③轻阴，微阴。拟，打算。④初唐王梵志诗："纵使天无雨，阴云自润衣。"（伯2718）与此诗三四句语意相近，当是其时流行谚语。王梵志与张旭各自用诗的语言加以表达。

[笺评]

　　唐汝询曰：响调未尝不佳。（《汇编唐诗十集》）

　　谭元春曰：极有趣谐练语。（《唐诗归》卷十三）

　　黄生曰：清明游山，白昼游湖，皆俗人行径，趣士定不尔尔。若留客，说天未必雨，见亦与客等矣。"入云深处亦沾衣"，非熟识游趣

者不能道。(《唐诗摘抄》卷四)

宋顾乐曰：清词妙意，令人低徊不止。(《唐人万首绝句》评)

焦袁熹曰："纵使晴明无雨色"不工死句。(《此木轩论诗汇编》)

黄培芳曰：("纵使"句下)巧稳可诵。(《唐贤三昧集笺注》批)

刘宏煦、李德举曰：恐客未谙山中事，误认将雨也。"留"字意雅甚。身在山中，不见云也，湿气濛濛而已，结语信然。(《唐诗真趣编》)

俞陛云曰：诗就山中所见，举以告客。若谓君勿讶云气濛濛，天阴欲雨，急欲下山，此间纵晴霁，亦云气沾衣，长日与烟云为伴，非关山雨欲来。城市中人，所希见也。凡游名山者，每遇云气，咫尺外不辨途径，襟袖尽湿，知此诗写景之确。(《诗境浅说》续编)

刘永济曰：此诗末句，最能写出深山云雾溟濛景色。(《唐人绝句精华》)

富寿荪曰：首句"弄"字精妙传神，极状山中景物之可爱，以反起下文。"纵使"二句，与王维《山中》"山路元无雨，空翠湿人衣"，写景相似，而出以摇曳之笔，便饶情致。(《千首唐人绝句》)

[鉴赏]

这首诗的题目叫作《山行留客》，诗写如何殷勤留客，自是题中应有之义，但诗的魅力却主要不在那份殷勤留客的情意上，而是通过"留客"的"理由"描绘出了深山之中幽深空蒙的境界和对这种境界的诗意陶醉。"留客"固然是直接的目的，但"留客"的目的却是邀他一起领略"入云深处"那种沁人心脾的诗境。这是读这首诗时首先要弄清的诗人的真正用意。否则，胶着在"留客"上，费力地去体味玩赏"留客"的辞令雅俗，不免买椟还珠了。

首句用概括的笔法描绘山中春天景物的美好动人。"山光物态"四字，总括山中景物的一切光色情态。"春晖"点明特定的季候，犹春天的光辉。其间着一"弄"字，境界顿出。"弄"字在这里有显示、

张 旭 | 279

显现甚至摆弄的意思。它把从寒冬腊月霜封雪冻中苏醒过来的山中一切景物的情态都写活了。举凡青翠欲滴的山色，含苞欲放的山花，啾啾鸣叫的山鸟，淙淙流淌的山泉，汇成一阕欢快的春天奏鸣曲，在春日光辉的映照下，向游人展示着春天的色彩、声响、气息。它们不但有生命，而且有灵性，仿佛在故意招引撩拨着山行的游人。因此，这一句虽然写得很概括，却因为这一关键性的"弄"字把全部景物激活了，也调动了读者的丰富想象。

次句便由山中春景之迷人顺势点出留客之意："莫为轻阴便拟归。"一、二句之间，隐含着时间的推移和天气阴晴的变化，不久前还是春晖映照，此刻却轻阴笼罩，这正是深山天气多变的特征。看到轻阴，客人担心山行遇雨湿衣，不免急着想回去。这自是游者之常情，但也每因这种常情失去了领略更美妙境界的机会和乐趣。这一句从题目"留客"来说，似是全篇主意。但实际上它在全诗中的作用只是一个过渡，一个由一般人都能领略欣赏的境界向另一更幽深美妙的境界过渡的桥梁。如果"留客"的"理由"仅仅停留在"山光物态弄春晖"的境界和水平上，诗意便不免显得平常而乏新趣，妙在由"轻阴"的话头转出三、四两句所展示的常人少所发现并领略的诗境。

"纵使晴明无雨色，入云深处亦沾衣。"表面上看，这两句好像只是申述、补足"莫为轻阴便拟归"的：即使是晴明无雨的天气，在云雾重重的深山也会沾湿衣裳，那么，"轻阴"的天气自然不必急着归去了。但这样的理解，却无形中将诗情诗趣全都破坏了。实际上，诗人的真实用意，是要通过这两句，展示云封雾锁的深山中更加幽深美妙的境界。由于山深林密，云雾缭绕，林间草上，露水盈盈，空气中到处布满了湿润的水汽，行走在山中，自然是"无雨"而"沾衣"了。这是一种使人整个身心都浸润在诗意的翠绿、水分和雨意中的境界，一种"轻阴便拟归"的常人难以领略的意境。在展示这一境界的同时，"留客"的殷勤情意也得到了更深一层的表现。这两句的意境与王维的《山中》"山路元无雨，空翠湿人衣"确实有些类似，但情调有别。张诗用

"纵使""亦"这样开合相应、抑扬有致的语调来表述，不但显示出了一种疏朗灵动的意致，而且构成了一种顾盼自赏的风调，与王诗之意态闲婉、含蓄蕴藉可谓各具艺术个性。

桃花溪①

隐隐飞桥隔野烟②，石矶西畔问渔船③。桃花尽日随流水，洞在清溪何处边④？

[校注]

①本篇及《山行留客》诗或以为系宋蔡襄所作，但亦有不同意见。今仍暂系张旭名下。桃花溪，《方舆胜览》卷三十湖北路常德府桃源县："桃源山，在桃源县南三十里。《图经》云：'山下有桃川宫，西南一里即桃源洞，云是昔秦人避乱之地。有洞如门，巨石屏蔽，灵迹犹存。有水自中流出，涓涓不绝。'"或云此即陶渊明《桃花源记》所称"晋太元中，武陵人捕鱼为业，缘溪行，忘路之远近，忽逢桃花林，夹岸数百步，中无杂树，芳草鲜美，落英缤纷"之桃花溪。按：陶渊明所描绘之桃花源本即带有虚构色彩，张旭此诗所写之桃花溪是否即桃源县之桃溪洞流出之水，更未可定，亦不必泥。但此诗化用《桃花源记》之意境则极明显。②飞桥，疑指建在溪上之石拱桥，拱桥呈半圆弧形，跨两岸，望之若飞，故云。③石矶，水边突出的巨大岩石。④陶渊明《桃花源记》于渔人缘溪行遇桃花林下又云："渔人甚异之，复前行，欲穷其林。林尽水源，便得一山，山有小口，彷佛若有光，便舍船从口入。"此即所谓桃源洞。

[笺评]

唐汝询曰：闲雅有致，初不见浅。（《汇编唐诗十集·辛集》）又曰：此因泛溪欲问桃源所在，见渔船而问之，落句问渔者之词也。

"飞桥"，架木为之。"石矶"，坐以钓鱼平石也。"飞桥"着"隐隐"二字，便映得野烟意起。"石矶"着"渔船"二字，便接得"桃花"二句。起曰"尽日"，曰"何处"，殊有不解之故。按：太白《山中问答》诗"别有天地"四字，正是"何处边"一问转语。迷离得妙。（《唐诗解》卷二十七）

钟惺曰：境深，语不须深。（《唐诗归》卷十三）

黄生曰：长史不以诗名，然三绝（按：指《山行留客》《桃花溪》及五绝《清溪泛舟》）恬雅秀润，盛唐高手无以过也。高适赠张诗云："世上谩相识，此翁殊不然。"又："白发老闲事，青云在目前。"必高闲静退之士。今观数诗，其襟次可想矣。（《唐诗摘抄》卷四）

黄培芳曰：诗中有画。（《唐贤三昧集笺注》批）

孙洙曰：四句抵得一篇《桃花源记》。（《唐诗三百首》）

[鉴赏]

张旭生平足迹，是否到过今湖南常德（唐朗州武陵郡）一带，现已无从考证。从诗面看，诗人在桃花盛开、落英缤纷的春天，曾到过一条"桃花尽日随流水"的山溪边，联想起《桃花源记》中描绘的幽深美好境界，不禁为之神往，因而写下这首意境风调俱佳的小诗。

首句写望中远景。远处，有一座拱形的石桥横跨两岸，隐现于山野的蒙蒙烟雾云霭之中，着"飞""隔"二字，使远望中拱桥的身姿在烟笼雾罩中时隐时现，增添了扑朔迷离的色彩和流动飘逸的意致，使人感到它带有人间仙境的缥缈朦胧色彩。这就为第二句的"问渔船"和三、四两句的追寻向往酿造了气氛。写"桥"的目的，自然是为了引出桥下的溪和船，因此下句就由远而近，写到矶边的渔船。

"石矶西畔问渔船"。诗人来到溪边的石矶西畔，看到矶旁的渔舟和溪中漂荡的桃花，不由得联想起《桃花源记》中所描绘的美好境界，心想这或许就是现实中的桃花源吧。这就自然引出了"问渔船"

的念头。"问"字不必过于拘泥着实，认定诗人真是向渔船上的渔夫发问，那样反失诗趣。因为诗人也许根本不是去刻意寻访陶渊明笔下的桃花源，只是偶触此境，有此诗意联想而已。所谓"问渔船"，不过表明，见到矶头渔船、桃花流水，心中有恍若桃源仙境的疑问而已。这就更增添了一份是耶非耶的情致。

"桃花尽日随流水，洞在清溪何处边？"这两句的确是承上一句的"问"字而申说"问"的具体内容的。不过细味其神情口吻，与其说是问渔船上的渔夫，不如说是心中自问：眼前这一溪春水，尽日漂漾着嫣红的桃花，看来真有点像桃花源中流出的桃花溪，试问那桃源洞究竟在清溪尽头的何处呢？

诗写到这里，戛然而止。"洞"究竟在哪里，没有答案，也不必有答案。诗人要抒写的是由眼前"桃花尽日随流水"的景象而引起的诗意联想，以及对溪水上游云山深处更加幽美景物、境界的悠然神往。对于表现这种诗意联想和悠然神往来说，有问无答便是最好的答案，因为读者自会根据诗人的联想和暗示，根据《桃花源记》中对桃源的描绘作出一幅美妙的心画，而且在这种想象中得到心理上的满足和艺术上的陶醉。从这个意义上说，"四句抵得一篇《桃花源记》"的说法是有道理的。这"抵得"正是充分调动了读者想象力的结果，也是充分发挥了绝句优长的结果。王维的《桃源行》，由于是篇幅可以展衍的七言歌行，自然可以在叙写"渔舟逐水爱山春，两岸桃花夹古津。坐看红树不知远，行尽青溪不见人"的行程后对桃花源展开正面描绘；张旭的这首《桃花溪》七绝却不可能也没有必要这样做。以问语摇曳出之，以不答作答，以不写写之，是最好的选择。

"诗中有画"。这首诗确实饶有画意，它完全可以绘成一幅诗意画，特别是它的前幅，远处的拱形石桥隐现于缭绕的野烟之中，近处的石矶边停泊着一叶渔舟。溪水碧清，桃花漂漾，岸边伫立着凝望神往的诗人。但画毕竟不能代替诗。三、四两句所表现的诗意联想和对桃源胜境的悠然神往之情，便是画笔所难以充分表达的，而这，往往是诗作为抒写人的心灵的艺术之所长。

　　细味"尽日"二字，诗人也许只是始终伫立溪边、凝望神往而已，并不曾甚至未必真有乘船上溯桃花溪去寻幽探胜之意。他享受的或许只是这份诗意联想和神往带来的审美愉悦。

张 潮

张潮，生卒年未详，润州曲阿（今江苏丹阳）人，玄宗时处士。殷璠汇集张潮、包融、储光羲、丁仙芝等十八位润州籍诗人之作为《丹阳集》，并评张潮诗云："委曲怨切，颇多悲凉。"（见《吟窗杂录》卷二十六引）李康成《玉台后集》、顾陶《唐诗类选》均选其诗《江风行》（忆妾深闺里。题一作《长干行》）。《全唐诗》录存其诗五首。

江南行

茨菰叶烂别西湾①，莲子花开犹未还②。妾梦不离江水上③，人传郎在凤凰山④。

[校注]

①茨菰，即慈姑，植物名，可食用或药用。晋嵇含《南方草木状》卷上："绰菜夏生于池沼间。叶类茨菰，根如藕条。"茨菰叶烂，在秋末冬初季节。西湾，在扬州瓜洲镇附近。②莲子花开，即莲花开放，时当六月。③水上，《全唐诗》校："一作上水。"④凤凰山，《方舆胜览·鄂州·山川》："凤凰山，在江夏县北二里，其形如凤，故名。"又，杭州有凤凰山。《舆地纪胜》卷一浙西路临安府山川："凤凰山，在城中。下瞰大江，直望海门，今大内（南宋宫城）在焉。郭璞《地记》：'天目山前两乳长，龙飞凤舞到钱塘。'"唐时是否已称"凤凰山"，待考。或云，凤凰山在江宁南门内，见《江宁府志》。此诗之凤凰山以从鄂州之凤凰山为是。

[笺评]

李梦阳曰：神思恍惚，词意宛曲，最得闺情。（《删补唐诗选脉笺释会

通评林》引)

焦竑曰：曲折玲珑，写意宛然，当是绝唱。(同上引)

周启琦曰：乐府逸调，能令陆地生莲。(同上引)

唐汝询曰：此客游而代行人之词。言冬与郎别，历春夏而未还。念及渡江，无夕不梦，人乃传郎在凤凰山，何哉？西湾，与妻分别之地；凤凰，己所游之山也。适游此山而作是诗耳。(《唐诗解》卷二十七)

钟惺曰：要知"妾梦""人传"，总非实境才妙。(《唐诗归》卷十四)

《唐诗选》：玉遮曰：无限低回。

邢昉曰：风味乃绝体之隽，顾诋之非是。(《唐风定》)

黄生曰：茨菰、莲子并切水乡之物。"莲子花"三字，酷似妇女声口。因在江上分手，故梦不离此处，不知行人却在凤凰山也。沈休文"梦中不识路，何以慰相思"，此似化其意而用之。顾华玉以"浅俗"目之，予谓正恐不能浅，不能俗耳。浅到极处，俗到极处，便去《三百篇》不远。难与一切文士道也。(《唐诗摘抄》卷四)

贺裳曰："妾梦不离江水上，人传郎在凤凰山"，即《小雅》"赫赫南仲，薄伐西戎"意(按：《诗·小雅·出车》有"喓喓草虫，趯趯阜螽。未见君子，忧心忡忡；既见君子，我心则降。赫赫南仲，薄伐西戎"等语)。妙得风闻恍惚，惊疑不定之意。(《载酒园诗话》卷一)

徐增曰：题是《江南行》，诗都在水上寻取。西湾，江南之西湾也。茨姑、莲子，皆水中所生之物，时、景又于此上见。茨姑叶烂，大约在九十月间；莲子花开，则是五月尽矣。一别乃至如是之久。在水边送别，故妾梦不离于江水。"江上水"，妙极。装"水"字在下，则合(下)句"山"字不通风缝；若云"江水上"，则未免逗漏"山"字消息来，使人看去不警策，便是俗笔矣。夫妾梦不离江水，而郎却在凤凰山，梦得无错乎？别离在水，故梦在水，妾自不错；妾自梦水，郎自在山，郎亦不错，岂人传错乎？人错，尚不可信，盖妾梦来梦去，总不离于江上水，而郎不见从水上来，妾已疑郎不在水，故人遂有凤凰山之传。人虽如是传，而妾梦惯于江上水，则妾梦总不离于江上水也。"凤凰"二字，下得妙，还他一个着落。而凤凰山毕竟在何处耶？果真在凤凰山，而凰山不比西湾曾经别过之处，耳中虽有凤凰，眼内从无影子，妾梦要去，却从何路去？与梦江水何别？妾既闲着，由他梦去，郎少不得要归，妾亦少不得梦醒。待郎归问他，方知其在何处。然人已在家，妾亦不做梦矣，而又何必问其在外之去向哉！此诗纯是禅机，可当一部语录。篇中用字，人看去似较俗，而不知题是乐府，语须带质，质近于古，质与俗不可不辨审也。（《而庵说唐诗》卷十一）

沈德潜曰：总以行踪无定言，在水在山，俱难实指。（《重订唐诗别裁集》卷二十）

黄叔灿曰：首句纪初别之时，次句感怀人之候。第三句通乎别后言之，第四句则总结归期之未定。缠绵曲至，却只如话。"凤凰山"又与"西湾"相映。（《唐诗笺注》）

宋宗元曰：是古乐府神理。（《网师园唐诗笺》）

李锳曰：三、四句即有梦也难寻觅之意，而语特微婉。"茨菰""莲子"纪时令，即就眼前景物写来，得风人之体。（《诗法易简录》）

刘宏煦、李德举曰：真情幻景，愈幻愈真。笔致跳脱之甚。（《唐诗真趣编》）

刘拜山曰：江干一别，魂梦犹萦，意其远行，却在近处，所谓"常叹负情人，郎今果作诈"（《懊侬歌》）也。诗中标举两处地名，正要人从其相近悟入，布局巧妙如此。前人未加深究，未免辜负匠心。（《千首唐人绝句》）

[鉴赏]

张潮现存诗共五首（其中《江风行》"忆妾深闺里"一首，题又作《长干行》，或云李白作，或云李益作，当从李康成《玉台后集》、顾陶《唐诗类选》作张潮诗），均写江南水乡商人妇对远行丈夫的思念及女子采莲活动，富于民歌风味。本篇是其中最得古乐府神理的天籁式作品。

一、二两句写丈夫别家之久。去年"茨菰叶烂"的秋末冬初时节，与丈夫在"西湾"分别，到今年"莲子花开"的盛夏季候，丈夫仍然没有归家。自别至今，已历四季。"商人重利轻别离"，外面的世界又有许多诱惑（如诗人《襄阳行》所说的"君到襄阳莫回惑，大堤诸女儿，怜钱不怜德"），经年不归是常事，丢下妻子空房独守、日夜思念。"犹未还"三字中包含长期的思念、守候和想望。诗人《江风行》说："远方三千里，思君情未已。日暮情更长，空望去时水。孟夏麦始秀，江上多南风。商贾归欲尽，君今尚巴东。巴东有巫山，窈窕神女颜。常恐游此方，果然不知还。"一、二两句的空白处就包含了这一系列感情内容，古诗可以展衍抒写，绝句只能概括叙写，让读者自行寻味。写别离之久，拈出"茨菰叶烂"与"莲子花开"，最具民歌神理。"茨菰"入诗，已属创举，复言"叶烂"，更不避浅俗；不说"荷花"，而言"莲子花"，亦极具民间语言本色。这种土得似乎掉渣的语言，不仅显现出水乡的风物特征，且连人物的神情口吻也隐隐传出。朴素本真中自含隽永情味。

第三句因离别之久、思念之久而频频入梦。"妾梦不离江水上"，居住在江南水乡之地，双方离别在江边的"西湾"，江南的商人经商的地方又多为沿江的城市，来往的交通工具均为舟船，则"妾梦不离江水上"正是双方生活的真实反映。值得注意的是，这里只虚说泛称"不离江水上"，不具体说究竟在江边的哪座城市，正透露出商人到处漂泊、居无定所的特点，因而即使做梦，闪现在眼前的也只是一片茫茫的江水而已。

妙在第四句紧承"不离江水上"突作转折："人传郎在凤凰山。"这"凤凰山"究竟是实有的地名，还是随意虚构的山名，无关紧要。

关键在于郎之所在与女主人公日之所思、夜之所梦完全背离，出乎她的意料。这一转折不仅进一步透露出商人的行踪飘忽不定，而且更深一层表现了女主人公的渺茫失落和相思怨望。

前三句由别离之久引出思念之殷、入梦之频，而第四句所说的"凤凰山"却是一个连梦也不曾梦见过的地方，即使想在梦中追寻也无法实现。"不离江水上"虽然虚泛，总不离江水，而"凤凰山"则远超她的生活经验，近乎虚无缥缈了。前人谓此化用沈约《别范安成》"梦中不识路，何以慰相思"诗意，虽未必自觉用此，但确可帮我们理解张诗末句的意蕴。连梦中都无从追踪郎之所在，则女主人公的感情连找一个虚幻的寄托都不可能了。句首的"人传"二字也很值得玩味。这说明"郎在凤凰山"乃是一个口耳相传的不确定的消息，然则据此去追踪郎之行踪，更属幻中之幻了。

全诗采用对起对结的格式，各句之间、前后幅之间，特别是对结之外，留有很大的空白。女主人公在听到"人传郎在凤凰山"之后的感情反应和心理活动，虽不着一字，却含蕴丰富，情味悠长，给读者留下广大的想象空间。诗的语言极朴素而本色，亦极隽永而耐味。"浅到极处，俗到极处，便去《三百篇》不远"，清代黄生此评固有识，但关键还在浅俗之中蕴含着真挚深厚的生活内容和感情内容。

崔国辅

崔国辅，生卒年未详，吴郡（今江苏苏州）人。郡望清河。祖崔信明，以"枫落吴江冷"之句知名。开元十四年（726）登进士第，初授山阴尉。二十三年登牧宰科制举，授许昌令。开元末、天宝初迁左补阙、起居舍人，转礼部员外郎。天宝十载（751）任集贤院直学士。十一载坐与被赐死之权臣王铗为近亲，贬夷陵郡司马。约至德初，或曾为广州节度使何履光幕僚。殷璠《河岳英灵集》选录其诗十一首，谓"国辅诗婉娈清楚，深宜讽味。乐府数章，古人不能过也"。《全唐诗》载录其诗一卷，其中乐府占半数以上，尤长五绝。

从军行①

塞北胡霜下，营州索兵救②。夜里偷道行③，将军马亦瘦。
刀光照塞月，阵色明如昼。传闻贼满山，已共前锋斗④。

[校注]

①《从军行》，乐府相和歌辞平调曲旧题。②营州，唐河北道州名，治所在柳城（今辽宁朝阳）。《新唐书·地理志三》："营州柳城郡，上都督府，本辽西郡。万岁通天元年为契丹所陷，圣历二年侨治渔阳。开元五年又还治柳城，天宝元年更名……县一：柳城。中。西北接奚，北接契丹。"索，求。③偷道行，指驰援的唐军抄小路隐秘行军。④贼，指胡兵。前锋，指驰援营州的唐军前锋部队。

[笺评]

贺裳曰：刘希夷"将军辟辕门，耿介当风立"，颇甚气岸。陶翰

"日落沙尘昏，背河更一战"，尤为健决。刘结曰："献凯归京师，军容何翕习"，尽兴语也。陶结曰："东出咸阳门，哀哀泪如霰"，败兴语也。崔国辅《从军行》曰："塞北胡霜下，营州索兵救。夜里偷道行，将军马亦瘦。刀光照塞月，阵色明如昼。传闻贼满山，已共前锋斗"，一段踊跃之气，勃勃言下。观上官昭仪评沈、宋《晦日昆明》诗优劣，足定数诗高下。刘长卿曰："回首虏骑合，城下汉兵稀。白刃两相向，黄云愁不飞。手中无尺铁，徒欲穿重围。"亦妙于作不了语。其摹写悍勇，则神彩更在崔上。(《载酒园诗话》卷一)

[鉴赏]

崔国辅虽以工于五言小乐府著名，但他的这首《从军行》，在盛唐边塞诗中，称得上是别具一格之作。说它别具一格，首先是题材新颖。诗中描写的既非豪壮的出师征讨场景，也非激烈的战斗场面，而是一次在紧急情势下驰援部队夜间急行军的行动。这在盛唐边塞诗中比较少见。选择这样一个题材，有利于表现在危急艰苦的条件下将士的精神风貌。其次是风格凝练峻洁，善于渲染烘托危急的环境气氛，虽未正面写激烈的战斗，而其艰苦惨烈可想。和高、岑写边塞征战的七言歌行相比，显得更为内敛含蓄。

开头两句写塞北严霜密布，营州守军因情势危急求援。"胡霜下"本指塞北已到天寒霜浓的季候，反映环境之艰苦；但和下句"营州索兵救"联系起来，便无形中带有某种象喻色彩。正如李贺《雁门太守行》一开头写"黑云压城城欲摧"带有象征意味一样，这里的"塞北胡霜下"也使人由浓霜密布联想到胡兵大举进军围城的危急情势。只不过这种象喻色彩，未必是有意为之，而是在景物描写中自然透露出来的。如果把它看成是单纯的气候描写，与"营州索兵救"之间的关系就显得有些脱节。这种象喻色彩，可以意会，但不必过于坐实。营州"西北接奚，北接契丹"的特殊地理位置，使它成为唐朝在东北边疆的战略要地。无论是奚或契丹入侵，首要的目标就是围攻营州。仅在武后万岁通天元年（696）以来的二十余年中，营州就曾两度被契丹、奚所攻陷。"营州索兵救"，一句中连用"索""救"两个带有紧急求救意味的动词，突出强调了营州陷于重围后形势的危急，从而为下面描写援军连夜间道驰援的行动提供了背景。

唐代的幽州节度使（治所在蓟县，今北京大兴），其主要任务就是监控、防备奚和契丹的入侵。按惯例，"营州索兵救"，首先驰援的便是幽州节度使统率的部队。从幽州到营州，有千里之遥。营州告急求援，必须日夜兼程急速行军，才能及时赶到。这里特意选取"夜里"行军的场景加以描写，目的自然是为了突出情势的危急。不仅是"夜里"行军，而且是"偷道"而行。"偷道"有两层含义：一是抄近路，走少为人知的小道；二是秘密行军，所谓衔枚疾驰，目的则是快捷抵达营州前线而又不被敌人发觉。由于日夜兼程疾驰，加上夜间"偷道"而驰，山路崎岖难行，致使"将军马亦瘦"。"瘦"字用常得奇，富于表现力。"将军"指驰援的主将，其坐骑自属精悍的骏马，连这样的战马亦因长途间道、日夜兼程而在短时间内变得消瘦，则行军之艰难、士卒之疲乏均可想见。这两句用了有典型性的细节——"夜里偷道""将军马瘦"，前因后果，突出渲染了驰援将士不畏艰险、一往无前的精神。

五、六两句，是对这支驰援部队"刀光""阵色"的出色描写。虽是夜间行军，但关塞之上有明月高照，将士的身上佩带的刀发出寒光，与明月的光交相辉映，看上去仿佛是塞月被众多将士的刀光照亮了。这实际上是一种反客为主、反果为因的逆向夸张渲染，虽似反常，却借视觉上的错觉渲染出将士刀光剑影与塞月争辉的壮盛军威和气势力量。虽说是夜间行军，但训练有素的唐军却仍然保持着整齐的阵势，在月光映照下，阵色明亮如昼，显示出其整肃有序，疾而不乱。两句均用夸张渲染的手法，但语言简练，不事铺张，生动传神。

七、八两句是对驰援部队前锋与敌人围城部队交锋的侧面虚写，用"传闻"二字点明这是来自前头部队的消息。消息的内容,一点即止。"贼满山",是对敌方人多势众的夸张形容,这正回应了开头"营州索兵救"的危急局势,表明这支千里昼夜兼程驰援的部队行动之迅捷、救援之及时。既传达出听到这来自前线的消息时将士的兴奋、激动和关切,又暗示即将到来的大部队决战的艰苦与惨烈。虽未明言战争的最后结果,但透过前面六句对增援部队神速而秘密的夜行军场景及壮盛军威阵势的描写,已经可以预测驰援大军必能通过勇敢果决的战斗给敌人以毁灭性打击。

这首诗的题材与中唐李贺的名作《雁门太守行》有些类似,但风格迥异。李诗用浓墨重彩渲染危急的气氛,惨烈的色调,沉重的感情和决死报国的决心,充满悲剧色彩;崔诗则以省净朴素的笔墨写驰援部队月夜间道行军的场景和壮盛阵势,虽情势危急但胜券在握。从中可以看出时代盛衰对边塞诗色调的影响。

小长干曲①

月暗送潮风②,相寻路不通③。菱歌唱不彻④,知在此塘中。

[校注]

①《小长干曲》,乐府《杂曲歌辞》旧题,参见后崔颢《长干曲》注①。②潮,《全唐诗》校:"一作湖。"③相寻,指男子寻找采菱的女子。两句写月色昏暗,送潮风起,舟行受阻不通。④菱歌,采菱舟上传来的女子歌声。彻,止、终。《尔雅翼》:"吴楚之风俗",当菱熟时,士女子相与采之,故有采菱之歌以相和。

[笺评]

谭元春曰:"唱不彻"比"只在此山中,云深不知处"深得多,

而俗人只称彼，何也？（《唐诗归》卷十四）

黄叔灿曰：所谓"两处总牵情"也。（《唐诗笺注》）

吴瑞荣曰："唱不彻"，妙，比"只在此山中，云深不知处"，又是一般情致。（《唐诗笺要》）

刘拜山曰：形迹虽阻而声气犹通，与上首"相逢畏相失，并着木兰舟"同一深情。（《千首唐人绝句》）

[鉴赏]

崔国辅的五言四句小乐府现存二十一首，占其现存作品总数之半，其中又以写江南水乡青年男女劳动与爱情的最为出色。《小长干曲》是《长干曲》的别调，这首诗写一位青年男子对所爱女子的追寻。

首句写月暗风起。"送潮风"指由东向西推送晚潮入江的大风。这种大风，自然使湖面和池塘掀起波浪。由于刮风，天气阴沉，月亮显得暗淡朦胧，看不清周围景物。这句写月暗、写风浪，正是为下面三句描写的情景提供特定的环境与背景。

由于月色暗淡，风吹浪起，寻找所爱女子的青年男子既看不清塘中的景物，乘坐的小舟也因风阻而难以行进。"路不通"，正是"月暗"与"潮风"的结果，全篇中叙事仅此一句，却明白揭示了诗的主要内容，是诗的核心和主句。

就在青年男子因"相寻路不通"而彷徨踟蹰、茫然四顾之际，菱塘中的远处却传来女子悠扬婉转、不绝如缕的菱歌清唱之声。这歌声，是那样熟悉和亲切，一听而知它正是自己所追寻的女子所唱的歌声。"菱歌唱不彻"，水乡女子在劳动时唱歌，本就有以之传递爱情信息的意味，这位为青年男子所追寻的女子不绝如缕的菱歌清唱之声，显然也具有传情示爱的意味。但月色昏暗，菱塘中一片朦胧，故虽闻声而心驰神往，却不知对方究竟在塘的哪一隅，更不知如何乘舟前往与之相会。"知在此塘中"的"知"字，所暗示的正好是它的反面：虽明知对方就在此塘中，却月暗潮风路不通，歌传情通不知处。这一结，传出了含蓄隽永的情韵，摇漾出了一片秋水伊人式的朦胧诗境，将青年男子闻声神驰的情状，追寻不见的茫然和遗憾，和虽不见仍缠绕不已的追寻都生动地表现出来了，而男女双方虽阻隔而不见，却声传而心通的意蕴也自然包含其中。诗既具民歌的清新明快，又兼有文人诗的含蓄蕴藉，是二者的完美结合。

崔　颢

崔颢（？—754），汴州（今河南开封市）人。开元十一年（723）登进士第。开元年间，曾游江南。开元后期至天宝初，曾任职河东军幕。后任太仆寺丞，累官司勋员外郎，后人称"崔司勋"。崔颢与王昌龄、高适、孟浩然均为开元、天宝间文士知名者。除高适外名位均不达。（见《旧唐书·文苑传·崔颢传》）芮挺章《国秀集》选其诗七首。殷璠《河岳英灵集》选其诗十一首，并谓其"少年为诗，属意浮艳，多陷轻薄。晚节忽变常体，风骨凛然。一窥塞垣，说尽戎旅"。《全唐诗》编其诗为一卷，共四十二首，边塞、登览、行旅及仿江南民歌等作，五、七言律及五绝均有佳制。七言歌行《江畔老人怨》《邯郸宫人怨》为篇幅较长之叙事诗，亦开风气之先。

雁门胡人歌①

高山代郡东接燕②，雁门胡人家近边。解放胡鹰逐塞鸟③，
能将代马猎秋田④。山头野火寒多烧⑤，雨里孤峰湿作烟⑥。
闻道辽西无斗战⑦，时时醉向酒家眠。

[校注]

①雁门，本山名，在今山西代县西北，山上有雁门关。唐置代州，天宝元年（742）改为雁门郡。此处即以雁门代指代州雁门郡。这一带是胡、汉杂居地区，诗中所写的雁门胡人，即居住在这一带的少数民族。开元后期，杜佑之父杜希望任代州都督时，曾引崔颢至门下。本篇当即作于其时。②高山，指雁门山，代郡，即代州雁门郡，辖雁门、五台、繁峙、崞、唐林五县。燕，指古燕国之地，今河北省北部一带。③解，懂、会。④将，持、驾驭。代马，代郡一带出产的良马。

《文选·曹植〈朔风诗〉》:"仰彼朔风,怀彼魏都。愿骋代马,倏忽北徂。"刘良注:"代马,胡马也。"猎秋田,在秋天的田野上驰猎。⑤烧(shào),放火烧野草以肥田。此指野火的火光。⑥雨,《全唐诗》校:"一作雾。"⑦辽西,古郡名。战国、秦、汉至北朝均有辽西郡,辖境在辽河以西,即今辽宁省西部及河北省东部一带地区。唐时这一带是东北边境,与奚、契丹经常交战的地区。

[笺评]

胡应麟曰:崔颢《雁门胡人歌》诗,全是律体,强作歌行;《黄鹤》实类短歌,乃称近体。(《诗薮·内编·古体下·七言》)

许学夷曰:崔颢七言有《雁门胡人歌》,声韵较《黄鹤》尤为合律。胡元瑞、冯元成俱谓《雁门》是律,是也。《唐音品汇》俱收入七言古者,盖以题下有"歌"字故耳。然太白《秋浦歌》(十七首)有五言律,《峨眉山月歌》乃七言绝也。崔诗《黄鹤》前四句诚为歌行语,而《雁门胡人歌》实当为唐人七律第一。又曰:七言律较五言为难。五言,盛唐概多入圣。七言,唯崔颢《雁门》《黄鹤》为诣极。高适、岑参、王维、李颀虽入圣而未优。又曰:沧浪《答吴景仙书》云:"论诗用健字不得。"予谓:此论唐律和平之调则可。若沈佺期"卢家少妇",崔颢《黄鹤》《雁门》,毕竟"圆健"二字足以当之。若高、岑五言,子美七言以古为律者,不待言矣。(《诗源辩体》卷十七)

贺裳曰:唐人最喜写勇悍之致。有竭力形容而妙者,王龙标之"邯郸饮来酒未消,城北原平掣皂雕。射杀空营两腾虎,回身却月佩弓弰"是也。有专叙萧条沦落而沉毅之概令人回翔不尽者,崔司勋之"闻道辽西无征战,时时醉向酒家眠"是也。觉摩诘"试拂铁衣如雪色,聊持宝剑动星文",未免着色欠苍。(《载酒园诗话又编》)

管世铭曰:七言律诗出于乐府,故以沈云卿《龙池》《古意》冠篇。初唐之作，皆当以是求之，张燕公《舞马千秋万岁词》、崔司勋《雁门胡人歌》，尤显然乐府也。王摩诘"秦川一半夕阳开"，为乐府高调，见乐天集。(《读雪山房唐诗序例·七律凡例》)

黄培芳曰：(后四句) 边境之状如见。(《唐贤三昧集笺注》批)

[鉴赏]

唐代边塞诗，写征战戍守生活和自然风光、报国豪情、思乡情绪者居多，写边境和平景象及风俗风情者较少，其中写少数民族生活习俗者尤少。崔颢这首《雁门胡人歌》，写代北一带胡、汉杂居地区胡人的生活习俗及风物风情，题材新颖，纯用白描，是一首别开生面的边塞诗。

开头两句点明雁门胡人家近边地，照应题目，这是常见的写法。值得注意的是，诗人将它放在一个更广袤的背景上来写，这就是劈头一句所展示的"高山代郡东接燕"。这个广阔的背景不仅凸显了雁门地区在军事上的重要地位，而且将读者的目光引向更辽阔的北边广大地区，篇末的"闻道辽西无斗战"，即与此遥相呼应。唐代边塞诗中的地理空间背景，往往不局限于某一具体地点，反映出其时人们胸襟视野的广阔。

三、四两句，正面写雁门胡人的生活习俗。这两句对偶虽工整，音律上却未尽合七律的平仄。上句说他们擅长放鹰猎鸟，下句写他们善于驾马驰猎，两句所写实为一事，意可互补。"猎秋田"，用语新颖。在中原和江南农耕地区，"秋田"是用牛来"耕"的；而在雁门近边之地，却是驰"马"而"猎"。这三个字正显示了游牧民族的生活习俗。当然，这是内地汉族人眼里的胡人生活习俗，这从句首的"解放""能将"的口吻中可以明显感受到。高适的《营州歌》也写到类似的情况，"营州少年厌原野，狐裘蒙茸猎城下。虏酒千钟不醉人，胡儿十岁能骑马"。感情都是在新奇中透出几分亲切。这从侧面反映出唐代胡、汉关系在平时是比较融洽的，也反映出唐人在民族关系上比较开放的心态。

五、六两句宕开写边地景色：远处的山头上，寒色弥漫，处处闪耀着野火的光亮；在蒙蒙细雨笼罩下，远处的孤峰似乎化成了一团湿润的烟雾。两句不但景色鲜明如画，而且体现出北方边地的地域特色。"雨里"句尤为新巧生动，设想新奇。这两句表面上看似乎有些离题，其实，这正是"雁门胡人"生活的自然环境，写景仍是为了写人，就像《敕勒歌》"天似穹庐，笼盖四野，天苍苍，野茫茫，风吹草低见牛羊"写敕勒川的自然风光是为了写敕勒人生活的摇篮和精神风貌一样。或谓第五句是写秋天将山上枯黄的草木烧掉，使鸟兽无处躲藏，是亦一解。但既云"野火"，似非有意焚烧以打猎。边地的荒山，既不耕种，也不放牧，故虽有寒烧野火，亦任其自烧自灭，正所以见边地之荒寒。

七、八两句，仍回到"雁门胡人"身上。唐代北方少数民族彪悍善骑射，无论将帅或士卒，每多边地胡人。若有战事，即随时征调入伍。唐代前期，辽西一带常发生与契丹及奚族的战争，雁门地区的胡人因其邻接燕地，当常被征召入伍；"闻道辽西无斗战，时时醉向酒家眠"。既无战事，又不事农耕，则除放鹰驰马射猎以维持生计外，便"时时醉向酒家眠"了。这两句画龙点睛式地勾画出了雁门胡人战时应征参战、平时驰猎醉酒的尚武生活特征和粗犷豪爽的精神风貌。

整首诗就像一幅以边地景物为背景的雁门胡人的生活素描。写得轻爽流利，自然浑融，体现出乐府民歌的风神。杜甫以前的七律，格律精工者数量不多，古体乐府与七律之间的界限并不很分明。有时题为"歌"而大体合律，有时认为是七律却又像古风。像这首诗，评家或有以为"全是律体"者，自有一定依据。但就整体艺术风貌而言，说它是乐府歌行可能更加符合实际，就像高适的不少七言歌行，虽有大量律句，却不能将它们归入七言排律一样。

黄鹤楼①

昔人已乘白云去②，此地空馀黄鹤楼。黄鹤一去不复返，白云千载空悠悠③。晴川历历汉阳树④，春草萋萋鹦鹉洲⑤。日暮乡关何处是？烟波江上使人愁。

[校注]

①黄鹤楼，故址在今湖北武汉市武昌蛇山黄鹄矶上。相传为三国吴黄武二年（223）初建。《南齐书·州郡志下·郢州》："镇夏口……城据黄鹄矶，世传仙人子安乘黄鹤过此上也。"《元和郡县图志·江南道三·鄂州》："州城本夏口城，吴黄武二年，城江夏以安屯戍地也。城西临大江，西南角因矶为楼，名黄鹤楼。"南朝齐、梁时黄鹤楼已闻名于世，唐时极盛。宋代黄鹤楼已成群体建筑，历代屡毁屡建。光绪十年（1884）毁于大火。新黄鹤楼于1985年在蛇山西端高观山西坡新址建成。陆游《入蜀记》卷五则云："黄鹤楼，旧传费袆飞升于此，后忽乘黄鹤来归，故以名楼。号为天下绝景。"②昔人，指仙人子安（或费袆）。白云，《国秀集》《又玄集》《才调集》《文苑英华》《唐百家诗选》《唐诗纪事》《唐诗鼓吹》《瀛奎律髓》《唐诗品汇》及敦煌文本伯3619、宋太宗手书录此诗并作"白云"，可证自唐天宝至明初所见崔颢此诗首句均同作"昔人已乘白云去"。按："白云"典出《庄子·天地》："乘彼白云，游于帝乡。"后因以"白云乡"为帝乡，"乘白云"为乘云登仙。作"黄鹤"者不知始于何时（按：《唐诗解》选此诗作"黄鹤"），或因费袆飞升于此而附会。《太平寰宇记》谓蜀费袆登仙，曾"乘黄鹤于此楼憩驾"。③悠悠，飘荡貌。④晴川，指阳光映照下的江边一带平川。历历，分明貌。汉阳，在武昌西面，隔江与黄鹤楼相望。⑤春，原作芳，据《国秀集》等改。萋萋，茂盛貌。《楚辞·招隐士》："王孙游兮不归，春草生兮萋萋。"鹦鹉洲，唐时在

黄鹤楼东北长江中。东汉末名士祢衡曾作《鹦鹉赋》，相传后来在此被黄祖所杀害。《舆地纪胜·荆湖北路·鄂州》："鹦鹉洲旧自城南跨城西大江中，尾直黄鹤楼，黄祖杀祢衡处。衡尝作《鹦鹉赋》，故遇害之处得名。"鹦鹉洲后被江水冲没。

[笺评]

胡仔曰：《该闻录》云：唐崔颢题武昌黄鹤诗云……李太白负大名，尚曰："眼前有景道不得，崔颢题诗在上头。"欲拟之较胜负，乃作《金陵登凤凰台》诗。（《苕溪渔隐丛话·前集·李谪仙》，又见《类说》卷十九引）

严羽曰：有十四字句，崔颢"黄鹤一去不复返，白云千载空悠悠"，又太白"鹦鹉西飞陇山去，芳洲之树何青青"是也。（《沧浪诗话·诗体》）又曰：唐人七言律诗，当以崔颢《黄鹤楼》为第一。（《沧浪诗话·诗评》）

刘克庄曰：古人服善，太白过黄鹤楼，有"眼前有景道不得，崔颢题诗在上头"之句。至金陵，遂为《凤凰台》诗以拟之。今观二诗，真敌手棋也。若他人必次颢韵，或于诗版之旁别着语矣。（《后村诗话前集》卷一）

刘辰翁曰：但以滔滔莽莽，有疏荡之气，故称巧思。（《盛唐诗评》）

方回曰：此诗前四句不拘对偶，气势雄大，李白读之，不敢再题此楼，乃去而赋《登金陵凤凰台》也。（《瀛奎律髓》卷四）

郝天挺曰：崔颢此诗，太白……欲拟之，以较胜负，乃作《金陵凤凰台》及《鹦鹉洲》诗以比之，真敌手也。然《鹦鹉洲》与颢诗格调相同，意亦相类。此诗前四句序楼之所由成，后四句寓感慨意。（《唐诗鼓吹注》卷四）

李东阳曰：古诗与律不同体，必各用其体乃为合格。然律犹可间出古意，古不可涉律。古涉律调，如谢灵运之"池塘生春草""红药当阶翻"，虽一时传诵，固已移于流俗而不自觉。若浩然"一杯还一曲，不觉夕阳沉"，杜子美"独树花发自分明，春渚日落梦相牵"，李太白"鹦鹉西飞陇山去，芳洲之树何青青"，崔颢"黄鹤一去不复返，白云千载空悠悠"，乃律间出古，要自不厌也。（《麓堂诗话》）

徐师曾曰：大明王鏊曰："唐人虽为律诗，犹以韵胜，不以钉铰为工。"如崔颢《黄鹤楼》诗"鹦鹉洲"对"汉阳树"，李太白"白鹭洲"对"青天外"，杜子美"江汉思归客"对"乾坤一腐儒"，气格超然，不为律所缚，固自有馀味也。后世取青媲白，区区以对偶为工，"鹦鹉洲"必对"鸬鹚堰"，"白鹭洲"必对"黄牛峡"，字虽切，而意味索然矣。（《文体明辨序说·论诗》）

杨慎曰：宋严沧浪取崔颢《黄鹤楼》诗为唐人七律第一，近日何仲默、薛君采取沈佺期"卢家少妇郁金堂"一首为第一。二诗未易优劣。或以问予，予曰："崔诗赋体多，沈诗比兴多，以画法论之，沈诗披麻皴，崔诗大斧劈皴也。（《升庵诗话·黄鹤楼》）

王世贞曰：何仲默取沈云卿《独不见》，严沧浪取崔司勋《黄鹤楼》为七言律压卷。二诗固甚胜，百尺无枝，亭亭独上。在厥体中，要不得为第一也。沈末句是齐、梁乐府语，崔起法是盛唐歌行语，如织官锦间一尺绣，锦则锦矣，如全幅何！（《艺苑卮言》卷四）

王世懋曰：崔郎中作《黄鹤楼》诗，青莲短气。后题凤凰台，古今目为勍敌，识者谓前六句不能当，结语深悲慷慨，差足胜耳。然余意更有不然，无论中二联不能及，即结语亦大有辨。言诗须道兴、比、赋，如"日暮乡关"，兴而赋也。"浮云""蔽日"，比而赋也。以此思之，"使人愁"三字虽同，孰为当乎？"日暮乡关""烟波江上"，本无指着，登临者自生愁耳，故曰"使人愁"，烟波使之愁也。"浮云""蔽日""长安不见"，逐客自应愁，宁须使之？青莲才情，标映万载，宁以予言重轻？尺有所短，寸有所长，窃以为此诗不逮，非一端也。如有罪我者，则不敢辞。（《艺圃撷馀》）

顾华玉曰：此诗太白常叹服，谓其一气浑成。（《唐诗合选》卷四）

郎瑛曰：古人不以饫饤为工，如"鹦鹉洲"对"汉阳树"，"白鹭洲"对"青天外"，超然不为律缚，此气昌而有馀意也。（《七修类稿》）

桂天祥曰：气格音调，千载独步。（《批点唐诗正声》）

胡应麟曰：崔颢《黄鹤》，歌行短章耳。太白生平不喜排偶，崔诗适与契合。严氏因之，世遂附和，又不若近推沈作为得也。又曰：崔颢《黄鹤楼》、李白《凤凰台》但略点题面，未尝题黄鹤、凤凰也……故古人之作，往往神韵超然，绝去斧凿。（《诗薮》）

胡震亨曰：今观崔诗自是歌行短章，律体之未成者。安得以太白尝效之，遂取压卷？（《唐音癸签·评汇六》）

顾璘曰：此篇太白所推服，想是一时登临，高兴流出，未必常有此作。前四句叙楼名之由，后四句叙感慨之情。起句豪迈，赋景且切实。（《批点唐音》）

唐汝询曰：此访古而思乡也。言昔人于此跨鹤，故是楼有黄鹤之名。然黄鹤无返期，唯白云长在而已。于是登楼远眺，则见汉阳之树遍于晴川，鹦鹉之洲尽为芳草，古人于此作赋者亦安在耶！怅望之极，因思乡关不可见，而江上之烟波，空使我触目而生愁也。（《唐诗解》卷四十）

谭元春曰：此诗妙在宽然有馀，无所不写。使他人以歌行为之，尤觉不舒。太白废笔，虚心可敬。而今犹云作《黄鹤楼》诗，耻心荡然矣。（《唐诗归》卷十二）

钟惺曰：此非初唐高手不能，读太白《凤凰台》作，自不当作《黄鹤楼》诗矣。又曰：（"芳草"句）清迥。

陆时雍曰：此诗气格高迥，浑若天成，第律家正体当不如是。以古体行律，在五言不可，何况七言！后人因太白所推，莫敢龃龉耳。（《唐诗镜》）

梁桥曰：此诗首二句先对，颔联却不对。然破题已先的对，如梅

花偷春色而先开，谓之偷春格。(《冰川诗式》)

周弼曰：为前虚后实体。(《删补唐诗选脉笺释会通评林·盛七律》引)

徐献忠曰：李白极推《黄鹤楼》之作，然颢多大篇，实旷世高手。《黄鹤》虽高，未足上列。(同上引)

李梦阳曰：一气浑成，净亮奇瑰，太白所以见屈。(同上引)

周敬曰：通篇疏越，煞处悲壮，奇妙天成。(同上)

田艺蘅曰：篇中凡叠十字，只以四十六字成章，尤妙。又曰：人但知李太白《凤凰台》出于《黄鹤楼》，不知崔颢又出于《龙池篇》也。若《鹦鹉洲》，又《凤凰台》之馀意耳。(同上引)

周珽曰：前四句叙楼名之由，何等流利鲜活；后四句寓感慨之思，何等清迥凄怆。盖黄鹤无返期，白云空在望，睹江树洲草，自不能不触目生愁。赋景撼情，不假斧凿痕，所以成千古脍炙。(同上)

许学夷曰：崔颢七言律有《黄鹤楼》，于唐人最为超越。太白尝作《凤凰台》《鹦鹉洲》以拟之，终不能及，故沧浪谓："唐人七言，当以崔颢《黄鹤楼》为第一。"而何仲默、薛君采取沈佺期"卢家少妇"，亦未甚确。王元美云："二诗固甚胜，百尺无枝，亭亭独上，在厥体中，要不得为第一。沈末句是齐梁乐府语，崔起法是盛唐歌行语，如织官锦间一尺绣，锦则锦矣，如全幅何！"愚按：沈末句虽乐府语，用之于律无害，但其语则终未畅耳。谓崔首句如盛唐歌行语，亦未为谬。胡元瑞谓："《黄鹤楼》、'郁金堂'，兴会诚越，而体裁未密；丰神圆美，而结撰非艰。"其不识痛痒至此（元瑞论律诗，于盛唐此境，往往失之）！李宾之云："律犹可间出古意，古不可涉律调，如崔颢'黄鹤一去不复返，白云千载空悠悠'，'乃律间出古，要自不厌'。顾华玉云：'此篇一气浑成，太白所以见屈，想是一时登临，高兴流出，未必常有此作。'"愚按：《黄鹤楼》，太白钦服于前，沧浪推尊于后。至国朝诸先辈，亦靡不称服。即元美不无异同，而亦有"百尺无枝，亭亭独上"之语。予每举以示人，辄无领解，至有"不得与众作并称"，又或谓"前半篇可作一绝句"。古今人识趣悬绝，抑至于此！于鳞居每恒诵沈佺期《龙池篇》。《龙池篇》虽《黄鹤》所自出，而调沉语重，神韵未扬，于鳞盖徒取其气格耳。又，浩然《洞庭》实用"云梦""岳阳"，崔颢《黄鹤》亦用"汉阳""鹦鹉"，此大景概所不可无者，非若后人有意必为之也。（《诗源辩体》卷十七）又曰：兴趣所到，形迹俱融，为唐人七言律第一。（同上卷三十五）

金圣叹曰：此即千载喧传所云《黄鹤楼》诗也。有本乃作"昔人已乘白云去"，大谬。不知此诗正以浩浩大笔，连写三"黄鹤"字为奇耳。且使昔人若乘白云，则此楼何故乃名黄鹤？此亦理之最浅显者。至于四之忽陪白云，正妙于有意无意，有谓无谓。若起手未写黄鹤，已先写一白云，白云出于何典耶？且白云既是昔人乘去，而至今尚见悠悠，世则岂有千载白云耶？不足当一噱已。作诗不多，乃能令太白公阁笔，此真笔墨林中大丈夫也……太白公评此诗，亦只说是"眼前有景道不得，崔颢题诗在上头"。夫以黄鹤楼前，江矶峻险，夏口高危，瞰临沔汉。应接要冲，其为景状，何止崔诗所云晴川芳草，日暮烟波而已。然而太白公乃不肯又道，竟遂颓首相让而去。此非为景已道尽，更无可道。原来景正不可得尽，却是已更道不得也。盖太白公实为崔所题者乃是律诗一篇，今日如欲更题，我务必亦要作律诗。公又自思律之为律，从来必是未题诗，先命意；已命意，忙审格；已审格，忙又争发笔。至于景之为景，不过命意、发笔、审格以后，备员在旁，静听使用而已。今我如欲命意，则崔命意既已举矣；如欲审格，则崔审格既已定矣；再如欲争发笔，则崔发笔既已空前空后，不顾他人矣。我纵满眼好景，可撰数十百联，徒自呕尽心血，端向何处入手？所以不觉倒身着地，从实吐露曰："有景道不得。"有景道不得者，犹言眼前可惜无数好景，已是一字更入不得律诗来也……一解看他妙于只得一句写楼，其外三句皆是写昔人。三句皆是写昔人，然则一心所想，只是想昔人双眼所望，只是望昔人，其实更无闲心管到此楼，闲眼抹到此楼也。试想他满胸是何等心期，通身是何等气概，几曾又有是非得失、荣辱兴衰等事，可以污其笔端。（一是写昔人，三是想昔人，四是望昔人，并不曾将楼挂到眉睫上。）凡古人有一言、一行、一句、一字足以独步一时、占踞千载者，须要信其莫不皆从读书养气中来。即如此一解诗，须要信其的的读书，是他读得《庄子·天道》篇："轮扁告桓公，古人之不可传者死矣，君之所读，乃古人之糟粕已夫！"他便随手改削，用得拾好。三、四便是他读得《史记·荆轲列传》易水一歌："风萧萧兮易水寒，壮士一去兮不复还。"他便随手倒转，又用得恰好也……前解自写昔人，后解自写今人，并不曾写到楼。此解又妙于更不牵连上文，只一意凭高望远，别吐自家怀抱。任凭后来读者自作如何会通，真为大家规模也。五、六只是翻跌"乡关何处是"五字，言此处历历是树，此处萋萋是洲，独有目断乡关，却是不知何处。他只于句上横安得"日暮"二字，便令前解四句二十八字，字字一齐摇动入来，此为绝奇之笔也。（《贯华堂选批唐才子诗》）

吴景旭曰：徐柏生谓："李白之拟《黄鹤楼》，正在《鹦鹉洲》一诗，而非止于《凤凰》之作。"蔡蒙斋因谓："《鹦鹉洲》诗，联联与崔诗格调同而语意亦相类，柏山善于读诗者。"余以《黄鹤楼》气格苍浑，莫可端倪。然起联对而颔联不对，此是偷春体。王弇洲议其大乖近体，而不知其本入体也。严沧浪取以压卷，乃所谓绝唱不可和。而《鹦鹉洲》风力犹逊，《凤凰台》全弱，何谓敌手棋邪？（《历代诗话·唐诗·黄鹤楼》）

邢昉曰：本歌行体也，作律更入神境。云卿《古意》犹涉锻炼，此最高矣。（《唐风定》）

王夫之曰：鹏飞象行，惊人以远大。竟从怀古起，是题楼诗，非登楼。一结自不如《凤凰台》，以意多碍气也。（《唐诗评选》）

周容曰：评赞者无过，随太白者为虚声耳。独喜谭友夏"宽然有馀"四字，不特尽崔诗之境，且可推之以悟诗道。非学问博大，性情深厚，则蓄缩羞报，如牧竖咶席见诸将矣。（《春酒堂诗话》）

田同之曰：严沧浪"羚羊挂角，无迹可寻"，司空表圣"不着一字，尽得风流"之说，唯李太白"牛渚西江夜"，孟襄阳"挂席几千里"二首，与沈云卿《龙池》乐章、崔司勋《黄鹤楼》诗足以当之，所谓逸品是也。(《西圃诗说》)

吴昌祺曰：不古不律，亦古亦律，千秋绝唱，何独李唐？(《删订唐诗解》)

吴敬夫曰：吊古伤今，意到笔随之作。(《唐诗归折衷》)

毛奇龄曰：此律法之最变者。然系意兴所至，信笔抒写而得之。如神驹出水，任其踸踔，无行步工拙。裁摩拟便恶劣矣。前人品此为唐律第一，或未必然。然安可有二也？(《唐七律选》)

冯舒曰：但有声病，即是律诗，且不拘平仄，何况对偶！(《瀛奎律髓汇评》引)

冯班曰：甚奇。上半有千里之势。又曰：起四句宕开，有万钧之势。又曰：气势阔宕。(《瀛奎律髓汇评》引，《虞山二冯先生才调集阅本》)

查慎行曰：此诗为后来七律之祖，取其气局开展。(《瀛奎律髓汇评》引)

纪昀曰：此诗不可及者，在意境宽然有馀，此评最是。又曰：偶而得之，便成绝调，然不可无一，不可有二。再一临摹，便成窠臼。(同上引)又曰：改首句"黄鹤"为"白云"，则三句"黄鹤"无根，饴山老人批《唐诗鼓吹》论之详矣。(同上引)

许印芳曰：饴山老人，赵秋谷也。前六句叠字皆不为复，唯末句"人"字与首句复。此篇乃变体律诗。前半是古诗体，以古笔为律诗，盛唐人有此格。中唐以后，格调渐卑，用此格者鲜矣。间有用者，气魄笔力又远不及盛唐。此风会使然，作者不能自主也。此诗前半虽属古体，却是古律参半。五律拗第一字第三字，七律拗第三字第五字，总名拗律。崔诗首联、次联上句皆用古调，下句皆配以拗调。古律相配，方合拗律体裁。前半古律参半，格调甚高。后半若遽接以平调，不能相称，是以三联仍配以拗调。律诗多用拗调，又参以古调，是为变体。作变体诗，须束归正格，变而不失其正，方合体裁，故尾联以平调作收。唐人变体律诗，古法如是。读者讲解未通，心目迷眩。有志师古，从何下手？兹特详细剖析，以示初学。若欲效法此诗，但当学其笔墨之奇纵，不可摹其词调之复叠。太白争胜，赋《凤凰台》《鹦鹉洲》二诗，未能自出机杼，反袭崔诗格调，东施效颦，贻笑大方，后学当以为戒矣。（同上引）又曰：二冯批《才调集》评此诗云："气势阔宕。"纪批云："二字确评，'宕'字尤妙。"愚谓虚谷求之形貌，评为雄大，"雄"者貌也，"大"者形也。以此学古人即成伪体。冯氏求之神意，评为阔宕。"阔"者意也，"宕"者神也。晓岚谓"宕字尤妙"，又归重神理一边。以此学古人，方是真诗。同一评诗数人，而有浅深、真伪之分，学者能明辨之，庶不为浅说所误耳。（同上引）

无名氏（甲）曰：此诗超迈奇崛，所谓时文中之古文。至太白《凤凰台》，近"时"而格不及；《鹦鹉洲》迈古而气不及，所以皆出其下。（同上引）

无名氏（乙）曰：叠写三"黄鹤"，接出"白云"始奇。予读之数十年，乃有定本。又曰：前六句神兴溢涌，结二语蕴含无穷，千秋第一绝唱。（同上引）

赵熙曰：特参古调。又曰：此诗万难嗣响。其妙则殷璠所谓"神来、气来、情来"者也。（同上引）

徐增曰：此诗称绝唱矣，然不可学也。字字针锋相凑，如此作转，方是名手。（《而庵说唐诗》）

吴烶曰：此诗全是赋体，前四句因登楼而生感。（《唐诗选胜直解》）

焦袁熹曰：诗家原无甚深意，只在说得心头口头忍不住的话，便是好诗。金圣叹极论首句"白云"二字之非，此亦一夫之私言，不必听也。（《此木轩唐五言律七言律诗选读本》）

赵臣瑗曰：妙在一曰"黄鹤"，再曰"黄鹤"，三曰"黄鹤"，令读者不嫌其复，不觉其烦，不讶其无谓。尤妙在一曰"黄鹤"，再曰"黄鹤"，三曰"黄鹤"，而忽然接以"白云"，令读者不嫌其突，不觉其生，不讶其无端。此何故耶？由其气足以充之，神足以运之而已矣，若论作法，则崔之妙在凌驾，李之妙在安顿，岂相碍乎？（《山满楼笺注唐诗七言律》）

《唐诗鼓吹评注》：首言昔人已乘黄鹤而去，江夏之地空馀其楼以传后世。自昔及今，黄鹤不返，白云空在。登此楼者，所见晴川远树，芳草长洲，历历萋萋，使人情不能已。故自日暮登临，乡关迷望，难见江上烟波微茫浩渺，令我愈生愁思耳。

何焯曰：此篇体势可与老杜《登岳阳楼》匹敌。（《唐三体诗评》）

朱之荆曰：前半一气直走，竟不作对，律之变体。五、六"川""洲"一类，上下互换成对（犄角对）。前半即吊古之意，凭空而下。"晴川历历""芳草萋萋"，即从"白云""悠悠"生出。结从"汉阳树""鹦鹉洲"生出乡关，见作者身分；点破"江上"，指明其地；又以"烟波"唤起"愁"字，以"愁"绾上前半。前半四句笔矫，中二句气和，结又健举，横插"烟波"二字点睛。雄浑傲岸，全以气胜，真如《国策》文字，而其法又极细密。（《增订唐诗摘抄》）

盛传敏、王谦曰：今细求之，一气浑成，律中带古，自不必言。即"晴川"二句，清迥绝伦，他再有作，皆不过眼前景矣。而且痕迹俱消，所以独步千古乎？（《碛砂唐诗》）

范大士曰：此如十九首古诗，乃太空元气，忽然逗入笔下，作者初不自知，观者叹为绝作，亦相赏于意言工拙之外耳。（《历代诗发》）

谭宗曰：浩高排空，怆浑绝世，此与太白《凤凰台》当同冠七言。唯太白不拘粘，唯心师之，不敢辄以程后学，不得不独推此作尔。（《近体秋阳》）

沈德潜曰：意得象先，纵笔所到，遂擅千古之奇。所谓"章法之

妙，不见句法；句法之妙，不见字法者"也。(《说诗晬语》卷上)

屈复曰：格律脱洒，律调叶和。以青莲仙才，即时阁笔，已高绝千古。《凤凰台》诸作屡拟此篇，邯郸学步，并故步失之矣。《鹦鹉洲》前半神似，后半又谬以千里者，律调不叶也。在崔实本之《龙池篇》，而沈之字句虽本范云，调则自制。崔一拍便合，当是才性所近。盖以此为平商流利之调，而谪仙乃宫音也。(《唐诗成法》)

管世铭曰：崔颢《黄鹤楼》，只以古歌行入律。太白诸作，亦只以歌行视之。祖咏《蓟门》之作，调高气厚，为七言律正始之音，惜不多见，(《读雪山房唐诗序例·七律凡例》)又曰：崔颢《黄鹤楼》，以古体入律也。少陵《白帝城》，以古调入律也。(《论文杂言》)

方东树曰：崔颢《黄鹤楼》，此千古擅名之作，只是以文笔行之，一气转折。五、六虽断写景，而气亦自下喷溢。收亦然。所以可贵。太白《鹦鹉洲》格律工力悉敌，风格逼肖，未尝有意学之而自似，此体不可再学，学则无味，亦不奇矣。细细校之，不如"卢家少妇"有法度，可以为法千古也。(《昭昧詹言·盛唐诸家》)又曰：王元美云：七言律，篇法之妙，有不见句法者；句法之妙，有不见字法者。有俱属象而妙者，有俱属意而妙者，有俱作高调而妙者，有直下不偶对而妙者。皆兴与境诣，神与天会。愚谓此唯杜公及山谷有之，而不可轻拟。《黄鹤楼》《鹦鹉洲》，亦是如此。(同上卷二十一)

王寿昌曰：何谓高？曰：《古诗十九首》尚矣，其次则陈思之《白马》七篇……近体……(崔司勋)《黄鹤楼》是也。又曰：七律发端倍难于五言，如杜员外，"今年游寓独游秦，愁思看春不当春"之奥折……尚可备脱胎换骨之用。然但宜师其势，不当仿其意。如太白《凤凰台》诗，已不免世俗訾议，不若崔司勋《黄鹤楼》之于《龙池篇》，如鸣蝉之脱壳而出也。(《小清华园诗谈》)

潘德舆曰：崔诗特参古调，皆非律诗之正。(《养一斋诗话》)

王闿运曰：起有飘然之致，观太白《凤凰台》《鹦鹉洲》二诗学此，方知工拙。(《手批唐诗选》卷十二)

吴汝纶曰：渺茫无际，高唱入云，太白尚心折，何况馀子！（《唐宋诗举要》卷四引）

俞陛云曰：此诗向推绝唱，而未言其故，读者欲索其佳处而无从。评此诗者，谓其"意得象先，神行语外"，崔诗诚足当之，然读者仍未喻其妙也。余谓其佳处有二：律诗能一气旋转者，五律已难，七律尤难。大历以后，能手无多。崔诗飘然不群，若仙人行空，趾不履地，足以抗衡李、杜，其佳处在格高而意超也。黄鹤楼与岳阳楼并踞江湖之胜，杜少陵、孟襄阳登岳阳楼诗，皆就江湖壮阔发挥。黄鹤楼当江、汉之交，水天浩荡，登临者每易从此着想。设崔亦专咏江景，未必能出杜、孟范围，而崔独从"黄鹤楼"三字着想。首二句点明题字，言鹤去楼空。乍观之，若平直铺叙，其意若谓仙人跨鹤，事属虚无，不欲质言之。故三句紧接黄鹤已去，本无重来之望，犹《长恨歌》言入地升天，茫茫不见也。楼以仙得名，仙去楼空，馀者唯天际白云，悠悠千载耳。谓其因望云思仙固可，谓其因仙不可知，而对此苍茫，百端交集，尤觉有无穷之感。不仅切定"黄鹤楼"三字着笔，其佳处在托想之空灵、寄情之高远也。通篇以虚处既已说尽，五、六句自当实写楼中所见，而以恋阙怀乡之意总结全篇。犹岳阳楼二诗，前半首皆实写，后半首皆虚写，虚实相生，五七言同此律法也。（《诗境浅说》）

[鉴赏]

撇开这首著名的作品在接受史上的一系列争论（诸如孰为唐人七律第一的争论，此诗究系律体抑古体的争论，以及沈佺期《龙池篇》、崔颢《黄鹤楼》、李白《凤凰台》《鹦鹉洲》诸作之间的关系与优劣的研讨），就诗论诗，这首登临之作内容本很平常，整体构思亦属登览诗的常规，其独特处全在贯注全诗的超逸高远的气韵意境。

就诗的构思而论，此诗前四句明显是因眼前的黄鹤楼的楼名起兴，因仙人乘白云驾黄鹤飘然远举的传说和自己登楼的行动而生发遐思感慨。五、六两句是登楼遥望所见景物。七、八两句则是由目接萋萋芳草和日暮烟波引发的归思乡愁。全篇所写的内容，也就是登楼而生遐想、望远景而起乡愁。从这方面看，它的确很平常，和一般的登览之作没有多大区别。

但前四句尽管是因楼名起兴，紧扣题面，抒写仙人乘黄鹤的传说引起的遐思和感慨，但却写得飘忽超逸、奇警灵动，极富远神远韵。起句"昔人已乘白云去"，欻然而来，飘然而去，语气口吻中透露出对仙人飘然远举的向往歆慕。"白云"，自明代中叶以来诸家选本、总集及评论均作"黄鹤"，但唐人选本《国秀集》《河岳英灵集》《又玄集》《才调集》，至宋初《文苑英华》，南宋《唐诗纪事》，再到《瀛奎律髓》《唐诗鼓吹》，再至明初《唐诗品汇》，无一例外均作"白云"，可以确证崔颢原诗首句定当作"昔人已乘白云去"，作"黄鹤"者乃明代中叶的选本如《唐诗解》的擅改。金圣叹说："若起手未写黄鹤，已先写一白云，白云出于何典耶？"其实，这句的白云正是用《庄子·天地》"乘彼白云，游于帝乡"的熟典，用来写仙人乘云远举而去，可谓十分切合，可惜历来的注家因成见在胸，都忽略了。纪昀则谓："改首句'黄鹤'为'白云'，则三句'黄鹤'无根，饴山老人（赵执信）批《唐诗鼓吹》论之详矣。"此说初看似颇有理，实则作者意中，"乘白云"与"驾黄鹤"而上仙界本是一事，"昔人已乘白云去"，亦即昔人已乘白云驾黄鹤而上仙界之意，为与下句"此地空馀黄鹤楼"构成对仗，故单提"白云"而略去"黄鹤"，至第三句"黄鹤一去不复返"正补足首句之"乘白云"乃乘云驾鹤之省，这正是通常的互见之法。至第四句的"白云"则单指"白云"而不包括"黄鹤"，因为上句已明言"黄鹤一去不复返"矣。总之，首句"白云"兼包白云、黄鹤，三、四句黄鹤、白云则单指。理清这一头绪，前四句的意思豁然贯通，了无窒碍。

次句"此地空馀黄鹤楼"承上忽然抑转，表现出登楼的诗人面对眼前的黄鹤楼时追踪歆慕昔人之飘然远举而不得的一丝怅惘和失落。虽有些许感慨，感情并不沉重。

第三句"黄鹤一去不复返"，承一、二两句作进一步渲染，以突出对乘云驾鹤仙去的向往和向往不得的遗憾。妙在第四句突然宕开写景："白云千载空悠悠。"黄鹤不返，仙人杳然，空余巍峨的楼阁，伴着悠悠飘荡的白云。白云悠悠，是眼前景，但说"千载"，则在目接眼前的同时已思接千载，织入了想象的成分。说"空悠悠"，则更突出了诗人的空廓失落之感，与第二句的"空"字相映成趣。以上四句，"白云"两见，内容有兼包、单指之别；"黄鹤"两见，分指楼与鹤。"空"字、"去"字两见。反复运用重字，加强了蝉联层递，一气旋折的气势，第四句突以"白云千载空悠悠"承接，在顿宕之中显示出悠远的神韵。从表面看，这似乎只是由仙人乘云驾鹤凌空远举的传说引起的遐想和感慨，但实际上这里所透露出来的却是对广阔高远宇宙空间和悠远时间的悠然神往。这种遐想，在盛唐那样一个富于浪漫气息的时代，具有相当大的普遍性和典型性。前人或指出前四句不合律，或谓非古非律、亦古亦律、运古入律，都是实情。崔颢并非不谙律，他的诗集中已有完全符合音律要求的七律，他之所以任意挥洒，正是由于他要抒发的这种对广远时空的向往追求，恰恰需要这样一种纵横驰骋的笔法来表现。只有这样，才能充分表现诗人一气鼓荡的内在精神力量和健举气势。从格调上看，这四句确有模仿沈佺期《龙池篇》前幅的显著痕迹，但沈诗有新格而无神气，崔诗则以气势驭旧格，故能超越沈诗，成千古绝唱，后来李白的《凤凰台》《鹦鹉洲》，又仿崔诗格调，但同样能以气驭格，故皆为佳制。单纯从格调的创制因袭着眼，忽略内在的气势力量，就容易得出片面和表面的结论。

五、六两句，由驰骋广远时空的遐想收归眼前所见江上景色。由抒情到写景的这一转折变化，初读似稍感突兀，但一则从登览这一特定情境来说，前四句是登览所引发之情，五、六句是登览所望之景，究其实并未离开登览这个中心；二则在第四句"白云千载空悠悠"的描写中，已经包含了眼前"白云悠悠"的景象，只不过是登楼仰望长空，见白云悠悠飘荡而已。因此，五、六由仰望长空过渡到俯瞰江景，也就显得非常自然。两句写在晴日映照下，汉阳一带的江边平川上，树木繁茂苍郁，历历可见；而江中的鹦鹉洲上，则春草萋萋，一片盎然春色。诗人笔下的江上景色，色彩明丽，富于生机，充满春意，透露出诗人在登览春江胜景时的淋漓兴会和喜悦赏爱之情。而"历历""萋萋"的叠字成对，一方面加强了这一联工整的对仗明快流利的色彩；另一方面又与前四句中的多处重字构成对应，加强了浑然一体的感受。方东树说："五、六虽断写景，而气亦直下喷溢。"这个感受是非常真切的。这贯串前后幅的"气"便是对阔远时空的向往追求和热情礼赞。

七、八两句，由望中江上明丽阔远之景转而抒写日暮烟江的苍茫乡愁。这转折也和五、六句的转折一样，看似突然，实则自然而合理。从登览这个全篇的核心和主轴来看，五、六句写眺望中的江间景物，七、八句由近而远，将视线引向更远处的乡关——汴州，是登览的自然延伸和归宿。从景与情的关系来看，五、六句所描绘的江上春景固然明丽，但在点明"汉阳树""鹦鹉洲"的同时，也就透露出客游异乡的消息，极易触动"虽信美而非吾土"的乡愁，尤其是第六句"春草萋萋"的景象中已经暗含了引动乡思的触媒——"王孙游兮不归，春草生兮萋萋"，由"春草萋萋"的景象引发"王孙游兮不归"的乡愁也就非常自然。再从景物本身来看，五、六句与七、八句之间也包含了时间的推移和景物色调的变化。五、六句是晴日高照下的江上明丽之景，七、八句却已变为日暮烟波浩渺、山川杳远的苍茫之景，这自然使潜在的乡愁进一步由隐而显，从而发出"日暮乡关何处？烟波江上使人愁"的感叹。虽说是乡愁，却并不沉重，更不悲伤，而是和苍茫阔远之景相融合的一缕轻愁，一丝惆怅。因此，这个结尾，在景物的色调上虽与上一联有苍茫、明丽之别，但又都统一于阔远的境界。诗人这种向往追求阔远时空境界的精神，是贯串始终的。正是这贯注全诗的"气"，使诗虽屡经转折，却一气浑成，成为一个有机的整体。

长干曲四首 （选二首）①

其　一

君家何处住？妾住在横塘②。停船暂借问，或恐是同乡。

其　二

家临九江水，来去九江侧③。同是长干人，生小不相识④。

[校注]

①长干，地名，旧址在今江苏南京市附近。《文选·左思〈吴都赋〉》刘逵注："江东谓山冈间为干。建邺之南有山，其间平地，吏民居之，故号为干。中有大长干、小长干，皆相属。"《长干曲》，乐府杂曲歌辞诗题。《乐府诗集》卷七十二载《长干曲》古辞云："逆浪故相邀，菱舟不怕摇。妾家扬子住，便弄广陵潮。"写长江下游水乡地区青年男女的爱情，文人仿作，亦多咏此。另有《小长干曲》，内容情调类似。而题为《长干行》者则多为篇幅较长、有较多叙事成分之作，内容则多咏商人妇的生活与感情，与《长干曲》有别。崔颢这组诗原题是四首，这里选取的是一、二两首，系男女问答的联章体。②何处住，《河岳英灵集》《乐府诗集》作"定何处"。横塘，古堤名。三国吴大帝时于建业南淮水（即今南京秦淮河）南岸修筑，为百姓聚居之地。左思《吴都赋》："横塘查下，邑屋隆夸。"横塘与长干相近。③九江，本指长江水系的九条河，此泛指长江下游的一段。④生，《全唐诗》原作"自"，据《乐府诗集》及明铜活字本崔集改。生小，即自小。《玉台新咏·古诗为焦仲卿妻作》："昔作女儿时，生小出野里。"

[笺评]

刘辰翁曰：只写相问语，其情自见。(《唐诗品汇》卷四十引) 又曰：其诗皆不用思致，而流丽畅情，固宜太白之所爱敬。(同上)

胡应麟曰：唐五言绝，初、盛唐前多作乐府。然初唐只陈、隋遗响。开元以后，句格方超。如崔国辅《流水曲》《采莲曲》、储光羲《江南曲》、王维《班婕妤》、崔颢《长干行（按：当作曲）》……皆酷得六朝意象。高者可攀晋、宋，平者不失齐、梁。唐人五绝佳者，大半此矣。(《诗薮·内编·近体下·绝句》)

顾璘曰：(第一首) 蕴藉风流。又曰：(第二首) 颢素善情诗，此篇亦是乐府体。(《批点唐音》)

桂天祥曰：《长干行（当作曲）》三首（包括第三首"下渚多风浪"），妙在无意有意，有意无意，正使长言说破，反不及此。(《批点唐诗正声》)

唐汝询曰：(第一首) 长干之俗，以贩为事，以舟为家。此商妇独居，求亲他舟之估客，故问彼之里，述己之居，且以同乡为幸也。史称，崔文而无行，其诗大都桑间濮上之音。(第二首) 此为男子答前篇之词。言我虽家于此，以居长干之时尚小，长则商贩于外，是以同乡而不相识也。(此首) 语尚含蓄。(《唐诗解》卷二十)

钟惺曰：(第一首) 急口遥问语，觉一字未添。(《唐诗归》卷十二)

谭元春曰：(第二首)"生小"字妙。(同上)

玉遮曰：(第一首) 忽问"君家"，随说自己。下"借问""恐是"俱足上二句意，情思无穷。(《唐诗选注》引)

陆时雍曰：(第二首) 宛是情语。(《唐诗镜》)

周敬曰：(二首) 含情宛委，齿颊如画。(《删补唐诗选脉笺释会通评林》)

杨慎曰：（第二首）不惊不喜正自佳。（同上引）

王夫之曰：论画者曰咫尺有万里之势，"势"字宜着眼，若不论势，则缩万里于咫尺，则是《广舆记》前一天下图耳。五言绝句，以此为落想第一义，唯盛唐人能得其妙，如"君家在何处"云云，墨气所射，四表无穷，无字处皆其意也。（《姜斋诗话》）

吴乔曰：崔国辅《魏宫词》妙在意深。而崔颢《长干曲》……绝无深意，而神采郁然。后人学之，即为儿童语矣。（《围炉诗话》卷三）

吴敬夫曰：于直叙中见其蕴藉，若一往而无馀意可思者，不可与言诗也。（《唐诗归折衷》）

朱之荆曰：（第一首）次句不待答，亦不待问，而竟自述，想见情急。（《增订唐诗摘抄》）

徐增曰：（第一首）与人觌面不相识，乃蓦然问曰："君家何处住？"问得不可解。而问者意中，自有缘故，须要听者暗会。此中有三昧，妙不可思议也。既问君住处，便当待他说，却不待他开口，乃急忙说自己住处曰："妾住在横塘。"君不说君住处，妾自说妾住处。觌面不相识之人，忽与之亲热，君竟为妾之君，妾竟为君之妾矣。出神语，妙，妙。"停船暂借问，或恐是同乡。"此二语，又不可解。"停舟"二字，下得妙。为问君住处，又说妾住处，眼看着人说话，手中却停一橹之谓也。"暂借问"三字，又来得滑。既问君住处，不待他答，接以说妾住处，他又不来答。妾之住处，君已闻之；君之住处，妾初未知也。觉得唐突，他又不睬，转而思之，不免怀惭，乃作转口语，暂即停舟之顷借问，见无要紧，于暂时说无要紧话，亦自不妨。听去似说开来，而意中实合上去，只是要知其住处也。于何知其然？于"同乡"二字上知之。君之住处何妨一说，妾家横塘，恐君家亦横塘，而故不答我耶？君今不答，君定是我同乡矣。看二句口气，只是要他一答，答则可以相入，故必要他答也。第二首通是答。（第二首）于是方答他曰：汝要知我住处耶？我终日不在家里，来来去去，无有宁刻。然去来不远，只在九江之侧，犹之乎在家里也，我与汝，同以舟贩为事，汝今家住横塘，我住九江，江水相望，说甚同乡不同乡。长干以舟贩为事，如此看来，我与汝当是长干人之子，却又去出脱他的一问，妙。夫既同是长干，定然相识，汝也不须问我，我也不消答汝。今为何有此问答？盖因汝与我生时尚小，为舟贩，故长便不同长干。汝家横塘，我住九江，各自来去，不相闻问，致使汝来问我，我又答汝，竟是不相识的人了。犹幸得汝来问我，不然我竟行舟直去矣。入耳穿心，真是老江湖语。（《而庵说唐诗》卷七）

范大士曰：一问一答，婉款真朴，居然乐府古制。 （《历代诗发》）

沈德潜曰：五言绝句，右丞之自然，太白之高妙，苏州之古澹，并入化机。而三家中，太白近乐府，右丞、苏州近古诗，又各擅胜场也。他如崔颢《长干曲》、金昌绪《春怨》、王建《新嫁娘》、张祜《宫词》等篇，虽非专家，亦称绝调。（《说诗晬语》卷上）又曰：不必作桑濮看。横塘在应天府，近长干。（《重订唐诗别裁集》卷十九）

李锳曰：（第一首）此首作问词，却于第三句倒点出"问"字，第四句醒出所以问之故。用笔有法。（第二首）此首作答词。二首问答，如《郑风》之士女秉蕳，而无赠药相谑之事。沈归愚曰："不必作桑濮看"，最得。（《诗法易简录》）

管世铭曰：读崔颢《长干曲》，宛如舣舟江上，听儿女子问答，此之谓天籁。（《读雪山房唐诗序例·五绝凡例》）

刘宏煦、李德举曰：望远杳然，偶闻船上土音，遂直问之曰：君家何处住耶？问者急，答者缓，迫不及待，乃先自言曰：妾住在横塘也。闻君语音似横塘，暂停借问，恐是同乡亦未可知。盖唯同乡知同乡，我家在外之人或知其所在，知其所为耶？直述问语，不添一字，写来绝痴绝真。用笔之妙，如环无端，心事无一字道及，俱在人意想中遇之。（《唐诗真趣篇》）

俞陛云曰：有盈盈一水，伊人宛在之思。又曰：第一首既问君家，又言妾家，情网遂凭虚而下矣。第二首承上首同乡之意，言生小同住长干，惜青梅竹马，相逢恨晚。第三首写临别馀情，日暮风多，深恐其迎潮独返，相送殷勤。柔情绮思，视崔国辅《采莲曲》但言并着莲舟，更饶情致。(《诗境浅说续编》)

[鉴赏]

　　崔颢的《长干曲》共四首，或以为四首系联章体组诗，但细审三、四二首(其三："北渚多风浪，莲舟渐觉稀。那能不相待，独自迎潮归。"其四："三江潮水急，五湖风浪涌。由来花性轻，莫畏莲舟重。")，其主人公、具体场景、感情意蕴与一、二两首均未必相同。一、二两首，由行舟过程中女主人公与男主人公的问答组成，其为联章体显然。三、四首则各自独立成章，与一、二首仅同题而已。

　　理解这两首诗的关键，在正确把握诗中男女主人公于一问一答中所蕴含、所透露的情意的性质与程度。既不必像沈德潜那样，强调"不必作桑濮看"，否认其中的爱情意蕴；也不能将青年男女偶然相遇而萌发的似有若无的情愫夸大为有意的示爱，从而无形中损害其健康朴素、天真无邪的本色。

　　首章是女子的主动搭话发问。劈头一句"君家何处住"，问得突兀。彼此本不相识，舟行偶遇，便单刀直入地问起对方的籍贯家居；紧接着，不待对方回答，又立即自报家门，说自己家住横塘。第一句是本不相识而主动发问，第二句是不等对方回答而自告籍贯，说是"情急"，未免夸大了初次相遇的感情程度。其实，在女子心目中，既问对方家住何处，则先主动告知对方自己的里居自是情理中事，正所谓礼尚往来。因此，"妾住在横塘"也就是随口道出，未必含有深意。然而，舟行过程中偶然相遇，便如此主动地问起不相识的男子的里居并自报家门，毕竟又自感有些唐突，因此便有三、四两句的补充交代说明："停船暂借问，或恐是同乡。""停船"二字，从对话中自然交代了这是在舟行过程中暂时停一下船向对方搭话发问，使叙事融入对话之中，笔意灵妙。

如此看来，第一首写女子的搭话发问，目的似乎只是要证实一下，对方是否自己的同乡。但细加体味，无论是主动发问或自报家门，甚至连主动交代发问动机，统统不是真正的目的。真正的目的只有一个：想跟这位舟行偶遇的男子搭话。这种主动搭话的愿望与行动，自然透露了这位女子对偶然相值的男子某种朦胧的好感。但也仅此而已。如果理解为主动示爱，便不免过分；如再加以渲染夸大，便更远离实际。

第二首是男子的答词。"家临九江水，来去九江侧。"意思是说，自己的家紧靠着长江水，来来去去都经过长江边。这实际上是说，自己虽是长江下游一带的人，却常年在外，过着水宿舟行的生活。这位男子或许常年出门做生意，或许是专门替人跑运输的船夫，总之是个以舟为家的漂泊者。正因为如此，尽管自己与女子"同是长干人"却"生小不相识"。"同是长干人"自然是回答女子"君家何处住"的发问和"或恐是同乡"的推测的，但"生小不相识"的说明却有点答非所问。细加体味，男子的这一声明又十分合乎情理。因为按一般的生活逻辑，既是"同乡"，自必"相识"，但实际情况却是彼此虽自小就"同是长干人"，却并不相识。既同乡而不相识，自必要交代其缘故，于是便有了一、二两句对自己常年出门在外的生活状况的说明。

如此看来，第二首男子答话的主要目的竟又似向对方解释"同是长干人，生小不相识"的原因了。表面上看，确乎如此。但实际上男子这番答话所蕴含的情愫却是对这位主动搭话发问的同乡女子一种虽陌生又亲切的感情，其中或许还包含了些许"生小不相识"的遗憾和今日江上邂逅的欣喜。

诗写到这里，即径自收束。这幕只有男女两个人物一问一答的短小独幕剧即行落幕收场。以后的发展究竟如何，一凭读者依据已经写到的情景去想象推测。也许这江上邂逅，既是开场，也是结束；也许会继续交谈，并舟而行。但即使是前者，这次江上邂逅"生小不相识"的同乡异性、彼此交谈的场景，也会长久保存在男女主人公的记忆中，成为一道令当事人反复回味的风景。因为它包蕴着青年男女偶然相遇时萌发的对异性的朦胧好感和彼此似无意而有意的感情交流。

王夫之激赏这两首诗，说它"墨气所射，四表无穷，无字处皆其意"，"咫尺有万里之势"。这"无字处皆其意"，指的就是在这对青年的对答之中所蕴含的那种丰富含蓄、难以言传的情意，特别是初次邂逅时女方那种既大胆主动，又带点羞涩与腼腆；既想表达朦胧好感，又有几分试探和掩饰的情态，男方的质朴淳厚在答语中也得到生动的表现。这样微妙的感情，即使用精细的心理分析语言来表述，也难以尽传。而诗人却通过极朴素本色的人物对话，毫不费力而极为含蓄地表现出来，这确实是一种貌似生活的原生态、实为极高妙的艺术境界。

常　建

常建（？—约756），生卒年、字号、里居均未详。开元十五年（727），与王昌龄同榜登进士第。天宝年间曾任县尉（宋陈振孙《直斋书录解题》卷十九诗集上著录《常建诗》，署唐盱眙尉常建撰，但常建《赠三侍御》诗则自云"谁念独枯槁，四十长江干。责躬贵知己，效拙从一官"，似做官之地在长江边）。天宝十二载之前曾隐于鄂渚（今湖北武汉市武昌）。天宝后事迹不详。《新唐书·艺文志》谓其为"肃、代时人"，但建现存诗未见天宝乱后迹象。殷璠《河岳英灵集》首选常建诗，称其"旨远""兴僻""属思既苦，词亦警绝"。《全唐诗》编其诗为一卷。今人王锡九有《常建诗歌校注》。

题破山寺后禅院①

清晨入古寺，初日照高林。竹径通幽处②，禅房花木深。山光悦鸟性③，潭影空人心④。万籁此都寂⑤，但馀钟磬音⑥。

[校注]

①破山寺，即兴福寺，在江苏常熟市虞山北麓。南朝宋郴州刺史倪德光舍宅为寺，初名大慈寺。梁大同五年（539）重修时，因于大雄宝殿内发现一隆起大石，左看像"兴"，右看似"福"，故改称兴福寺。又因寺居破龙涧下，相传龙斗破山而去，故又称破山寺。唐懿宗咸通九年（868），赐大钟一口，重一千三百六十斤，并题额"破山兴福寺"。现存唐幢一。②宋吴可《藏海诗话》："苏州常熟县破山头有唐常建诗刻，乃是'一径遇幽处'。盖唐人作拗句，上句既拗，下句亦拗，所以对'禅房花木深'，'遇'与'花'皆拗故也。"但《河岳英灵集》选录此诗已作"竹径通幽处"，《文苑英华》同。竹，《全唐

诗》校："一作曲。"③句意谓山光和山鸟的性情契合，使山鸟怡然自
悦。④潭影，指寺边潭水映现出天容山光树色的倒影。因潭水清澈莹
洁见底，使人尘俗之念尽消，故云"空人心"。⑤籁，从孔穴中发出
的声响。万籁，各种声响。都，一作"俱"。⑥钟磬音，寺院中敲击
钟磬的声响，作为诵经、斋供的起止信号。

[笺评]

殷璠曰：高才而无贵仕，诚哉是言。曩刘桢死于文学，左思终于
记室，鲍昭卒于参军，今常建沦于一尉，悲夫！建诗如初发通庄，却
寻野径，百里之外，方归大道。所以其旨远，其兴僻，佳句辄来，唯
论意表。至如"松际露微月，清光犹为君"，又"山光悦鸟性，潭影
空人心"，此例十数句，并可称警策。然一篇尽善者，"战馀落日黄，
军败鼓声死""今与山鬼邻，残兵哭辽水"，属思既苦，词亦警绝。潘
岳虽云能叙悲怨，未见如此章。(《河岳英灵集》卷上)

欧阳修曰：我尝爱建"竹径通幽处，禅房花木深"，欲效其语作
一联，竟不可得，始知造意者难为工也。(《全唐诗话·常建》引)

苏轼曰：常建诗云："竹径通幽处，禅房花木深。"欧阳公最爱
赏，以为不可及。此语诚可人意，然于公何足道！岂非厌饫刍豢反思
螺蛤耶！(《东坡题跋·书常建诗》)

洪刍曰：丹阳殷璠，撰《河岳英灵集》，首列常建诗，爱其"山
光悦鸟性，潭影空人心"之句，以为警策。欧公又爱建"竹径通幽
处，禅房花木深"，欲效建作数语，竟不能得，以为恨。予谓建此诗
全篇皆工，不独此两联而已。(《洪驹甫诗话》)

朱熹曰：欧公最喜一人送别诗两句云："晓日都门道，微凉草树
秋。"又喜常(原误为王)建诗"曲径通幽处，禅房花木深"。欧公自
言平生要道此语不得。今人都不识此意思，只在嵌字、使难字，便云
好。(《朱子语类》卷一百四十)

方回曰：欧公喜此诗。三、四不必偶，乃自是一体，盖亦古诗、律诗之间。全篇自然。（《瀛奎律髓》卷四十七）

　　胡应麟曰："曲径通幽处，禅房花木深。山光悦鸟性，潭影空人心。"五言律之入禅者。（《诗薮·内编·近体下·绝句》）又曰：孟诗淡而不幽，常建诗"清晨入古寺""松际露微月"，幽矣。（同上书）

　　唐汝询曰：此见禅院之绝尘也。当林日初照之时，而我从曲径以入僧房，花木郁然可观也。鸟性因山光而悦，人心对潭影而空，触机而悟矣。万籁俱寂，唯闻钟磬之音，非六尘无染之时乎？（《唐诗解》卷三十七）

　　钟惺曰：无象有影，无影有光，是何物参之？又"清晨入古寺，初日照高林"，清境幻思，千古不磨。"曲径通幽处，禅房花木深"，三、四不必偶，自是一体。盖亦古诗、律诗之间。（按：此数语袭方回）"山光悦鸟性，潭影空人心"，空，去音，与"天空霜无影"同。（《唐诗合选》卷三引）又曰："山光悦鸟性"，"悦"字禅理。"但馀钟磬音"，"馀"字好。（《唐诗归》卷十二）

　　谭元春曰：妙极矣，注脚转语，一切难着，所谓见诗人而身为之说法也。（同上）

　　程元初曰：澄潭莹净，万象森罗。"影"字下得最妙。形容心体妙明，无如此语。又曰："山光悦鸟性"二句写出一时佳境。（《盛唐风绪笺》）

　　李维桢曰：天然自佳。又曰："曲径"二句，入禅之语，在可解不可解之间。（《唐诗隽》）

　　陆钿曰：读此诗何必发禅家大藏，可当了心片偈，更妙在镜花水月。（《删补唐诗选脉笺释会通评林·盛五律》引）

　　周珽曰：此与《宿王昌龄隐居》篇格调虽殊，而风骨韵度近似。独苦之言，即建一生未必多得。"曲径通幽处，禅房花木深"，窅而莫测；"松际露微月，清光犹为君"，淡而难求。"山光悦鸟性，潭影空人心"，句眼妙在"悦""空"二字。"禅宗理趣，寂然观止"。"茅亭宿花影，药院滋苔纹"，句眼在"宿""滋"二字，隐居境地，绝然出想。此当初日照林而入寺，彼依孤云深奥而隐处；此唯钟磬之足清听，彼思鸾鹤之相与群。虚寂幽邈，各适所适。非神游象外、心超尘表，安能有是悟语也。他人有此起，未必有此联；有此联，未必有此结。可谓妙在自然，神力俱到者也。蒋仲舒谓"曲径""禅房"二语不必偶，自是一体，盖亦古诗、律诗之间。严沧浪为"十字句法"，又为"幽野"句法。三联"悦""空"二字，下得奇而醒。魏庆之为"佳境句法"。胡元瑞云："杜诗有'山光见鸟情'，常诗有'山光悦鸟性'，'性'字深于"情"字，'见'字深于'悦'字；'悦'字清和，'见'字奥晔。"（同上）

　　陆时雍曰：三、四清韵自然。（《唐诗镜》）

　　邢昉曰：诗家幽境，常尉臻极，此犹是真古体也。（《唐风定》）

　　贺贻孙曰：常建五言律诗多灵妙，其题《破山寺》诗，人皆赏其"山光悦鸟性，潭影空人心"，而欧阳永叔独爱"曲径通幽处，禅房花木深"二语，谓"生平欲彷佛之，而终不可得"。前辈看诗，不但不随人好尚，即其触景触机时，亦别有证入。（《诗筏》）

　　宋征璧曰："山光悦鸟性，潭影空人心"，乃钟、谭之嚆矢。（《抱真堂诗话》）

　　吴景旭曰：常建"清晨入古寺"一章，王维"中岁颇好道"一章，每不过四十字尔。一尘不到，万虑消归，直与无始者往来。若看做章句文字，便非闻道之器，此真一篇尽善者也。岂仅称警策而已哉！欧阳永叔极爱"竹径通幽处，禅房花木深"一联。按：《又玄集》《唐诗类选》《唐文粹》皆作"通"字。熙宁元年，永叔守青州，题廨宇后山斋云："竹径通幽处"。黄山谷极爱"山光悦鸟性，潭影空人心"一联。余以摘句寻声，终是后人影响，不意殷进士璠跻有唐，已有此褊论也……劈头劈脑喝出"清晨"两字，次句云"初日照高林"，接得有力。竹与花木，皆从"高林"带出，而映之以初日，虽欲不幽且深，不可得矣。此际声闻、色象，种种消灭，唯有一寺，与入寺者同摄入光影中。佛性、人性、鸟性；无动不静，无二无一，故结言"万籁此俱寂"，昔人所以美旦气、快朝来也。自首至尾，总是"清晨"两字，安得不为一篇尽善。（《历代诗话·唐诗·尽善》）

吴乔曰：常建《听琴》诗云："一指指应法，一声声爽神。"宋人死句矣。"一弦一清心"，更不成语。《破山寺》诗，以视"红楼疑现白毫光，地接宸居福盛唐"，相去多少！（《围炉诗话》卷二）

徐增曰："清晨入古寺"，先按定题目，见初日方照高林，是从破山寺之外说进。"曲径通幽处"，既是后禅院，进去便由前禅院。"禅房花木深"，正见幽处。以到后禅院为一解。"山光悦鸟性"，寺后青山，山晴则有光，鸟喜晴，是谓"悦鸟性"也。"潭影空人心"，寺后又有潭，潭虚，故涵影，潭虽有影，而虚体自在，心见此湛然空明，尘胸顿涤，是谓"空人心"也。山光足以悦鸟性，潭影足以空人心，则闻钟磬之音，当又何如？"山光"二句，其气力全注射到合处也。"万籁此俱寂，唯闻钟磬音。"万籁俱寂，在初日后，尤见幽静。钟磬者，僧礼诵方有，唯闻此音，则上人俱是古德可知。即"悦鸟性""空人心"，虽着山与潭上，然都在后禅院上人身上发放，若空空有山有潭，钟磬无闻，则何处无山无潭，而常建乃清晨游于此哉！后禅院者，正以僧重，僧修行重。此建之游，盖为随喜僧礼诵庄严也。此为后一解。宗家云："急须着眼看仙人，莫看仙人手中扇。"大凡建之中二联，皆是"扇子"，起、合处方是"仙人"。此诗，人皆称其中联，而忽其起、合，何异舍却"仙人"，而反为"扇"所障也。诗，能不笑看诗者哉！（《而庵说唐诗》卷十三）

王尧衢曰："清晨入古寺，初日照高林。"清晨乃入寺之时，便以此发端。初日照林，正清晨也。"曲径通幽处，禅房花木深。"此写入寺也。句法不对。"山光悦鸟性，潭影空人心。"晴岚翠霭之下，众鸟亦达天机，而悦其性。潭影澄澈，中无一物，何等洞达。人心空阔，灵明无着，何以异此。二语深有禅理，不落色相。"万籁此俱寂，唯闻钟磬音。"此时山空境净，万象俱寂，众声不作，但闻梵宫深处钟

磬之音，悠然入耳，将空心俗虑洗涤殆尽矣。（《古唐诗合解》卷八）

黄生曰：（"曲径"二句）切"后院"，寺中景。（"山光"二句）寺外景。全篇直叙。对一、二，不对三、四，名"换柱对"。有右丞《香积寺》之摹写，而神情高古过之；有拾遗《奉先寺》之超悟，而意象浑融过之。"薄暮空潭曲，安禅制毒龙""欲觉闻晨钟，令人发深省"，方之此语，工力有馀，天然则远矣。（《唐诗摘抄》卷一）

朱之荆曰："空"字去声。（《增订唐诗摘抄》）

冯舒曰：古、律之分在声病，且不论平仄，何有于对与不对？万里全然不晓。（《瀛奎律髓汇评》引）

冯舒曰：字字入神。（同上引）

纪昀曰：通体皆律，何得云古诗、律诗之间？然前八句不对之律诗，皆谓之古诗矣。又曰：兴象深微，笔意超妙，此神来之候，"自然"二字尚不足以尽之。（同上引）

许印芳曰：此五律中拗体，"空"字平声。前半不用对偶，乃五律中散行格。又有通首不对者，孟襄阳、李青莲集中皆有之，李集尤多，五律格调之最高者也。虚谷不知五律原有此格，故凡八句不对之律诗皆不选取，学问之陋如此。（同上引）按：冯舒、纪昀、许印芳之评均针对方回之评而发。

史流芳曰："曲径"句是过文，"禅房"四句写"禅"字无痕。（《固说》）

顾安曰：后四句，句句说清晨光景，若别作恍惚解，魔道也。刘、常二公得射洪之逸气，而以整炼出之，故清而能深，澹而能古。"曲径""禅房"二句，深为欧公所慕，至屡傚不慊。吾意未若刘君之"时有落花至，远随流水香"为尤妙也。（《唐律消夏录》卷五）

黄培芳曰：欧阳公极赏此作，自以生平未能为也。此即"唐无文章，唯《盘谷序》"之意。（《唐贤三昧集笺注》卷中引）

屈复曰：但写幽清，不着一赞美语，而赞美已到十分。次写景真。（《唐诗成法》）

范大士曰：解人为诗，不横作诗之见于胸，随所感触写来，自然超妙，读此益信。（《历代诗发》）

沈德潜曰："潭影空人心"，"空"字平声，此入古句法。又：鸟性之悦，悦在山光；人心之空，空因潭水，此倒装句法。又：通体幽绝，欧阳公自谓学之未能，古人虚心服善如是。（《重订唐诗别裁集》卷九）

宋宗元曰：次联十字作一句。（《网师园唐诗笺》）

卢㮮曰：幽人逸笔，自是一种。三、四逸，第六峭。前四一气转旋，不为律缚。结更悠然。（《闻鹤轩初盛唐近体读本》）

冒春荣曰：此皆不事工巧极自然者也。（《葚原诗说》）

王寿昌曰：何谓精？曰：如……常少府建之"清晨入古寺，初日照高林。曲径通幽处，禅房花木深。山光悦鸟性，潭影空人心。万籁此俱寂，唯闻钟磬音"。（《小清华园诗谈》卷上）

潘德舆曰：此等诗原不可摹袭也。即使常尉复生，能否作一首仍似此耶？（《唐贤三昧集》评）

朱庭珍曰：常建"山光悦鸟性，潭影空人心"等句，皆是句中有人，情景兼到者也。（《筱园诗话》卷四）

刘熙载曰："曲径通幽处，禅房花木深"，六一赏之；"四更山吐月，残夜水明楼"，东坡赏之。此等处古人自会心有在，后人或强解之，或故疑之，皆过矣。（《艺概·诗概》）

施补华曰：写景须曲肖此景。"渡头馀落日，墟里上孤烟"，确是晚村光景；"两边山木合，终日子规啼"，确是深山光景；"黄云断春色，画角起边愁"，确是穷边光景；"山光悦鸟性，潭影空人心"，确是古寺光景；"野径云俱黑，江船火独明"，确是暮江光景。可以类推。（《岘佣说诗》）

孙洙曰："山光悦鸟性"，仰看；"潭影空人心"，俯看。"万籁此皆寂，唯闻钟磬音"，上两句见，此两句闻。（《唐诗三百首》卷五）

[鉴赏]

常建以写游赏、音乐、征戍题材的诗佳篇居多。这些题材在唐诗中均属常见，但在常建笔下，却显现出独特的内容意蕴和艺术境界。像这首游赏寺院的诗，就以意境的清幽绝俗和精警浑融为特色，不但在当时就受到选家评家的激赏，而且从宋代以来，一直受到诗家的高度赞誉，是一首既有警策又通体完整的佳作。

头两句平直起势，交代清晨寻访古寺，朝日照林，是全篇中唯一带有叙事色彩的诗句。破山寺始建于刘宋，至盛唐时已是数百年的"古寺"。头一句五字仿佛极平常随意，却为下两句的抒情写景提供了特殊的时间背景和氛围。诗中的所有描写都离不开"清晨"这个特定的时间和"古寺"这一特定的对象，"入"字则显示了诗人由外而内的渐进行程，以及这一行程中的视听感受和心理感受。五个字无一泛设，却毫无着意布置之痕，只如信口道出。寺庙周围多树林围绕，因为是"古寺"，故树木高大茂密。"初日"，正应上句"清晨"。这高树丛林环绕中的古寺，已初步显现其幽深绝尘之迹，而初日照映高林，又为幽深的古寺增添了一抹亮色，且下启"花木深"和"山光""潭影"所显示的晴明之色，使整个环境虽清幽而不冷寂。

颔联承首句"入古寺"，写由外院进入内院的过程。佛寺的前院一般建筑高大，气势宏敞，不能显示幽深特征，故此处略去不写，直接写后院，亦见诗人"清晨入古寺"意在寻幽。"禅房"即题内"后禅院"，系僧人居室。由前院至后院，有一片茂密的竹林，竹林间有一条蜿蜒曲折的小径，行过这条小径，在路尽头的幽深处，眼前忽现花木丛萃掩映中的禅房。"竹径"在明清以来的选本中多作"曲径"，其实"竹径"本身就给人以幽洁深邃之感，它与"通幽"的叠加，更突出了境界的深幽，而改作"曲径"则只强调径之弯曲而乏深幽之致，非诗人本意。"花木深"，是形容花木的繁茂丛萃，通常会给人以热闹艳丽的印象。但在这竹径通幽之处为繁密的花木所围绕掩映的"禅房"，却更显出了它的幽寂。鲜明的色调突出的是幽静的效果，而这种幽静中又透出一种欣然的生机，故非冷寂与死寂，这正是"花木深"的妙用。两句虽非偶对，却谐声律，十字一意贯串，意致流走。所写景物在寺院中本属常见，诗人把它们放在由外而内的行进过程中，特别是放在"竹径通幽"的行程中来写，就使这两句诗体现出一种于无意中忽然发现新美境界的意外欣悦。这层象外之意，单独读其中某一句，都无法发现，只有十字连读，才能真正体味到。它的句法、构思，有些类似陆游《游山西村》的"山重水复疑无路，柳暗花明又一村"，但陆游把这层意外发现的新美之境的欣喜挑得比较显露，远不如常诗这一联来得自然而浑融。欧阳修激赏此联却欲拟之而不得，很可能就是因为难以复制这种偶有所遇、伫兴而就的含蓄浑融的象外之致。

腹联是入后禅院以后游观周围景物的所见所感。"山光"，指山中摇漾照映的晴光，应首联"清晨""初日"。清晨是山鸟从沉寂幽静中醒来以后最活跃欢快的时刻，空气的清新和初阳的光照更使它们尽显活跃的生机。诗人仰观晴光照映下的山鸟欢快啼鸣飞翔的景象，用一"悦"字将"山光"与"鸟性"之间契合无间的内在联系生动地展现出来，既体现出大自然的物象之间所包蕴的禅机，又使整个诗句充满欣然生机。下句是俯视所见所感。寺边的潭水清澈见底，树木天色和潭边游赏的人尽皆倒映其中。这湛然空明的潭水一时间使自己的心境也变得空明澄净，一尘不染。这句所写的景色仍和"清晨"的寂静有密切关联。和上句一样，这一句也包含着禅悟的意蕴。但这"空"却非空幻和空无，它表现的是一种明澈莹静，远离尘嚣的恬然自适的心境。

结联写入后禅院的听觉感受。由于是"清晨"，大自然的一切声响此时都还处于沉寂潜伏的状态，刚从沉睡中醒来时或一鸣的山鸟也仿佛停止了鸣叫。整个寺院中，只听到寺僧诵经礼佛开始时清越的钟磬之声在悠悠回荡。诗写到这里，即徐徐收住，留下清晨古寺钟磬的余音在读者耳边回响，而诗人听此钟磬之声时那种远离尘嚣的清迥感受也自然蕴含其中。

诗的后幅，在描绘抒写"入后禅院"的视听感受中确实包含了带有禅悟之意的心灵感受。但这种禅悟，实际上不过是对清幽绝尘的方外之境的一种诗意顿悟。哲理的成分远低于诗意的欣赏感悟。如果从表现禅思哲理的角度去要求，不免平浅无奇；但从表现对清幽绝俗的方外之境带有禅机的诗意感受着眼，它却显得新颖奇警，能给人一种新鲜而具启示性的感受，它清幽寂静，却毫无枯寂幽冷之感。禅意与生机，在诗中被高度和谐地统一起来了。

吊王将军墓①

嫖姚北伐时②，深入强千里③。战馀落日黄，军败鼓声死④。尝闻汉飞将⑤，可夺单于垒⑥。今与山鬼邻，残兵哭辽水⑦。

[校注]

①敦煌遗书伯 2567 此诗署陶翰。但同时代选家殷璠《河岳英灵集》录此诗于常建名下，并称此为"一篇尽美者"，以之为建之代表作，当可信。《才调集》卷一、《文苑英华》卷三百三并作常建。王将军，傅璇琮《唐代诗人丛考·常建考》考证此"王将军"即王孝杰。《旧唐书·王孝杰传》："长寿元年，为武威军总管，与左武卫大将军阿史那忠节率众以讨吐蕃，乃克服龟兹、于阗、疏勒、碎叶四镇而还。"后因事得罪。"万岁通天元年，契丹李尽忠、孙万荣反叛，复召孝杰白衣起为清边道总管，统兵十八万以讨之。孝杰军至东峡石谷，遇贼，道隘，虏甚众。孝杰率精锐之士为先锋，且战且前，后出谷，

布方阵以捍贼。后军总管苏宏晖畏贼众，弃甲而遁。孝杰既无后继，为贼所乘，营中溃乱。孝杰坠谷而死，兵士为贼所杀及奔践而死殆尽。"诗中所云"北伐""军败"即指此次战役。傅考并引陈子昂《国殇文》自序："丁酉岁（按：即万岁通天二年，神功元年，公元 697年）三月庚辰，前将军尚书王孝杰，败王师于榆关峡口，吾哀之，故有此作。"以资佐证。②嫖姚，西汉名将霍去病曾为嫖姚校尉，讨伐匈奴。此借指王将军。北伐，指讨契丹。③强，《才调集》《文苑英华》并作"几"。强，超过。④战馀，战罢。死，此指战鼓声停歇沉寂。⑤汉飞将，指李广。《史记·李将军列传》："于是天子乃拜广为右北平太守……广居右北平，匈奴闻之，号曰'汉之飞将军'，避之，数岁不敢入右北平。"此以飞将军李广借指曾在对外族战争中立下赫赫战功之王将军。⑥夺，攻下。垒，营垒。⑦屈原《九歌》有《山鬼》篇。此处"与山鬼邻"，是形容王将军墓的荒凉冷寂。辽水，即今之辽河，有东、西两源，流至今铁岭市北一带合流，经盘锦市南入海。

[笺评]

殷璠曰：然一篇尽善者，"战馀落日黄，军败鼓声死""今与山鬼邻，残兵哭辽水"，属思既苦，词亦警绝。潘岳虽云能叙悲怨，未见如此章。（《河岳英灵集》卷上）

范晞文曰：哀之至矣。第二联尤妙。（《对床夜语》卷五）

刘辰翁曰：短绝，形容古所未至。（《删补唐诗选脉笺释会通评林·盛五古》引）

唐汝询曰：此言王将军深入虏廷，力战而死，故吊其墓而想其人，堪与李广齐。今虽与山鬼邻，其麾下犹思慕而哀之，真深得士心者矣。（《唐诗解》卷八）

钟惺曰：疏壮。又是一例。"鼓声死"从师旷"南风不竞，多死

声”化出。（《唐诗归》卷十二）

陆时雍曰：三、四古色黯然。（《唐诗镜》）

周珽曰：哀王将军死于力战，生有李广之名威，没为士心所思慕。此与《昭君墓》篇，可称尽善。读之觉笔底皆热血，嗅之尚腥，拭之尚温。（《删补唐诗选脉笺释会通评林·盛五古》）

邢昉曰：极其悲壮，幽奇寓于其中。（《唐风定》）

黄培芳曰：“死”字险，得力全在此。“残兵哭辽水”，“哭”字亦善用。使人感慨不已。（《唐贤三昧集笺注》评）

沈德潜曰：“嫖姚北伐时”，以霍去病比之。“尝闻汉飞将”，以李广比之。又：“强千里”，谓过于千里也，《木兰诗》“赏赐百千强”可证。又：“哭枯骨”“哭明月”“哭辽水”，长于写哭。（《重订唐诗别裁集》卷一）

[鉴赏]

如果此诗凭吊的对象确如傅璇琮所考，指曾建克服安西四镇大功，后又奉命讨契丹，因后军逃遁力战而死的王孝杰，那么这首《吊王将军墓》也和陈子昂的《国殇文》一样，称得上一篇哀悼忠臣良将的吊国殇诗。诗的风格也和一般盛唐边塞诗迥然不同，显得深沉凝重，苍劲浑朴。

起二句叙事，点明“北伐”。以汉喻唐，本是唐人作诗惯例。但这里用嫖姚将军霍去病喻指王孝杰，与第五句以飞将军李广喻指其人一样，都明显带有对王的功绩与才能的热情赞颂的意味，非泛泛轻易下笔。次句“深入强千里”赞美王奉命出征契丹后率精锐之士为前锋，深入敌境的勇锐气概。孤军深入，通常情况下乃兵家大忌。但孝杰此次兵败，却并非由于此，而是因“后军总管苏宏晖畏贼众，弃甲而遁。孝杰既无后继，为贼所乘”之故。《旧唐书·王孝杰传》又载：“时张说为节度管记，驰奏其事，则天问孝杰败亡之状，说曰：'孝杰忠勇敢死，乃诚奉国，深入寇境，以少御众，但为后援不至，所以致败。'于是追赠孝杰夏官尚书，封耿国公……遣使斩宏晖以徇。使未至幽州而宏晖已立功赎罪，竟免诛。"可见对此役的失败罪责，唐朝君臣上下有一致的认识。因此"深入强千里"这一貌似客观叙述的诗句便自然成了对孝杰勇锐忠诚精神的礼赞。

三、四两句是对战败情景的描写。诗人完全撇开对战败具体过程的叙写，将用笔的重点放在战败之后场景氛围的渲染上。这不仅是由于仅有八句的短篇无法展开对战争场面的正面描写，而且由于这种侧面烘染的手法更能激发读者对战争惨烈场景的丰富想象。"战馀落日黄"，形容战争结束之后，昏黄的落日照映着空荡荡的战场。落日本是鲜红的，但由于刚刚经历了一场惨烈的战斗，战尘弥漫，仿佛连落日也被熏染成了昏黄的颜色。这"黄"字既透露了战斗的惨烈，也渲染出战后战场的黯淡凄凉气氛。但由于"军败"，士卒死伤殆尽，主将也"坠谷而死"，再也没有人擂鼓进军，故说"军败鼓声死"。"死"字下得极奇警峭刻，而感情则深沉凝重。它既透露出一场惨烈的战斗结束后战场上出奇的沉静和凄惨氛围，也暗示了主将和广大士卒的壮烈牺牲。

五、六两句，是"军败"之后折回来追叙王将军的杰出军事才能和业绩，将他比做汉代名将飞将军李广，赞颂他的勇气谋略足可攻取敌首的营垒。"尝闻"云云，说明其声威早著，敌我皆知。李广曾为右北平太守，驻防之地与此次唐与契丹的战争地域邻近，同属古幽州之地，以之作比，可谓切合。强调王将军的勇气谋略如汉之飞将，正所以暗示"军败"之责不在王将军深入敌境，而是另有原因。诗人可能是觉得此事在当时广为人知，故只虚点而不说破，读者自可意会。

七、八两句落到"吊"字上。王孝杰坠谷而死后，可能即葬其地，也可能归葬故里，而墓在山间，故有"今与山鬼邻"的形容与悲慨。不论是哪一种情况，这一句都是对王孝杰这位为国牺牲的英烈的追思缅怀和深沉感慨。妙在末句突从吊墓现境跳开，遥想时至今日，当年军败之后残存的士卒仍当面对将军牺牲之地——辽水一带哭吊祭奠。这一结，不仅透露了王将军对士卒的爱护关怀和士卒对他的崇敬追思，而且使全篇的悲剧气氛更加浓郁了。

读这首诗，很容易让人联想起中唐诗人李贺的诗风，特别是三、四两句的氛围渲染和七、八两句的沉重悲慨和幽僻意境。而在用字造语的奇峭方面（如"鼓声死"的"死"字），更与李贺神似。胡应麟说："常建语极幽玄，读之使人泠然如出尘表，然过此则鬼语矣。"又说："常'战馀落日黄，军败鼓声死''今与山鬼邻，残兵哭辽水'绝是长吉之祖。"（《诗薮·内编·古体中·五言》）就诗境的幽僻和用语的奇警而言，李贺诗确有受常建此类诗风影响的明显痕迹。但就全诗而言，此诗并不专主刻削雕琢，更不施藻采涂饰，而是在幽僻奇警中仍寓有浑朴之气，这一点，也正反映了盛唐与中唐的区别。

三日寻李九庄①

雨歇杨林东渡头，永和三日荡轻舟②。故人家在桃花岸，直到门前溪水流③。

[校注]

①三日，指农历三月初三。汉以前以农历（即夏历）三月上旬的巳日为上巳。魏、晋以后，定为三月三日，不必取巳日。《后汉书·礼仪志上》："是月上巳，官民皆絜于东流水上，曰洗濯祓除去宿垢疢为大絜。"此诗写三月三日寻访友人李某居住的村庄。"九"是李某的排行。②永和，晋穆帝年号（345—356）之一。王羲之《兰亭集序》："永和九年（353），岁在癸丑，暮春之初，会于会稽山阴之兰亭，修禊事也。群贤毕至，少长咸集。"此言三月三日荡轻舟前往李九庄。③故人，指李九。二句化用陶渊明《桃花源记》意境。

[笺评]

唐汝询曰：此言雨后泛舟，适值兰亭修禊之日。于是望桃花岸识李九之庄。至则见其溪水绕门，无减桃源也。（《唐诗解》）

钟惺曰：依然永和，依然桃花，依然流水，直直说来，不曾翻案，只觉清健。此非常建至处，存之以见笔力。（《唐诗归》）

陆时雍曰：后二语清趣自然。（《唐诗镜》）

叶羲昂曰：翻案只觉清健，具见笔力。（《唐诗直解》）

《唐诗训解》：纪地纪时，按实而亦巧。

薛应旂曰：奇调森森具见。（《删补唐诗选脉笺释会通评林·盛七绝》引）

蒋一梅曰：清脱。（同上引）

周珽曰：上联叙寻友适当时景，下联识友居不减仙境。（同上）

王尧衢曰："雨歇杨林东渡头"，先叙雨后景，以起下"荡舟"。"永和三日荡轻舟"，王羲之于永和九年三月三日，有兰亭修禊事……荡舟为何？将寻李九庄也。"故人家在桃花岸"，故人，李九也。望其家以桃花为帜，庶循溪而可寻。"直至门前溪水流"，荡舟直到门前，桃花溪水，不减武陵源矣。（《古唐诗合解》卷五）

黄生曰：语景句佳。若云用桃源事，反灭天趣矣。只写景，不发意，一发意，则诗景便狭故也。近人诗，苦于意多而景少，笔下安得深远？（《唐诗摘抄》卷四）

黄叔灿曰：从杨林东渡，荡舟寻李，桃花溪水，直到门前。读之如身入图画。此等真率语，非学步所能。兴趣笔墨，脱尽凡俗矣。（《唐诗笺注》）

宋宗元曰：工于缀景。（《网师园唐诗笺》）

宋顾乐曰：平平直写，自有情致，亦有法，所以佳。（《唐人万首绝句选》评）

张文荪曰：用桃源事正合题境。别见风流。（《唐贤清雅集》）

俞陛云曰：诗言修禊良辰，杨枝过雨，风日晴美，思寻访故人。由渡头自荡小舟，沿溪而往，遥见桃花深处人家，即故人住屋。溪流一碧，直到门前。可谓如此家居，俨若仙矣。《万首绝句》中录常建二诗，其《送宇文六》……虽用转笔，以江南江北相映生情，不及此诗得天然韵致。（《诗境浅说》续编）

刘永济曰：李九当是隐居高士，故以其所居比桃花源。此用典使人不觉是典之例也。（《唐人绝句精华》）

刘拜山曰：上半用兰亭修禊事，下半暗用桃花源故实，而用荡舟贯串之，遂泯牵合之迹。（《千首唐人绝句》）

[鉴赏]

诗的题材很平常，内容也极单纯：三月三日上巳节这一天，乘一叶轻舟去寻访家住溪边的朋友李某。头一句写这次行程的出发点——杨林东渡头的景物。顾名思义，可以想见这个小小的渡口生长着一片绿杨，出发时潇潇春雨已经停歇。杨林经过春雨的洗涤滋润，益发显得青翠满眼，生意盎然。这清新明丽的景色，为这次轻松愉快的访游提供了一个适宜的环境氛围，也为下句"荡轻舟"准备了条件。

第二句写舟行溪中的愉快感受和诗意联想。因为是三月三日上巳节这一天乘舟寻访友人，这个日子本身，以及美好的节令，美丽的景色，都很容易使诗人联想起历史上著名的山阴兰亭之会。诗人特意标举"永和三日"，读者即可从此引发丰富的联想，在脑海中浮现一幅"天朗气清，惠风和畅""茂林修竹，清流激湍"的清丽画面，和"群贤毕至，少长咸集""游目骋怀，足以极视听之娱"的雅集情景。而句中"荡""轻"二字，更将诗人轻松愉悦的心情和淋漓的兴会自然透露出来了。

三、四两句转写此行的目的地——李九庄的环境景色。故人的家就住在这条溪流的岸边，村旁河岸，有一片桃林。三月初，正是桃花开得最绚烂的时节，"桃花岸"的字面，让人自然联想起夹岸桃花的武陵源。实际上，作者在这里正是暗用桃花源的典故，把李九庄比做现实中的桃源仙境，只不过用得非常自然巧妙，令人浑然不觉罢了。传为张旭的《桃花溪》说："桃花尽日随流水，洞在清溪何处边？"同样暗用桃源之典，但张诗以问语作收，得摇曳不尽之致；常诗以直叙作结，见兴会淋漓之情。机杼虽同而意趣自异。

以上所说的是把三、四两句理解为诗人到达李九庄后即目所见的景象。这境界情调，已经非常令人神往。但细味题目中的"寻"字，却感到诗人在构思上还打了一个小小的埋伏。三、四两句，实际上并非到达李九庄时即目所见，而是荡舟途中对目的地的遥想，是根据友人对他居处所作的诗意描述而生发的想象。诗人此前并没有到过李九庄，只是听朋友说过：从杨林东渡头出发，有一条清溪直通我家门前。不须费力寻找，只要看到岸边一片繁花似锦的桃林，就是我家的标志了。这正是"故人家在桃花岸，直到门前溪水流"这种诗意遥想的由来。不妨说，这首诗的意趣就集中体现在由友人的事先提示去寻访友人所居所生发的美好遐想上。这种遐想，使这首本来容易写得比较平直的诗增添了曲折的情致和隽永的情味，李九庄也在遐想中变得更令诗人和读者神往了。